김경진 장편소설

남북 3
머나먼
압록강

들녘

남북 ③
ⓒ 김경진 1999

초판 1쇄·발행일 1999년 6월 21일
초판 12쇄·발행일 2010년 1월 21일

지은이·김경진
펴낸이·이정원
펴낸곳·도서출판 들녘

등록일자·1987년 12월 12일
등록번호·10-156
주소·경기도 파주시 교하읍 문발리 파주출판도시 513-9
전화·마케팅 (031)955-7374 / 편집 (031)955-7382
팩시밀리·   (031) 955-7393

홈페이지· www.ddd21.co.kr
블로그·일루저니스트 http://blog.naver.com/ddd7381
        미스터리YA! http://mysteryya.tistory.com
까페 · 책들의 도시 http://cafe.naver.com/bookcity90.cafe

ISBN·89-7527-124-2(04810)
     89-7527-122-6(세트)

저자와의 협의 아래 인지는 생략합니다. 잘못된 책은 구입하신 곳에서 바꿔드립니다.

김경진 장편소설

남 북

3

머나먼 압록강

남 북

③

차 례

난전 ·· 7
죽음의 그림자 ·· 60
잔인한 날 ·· 88
붕괴 ·· 124
반격 ·· 181
북진 ·· 211
평양의 밤 ·· 246
원산 상륙작전 ·· 277
평양 포위전 ·· 313
씻을 수 없는 상처 ······································ 357

■ 이 소설에 나오는 한국군 관련 사항들은 작가의 상상에 의해 쓰여진 것이므로 실제와 다릅니다.

난전

6월 17일 04:32 경기도 김포시 누산동

    해병대 최성재 상병과 이종영 이병은 주룩주룩 내리는 비를 맞으며 남동쪽으로 향했다. 최성재는 어깨에 멘 M-60 기관총이 살을 파고드는 듯한 느낌이었다. 옆에서 걷고 있는 이종영 해병은 탄 박스를 양손에 하나씩 들고 낑낑거렸다.
    싸우다 지치고 기다리다 지친 해병대원들은 더 이상 긴장감을 유지할 수 없었다. 이들은 너무나 많은 적들과, 너무나 오랫동안 싸웠다. 그리고 후퇴하는 길은 더욱 힘들었다.
    ― 쿠웅~.
    일정한 시간 간격으로 북쪽에서 포성이 울렸다. 포성은 점점 더 가까워지고 있었다. 포성에 쫓기듯 해병대원들이 발걸음을 재촉했다. 다른 지역에서 후퇴하는 육군 병력과 뒤섞인 이들은 김포 시가지 남쪽에서 집결하라는 새로운 명령을 받았다.

　강화도에서 김포를 거쳐 서울로 가는 48번 국도에는 후퇴하는 육군과 해병대원들로 가득했다. 의무대 앰뷸런스가 사이렌을 울리며 길을 텄다. 막힌 도로에 트럭 행렬이 멈춰 서자 운전병들이 초조하게 북쪽 하늘을 바라보았다.

　어제 오전, 최성재와 이종영은 땅굴 입구를 차단했다. 수십 명씩 몰려나오던 인민군 특수부대원들은 더 이상 나오지 않았다. 땅굴차단 임무를 지원하러 온 1개 분대와 함께 몇 시간째 지키고 섰던 그들은 인민군이 더 이상 나오지 않자 그들이 이 땅굴 입구를 포기하고 다른 곳으로 간 것으로 간주했다. 그리고 원대복귀 하러 돌아가던 중에 해병대가 인민군의 포위망을 뚫기 위한 전투에 휩쓸렸다.

　전투는 끝이 없었다. 그런데 불리한 전투였다. 압도적으로 병력을 증강시킨 인민군들이 계속 몰려들었고, 해병대 1개 연대는 강화도로 지원 나간 상태였다. 그리고 김포에 있던 해병대 중 일부는 강화 제2대교를 통해 강화도로 후퇴했다. 나머지 해병대는 악전고투하며 포위망을 뚫거나, 일부는 개별적으로 후퇴하고 있었다.

　아군 지경선地境線을 넘자 일단 헌병들이 운영하는 낙오병 수용소에서 집결했다. 최성재 상병은 헌병들도 믿을 수 없었다. 땅굴에서 기어나오던 자들이 모두 해병대 복장이었던 것을 기억했다.

　해병대원들은 채 100명도 집결하기 전에 출발해야 했다. 전선 상황이 너무 급박해진 것이다. 이들은 20~30명 단위로 본대를 찾아가고 있었다. 모두 집결하거나 재편성해서 전선으로 투입하기엔 전황이 너무 불리했다. 그리고 상황이 바뀌었다.

　합동참모본부에서는 해병대를 아예 전선 후방으로 퇴각시켰다. 해병대 사령부가 반발했으나, 새로운 임무를 부여한다는 합참의 설득이 먹혀들었다. 해병대 장병들은 주먹을 불끈 쥐고 준비작업에 들어갔다.

* * *

최성재 일행이 도로 양옆으로 펼쳐진 논을 지나자 황제웨딩프라자라는 곳이 나타났다. 그곳의 약간 넓은 주차장과 건너편에는 동원예비군 같아 보이는 육군 중대 병력이 포진하고 있었다. 예비군들은 도로를 지나가는 병사들을 초조하게 살피며 급조된 무개진지 안에서 잡담을 나누고 있었다.

"빠진 티가 꽉꽉 난다."

최성재보다 앞서 걷던 해병 분대장이 예비군들을 보며 투덜거렸다. 최성재가 생각하기에도 저런 병력으로 얼마나 버틸 수 있을지 걱정스러웠다. 도로 오른쪽 무개호 하나에서는 2인용 진지 안에서 3명이 북적대며 말다툼하고 있었다. 예비군 한 명이 지정된 위치를 벗어나 다른 진지로 들어가려고 실랑이를 벌이고 있는 것 같아 해병대원들이 코웃음을 쳤다.

"같이 좀 들어가자!"

"안 된다니까? 자네 자리로 돌아가!"

최성재는 저들도 곧 전투가 뭔지 뼈저리게 느끼게 될 것이라고 생각했다. 해병들은 뒤에서 들려오는 포성에 등 떠밀려 힘없이 걸었다. 도로는 후퇴하는 육군 병력으로 가득 차 있었다. 트럭 행렬이 다시 움직이기 시작했다.

6월 17일 04:41 경기도 김포시 누산동

"저놈들 다 후퇴하면 우리가 최전선에서 싸우게 되는 거야?"

동원예비군 곽우신이 포화가 작렬하는 벌판 너머와 바로 옆 도로를 지나가는 병사들을 걱정스런 눈길로 번갈아 쳐다보면서 중얼거렸다. 48번 국도는 지금은 피난민 대신 후퇴하는 국군 병력으로 가득 채워지고 있었다. 다리를 다친 부상병은 동료들이 부축하고, 미라처럼 얼굴 전체를 붕대로 감은 부상병은 다른 병사의 옷깃을 잡은 채 종종걸음쳤다.

앰뷸런스가 병사들의 물결을 헤치며 힘겹게 김포 시가지 쪽으로 달렸다. 헌병들이 호루라기를 불며 간신히 찻길을 터주고 있었다. 군용트럭들이 사람 걷는 속도보다 약간 더 빨리, 느릿느릿하게 움직였다. 후퇴하는 이들의 발걸음은 쫓기고 있었다. 포화가 이쪽을 향해 점점 가까이 다가왔다.

"그렇겠지. 당분간이겠지만."

점점 다가오는 포화를 보며 원종석이 무개호 안에서 자세를 낮췄다. 곽우신은 아예 머리를 숙이고 덜덜 떨기 시작했다.

김승욱은 원종석의 말이, 잠시 적을 동원예비군으로 막았다가 육군 현역사단을 투입하고 예비군을 후방으로 빼돌리겠다는 뜻인지, 아니면 예비군들이 막아봤자 얼마 못 버틸 거라는 뜻인지 금방 이해되지 않았다. 그러나 항상 부정적인 원종석 말투로 보아 예비군은 시간 때우기용으로 버리는 카드인 것 같았다.

"포화가 여기까지 오는 데 3분쯤 걸릴까?"

원종석이 걱정스레 바라보며 말했다. 인민군의 포격은 도로와 그 옆의 논을 지나 점점 가까이 다가오고 있었다. 포탄이 논에서 터질 때마다 진흙이 튀었다. 김승욱은 도로에서 20미터쯤 떨어진 무개진지에 있었다. 포탄은 약 5초당 한 발꼴로 대충 10미터 간격으로 도로를 따라 떨어지는 것 같았다.

"승욱이, 자네. 최근에 여자한테 차였나?"

"응? 어떻게 알았지?"

김승욱은 원종석의 말에 뜨끔했지만 숨기지 않기로 했다. 잠시 후에는 포화가 이곳을 지나갈 것이다. 살아남을지도 알 수 없었다. 마음 아프지만 이 이야기가 긴장감을 늦추기 위한 잡담이어도 좋다고 생각했다.

"바람둥이에 제멋대로인 애야. 저번 4월에 전쟁 난다니까 바로 담날로 면제받은 놈한테 붙었어."

"오~ 냉혹스럽도록 현실적인 여성의 생존본능이여! 그 재빠른 선택 능력이여!"

원종석이 감탄사를 연발했다. 김승욱은 몹시 불쾌했지만 자신도 인정하는 사실이니 어쩔 수 없었다. 참호에서 슬쩍 고개를 내민 곽우신이 원종석의 말을 받았다.

"요즘 여자애들이 다 그렇지, 뭐."

곽우신까지 끼어들자 김승욱은 울고 싶었다. 잊고 싶었다. 차라리 포탄이 접근하는 걸 보는 것이 훨씬 더 나을 거라는 생각이 들었다. 순간 포탄 하나가 터지면서 섬광 바깥으로 무수하게 많은 하얀 연기 줄기들을 날카롭게 사방으로 뿜어댔다. 곧이어 도로 위에 다른 포탄이 터지며 가로등 하나를 쓰러뜨렸다.

"혹시 그 여자한테 어떤 아픔이 있는 게 아닐까? 이를테면 가족이나 가까운 친척들 가운데 누가 상이군인이라든지……."

"가족 중에 군인은 없어. 나쁜 년이야."

김승욱이 단정적으로 말하며 대화를 끊었다. 원종석이 빙긋 웃으며 고개를 갸웃거렸다. 아무래도 원종석의 입에서 또 무슨 말이 나올 것 같았다. 포탄이 터져 번쩍거리는 들판과 서둘러 뛰기 시작한 후퇴 병력을 번갈아 보며 김승욱이 말을 돌렸다.

"이곳에 포탄이 떨어지려면 대충 1분쯤 남았겠다."

-쒸우우우~ 따캉!

말이 채 끝나기도 전이었다. 김승욱은 공기를 찢는 소리에 고개를 숙였다. 바로 옆쪽에 포탄이 떨어지며 폭발했다. 트럭이 있던 곳이었다. 정신이 하나도 없었다. 팽팽 돌았다. 비명이 들린다고 생각했다. 뭔가 주변으로 후드득 떨어지는 느낌이 들었다. 김승욱이 고개를 살짝 들려고 하자 원종석이 김승욱의 철모를 잡아 눌렀다.
"아직이야."
- 꽈웅~ 뻐벙!
이곳을 목표로 한 일제사격이었다. 주변에 포탄이 계속 떨어졌다. 피난민과 다름없는 패잔병들이 엄폐호를 찾아 뛰었다. 의무병을 부르는 소리도 들렸다.
도로 위에서 후퇴하던 병사들이 연이어 쓰러졌다.
"젠장! 옆 참호가 당했어!"
슬쩍 일어나 옆을 본 원종석이 앉으며 외쳤다. 급조된 진지는 방어벽이 너무 낮았다. 시멘트 바닥에 모래주머니로 쌓은 진지는 옆에서 포탄이 터지자 한꺼번에 날아가버렸다. 아군 진지 곳곳에 포탄이 떨어지고 있었다.
"전투 준비! 적이 몰려온다!"
멀리서 들려오는 소대장 오관식 중위의 목소리였다. 포격은 아직 끝나지도 않았다. 적이 포격을 방패삼아 뒤따라온 모양이었다. 김승욱은 진지 밖으로 고개를 내밀 자신이 없었다. 적이 어디까지 왔는지 궁금하고 초조했지만, 본능이 그를 짓눌렀다. 김승욱이 머리를 내밀지도 못한 채 주춤거리기만 하는데 진지 밑에 있는 총안구로 바깥을 내다보던 원종석이 투덜거렸다.
"이제 우린 다 죽었다."
김승욱이 원종석을 밀치며 총안구를 차지했다. 어두워서 잘 보이진 않았지만 도로와 논에서 검은 그림자들이 스멀스멀 움직이는 것 같았다.

김승욱이 슬쩍 머리를 들어 옆을 보았다. 도로 위에 있던 국군들은 길 옆으로 내려가 엎드려 있었다. 포격 때문에 후퇴할 엄두도 내지 못했다. 길 위에는 불타는 트럭들 옆에 쓰러진 군인들이 가득 보였다. 도로 바닥이 보이지 않을 정도였다. 길 건너 2층 건물은 포격에 반쯤 부서진 채 작은 불꽃을 피워 올렸다.

김승욱이 다시 정면을 응시했다. 여전히 검은 그림자들이 움직였다. 포탄이 터질 때 그 검은 그림자들이 갑자기 인민군으로 바뀌었다. 철모에 그물을 씌우고 나뭇잎 몇 개를 꽂은 그들은 무릎께가 벼에 가린 채 논 위를 철벅거리며 뛰어오고 있었다.

인민군은 전투복 상의를 바지 바깥으로 뺀 게 국군과 다를 뿐, 별다른 차이가 나지 않았다. 밤이라 군복 색깔로 구별할 수도 없었다. 포탄은 계속 낙하하고 있었다.

ㅡ 콰웅!

인민군들이 몰려오는 논 한가운데에 포탄이 한 발 떨어졌다. 인민군 서너 명이 공중제비를 돌았다. 김승욱은 처음엔 아군의 포격지원인 줄 알았지만, 포탄의 위력으로 보아 아무래도 아군 포격은 아닌 것 같았다. 주변에 떨어지는 포탄과 비슷한 위력이었다. 인민군의 오사誤射가 분명했다.

"사격 개시!"

소대장이 외쳤다. 김승욱이 서둘러 조준했다. 선두로 뛰어오는 인민군 군관이 야광도료를 칠한 조준선에 잡혔다. 주변이 잠시 조용했다. 호흡을 가다듬었다.

길 건너편에서 최초의 총성이 울렸다. 그러자 모든 중대원들이 거의 동시에 쏘았는지 총소리가 동시에 울렸다. 김승욱도 방아쇠를 당겼다. 그러나 겨눴던 목표에서 한참 빗나갔다. 아군이 쏜 총소리에 깜짝 놀라 조준이 흐트러진 채 방아쇠를 잡아당긴 것이다.

― 쿠카카카~.

도로 위에서 적 장갑차가 달려오며 기관총을 쏘아댔다. 김승욱이 있는 길 건너편 건물 벽면에 총알이 연이어 박히는 소리가 들렸다. 창문 안에서 비명이 터져나왔다.

― 쓔우욱! 카캉!

본능적으로 고개를 숙였다가 들었다. 포탄은 아군이 쏜 것이었다. 무반동포 진지 뒤에서 하얀 연기가 가득 뿜어지고 있었다. 멀리서 빨간 섬광이 번쩍거렸다. 인민군 장갑차는 기관총탄을 더 이상 뿜어내지 못했다. 김승욱이 다시 사격자세를 취했다. 옆에서는 원종석이 반자동으로 연신 쏘아대고 있었다. 김승욱은 방아쇠에 걸린 손가락이 떨리는 걸 느낄 수 있었다.

― 빠방!

거리는 약 200미터 정도였다. 김승욱은 더럽게 안 맞는다고 생각했다. 아무리 조준해서 쏴도 인민군은 터미네이터인 양 계속 접근하고 있었다. 밤이라 조준이 힘들다고는 하지만 너무 심하다는 생각에 화가 치밀기까지 했다.

그런데 아군 기관총이 이들을 휩쓸었다. 서너 발씩 발사될 때마다 한 명씩 쓰러졌다. 논으로 뛰어오던 인민군들 중 한 줄이 줄줄이 쓰러졌다. 인민군들이 전진을 멈추고 논바닥에 엎드렸다. 유탄이 날아가 논 가운데에서 폭발했다. 한 곳에 몰려 있던 인민군 두셋이 벌렁 나자빠졌다.

다음 줄까지는 아직 거리가 멀었다. 도로 위에는 예비군들의 기관총탄을 피해 전봇대 뒤로 숨은 인민군들이 보였다. 김승욱이 세 발을 쐈으나 역시 단 한 발도 맞지 않았다.

"쳇! 정말 디게 안 맞는군."

옆에서 원종석이 탄창을 바꿔 끼우면서 투덜거렸다. 2인용 무개진지로 겨우 기어 들어온 곽우신은 처음부터 끝까지 고개를 숙인 채 덜덜 떨기만 했다.

김승욱은 어둠에 점점 익숙해졌다. 거리도 가까워졌다. 인민군들이 진창에서 발을 빼내려고 다리를 높게 치켜드는 것까지 보였다. 조금 전에 엎드렸던 인민군들도 일어나서 같이 몰려왔다.

이번에는 김승욱이 침착하게 조준해서 쐈다. 별로 기대하지도 않았는데, 갑자기 목표가 쓰러졌다. 김승욱의 눈이 크게 떠졌다. 총에 맞은 인민군은 일어나지 않았다. 돌부리에 걸려 넘어진 것은 분명 아니었다.

"악!"

김승욱이 비명을 질렀다. 원종석이 김승욱을 한 번 쳐다보곤 계속 총을 쐈다. 당황한 김승욱은 어쩔 줄 몰랐다. 그가 쏜 총알이 명중해버린 것이다. 적군이 진짜 맞았을까? 얼마나 아팠을까? 어떤 사람일까? 정말 내가 쏜 총에 맞았나? 혹시 죽은 건 아닐까?

머릿속에서 질문과 상상이 계속되었다. 아무래도 사람이 죽은 것 같았다. 김승욱이 쏜 총알 때문이었다. 김승욱이 부들부들 떨기 시작했다. 아군이 무수히 죽어갈 때도 무서웠지만, 그가 사람을 쏴 죽였다고 생각하니 새로운 공포감이 들었다. 총을 한 번 보고, 잠시 손가락을 물끄러미 쳐다보았다.

그때 무성한 벼 사이에서 시커먼 것이 날아왔다. 김승욱의 눈이 그것을 따라갔다. 시커먼 것 뒤로 빨간 것이 보였다 안 보였다 했다. 그 뒤로는 새하얀 연기가 뿜어져 나왔다. 옆에서 누군가 외치는 것 같았다.

"피해!"

－쉬쉭~ 꽈웅!

로켓탄은 모래주머니로 쌓은 진지 바로 옆으로 날아가 과일 파는

움막에서 폭발했다. 김승욱이 질겁하며 포탄이 날아왔던 곳을 향해 방아쇠를 당겨댔다. 로켓탄은 이 진지를 노린 게 분명했다. 죽기 전에 먼저 죽여야 했다. 원종석도 김승욱이 쏘는 곳을 향해 자동으로 놓고 총알을 퍼부었다. 무서웠지만 당장 죽기 싫다는 마음이 공포를 짓눌렀다.

가까운 논에서 누군가 벌떡 일어났다가 무릎을 꿇었다. 그러더니 이쪽을 향해 소총을 자동으로 갈겨댔다. 모래주머니가 퍽퍽 터져나갔다. 김승욱이 고개를 숙였다가 다시 쏘려는데, 이미 원종석이 맞힌 다음이었다. 인민군이 한쪽 다리를 높이 들며 거꾸러지는 것이 보였다.

─ 퐁! 퐁!

김승욱은 중대본부 쪽에서 박격포를 쏘는 소리를 총소리 사이에서 들었다. 이제 도로 주변과 논에 있는 인민군들의 머리 위로 포탄이 떨어져 폭발할 것이라고 생각했다. 그런데 포탄이 어디에 떨어졌는지 알 수 없었다. 어디에도 떨어지지 않은 것 같았다. 가든 뒤, 중대본부 쪽에서는 계속 박격포 쏘는 소리가 들려왔다.

"포탄이 계속 불발인가?"

김승욱이 비가 쏟아지는 검은 하늘을 올려보았지만 박격포탄은 보이지 않았다. 박격포탄이 논바닥 진창에 박혀 폭발하지 않는 것 같았다. 답답했다. 모래주머니에 총을 올려놓고 천천히 방아쇠를 당겼다. 익숙해진 진동이 어깨에 살짝 느껴졌다.

김승욱이 논 위를 달리던 인민군 한 명을 또 쓰러뜨렸다. 이번에는 당황하지 않았다. 살기 위해 쏜다는 믿음 뒤에, 인민군들은 죽어 마땅하다는 생각이 뒤따랐다. 적들은 차근차근 접근하고 있었다. 머리 위로 총알 지나가는 소리에 김승욱이 진저리치며 잠시 자세를 낮췄다.

─ 쿠앙! 와두두둑!

벼락치는 소리에 뒤돌아보니 길 건너편 2층 건물이 반쯤 무너져 내렸다. 옥상 위에 있던 예비군들 중 몇 명이 죽었을 게 분명했다. 김승욱이 이를 악물며 총을 쏘아댔다. 죽이지 못하면 죽는다.

─ 팍!

도로 위에서 섬광이 번쩍이더니 전봇대 뒤에 숨은 인민군 서넛이 한꺼번에 쓰러졌다. 도로 위에서 폭발이 계속되었다. 아군이 쏜 박격포탄이었다. 한참 전에 쐈다고 생각한 박격포탄이 그제야 땅에 떨어진 것이다. 정신을 차려 앞을 보니 적과의 거리가 100미터도 채 되지 않았다.

─ 핑!

바람 가르는 소리가 들려왔다. 김승욱은 이 소리가 무슨 소리인지 잠시 생각했다.

"저격수다!"

원종석이 엎드리자 김승욱도 일단 앉고 봤다. 원종석이 하는 대로 따라했다가 손해본 적은 없는 것 같았다. 곽우신이 기를 쓰고 이 진지로 오겠다는 이유도 그것이었다.

원종석은 총안구로 사격을 하고 있었다. 원종석이 탄창을 교환할 때 김승욱이 총구를 끼워넣고 자동으로 놓고 대충 갈겼다. 맞는지, 안 맞는지 알 수는 없었다.

"사격 중지! 사격 중지!"

소대장이 뛰어오면서 외쳤다. 김승욱이 고개를 슬쩍 들었다. 과연 적군이 등을 보이며 뛰어가고 있었다. 돌아가는 적은 몇 명 되지 않았다.

"살았다. 휴우~."

김승욱과 원종석은 누가 먼저랄 것도 없이 땅이 꺼져라 한숨을 내쉬었다. 그때 곽우신이 비척비척 일어났다. 땅에 진동이 일었다. 포격

난전 17

보다는 약하지만 확실한 진동이었다.

원종석이 김포 시가지 쪽의 길을 돌아보았다. 굉음을 울리면서 탱크들이 접근하고 있었다. 위장도색되고 납작한 모양이었다. 한국군 기갑부대였다. 저 멀리 뒤로 장갑차들이 달려오는 것이 보였다. 세 사람이 얼굴에 활짝 미소를 지었다.

6월 17일 05:13 강원도 고성군 간성읍

국군 병사들은 엄폐 진지 안에 있으면서도 비옷을 걸치고 있었다. 천장에서 빗물이 뚝뚝 떨어지기도 했지만 그보다는 체온저하를 막는 것이 주된 이유였다. 3소대가 자리잡은 1038고지는 해발 1,000미터가 넘는 고지대라서 평지보다 기온이 훨씬 더 낮았다. 게다가 보슬비까지 내려 음산하기 그지없었다.

비가 오지만 새벽이 온 것을 느낄 수 있었다. 희뿌옇게 날이 밝아왔다. 밤을 무사히 넘겼다는 안도감에 소대장 박경삼 중위는 기분이 약간 들떠 있었다. 교통호를 돌면서 졸고 있는 소대원들을 흔들어 깨운 박 중위가 지휘소로 다시 발길을 돌렸다. 그때 하늘에서 바람 가르는 소리가 들렸다.

박경삼 중위는 반사적으로 교통호 구석에 엎드려 얼굴을 바닥으로 처박았다. 교통호 바닥에는 빗물이 군데군데 고여 있었지만 군복이 젖는 것 따위를 걱정할 처지가 아니었다.

그런데 폭발은 일어나지 않았다. 불발인 모양이었다. 교통호 위로 고개를 내민 박경삼 중위가 안도의 한숨을 내쉬기 전에 2탄, 3탄이 연이어 날아들었다. 다음 것들은 제대로 터졌다.

시한신관을 장착한 포탄들이 1038고지 정상 수십 미터 상공에서 일제히 터지며 엄청난 파편을 뿌렸다. 쏟아진 파편들이 엄폐 진지 위쪽을 휩쓸었다. 진지 위쪽 흙자루에 파편이 박힐 때마다 안에 있던 국군 병사들이 움찔거리며 머리를 무릎 사이에 박았다. 바로 진지 위에서 터지는 엄청난 폭발음은 마치 세상의 모든 것을 끝장낼 듯했다.

박경삼 중위는 더 이상 이 자리에 머물다간 죽고 말 것 같았다. 공포감에 턱이 덜덜 떨리고 다리에 힘이 쭉 빠졌다. 폭발로 날아오른 흙덩이들이 등 위로 떨어질 때마다 심장이 잔뜩 오그라들었다.

약 10미터 정도 떨어진 소대 지휘소까지 사력을 다해 기어가는 데 걸린 시간은 30초 정도였다. 그러나 박경삼 중위에게는 그 순간이 30분처럼 느껴졌다.

지휘소 입구 안으로 몸을 날린 직후 포탄 한 발이 바로 머리 위에서 폭발했다. 엄청난 폭음과 함께 폭풍이 주변을 휩쓸었다. 파편들이 천장에 박히는 소리가 마치 자기 몸을 난도질하는 것 같았다.

통신병은 공포에 질려 구석에서 웅크린 채 무릎 사이에 머리를 박고 있었다. 박경삼 중위가 기어가 통신병을 두들겨 중대본부로 무전을 연결시켰다. 박 중위가 반쯤 누운 자세로 수화기에 대고 외쳤다. 지휘소 바깥에서 폭음이 들리며 거센 바람이 쏟아져 들어왔다.

"황새, 황새. 여기는 백조, 여기는 백조. 현재 적탄 낙탄 중!"

– 백조. 여기는 황새, 여기는 황새. 상황 이미 파악하고 있다. 별도 지시가 있을 때까지 사전 지시대로 행동하라.

무전기에서 들리는 목소리는 포탄이 작렬하는 긴박한 현장과 달리 너무나 침착했다. 그런 목소리를 듣자 박경삼 중위는 자신이 너무 당황하고 있는 것 같다는 생각이 들었다. 박경삼 중위는 지휘소 안에서 포격이 끝나고 적이 접근할 때를 기다리기로 했다. 포탄이 떨어질 때마다 몸이 반사적으로 움찔거렸다.

시한신관이 정확하게 작동하는 포탄은 그리 많지 않았다. 상당수의 포탄이 그냥 땅에 박히거나 너무 높은 곳에서 터졌다. 진지 역시 별다른 피해를 입지 않았다. 소대원들 역시 치명적인 피해가 없자 차분하게 대응하기 시작했다. 하지만 3분 정도가 지나자 탄종이 바뀌었다. 이제는 충격신관을 장착한 포탄들이었다.

교통호 끝에 있는 진지 하나가 재수없게 직격탄을 맞았다. 벼락치는 소리가 나면서 진지를 구성하고 있는 흙자루와 목재들이 하늘 높이 날아갔다. 시간에 쫓기는 가운데 나름대로 열과 성을 다해 만든 진지였지만, 대구경 포탄의 직격탄에는 맥없이 무너졌다. 진지가 있던 자리에는 거대한 웅덩이만 있을 뿐이었다. 병사들의 모습은 보이지 않았다.

진지 중 상당수가 벽이 무너지거나 통째로 분해되었다. 작은 고지 전체를 완전히 짓뭉개버리겠다는 듯 포탄 수백 발이 계속 떨어졌다. 그때마다 목재나 터져나간 흙자루들이 여기저기서 하늘로 날아올라 춤을 추었다.

"씨펄! 졸라 쏴제끼네."

진지 바닥에 엎드려 주머니에서 쥐포를 꺼내 씹던 홍재현 병장이 중얼거렸다. 옆에 있던 남재호 일병은 이런 상황에서도 태연하게 쥐포를 씹는 고참 홍 병장을 존경스런 눈길로 바라봤다. 홍 병장이 자기를 바라보는 남 일병에게 퉁명스럽게 말했다.

"짜식이! 뭘 보냐? 너도 하나 줄까?"

남재호 일병이 웃으며 고개를 끄덕였다. 홍 병장은 쥐포가 아깝다는 듯한 표정으로 주머니를 뒤졌다. 이렇게라도 뭔가 다른 짓을 하지 않으면 공포감으로 미쳐버릴 것만 같았다.

─ 쿠우아앙!

순간 눈앞이 캄캄해지더니 엄청난 진동이 느껴졌다. 바로 옆에서 포탄이 터진 것 같았다. 흙무더기가 진지 안으로 무너져 들어왔다. 흙벽에 기대고 있던 홍 병장이 그대로 흙더미에 깔렸다. 남 일병 역시 허벅지 근처까지 흙더미에 파묻혔다.

 남 일병은 아무 소리도 들을 수 없었다. 귀가 엄청나게 아팠다. 오른쪽 귀에서 실처럼 가는 핏줄기가 흘러나왔다. 고막이 터진 것 같았다. 포탄 터지는 폭음은 이제 들리지 않고 몸으로 전해지는 진동만 느껴졌다.

 남재호 일병이 겨우 흙더미에서 몸을 빼내 주변을 둘러보았다. 진지 왼쪽 벽이 완전히 무너져 있었다. 옆에 있던 홍 병장이 보이지 않았다. 남 일병은 겁이 덜컥 났다.

 "홍 병장님! 홍 병장님!"

 아무리 불러도 대답이 없었다. 진지 주변으로 짙은 연막이 퍼졌다. 인민군이 드디어 고지공격을 시작한 모양이었다. 청각을 잃은 남 일병에게 진지 밖에서 동료들의 다급한 목소리가 어렴풋하게 들려왔다.

 "적이다! 적이 나타났다!"

 인민군 보병들이 온 산자락을 가득 메우고 달려오고 있었다.

 "황새, 황새. 여기는 백조, 여기는 백조. 황새 응답하라."

 ― 치치직…… 여기는 황새, 백조 말하라.

 박경삼 중위가 목이 터져라 외쳤다. 통신기의 감이 좋지 않았다.

 "포격이 치열하다. 진지 200미터 전방에 적 보병 출현, 규모는 중대급으로 추정. 지원포격은 어찌 됐나?"

 ― 알았다. 지금 즉시 포격을 실시하겠다.

 "빌어먹을! 알기는 뭘 알아!"

 ― 꽝!

 포탄이 진지 바로 왼쪽 옆에서 터졌다. 엄청난 폭음에 몸 속 내장들까지 들썩이는 듯한 느낌이 들었다. 흙자루들이 무너지면서 통신병을 덮쳤다. 진지 안에는 매캐한 화약 냄새가 가득 찼다.

한동안 얼이 빠져 있다가 겨우 정신을 차린 박경삼 중위가 허겁지겁 흙자루를 치우고 통신병을 끄집어냈다. 얼굴이 창백하게 변한 통신병은 계속 기침을 해댔다. 통신병은 진흙탕에 빠졌다 나온 사람처럼 흙투성이였다.

박경삼 중위가 수화기를 들었다. 무전이 끊겨 있었다. 통신병이 열심히 중대 주파수로 교신을 시도했다. 그러나 무전기는 아무 소리도 내지 못했다.

"황새, 들리나? 황새 들리나? 씨팔! 아무 소리도 안 나잖아!"

박 중위는 당장 잡아먹을 것 같은 눈초리로 통신병을 노려봤다. 당황한 통신병은 얼굴이 시뻘개진 채 무전기를 이리저리 조작해봤지만 결과는 마찬가지였다.

"이 새꺄! 도대체 어떻게 된 거야? 소대원들 다 죽이고 싶어?"

박경삼 중위가 길길이 날뛰었다. 하지만 죽어버린 무전기는 결코 되살아나지 않았다.

연막탄과 고폭탄을 절반쯤 섞은 인민군의 포격은 이제 완전히 연막탄으로 바뀌었다. 새하얀 연막이 1038고지를 완전히 삼켜버렸다. 진지 안에 있던 국군 병사들은 눈앞이 하얀 연막으로 뒤덮이자 당황했다. 바로 밑에서 기어올라오던 적이 보이지 않았다.

"제기랄! 뭐가 보여야 쏘지!"

"포격 지원은 왜 안 해?"

병사들이 불안해하며 수군댔다. 선임하사 이종익 중사가 연막이 자욱한 참호선을 따라 소대 지휘소로 달려왔다.

지휘소에 있던 소대장 박경삼 중위는 지나치게 흥분한 상태였다.

이 중사가 보기에 달리 뾰족한 해결책이 없었다. 통신병을 족친다고 해결될 일도 아니었다. 죽을 때까지 버텨보는 수밖에 없었다. 이 중사는 곧 소대원들에게 상황을 알리기 위해 돌아갔다. 박 중위는 무력감에 절반쯤 넋이 나간 상태로 바닥에 주저앉았다.

철조망지대 전방에 매설된 지뢰들이 터졌다. 폭발에 주변 흙덩이가 국군 진지 근처까지 날아가 떨어졌다. 소리가 난 방향을 향해 국군 기관총들이 불을 뿜었다. 연막 저편에서 인민군들의 비명과 고함이 들려왔다. 인민군 군관 같은 자가 독전하는 고함도 생생하게 들렸다. 여러 차례 지뢰 폭발과는 다른 폭음이 들렸다. 인민군들이 폭약으로 철조망을 날려버리는 모양이었다.

국군 병사들은 극도로 초조한 상태에서 눈앞에 인민군들이 나타나기를 기다렸다. 호흡이 거칠어지고 눈에 들어간 것이 없는데도 자꾸 눈물이 나와 눈을 비벼댔다. 등허리에서 땀이 솟아나기 시작했다.

잠시 후 제2철조망지대가 돌파되었다. 그때서야 인민군들의 모습이 짙은 연막 사이로 간간이 보였다. 자동소총과 기관총이 일제히 불을 뿜었다. 앞장 서서 달려오던 인민군들이 비명을 지르며 쓰러졌다. 클레이모어가 터지면서 인민군의 선두 대열이 둑 무너지듯 한꺼번에 쓰러졌다.

인민군도 국군 진지에 대해 RPG-7로 공격하기 시작했다. 포격으로 반쯤 무너진 진지 하나가 로켓탄 공격을 받고 완전히 파괴되었다. 진지가 터지면서 목재와 흙자루들이 폭발에 밀려 하늘로 솟구쳤고, 그 사이에 병사들의 몸뚱이가 산산조각 나며 하늘로 말려 올라갔다. 옆에서 쉴새없이 총알을 퍼붓던 기관총 진지도 RPG-7을 맞아 파괴되었다.

국군 진지에서 사격이 치열했지만 인민군은 계속 밀려왔다. 인민군들은 죽여도 죽여도 끝없이 몰려왔다. 앞에서 국군 진지를 공격하던

7호 발사관 사수가 쓰러지면 옆에 있던 다른 인민군이 그것을 주워들고 다시 공격했다. 이런 저돌적이고 맹렬한 공격으로 제1선의 진지들이 연이어 무너지기 시작했다.

인민군의 일부 침투조는 격파된 국군 제1진지선 틈 사이로 침투해 순식간에 제2진지선 후방으로 통하는 교통호로 뛰어들었다. 교통호 중간에 대기하고 있던 이종익 중사와 강 일병이 침투한 인민군을 소총으로 사살하고 수류탄으로 날려버렸다. 교통호를 통해 일렬로 뛰어오던 인민군 네 명이 총알 한 방에 관통당했다. 인민군들의 전진이 멈칫하는 순간이, 수류탄이 날아가는 타이밍이었다.

— 쿠쿵!

철조망선이 무너진 지 한참 뒤에야 국군 포탄이 제1선 철조망 전방에 떨어지기 시작했다. 뒤에 처진 인민군 보병 몇 명이 포격에 쓰러졌지만, 주력은 이미 1차 진지선을 돌파해 제2선으로 파도처럼 밀려들고 있었다.

"덤벼! 이 새끼들아!"

국군 병사들은 다가오는 인민군들을 향해 고함을 지르면서 총구가 달아오르도록 사격했다. 그러나 인민군의 숫자는 너무 많았다. 그리고 공격 선봉에는 다수의 RPG-7이 있고, 뒤에는 기관총 몇 대가 불을 뿜어댔다. 인민군은 화력에서도 국군을 압도하고 있었다. 전투의지 역시 강렬해서 주변 동료들이 쓰러져가는 것을 보고도 전혀 주저하지 않고 달려들었다.

제2진지선 교통호 입구에 자리잡고 있던 이종익 중사와 강 일병은 또다시 살금살금 기어드는 인민군 침투조 3명을 수류탄으로 날려버렸다. 이 중사는 인간의 비명이 기분 좋게 들린다는 사실을 처음 알았다.

이 중사가 교통호 주변으로 천천히 총구를 움직였다. 강 일병도 다시 안전핀을 뽑은 수류탄을 들고 인민군이 기어들기를 기다렸다. 그러나 이번에는 인민군들이 겁을 먹었는지 잘 들어오지 않았다.

낌새가 이상해 머리를 들어 주변을 살피는데, 갑자기 수류탄 서너 개가 동시에 머리 위로 떨어져 내렸다. 피하려 했지만 이미 늦었다. 맹렬한 폭발이 일어났다. 그리고 모든 것이 끝났다.

— 뚜카카카!

인민군 2명이 수류탄 폭발 직후 교통호 안으로 뛰어들면서 소총을 난사했다. 교통호 주변 벽에 총탄이 퍽퍽 박혔다. 이 중사와 강 일병은 수류탄 폭발에 몸이 갈기갈기 찢겨 바닥에 너부러져 있었다.

— 콰쾅!

인민군들이 쓰러진 국군 시체를 확인할 틈도 없이 바닥에서 수류탄이 터졌다. 그 수류탄은 강 일병이 쥐고 있다가 죽으면서 놓친 수류탄이었다. 인민군들의 입에서 비명이 터져나왔다.

근처에서 대기하고 있던 인민군들은 폭음과 함께 들린 동료들의 비명에 이번에도 실패했다고 판단했다. 결국 그들은 교통호로 침투하는 것을 포기하고 정면돌파를 선택했다. 인민군은 몰랐지만 이 작은 판단 오차가 큰 화를 불러일으킬 줄이야.

6월 17일 05:22 강원도 고성군 간성읍

남재호 일병은 아무 것도 들리지 않았다. 청각을 뺀 감각만으로 전투를 수행해야 했다. 진지 밖으로 나가려는데 뭔가 시커먼 것이 바로 앞에 나타나자 본능적으로 방아쇠를 당겼다. 거리는 1미터도 되지 않았고, 뾰족한 총검이 가슴 바로 앞까지 다가온 상태였다. 피가 튀며 인민군 한 명이 튀듯이 교통호에 쓰러졌다. 인민군의 총에서 발사된 총알이 눈 옆을 스치며 지나갔다.

남재호 일병은 눈앞으로 달려드는 또 한 명의 인민군을 사살한 뒤 진지를 빠져나왔다. 진지 안에 계속 있다가는 뒤쪽 입구나 옆의 무너진 벽 사이로 날아온 수류탄에 죽고 말 것 같다는 생각이 들었다. 조금 전에도 바로 근처에 수류탄이 떨어져 기겁한 일이 있었다.

입구를 막 나서는 순간, 왼쪽에서 인민군 병사가 총검을 앞세우며 달려들었다. 총검의 높이로 보아 인민군은 남 일병의 목을 노리고 있었던 모양이다. 거리가 너무 가까웠다.

"죽어라, 이 새끼!"

남 일병이 K-2 소총으로 상대방의 가슴에 3발 모두를 명중시켰다. 하지만 거리가 너무 가까웠다. 달려오던 힘 때문에 총검은 그대로 남 일병의 가슴을 꿰뚫어 등으로 뚫고 나와 진지 벽 깊숙이 박혔다. 인민군 병사는 거칠게 남 일병에게 몸을 부딪친 후 바닥에 쓰러졌다.

"우······!"

총구 끝부분까지 심장 깊숙이 총검이 박혀 들어갔다. 고개를 숙여 직접 확인한 남 일병이 짐승처럼 괴성을 질렀다. 뽑으려 했지만 팔에 힘이 들어가지 않았다. 호흡도 급격하게 거칠어졌다. 몇 번 더 괴성을 지르던 남 일병의 고개가 앞으로 떨구어졌다. 하지만 몸은 여전히 벽에 매달려 있었다. 축 처진 총 개머리판으로 남 일병의 붉은 피가 뚝뚝 흘러내리기 시작했다.

인민군은 2차 진지까지 대부분 점령했다. 진지선 돌파 직전 클레이모어의 일제폭발 때문에 상당한 피해를 입었다. 그러나 1038고지 완전 점령을 바로 목전에 두고 있었기 때문에 인민군의 사기는 크게 올라 있었다.

인민군들이 염려했던 국군의 집중포격은 위력이 약하고 부정확했다. 게다가 인민군들이 주저항선을 통과한 다음 뒤쪽에 집중됐다. 보급물자를 추진 중이던 후속 지원부대 중 일부만 피해를 입었을 뿐이었다.

인민군 중대장 조상면 대위는 국군 포병이 자기 편 진지선 안쪽은 좀처럼 포격하지 않는다는 것을 알고 있었다. 그래서 국군의 제1진지선이 무력화되자마자 곧바로 3소대를 철조망선 안쪽으로 투입시켰다. 아직까지 인민군 3소대는 피해를 전혀 입지 않은 상태였다.

전투에는 사기가 중요하다. 무기체계의 성능 차이나 지리상의 이점 차이가 별로 없는 상황에서 사기가 오른 군대와 사기가 떨어진 군대가 격돌하면 사기가 떨어진 군대 쪽이 엄청난 피해를 입게 된다.

조 대위는 여세를 몰아 곧바로 제3진지선까지 밀어붙여 일거에 고지를 완전히 점령해야 한다고 생각했다. 조 대위는 병력이 절반 가까이 줄어든 1소대를 3소대와 신속하게 교체시켰다.

인민군 입장에서는 동부전선에서 남진하려면 이 고지는 반드시 점령해야 할 곳이었다. 동해안 도로는 도로망이 양호하지만 한국 해군이나 공군에 의해 언제든지 차단될 염려가 있었다. 그에 반해 진부령을 넘어가는 46번 국도는 산간에 위치해 주변에 살아남은 국군 진지들로부터 공격받을 우려가 있었다. 그러나 한국군을 태백산맥 동서로 분단시켜 섬멸하기 위해서는 반드시 46번 국도가 필요했다.

인민군이 46번 국도를 확보하면 동쪽으로 속초를 위협하고, 서쪽으로는 인제와 원통을 공격할 수 있었다. 그리고 진부령 북서쪽에 있는 1038고지는 46번 국도를 수송로로 확보하기 위한 전제조건이며, 인민군 입장에서는 어떤 희생을 치르더라도 점령해야 할 목표였다.

"돌격! 앞으로!"
"장군님 만세!"
"공화국 만세!"

인민군 3소대가 드디어 제3진지선을 향해 함성을 지르며 최후돌격을 시도했다. 중대장 조상면 대위의 위치는 3소대 최후미였다. 승리가 눈앞에 보이는 듯했다. 치열한 소총과 기관총, 그리고 무반동총의 화망을 뚫고 용감하게 돌진에 돌진을 거듭했다.

어느 순간 꽝음과 함께 검은 연기가 치솟았다. 그와 동시에 인민군의 공격 선봉이 일제히 쓰러졌다. 진지선 사이에 배열된 클레이모어들이 거의 동시에 폭발한 것이다. 순식간에 20여 명이 쓰러졌다. 그 중에는 사상자도 있었지만, 폭음이 나자 즉각 엎드린 인민군들도 많았다.

돌격은 중단되었다. 조상면 대위가 고함을 치면서 인민군들을 일으켜 세우려 했다. 그러나 겁을 집어먹은 인민군들의 동작은 굼떴다. 그 때 기관총 소리가 연발로 들려왔다. 주춤거리며 일어서던 인민군들이 한꺼번에 쓰러지기 시작했다.

제3진지선의 국군 기관총들이 고착된 인민군들을 휩쓸었다. 때맞춰 강풍이 불자 지금까지 시야를 가렸던 짙은 연막이 대부분 흩어져 제1철조망선까지 한눈에 들어왔다.

"쏴라! 쏴! 한 놈이라도 더 죽여라! 죽여!"

인민군들이 무더기로 쓰러지는 것을 지휘소 안에서 본 국군 박경삼 중위의 눈은 광기에 휩싸인 듯했다. 계속 '죽여라'고 외치면서 관측창을 통해 K-1 자동소총의 방아쇠를 당겨댔다.

인민군의 공격기세가 현격하게 수그러들었다. 왕성하던 공격정신은 순식간에 사라졌다. 독전하던 구호는 인민군들의 비명으로 바뀌었다. 방어작전의 성공이 눈앞에 보이는 듯했다.

― 삐이익~ 지지직!

소대장 옆에서 총을 쏘던 통신병이 깜짝 놀라 벗어놓은 무전기 쪽으로 향했다. 통신병이 고개를 갸웃거리며 무전기를 다시 조작했다. 이번에는 무전기가 제대로 작동하는 것 같았다. 무전병이 즉시 중대본부를 호출했다. 그 소리에 박경삼 중위가 눈을 둥그렇게 뜨고 통신병을 응시했다.

"황새, 황새. 여기는 백조, 여기는 백조. 황새 응답하라!"

— 백조? 여기는 황새. 아직도 살아 있었나?

어감이 아주 이상했다. 통신병이 물끄러미 소대장의 얼굴을 쳐다보았다. 답답해진 박 중위가 직접 수화기를 빼앗아 들고 중대본부를 호출했다. 그러나 이번에는 응답이 없었다.

통신병과 박 중위는 서로 잠시 얼굴을 바라봤다. 상황을 이해할 수 없었다. 무전기가 정상적으로 작동되는 상황에서 중대본부는 응답을 하지 않고 있었다. 대신 뭔가 웅성거리는 잡음이 가득 들려왔다.

그때 하늘에서 소리가 들렸다. 주변 대기 전체가 거의 동시에 윙윙거리며 울리기 시작했다. 두 군인의 시선이 천장으로 향했다.

— 콰콰쾅!

1038고지 전체가 거대한 폭연에 휩싸였다. 155밀리 곡사포 1개 대대가 퍼붓는 TOT 사격이었다. 지면에 노출되어 있던 모든 물체가 산산조각 나며 하늘로 솟구쳤다. 제1사가 끝난 30초 뒤 다른 대대가 다시 제2사를 퍼부었다.

20분 뒤 예비병력으로 고지 아래서 대기하고 있던 국군 예비소대 병력이 1038고지로 올라갔다. 고지에는 살아남은 사람이 단 한 명도 없었다. 시체, 그것도 절반도 남지 않은 시체들뿐이었다.

피범벅이 된 국군과 인민군들의 시체를 본 국군 병사들은 고참과 신병을 가리지 않고 구역질을 해댔다. 특히 몇몇 신병들은 공포로 정신이 반쯤 나가버리기도 했다.

그러나 국군 병사들은 동료들과 인민군들의 시체를 치울 수 없었다. 인민군의 포탄이 다시 고지로 떨어지기 시작했기 때문이다. 병사들이 허겁지겁 그 자리에 새로 진지를 파기 시작했다. 동료들이 포탄에 날아가는 것을 보면서도 병사들은 정신없이 참호 파기를 서둘렀다. 그들의 생명을 지켜줄 수 있는 것은 오직 참호뿐이었다.

6월 17일 05:54 강원도 춘천시

춘천댐 아래 서쪽으로 향해 나 있는 70번 지방도로 위에서 강 건너편을 바라보는 날카로운 눈길이 있었다. 나뭇잎으로 잘 위장된 무개진지는 지방도로 바로 위쪽 산비탈에 있었다. 새벽안개가 피어오르는 북한강 건너 5번 국도에는 남쪽으로 향하는 인민군 트럭들이 줄을 잇고 있었다.
강 건너 왕복 4차선 도로를 쌍안경으로 살피던 그림자들이 조금씩 꿈틀거렸다. 그림자들은 초조한 기색을 감추지 못했다. 판초우의는 간밤에 맞은 빗방울이 뭉쳐 흘러내렸다. 그러나 지금은 비가 멈추고 하늘에는 먹구름이 바람을 따라 북쪽으로 움직이고 있었다.
"절호의 기회다. 반드시 공격해야겠어."
낮은 속삭임에 다른 그림자는 가타부타 대꾸하지 않았다. 시간이 계속 흘러갔다. 그러나 이들의 움직이는 기색은 보이지 않았다.
"박 병장님, 더 늦기 전에 공격한 다음 후퇴해야 합니다. 본대는 한참 남쪽으로 갔을 겁니다."
"물론이지. 이번에 공격한다. 그런데 길 아래에 있는 놈들이 좀 지나가면······."
주영환 일병이 나뭇잎 사이로 길 아래를 슬쩍 내려다보았다. 인민군 자주포와 탄약차들이 끝없이 지나가고 있었다. 포장도로 옆에는 수도 없이 많은 인민군 보병들이 걷는 모습이 보였다. 주 일병이 몸서리쳤다.

어젯밤부터 인민군의 차량 행렬은 끝이 없었다. 강 건너나 이쪽이나 마찬가지였다. 박희두 병장이 망설일 만했다. 공격을 시작하자마자 당장 진지 아래 도로나 진지 뒤쪽에 있는 산 정상 부근에서 인민군들이 몰려올 것이 뻔했다.

주영환 일병은 초조했다. 어차피 계속 인민군 차량들이 몰려온다면 공격은 빠를수록 좋았다. 조금이라도 빨리 남쪽으로 본대를 찾아가고 싶었다.

춘천댐은 폭파되지 않았다. 북한군이 밀려오면 다른 도로나 다리들과 함께 당연히 폭파될 것이라 예상한 댐이었다. 주영환 일병은 이해가 되지 않았다.

도로에 설치된 콘크리트 대전차장애물은 금방 치워졌다. 이것들은 인민군의 진격을 잠시라도 막지 못했다. 국군의 포격이 유기적으로 연계되지 않았기 때문에 대전차장애물은 거의 의미가 없었다.

그리고 도로 위쪽 비탈을 폭약으로 무너뜨려 도로를 뒤덮었지만 도로도 금방 복구되었다. 국군이 북한강에 몇 개 있는 짧은 다리들을 파괴하자 인민군들은 부교를 놓았다.

물론 춘천댐이 폭파된다고 해서 인민군의 진격이 전혀 불가능한 것은 아니었다. 화천에서 춘천에 이르는 우회도로는 많았다. 다만 국군이 전쟁 초기에 댐 하나를 포함해 다리 몇 개만 끊었다면 춘천을 북한에게 넘겨주지는 않았을 것이다.

그러나 국군은 그럴 기회가 없었다. 인민군의 남진 속도도 워낙 빨랐지만 특수부대와 함께 폭우가 쏟아지는 날에 200대가 넘는 헬기를 집중운용한 북한의 모험이 성공한 것이다.

지금도 춘천댐 북쪽 오월리 부근에서는 총성이 가득했다. 춘천호에서 가평으로 넘어가는 샛길은 국군이 강력하게 방어하고 있었다. 그 길이 뚫리면 가평 북쪽 철원과 포천에 있는 국군 사단 몇 개가 포위되기 때문에 저항은 격렬했다.

그래서 인민군들은 서쪽으로 진출하지 못하고 계속 춘천 남쪽으로 진격했다. 춘천 시내 쪽에서 밤새 이어지던 총성은 새벽녘부터 잦아들고 있었다.

"아무래도 춘천이 점령당했나 봅니다."

주영환 일병이 하품을 하며 작은 목소리로 말했다. 박희두 병장의 안색이 변했다. 고개를 점점 숙이는 것 같았다. 주영환 일병이 박 병장을 흘겨보았다. 박 병장이 공격명령을 내릴 리는 없었다. 주변 감제고지에 배치됐던 벌컨 등 중화기가 어떻게 제압됐는지 어제부터 지켜봐 온 박희두 병장이었다.

중화기들은 쏘기도 전에 인민군 헬기부대나 포격에 의해 제압되었다. 특수부대의 준동도 빼놓을 수 없었다. 이곳이 살아남을 수 있었던 것은 위장이 철저했던 까닭도 있었지만, 일단 도로에서 올라가기 힘들기 때문이었다.

주영환은 며칠 전에 이 작은 진지에 투입되면서부터 어떤 난리를 피웠는지 뼈저리게 기억하고 있었다. 식사시간이나 교대시간에는 도로에서 깎아지른 듯한 급경사를 따라 로프를 잡고 땀을 뻘뻘 흘리며 올라가야 했다. 무기나 무거운 보급품을 옮길 때는 벌둔이라는 작은 마을까지 오솔길을 따라 들어갔다가 수풀이 무성한 산길을 따라 나와야 했다.

본대와의 연락은 끊긴 지 오래였다. 적진에 홀로 고립되었다는 느낌이 두 사람을 감쌌다. 시간이 갈수록 고립감은 더 깊어갔다.

"박 병장님, 쏘고 후퇴합시다."

"아랫놈들은?"

"워낙 급경사에다가 비가 와서 미끄러우니까 시간이 한 2, 3분쯤 있을 겁니다. 1분 동안 다 쏘고 튀는 겁니다. 본대가 후퇴한 남쪽이 아니라 서쪽 가평으로 가는 겁니다. 훨씬 더 가깝습니다."

주영환 일병은 그렇게 말해놓고도 본대가 과연 남아 있기라도 한 것인지 궁금했다. 본대가 있다면 진작 통신으로 명령을 내렸을 것이다.

박희두 병장은 가평 쪽이 더 가깝다는 말에 솔깃한 모양이었다. 박 병장이 이를 악물었다.

"좋아, 이놈들! 위장 걸어!"

주영환 일병이 위장그물을 걸었다. 그리 크지 않은 그물이었지만, 나뭇잎으로 위장이 잘 되어 있었다. 비가 오는 탓에 나뭇잎이 시들지 않아 들키지 않았다.

박 병장이 육중한 K-6 중기관총을 붙잡았다. 기관총 총구가 빙글 돌아 강 건너 트럭 행렬을 향했다. 기관총이 불을 뿜기 시작했다. 춘천댐 아래 좁아진 북한강 계곡에 굉음이 울렸다. 자동소총을 거꾸로 멘 주영환 일병이 수류탄을 아래로 힘껏 던졌다. 수류탄 상자는 활짝 열려 있었다.

강 건너 서원초등학교 앞길을 달리던 트럭 운전석에서 하얀 연기가 피어올랐다. 트럭은 길 옆 돌무더기를 들이받고 뒤집혔다. 그 다음 트럭이 전복된 트럭을 들이받고 멈췄다. 기관총탄이 포장에 구멍을 송송 뚫었다. 뒤집힌 트럭에서 인민군들이 기어나왔다. 인민군들을 발견한 주영환이 외쳤다.

"보급품이 아니라 병력입니다!"

"나도 알아! 수류탄이나 잘 던져!"

보급품이 아니고 병력이라면 일일이 쏴줘야 한다는 문제가 생긴다. 트럭 행렬이 정지하더니 병력이 하차하기 시작했다. 도로 위는 삽시간에 인민군들로 우글거렸다. 기관총이 한 번 쓸고 지나갈 때마다 인민군들이 픽픽 쓰러졌다.

　주영환 일병은 연달아 수류탄 안전핀을 벗겨 던지고 있었다. 길 밑 계곡으로 떨어진 것도 있고 내려가는 중간에 터진 수류탄도 있었다. 아래쪽 길에서 비명이 연이어 들려왔다. 무턱대고 위쪽으로 총을 쏘는 자들도 있었다.

　주 일병이 왼쪽과 오른쪽으로 수류탄을 교대로 던졌다. 폭음이 울릴 때마다 비명이 이어졌다. 수류탄이 길에서 터진 것보다는 공중에서 터지는 것이 더 많았다. 박 병장과 주 일병은 수류탄이 나뭇가지에 걸려 공중에서 터질 때마다 움찔거렸다.

　"땡! 가자!"

　실탄이 바닥난 것을 확인한 박 병장이 허겁지겁 배낭을 챙겨들고 산 위쪽을 향했다. 탄창을 갈아끼울 여유도 없었다. 수류탄 몇 개를 한꺼번에 던진 주영환 일병이 그를 따랐다. 물기를 가득 머금은 나뭇잎들이 얼굴을 때렸다. 그들의 주변으로 총탄이 날아와 나무와 물기 머금은 진흙에 박히기 시작했다.

　6월 17일 06:42　인천광역시 계양구 상공

　비가 그친 하늘 위에는 소나기를 퍼부을 것 같은 먹구름이 잔뜩 끼어 있었다. 보통 때 같으면 훤할 아침인데도 아직 어두컴컴했다.

　곧게 뻗은 큰 도로 위로 어두운 남색 헬리콥터 한 대가 날고 있었다. 탐색구조전대 소속의 HH-60 블랙호크 헬리콥터였다. 블랙호크는 인천 영종도 국제공항을 연결하는 고속도로를 시각 참조점 삼아서 저공비행하고 있었다.

헬리콥터 캐빈 뒷자리에 앉은 구조사 계동혁 하사는 선임구조사인 강 중사와 함께 구조용 바구니와 호이스트 연결용 로프, 기계톱 등의 구조장비를 최종 점검했다. 이들은 마지막으로 K-1 자동소총 탄창과 안전장치를 다시 한 번 확인했다. 정비사인 이 하사는 멍하니 창 밖을 바라보며 소총을 쓰다듬고 있었다.

잠시 여유가 생긴 계동혁이 좌석에 기대 눈을 감았다. 조금은 두렵고 또 억울했다. 원래 계동혁은 사천 공군기지 소속 행정병이었다. 병장 때 사격장에서 군기 빠진 일병 한 명을 줘팼는데 그놈이 하필 빽도 엄청난 빽이 있는 놈이었다.

요즘 군에서 구타가 금지되긴 했지만 전통적으로 사격장 구타는 허용되는 게 관례였다. 하지만 대대본부에서는 위에 눈치보느라 용납하지 않았다. 계동혁에게 영창과 말뚝 중 하나를 선택하라고 강요했고, 계동혁은 될 대로 되라는 심정으로 말뚝을 박았다. 장기근무 하사로 지원한 것이다.

계동혁은 다른 유명한 특수부대가 하는 온갖 위험한 일을 다 해야 하는 구조특기를 자원했다. 계동혁은 여기서 처음부터 다시 시작했다. 나이 어린 고참들에게 시달리고 남들보다 군대생활 조금 더 많이 했다는 이유로 구박도 더 많이 받았다.

온몸이 쏠리는 느낌과 함께 헬리콥터가 방향을 바꿨다. 오늘 임무는 어제 한강 하구에 떨어진 전투기 조종사를 구하는 일이었다. 브리핑에서는 고속도로를 따라가다가 영종도에서 해안선을 멀리 오른쪽에 끼고 강화도로 접근한다고 했다.

계동혁은 오른쪽 창문에 보이는 바다로 헬기가 해안선 위를 날고 있음을 느꼈다. 계동혁은 다시 한 번 심호흡을 하며 두려운 마음을 달랬다. 강 중사는 아무 말 없이 지도를 보고 있었다. 계동혁은 저 중에 어디쯤 조종사가 숨어 있을까 생각했다.

오늘 구조할 조종사는 어제 오전 김포 상공에서 떨어졌는데, 현재 남쪽으로 이동 중이라고 했다. 숨어 있는 위치가 적 지상군에게 노출될까 봐 조종사는 아직 정확한 위치를 밝히지 않았다. 교신도 극도로 자제하고 있었다. 그런 상황에 처한 조종사치고 침착한 편이라고 계동혁은 생각했다.

지금 김포에서는 어제 도하한 북한군과 지상전이 한창이라고 들었다. 그런데 도어에 거치된 기관총과 자동소총 세 자루가 전부인 블랙호크가 그 틈바구니로 들어가면 살아 돌아온다는 보장이 없었다. 그래도 까라면 까는 게 군대라고 계동혁은 투덜거렸다.

6월 17일 07:13 인천광역시 강화군 선원면

요란한 천둥소리와 함께 여름 소나기가 퍼붓기 시작했다. 굵은 장대비가 마치 장막을 만들듯 청각과 시각을 완전 차단했다. 빗속에서 블랙호크 헬리콥터가 강화역사관 남쪽, 김포와 강화도 사이의 한강 하구로 접근했다.

─ 알파 4, 희망 32번기다. 현재 문수산 서쪽 4km 지점에서 대기 중이다. 정확한 위치를 말하라.

─ 알파 4다. 당신들은 서산에서 연락받고 온 게 확실한가?

─ 그렇다. 시간이 없다! 오래 있으면 우리도 위험하다.

─ 그럼, 내가 속한 알파 편대원들의 이름을 대라. 내 위치를 함부로 노출시킬 수 없다!

─ 서산에서 연락받았다. 1번기 중령 김영환, 2번기 대위 송호연, 3번기 소령 박성진, 4번기 대위 이재민, 바로 당신이다.

─ 맞다. 내 위치 좌표는…….

계동혁은 흔들리는 헬리콥터 캐빈에서 헬리콥터 조종사 임 대위와 구조할 조종사 사이의 교신을 듣고 있었다. 조종사가 적지에 떨어졌을 경우에는 적군이 구조팀으로 위장해서 탈출한 조종사를 잡거나 탈출한 조종사를 이용해서 구조팀을 유인하는 경우가 있다.

따라서 구조하는 쪽이나 구조받는 쪽 모두 상대방의 신원확인에 무척 신경을 곤두세우게 된다. 그러나 그 확인에 시간을 많이 쓸 수는 없었다. 적이 전파를 역추적해서 조종사의 위치를 포착할 수 있기 때문이다.

ㅡ 알파 4, 이번엔 우리 쪽에서 묻겠다. 작전참모 노일호 소령의 별명이 뭔가?

ㅡ 뭐라고? 다시 말해라.

ㅡ 비행단 작전참모 노일호 소령을 부르는 비공식 별명이 있다던데? 당신네 비행단 사람이라면 다 안다고 했다.

뭔가 궁금해 계동혁이 귀를 쫑긋 세웠다. 그런데 조종사로부터 대답이 나오기까지는 시간이 한참 걸렸다.

ㅡ 그, 그…… 그건, 노 소령님 별명은 변태다.

ㅡ 발음이 틀리다. 확실히 해라.

ㅡ 좋다. 제기랄! 변태가 아니라 '변, 퉤!'다.

계동혁이 키득댔다. 의미가 강화된 건지, 아니면 전혀 다른 뜻이 된 건지 쉽게 구별되지 않았다.

ㅡ 알파 4, 이유도 말해라.

ㅡ 노 소령님은 노총각인데 몰래카메라로 찍은 CD 모으는 게 취미다. 그래서 변태라고 한다. 아니, 변! 퉤! 이렇게 부른다.

ㅡ 좋다. 식별 OK. 1분 30초 후에 도착하겠다.

헬리콥터는 기수를 앞으로 숙이고 전속력으로 문수산 남쪽을 향해 가속하기 시작했다.

6월 17일 07:15 경기도 김포시

서쪽에서 다가온 헬리콥터가 문수산 남쪽 김포 시사이드 컨트리클럽을 중심으로 선회하기 시작했다. 헬리콥터가 속도를 늦추자 비바람에 더 흔들렸다.
　- 알파 4, 희망 32번기다. 불러준 좌표에 도착했다. 찾을 수가 없다! 도대체 어딨나? 시간이 없다!
　- 희망 32번기, 알파 4다. 내가 지상에서 무선으로 유도하겠다.
　- 알았다. 강 중사! 계 하사! 지상경계 철저히 해. 지금부터 지상 접근이다!
　"예!"
　계동혁은 열려진 캐빈 도어 밖으로 얼굴을 내밀고 엎드렸다. 굵은 빗방울이 헬멧을 때렸다. 이 하사가 거치된 기관총을 잡고 사방을 살폈다. 강 중사는 기체 왼쪽을 맡았다.
　헬리콥터가 산자락 경사면 위로 접근했다. 고도를 낮추자 지면에 부닥친 헬리콥터 로터 후류가 다시 위로 올라와서 기체를 뒤흔들었다. 지상과의 거리가 위험할 정도로 가까웠지만 거센 빗줄기 속에서 지상에 숨어 있는 조종사를 식별할 수는 없었다.
　- 알파 4다. 조금 오른쪽 더 아래로 내려라! 거기에 내가 있다.
　- 더 이상 낮출 수 없다. 우리도 위험하다!
　"계 하삽니다! 지상 확인이 안 됩니다. 호이스트를 내릴 수가 없습니다!"
　- 알파 4, 희망 32다. 당신을 볼 수가 없다. 신호탄이 있으면 사용하기 바란다.
　- 알았다. 이 근방에도 적 지상군이 있을지 모르니 조심하기 바란다! 최소한 적 대공포 진지는 없는 것 같다.

계동혁은 그 조종사가 참 친절한 피구조자라고 생각하며 미소를 지었다. 그런데 이곳은 김포에서 치열하게 벌어지는 전투지역 서쪽이고, 강화대교 근처도 아니었다. 대공포 진지가 있을 이유가 별로 없었다.

"저깁니다!"

헬리콥터 오른쪽 아래 나무 사이에서 밝은 오렌지색 불꽃이 이는 것을 발견한 계동혁이 조종석을 향해 외쳤다. 헬기 소리 때문에 조종석에 육성이 들릴 리는 없겠지만 일종의 습관이었다. 헬멧에 장착된 인터컴에서 익숙한 목소리가 들려왔다.

— 봤다. 사다리로 되겠나?

"고도가 높아서 사다리로는 힘듭니다!"

— 고도를 더 내리기는 힘들다. 계 하사! 호이스트를 써라.

"알겠습니다."

헬리콥터가 공중에서 정지하자 사람을 태울 수 있는 구조용 바구니가 호이스트에 매달려 지상으로 내려가기 시작했다. 바구니가 땅에 닿자 나무 뒤에서 누군가 튀어나와 바구니로 향하는 것이 보였다.

— 카카카캉!

갑자기 콩 볶는 소리와 함께 총알 스치는 소리가 들렸다. 계동혁은 신호탄 불꽃을 본 인민군이 발포하는 것으로 판단했다. 그러나 어디서 쏘는지 보이지 않았다.

— 야! 빨리 끌어올리고 대응사격 해! 위치 어디야?

— 위치 파악이 안 됩니다! 아! 저깁니다. 3시 방향 500미텁니다!

이 하사가 기관총을 돌려 집중사격을 퍼부었다. 기관총을 잡고 있는 이 하사의 몸이 앞뒤로 진동했다.

계동혁은 호이스트를 끌어올리려고 최선을 다했지만 호이스트 인양속도에는 한계가 있었다. 사람이 올라탄 구조바구니는 로터 후류와 바람에 말려 크게 흔들리면서 회전했다. 계동혁은 바구니의 줄을 잡고 최대한 움직임을 줄여보려고 했지만 헛수고였다.

— 피융, 핑! 핑!

총알이 공기를 가르는 소리가 가깝게 들리기 시작했다. 세 시 방향에서 인민군 이십여 명이 접근하면서 사격을 가했다. 위에서 내려다보니 인민군들은 머리만 크게 보였다.

이제 강 중사까지 오른쪽 도어로 가서 자동소총을 쏴댔다. 인민군들이 픽픽 쓰러졌다.

계동혁은 구조바구니가 30미터 높이의 헬리콥터까지 올라오는 시간이 영원보다 길게 느껴졌다. 영원히 공중에서 맴돌기만 할 것 같던 구조바구니가 어느덧 캐빈 바로 밑까지 올라왔다.

계동혁이 호이스트를 고정시키고 조종사를 향해 손을 내밀었다. 바구니를 벗어난 조종사가 계동혁의 손을 잡고 캐빈으로 올라왔다.

— 피융, 핑!

"으악!"

캐빈에 올라서던 조종사가 계동혁 쪽으로 고꾸라졌다. 기관총을 쏘던 이 하사도 오른팔을 움켜쥐며 비명을 질렀다. 계동혁은 다리에 총을 맞은 조종사를 강 중사에게 넘기면서 기관총을 잡았다.

"강 중사님, 이 사람 좀 봐주세요! 이 하사, 괜찮아? 이 새끼들이!"

계동혁의 기관총 사격에 아래쪽에서 사격하던 인민군 두 명이 쓰러지는 게 보였다.

"임 대위님! 탑승 완료했습니다. 빨리 벗어나야 합니다!"

— 알았다! 어서 도어 닫아!

블랙호크 헬리콥터가 급하게 기수를 돌리며 서쪽으로 가속했다. 계동혁은 캐빈 도어 밖으로 몸을 내밀고 인민군들이 보이지 않을 때까지 미친 듯이 기관총을 쏴댔다.

6월 17일 07:55 경기도 김포시

자욱한 연기 속에서 인민군 T-62 탱크가 섬광을 번쩍인 직후 폭발하는 모습이 조준경에 잡혔다. 소대 3호차 전차장 이건석 하사가 조준경을 조작해 다른 목표를 찾았다.

자욱한 연막 속에서 움직이는 목표는 별로 없었다. 파괴된 북한 전차들 사이에서 도주하는 인민군들이 보였다. 포수가 포탑을 돌리며 공축기관총으로 보병들을 휩쓸었다.

— 강아지, 여기는 동치미. 강아지 사격임무. 둘, 좌전방 교량 적 전차. 셋, 전방 주유소 좌측 적 전차. 제압 후 보고.

— 둘, 수신 완료.

"셋, 수신 완료!"

이건석 하사가 소대장의 명령에 복창했다. 이제 다른 소대를 지원할 때였다. K-1 전차의 육중한 포신이 목표물을 찾아 돌아갔다. 이건석 하사가 목표로 할당받은 적 전차를 찾아 조준경을 움직였다.

포신이 돌아가는 도중에 보인 것은 길 아래쪽 논에 처박힌 인민군 전차였다. 질퍽한 논에 빠져 꼼짝 못 하던 그 전차는 출력을 높일수록 깊숙이 빠져들어갔다. 무한궤도가 진창에서 헛돌아 기동불능이 되어 버벅대던 그 탱크는 절호의 목표가 되어 초탄에 격파되었다.

이건석이 다른 목표를 찾았다. 교차로에 있는 주유소 건물 뒤쪽에 인민군 전차 차체 뒷부분이 조금 보였다. 이건석은 적 전차 약간 뒤쪽의 전봇대를 조준점으로 잡았다. 거리는 1,420미터였다. 적 전차가 포를 쏘려면 반드시 뒤로 기어나올 것이 분명했다.

역시 목표가 움직였다. 둥근 포탑이 인상적인 T-62 계열 전차가 전속으로 후진하며 이쪽으로 포탄을 날리려고 준비하고 있었다. K-1 전차의 포수는 이미 발사준비를 끝낸 상태였다. 전차장 이건석이 목표물 뒤로 조준한 이유를 포수 장병수 하사는 충분히 이해하고 있었다. 이건석 하사가 짧은 한마디를 던졌다.
"발사."
전차가 흔들렸다. 연한 하얀색 연기가 피어올랐다. 후진 속도를 늦추던 목표는 포탑 전면에 명중했다. 그러나 달라진 건 별로 없었다. 목표가 계속 뒤로 움직였다. 이건석이 인상을 쓰며 목표를 다시 살폈다.
목표가 된 전차는 주포를 발사하지 않고 계속 뒤로 움직였다. 가느다란 가로수 하나가 후진하는 전차에 짓밟혀 부러졌다. 그러더니 전차는 결국 도로를 벗어나 도로 뒤쪽 논두렁 위로 떨어졌다. 그 전차의 포신이 하늘로 향했다.
— 명중!
가슴 졸이던 포수 장병수 하사가 환성을 질렀다. 이건석은 다른 목표를 찾으며 소대장에게 보고했다.
"동치미, 여기는 강아지 셋. 목표 제압."
이건석 하사가 전차장용 잠망경으로 적진을 넓게 살폈다. 자그마한 실개천 위를 가로지르는 양릉교 주변은 파괴된 인민군 전차로 가득했다. 시뻘건 불과 시커먼 연기를 계속 뿜어대는 주유소 근처에도 파괴된 전차가 득시글거렸다.
북한 T-62 탱크는 포탑이 분리되어 땅에 떨어져 있거나 연기와 불을 내뿜고 있었다. 포탑이 날아가 덩그러니 차체만 남은 전차들은 비록 적이지만 이건석 하사가 보기에도 참혹한 모습이었다.
겉은 멀쩡해도 철갑탄이 관통해 작은 구멍이 몇 개나 난 탱크도 있었다. 안에 있는 전차병들은 눈알이 튀어나오고 내장이 뒤틀려 죽었을 것이다.
이제 남은 적 전차는 몇 대 되지 않았다. 다리 뒤에서 T-62 탱크가 후진을 멈춘 다음 주포를 발사했다. 그러나 포탄은 형편없이 빗나갔다. 그 정도 거리에서는 설령 국군 K-1 전차에 철갑탄이 명중하더라도 관통당할 리 없었다.
 그때 소대장 차량에서 반격탄을 날려, 단 한 방에 방금 전 포를 쏜 탱크를 격파했다. 적 전차에서 시커먼 연기가 피어올랐다. 양릉교를 향해 오던 마지막 살아남은 인민군 전차였다.

 국군 전차대대 선두 차량들은 48번 국도 전면을 막고 전진해오는 인민군 탱크들을 상대했다. 중간 대열에서는 도로 왼쪽으로 사선으로 전개해 양촌면 면소재지로 향하는 도로에서 일렬로 오던 전차들을 맡았다. 후속하던 전차들 중 일부는 누산동에 새로 생긴 아파트촌 주변을 담당했다.
 전과는 일방적이었다. 명중률과 방호력에서 압도적인 차이가 났다. 인민군이 아무리 많은 전차를 투입해도 거리만 충분히 두고 싸운다면 한국군 전차대의 승리를 낙관할 수 있었다.
 이건석은 새벽에 이쪽으로 이동해서 인민군 보병부대를 상대할 때는 너무 싱거웠는데, 지금은 적당한 긴장감도 있어 싸울 만하다고 생각했다. 계속 이런 식으로 싸우면 좁은 김포반도 북단에 인민군 군단 병력을 몰아넣고 섬멸할 수 있을 것 같았다. 이건석이 그런 생각을 하고 있을 때 소대장의 목소리가 다급하게 들려왔다.
 ─ 강아지! 여기 동치미. 후진해서 대열을 갖춰라. 2중대를 지원하러 간다.
 2중대는 도로 우측 전방 아파트촌을 우회하면서 공격해오는 인민군 전차대를 막고 있었다. 명령에 따라 이건석 하사가 조종수에게 지시해 전차를 뒤로 후진시켰다. 아스팔트 도로는 군데군데 깊이 파여 전차가 울렁거렸다.
 앞에 강아지 하나로 불리는 소대장 전차, 그리고 강아지 둘로 불리는 소대 선임하사의 전차가 기동할 준비를 갖추고 있었다. 강아지 소대라고 불려 기분은 좋지 않았지만, 어차피 호출부호는 매일 바뀌므로 별로 상관없었다.

그때였다. 아파트촌 입구를 틀어막고 있던 2중대 전차들이 전속으로 후진하는 모습이 보였다. 기계화보병들이 허겁지겁 뒤로 달아났다. 일부 전차는 이미 파괴됐는지 후진하는 전차는 다섯 대밖에 되지 않았다. 포를 쏘며 후진하는 2중대 전차들을 향해 K-1보다 훨씬 더 작은 전차들이 쫓아오고 있었다.

국군 전차 한 대가 바로 앞으로 달려오는 인민군 전차에 주포를 쏘았다. T-62는 발에 채인 강아지처럼 옆으로 휙 돌며 터져나갔다. 후퇴하던 K-1 전차는 곧 피격당했다. 인민군 전차 3대가 동시에 발사한 것이다. 국군 전차 포탑 위로 섬광이 번쩍였다. 새하얀 연기가 전차를 뒤덮으며 파편이 주변으로 비산했다.

― 강아지! 동치미. 강아지 임무. 우전방 적 전차들, 사격!

소대장이 당황했는지 통신구령이 엉망이 되고 있었다. 이건석 하사가 전차장용 조준경을 서둘러 돌려 목표를 잡았다. 목표가 된 T-62는 바로 옆에서 후진하는 국군의 K-1 전차를 향해 두툼한 115밀리 주포를 막 발사하려는 순간이었다.

피아 구분은 분명하게 할 수 있었다. 국군 K-1 전차는 포탑이 각지고 육중해 보인다. 반면 옛날에 국군이 쓰던 M-48보다 포탑이 훨씬 둥글고 납작한 모양을 하고 있는 것이 T-62 전차였다. 그리고 전차 뒤에 기름통을 매달고 있는 것은 공산권계 일부 전차들의 외관상 특징이었다. 이건석이 명령을 내리자마자 주포가 발사되었다.

― 명중!

목표 전차가 약간 흔들리는 것을 보며 장병수 하사가 외쳤다. 이건석은 다른 목표를 찾느라 명중했는지 확인할 틈이 없었다. T-62 전차의 포탑 옆면에서 작은 불길이 강하게 뿜어져 나왔다. 곧이어 내부에 쌓여 있던 포탄까지 유폭이 되어 섬광과 함께 포탑째 날아갔다.

― 포탑 11시 방향, 거리 890, 적 전차. 김 상병! 빨리!

포수가 다급하게 외치며 탄약수를 재촉했다. 포수 장병수 하사가 포착한 곳에는 방금 국군 전차를 향해 주포를 발사한 T-62 탱크가 있었다. K-1 전차는 시커먼 연기를 뿜어내고 있었다. 이건석의 눈에서 불꽃이 튀었다.

"저 새끼 잡아! 발사!"

전차가 잠시 흔들렸다. 그러나 목표는 명중하지 않았다. 그 옆을 지나던 T-62 전차가 속도를 내면서 달려와 대신 맞은 것이다. 아군 전차를 파괴한 T-62가 검은 연기 사이로 빠져나오는 것이 보였다.

아파트촌 앞 좁은 공간 가득히 인민군 전차들로 메워졌다. 줄잡아 30대는 넘어 보였다. 아직도 인민군 전차들이 꾸역꾸역 아파트촌 사이로 기어나왔다. 뒤로 밀리던 국군 전차 세 대는 인해전술로 몰려든 T-62 전차들에 의해 지근至近거리에서 격파당했다. 2중대 전차들은 하나도 남김없이 파괴당했다. 전멸이었다.

"저놈! 저놈이야! 포탑 11시 방향."

― 어떤 놈 말씀이십니까?

포수 장병수 하사는 이미 목이 잔뜩 쉬어 있었다. 정신을 차린 이건석은 핏발이 선 눈으로 조준경에 목표를 잡았다. 아까 아군 전차를 격파했던 인민군 전차였다. 그러자 포수가 주포를 발사했다.

― 명중!

이건석 하사는 이를 부득부득 갈면서 계속 목표를 지정했다. 전차장이 포착한 목표는 포수가 차근차근 한 방씩 날려 확실히 격파했다. 측면에 한 방씩 맞으면 T-62 전차는 여지없이 격파되었다.

그러나 적 전차 숫자는 끊임없이 불어났다. 전차들이 48번 국도와 연결되는 4차선 도로로 쏟아지고 있었다. 이건석이 언뜻 보기에 60여 대가 넘는 것 같았다. 그러나 여기에 그치지 않았다. 아파트촌 사이에서 인민군 전차들이 계속 나타났다.

자칫 몇 배나 되는 적 전차대에게 포위당할 수도 있었다. 계속된 전투로 포탄도 바닥을 드러내기 시작했다. 목이 잔뜩 쉬어 걸걸해진 소대장의 목소리가 통신망을 울렸다.

― 강아지! 여기는 동치미. 후퇴! 후퇴!

국군 전차들이 달려드는 북한 전차들을 향해 포를 쏘며 후퇴했다. 이들 뒤로 코브라 헬기 편대가 나타났다. 멀리서 쏘아대는 미사일이 인민군 전차들을 하나씩 파괴했다. 그러자 멀리서 지대공 미사일이 날아오기 시작했다.

6월 17일 08:10 경기도 김포시

"맙소사!"

김승욱이 비명을 질렀다. 가든 주위에 배치된 예비군들은 후퇴하는 국군 전차부대의 행렬을 보며 겁에 질리기 시작했다. 막강한 국군 전차부대가 후퇴하다니, 믿어지지 않았다. 이곳을 지나 북한군을 쳐부수던 국군 전차부대는 채 3시간도 되지 않아 이곳까지 밀려 후퇴하고 있었다.

"아까 지나간 숫자의 절반도 안 돼!"

대충 숫자를 센 원종석이 신음 비슷하게 말을 내뱉었다. K-1 전차들은 후퇴하면서도 잇따라 북서쪽을 향해 포탄을 날리고 있었다. 강화도 쪽 길에서 쏜 전차 포탄이 목표를 잃고 주변 건물에 명중했다. 길가에 있는 단층집 한 채가 우르르 무너졌다.

"그럼, 우리가 북한 탱크부대를 상대해야 하는 거야?"

곽우신이 덜덜덜 떨면서 진지 안으로 몸을 숨겼다. 국군 부상병들을 의무대 차량에 태워보내는 작업을 마쳤을 때 소대장이 제 위치로 곽우신을 쫓아냈다. 그런데 그는 어느샌가 다시 이 진지로 들어온 것이다.

저 멀리 도로 위로 인민군 전차 행렬이 보이기 시작했다. 언뜻 보아도 도로를 가득 메운 전차들은 이쪽을 향해 포를 발사하며 달려왔다. 그러나 아직까지는 거리가 멀어 K-1 전차들을 격파하지 못했다.

인민군 전차 한 대가 새하얀 연기로 뒤덮이며 폭발했다. 다른 전차들이 그 옆으로 삐져나오며 주포를 발사했다. 다른 전차가 파괴된 전차를 길 옆으로 밀어붙였다. 국군 전차대대는 후퇴하면서도 인민군 탱크부대에 계속 피해를 입히고 있었다. 그러나 거리가 점점 좁혀졌다.

"젠장! 우린 죽고 김포는 뺏기는 거야."

원종석이 단정적으로 말하며 진지 밖으로 침을 뱉었다. 김승욱은 그의 말에 동의했다. 100여 대가 넘는 탱크 행렬이 이쪽을 향해 속도를 높이고 있었다. 도저히 상대할 수 없는 적이었다.

그때 김승욱은 하늘에 뭔가 지나간다고 생각했다. 고개를 들었을 때는 하늘에 아무 것도 없었다. 비를 잔뜩 머금은 검은 구름이 하늘을 뒤덮고 있었다.

"멋지다!"

원종석이 외치자 김승욱이 인민군 탱크들이 몰려오는 쪽의 상공을 보았다. 하늘에서 떨어지는 시커먼 것에서 작은 것들 수백 개가 퍼지고 있었다. 그것들이 빠른 속도로 땅을 향해 쏟아졌다. 탱크 행렬은 잠시 연기로 뒤덮였다. 후방에 있는 국군 MLRS에서 발사한 로켓탄이 인민군 전차들을 박살내고 있었다.

"만세!"

어느새 진지 밖으로 고개를 내민 곽우신이 만세를 불렀다. 주위의 예비군들도 좋아서 환하게 웃었다. 탱크를 상대하려니 끔찍했는데, 아군 포병대가 이들을 제압해줬으니 이제 죽을 가능성이 훨씬 더 줄어든 것이다.

그러나 그건 그들의 생각이었다. 국군 포병대는 목표를 정확히 타격하지 못한 것이다. 도로를 따라 길게 이어진 인민군 전차대 중 일부만 큰 피해를 입었고, 선두 전차대는 거의 피해가 없었다. 국군 전차대와 거리가 너무 가까워서 인민군 전차대 선두를 공격하기 어려웠기 때문이다.

"후퇴! 후퇴! 소대, 빨리 집결해!"

소대장 오관식 중위가 방어선을 뛰어다니며 외쳤다. 원래부터 허름한 방어선이었지만 포격을 당한 뒤에는 더 허술해졌다. 김승욱이 진지에서 빠져나와 허겁지겁 가든 주차장 쪽으로 뛰기 시작했다. 그곳에는 어느새 수송용 트럭 몇 대가 와 있었다.

김승욱이 도착했을 때는 이미 다른 소대를 태운 트럭들이 출발하고 있었다. 김승욱이 서둘러 트럭에 탔을 때였다. 가든 건물에 포탄이 명중했다. 건물 일부가 우르르 무너졌다.

겁에 질린 운전병이 트럭을 움직이기 시작했다. 동작이 느린 곽우신이 비명을 지르며 트럭을 쫓아왔다. 김승욱이 원종석과 함께 손을 내밀었다. 곽우신이 간신히 트럭에 탔을 때 트럭은 이미 주차장을 벗어나 도로를 달리고 있었다. 트럭 뒤로 포탄 한 발이 터졌다. 그 연기 뒤로 인민군 전차들이 몰려오는 모습이 보였다.

6월 17일 08:45 평안남도 중화군(평양특별시 중화군) 무동산

장대 같은 빗줄기가 하늘을 뒤덮었다. 참호랍시고 대강 파놓은 구

덩이 속에서 인민군 초급병사 박춘배는 얼굴을 타고 흘러내리는 빗물을 닦았다. 바로 옆에는 방수포로 덮어놓은 M-1939 단장포가 처량하게 놓여 있었다.

포장 리길남 상사를 포함해 박춘배의 포대원들 모두 심란해하고 있었다. 공습으로 무너진 황주에서 털털거리는 트럭을 타고 박춘배의 조가 도착한 곳은 평양 외곽이었다. 평양은 전세계에서 가장 치밀하게 짜여진 방공망이 있는 곳이다. 그만큼 공격받을 확률이 높은 곳이기도 했다.

박춘배의 37mm 구식 단장포가 중요하거나 위력이 좋아서 평양까지 온 것은 아니었다. 황주에서 평양으로 퇴각하는 수송차량을 빈차로 보내기가 아까워서 딸려보낸 것일 수도 있었다.

평양 주변은 이미 각종 대공포와 레이더 유도 미사일, 열추적 미사일로 겹겹이 방어되고 있었고, 박춘배 일행은 한국군의 공습으로 약간 금이 간 철벽 같은 대공화망을 땜질하러 온 셈이었다.

박춘배가 트럭을 타고 지나오던 산길에도 능선마다 대공포와 미사일 발사대가 숨어 있는 것이 보였다. 그 중 몇몇은 공습으로 파괴되어 잔해만 덩그러니 남아 있었다.

갑자기 폭음과 함께 멀리서 불꽃 줄기가 치솟았다. 레이더 미사일의 발사화염이었다. 그제야 공습 사이렌이 울렸다.

"반항공! 반항공!"

사이렌 소리를 들은 인민군들이 곳곳에서 반항공을 외치며 공습경보를 전파했다. 옆에 쭈그리고 있던 인민군들이 벌떡 일어나 포에 씌운 방수포를 벗겼다. 그러나 하늘에는 비행기가 보이지 않았다. 박춘배는 한국 공군기들이 아마 구름 위에서 공격하는 모양이라고 생각했다.

주변 포대들이 하나씩 불을 뿜기 시작했다. 밝은 색 예광탄 줄기들이 하늘로 이어졌다. 방수포를 벗겨낸 박춘배의 포대도 불을 뿜기 시작했다. 명령은 없었어도 지정된 상공을 향해 무조건 발사하는 화망구성방식이었다.

손잡이를 돌려 목표를 향해 포를 움직일 필요가 없었다. 박춘배와 조원들이 정신없이 다섯 발짜리 포탄 클립을 집어넣었다. 2차대전 때 소련군이 쓰던 구형 M-1939 단장포였지만 분당 최대 80발까지 발사할 수 있었다. 물론 얼마나 빨리 포탄을 집어넣느냐에 따라 다르다.

멀리서 크게 폭발음이 들렸다. 인민군 대공포대가 박살나는 소리였다. 두 번째, 그리고 세 번째 폭발음이 이어졌다. 박춘배는 무서워서 이가 딱딱거렸다. 산길에서 본, 새까맣게 타버린 미사일 발사대를 떠올렸다. 박춘배는 그렇게 되기 싫었다.

박춘배는 죽지 않기 위해서라도 더욱 열심히 포탄 클립을 집어넣었다. M-1939 단장포는 60살이나 먹은 골동품이지만, 열심히 제 할 일을 하며 불꽃을 내뿜었다.

6월 17일 09:30 함경남도 혜산(양강도 혜산)

"오~ 어서 오시라요, 홍 동지. 오신다는 연락은 어제 받았습네다."
양강도당 비서 최철희가 집무실에서 만면에 웃음을 띠며 손님을 맞았다. 최철희는 문관답지 않게 인민군 군복을 입고 있었다. 지금은 모든 역량을 총동원하는 전시였다.
"전시라서 오는 데 시간이 많이 걸렸습네다. 후어처, 아니, 기차가 중간에 멈췄습네다."
중국에서는 기차를 '후어처火車'라 부른다. 중국말을 섞어 쓰며 들어온 노인이 비옷을 벗었다. 부관이 비옷을 받아 밖으로 나갔다. 최철희가 노인을 응접세트로 안내하며 앉았다.

"홍 동지가 어케 공화국을 방조할지 기대가 큽네다."

"제발 홍 동지라 부르지 마시라요."

"홍 동지를 홍 동지라 부르는데 뭐가 잘못됐습네까? 홍두깨라 불러 드리리까, 홍대운 동지? 하하하!"

'홍 동지'는 평안도에서 남자 성기를 이르는 말이다. 전국적으로 통용되는 홍두깨라는 말과 뜻이 같다. 홍대운이 최철희와 탁자를 사이에 두고 소파에 앉았다. 젊은 하급서기가 들어와 차를 날랐다. 투덜거리던 홍대운이 미소를 띠며 가장 시급한 화제로 대화를 돌렸다.

"기런데 역시 남조선 해방전쟁이 우리 공화국에 유리하게 수행되고 있갔디요?"

"기럼요! 우리 공화국 필생의 과업이 아니갔소? 수십 년간 준비한 공화국이 당연히 남조선 괴뢰를 까부시고 있디요. 내일쯤 서울을 점령할 깁네다."

하급서기가 고개를 약간 숙이자 최철희가 말을 계속하면서 손을 내저었다. 홍대운의 주름진 얼굴이 활짝 펴졌다.

"오~ 기래요? 기런데 원쑤 미제는 어떡하고요?"

"미제놈들이 지상군을 파견하려면 두 달은 넘게 걸립네다. 신속대응군이래 있다디만 화력도 시원찮고 병력도 많디 않디요. 항공세력은 비가 와서 옴짝달싹 못 하고 있답네다."

"기럼 공화국이 승리하갔군요!"

하급서기가 문을 나선 뒤에 최철희가 홍대운에게 슬쩍 눈짓했다. 홍대운이 맞장구치며 고개를 끄덕였다.

"기럼요! 길티요."

"공화국에 지상과제뿐만 아니라 동지에 평생 과업도 이번에 풀리는 깁네다. 자~ 이렇게 좋은 날에 오랜만에 산책이나 함께 합세다."

"좋습네다."

두 사람이 도당 비서 집무실을 나섰다. 양강도 당위원회 건물은 인민군 복장을 한 교도대 병력으로 물샐틈없이 경비되고 있었다. 복도를 메운 경비병들 사이를 걸으며 홍대운이 말했다.

"동지는 양강도에 오래도록 계셨는데도 피안도 사투리가 여전하십네다."

"홍대운 동지는 중국에 있었잖소? 피장파장이디요."

중년 당간부가 다가와 우산을 받쳐들었다. 두 사람이 건물 앞에 세워진 벤츠 승용차로 걸어갔다. 번호판은 양강 - 01 - 01, 즉 이 차가 양강도에서 최고위층 인사를 태우는 차임을 나타내고 있었다.

승용차가 부드럽게 출발했다. 비가 오는 4차선 도로에는 차가 한 대도 없었다. 단층이나 2층짜리 집들이 옆으로 획획 지나갔다. 교차로마다 사회안전성 단속 안전원이 90도씩 꺾으며 인형처럼 손을 놀렸다.

"저건 뭡네까?"

홍대운이 가리킨 곳에는 우마차 10여 대가 1차선을 메우며 달리고 있었다. 북한에서 1차선은 인도에 붙은 차로다. 최철희가 얼굴을 붉히며 대답했다.

"우마차사업소 소속이디요. 외화벌이 사업으로 번 돈으로 수입한 물품을 전연지대로 운반하고 있습네다. 우마차는 기름이 안 드니까 좋디요."

홍대운이 걱정스러운 표정으로 우마차 행렬을 바라보며 고개가 천천히 뒤로 돌아갔다. 마부들이 비를 맞으며 계속 고삐를 흔들었다. 비쩍 마른 소들이 방수포로 덮인 수레를 끌었다.

그때 지게를 진 남자 세 명이 인도를 뛰는 모습이 홍대운의 눈에 띄었다. 홍대운이 뭐라 말하려다가 말았다. 최철희는 지게돌격대원들을 못 본 척했다. 백미러에 운전원의 눈빛이 반짝 빛났다.

　　　　　　＊　　　　＊　　　　＊

"여기가 과연 괘궁정이로군요."

홍대운이 감탄사를 연발했다. 거대한 2층 누각이 압록강변 절벽 아래를 내려다보고 있었다. 괘궁정掛弓亭이라는 이름은 북방을 방어하는 병사들이 활을 건물에 걸어놓고 압록강 너머를 감시했다는 역사적 사실에서 유래했다.

"여기는 아무도 없네. 자네, 정말 오랜만이야."

최철희가 나지막이 말했다. 빗소리가 천지에 진동했다. 홍대운이 잠시 주변을 살피더니 조용히 입을 열었다.

"작전이 발동됐어. 자네, 자신 있나?"

"그럼! 난 이번 일을 위해 평생을 살아왔어."

최철희가 흠칫 놀라더니 입술을 깨물었다.

"다른 요원들도 준비하고 있네. 음…… 이야기를 마저 해주지. 상부에서 지원 인원도 곧 도착하고."

"아무래도…… 우리 힘으로만 하는 게 나을 듯 싶어. 괜히……."

홍대운은 최철희가 우려하는 뜻을 알고 미리 끊었다. 북한 같은 통제사회에서 타지 사람은 감시의 초점이 된다.

"나도 그렇게 생각하지만, 상부에서 우리를 100퍼센트 신뢰한다고 생각하진 말게. 특히 자넨 북에서 오래 살았고, 꽤 출세한 고위층이기도 하니까."

"당연하겠지만…… 내 과거에 약점 잡혔기 때문에 변절하지 못했다고 생각진 말아줬으면 좋겠어. 내겐 얼굴도 보지 못한 아들이 있네. 물론 남쪽에 말이야."

단호하게 말한 최철희는 섭섭한 감정을 숨기지 않았다. 두 사람은 멀리 압록강 너머 비오는 만주벌판을 바라보았다.

6월 17일 10:12 경기도 동두천

"약은 놈들!"
도로를 따라 이어진 교통호 무개진지에서 심창섭 중사가 망원경을 내리며 낮게 내뱉었다. 소대원들은 포성과 총성을 들으면서 무료하게 기다리고 있었다. 여기는 아무 일이 없지만 북쪽으로 3km쯤 떨어진 도로 주변에서는 산발적인 전투가 계속되었다. 잠시 후에는 그들 차례일 테니 소대원들은 초조하지 않을 수 없었다.
도로 위에는 거대한 콘크리트 대전차장애물이 내려앉아 있었다. 폭약이 터지면서 4차선 도로에 내려앉은 거대한 구조물은 도로와 직각으로 마치 성벽처럼 가로지른 대전차방벽과 함께 도로를 완전 차단하며 철옹성을 구축했다. 방벽이 산까지 뻗어 있으니 우회할 곳도 없었다.
그 뒤로 조금 전에 인민군 정찰용 장갑차 10여 대가 달려왔다. 국군 진지에서 발사한 토우 대전차 미사일이 장갑차 두 대를 명중시켰다. 그러나 그 직후 도로에 나타난 인민군 평사포 3문이 포격을 가해 토우 진지를 날려버렸다.
물론 인민군 평사포는 포를 발사한 다음 허겁지겁 도주하다가 국군 포병대에 의해 박살났다. 살아남은 인민군 포병은 포와 부상당한 동료들을 버리고 도주했다.
곧이어 인민군이 대포병사격을 시작했다. 그러나 국군 자주포대는 이동한 뒤였고, 오히려 국군이 대포병사격을 실시해 인민군 포병에게 큰 피해를 입혔다. 피아를 불문하고 포병대가 3분 이상 같은 장소에 있는 것은 위험했다. 이제는 포병끼리 서로 쏘고 이동하는 숨바꼭질이 계속되었다.
방벽 주변까지 도착한 장갑차들에서 보병 100여 명이 내렸다. 대전차방벽 위에 남아 있던 국군 소대와 인민군 보병들 사이에 치열한 접전이 계속되었다. 아직 멀리 떨어진 심창섭은 가만히 서서 지켜볼 수밖에 없었다.

도로 북단 양쪽 고지에서는 치열한 전투가 계속되고 있었다. 인민군들이 전진하는 포화를 따라 새까맣게 기어올라갔다. 노출된 곳마다 기관총이 그들을 쓸었지만 인민군들은 돌격을 멈추지 않았다.

북한 기계화부대는 의외로 남진 속도가 느렸다. 지금까지 심창섭은 탱크 한 대 본 적이 없었다. 한국군에게 시간적 여유가 생긴 반면 국군 방어부대가 예상하고 원하는 대로 되지 않고 있었다.

"이렇게 되면 적을 포위공격 할 수 없습니다. 북한놈들도 돌탱이는 아니군요."

김한빈 병장이 참호 위에 올려놓은 소총에서 손을 뗀 채 말했다. 양손은 바지 호주머니 안에 들어가 있었다. 그 모습을 본 심창섭 중사가 피식 웃었다.

"대신에 우린 시간을 버니까."

"그 사이에 우린 죽고 말입니까?"

대답 대신 심창섭이 하늘을 올려보았다. 시커먼 먹장구름이 서서히 서쪽으로 흘러가고 있었다. 심창섭이 고등학교 국어교과서 어디선가 읽은 시구를 중얼거렸다.

"이 비 그치면……."

심창섭은 공군기 지원이 언제부터 시작될까 초조했다. 장마가 본격적으로 시작되면 제대로 된 공군기 지원을 받을 수 없었다. 양측의 포격이 계속되고 있지만 포격만으로 전쟁이 끝나는 것은 아니었다. 이런 상태에서는 북한 기계화부대의 위치를 알 수 없었다.

심창섭은 하늘만 바라보고 있었다. 옛날 산자락에 다닥다닥 붙은 천수답이 생각났다. 천수답은 비가 와야 모가 자라지만, 이 전쟁은 비가 그쳐야 한국군에게 유리할 것이다. 지금이 어느 시댄데, 전쟁이 날씨 영향을 받아야 하는지 도무지 이해할 수 없었다.
"쳇! 어쩔 수 없겠지."
대전차방벽에서 방어하던 국군 소대가 철수하기 시작했다. 상대하는 인민군 보병이 많은 것은 아니었지만, 인민군 본대의 직사화기에 노출된 소대는 피해가 클 수밖에 없었다. 대전차방벽에 폭발물을 설치하려는 인민군 공병대를 막아 시간을 벌려던 것이 그 소대의 임무였으니 그 정도면 임무를 완수한 것이나 다름없었다.
잠시 후, 대전차방벽 위로 인민군들의 모습이 보였다. 이들의 머리 위로 박격포탄이 떨어졌다. 포격에 큰 피해를 입으면서도 인민군들은 피하려 하지 않았다.
"장갑차들입니다. 아? 아니, 저건 뭡니까?"
김한빈 병장이 처음 본다는 듯 도로를 가리키며 외쳤다. 도로 북쪽에 시커먼 장궤차량 20여 대가 몰려오고 있었다. 심창섭 중사가 망원경을 들었다. 망원경 안에는 건설용 중장비 비슷한 차량들이 있었다.
그것들 위로 분산탄이 떨어졌다. 몇 대가 파괴됐지만 전체적으로는 큰 피해가 아니었다. 궤도차량들이 위에 실린 것들을 천천히 펴며 달려왔다. 심창섭은 그것들이 고가사다리차와 흡사하다고 생각했다.
"아항~ 교량전차야. 저놈들, 다리가 짧아서 대전차방벽을 못 넘을 걸? 최대 높이가 아마 5미터인가? 그 정도야."
"숏다리란 말씀이시죠?"
김한빈 병장이 피식거렸다. 교량전차들이 대전차방벽 바로 뒤에 도착해 보이지 않게 되었다. 다리가 파괴되었을 때 부설하는 가교를 대전차방벽을 넘기 위한 사다리로 삼는 작업이 진행 중인 모양이었다.
그러나 심창섭은 별로 걱정하지 않았다. 북한 교량전차는 각도에 제한이 있고 길이가 짧아 대전차방벽의 꼭대기에는 닿지 못한다. 심창

섭은 그렇게 알고 있었다. 그리고 만약 폭약으로 도로 위의 대전차장
애물을 치우려 해도 상당한 시간이 걸릴 것이 분명했다.
 심창섭 중사가 망원경을 들어 다시 도로 북단 양쪽의 고지전을 살
폈다. 서쪽은 국군이 인민군을 몰아내 방어에 성공했다. 동쪽은 인민
군에게 고지를 점령당했지만 곧바로 예비대에 의한 반격이 실시되어
적을 몰아내고 있었다. 심창섭은 다행이라고 생각했다. 적이 여기까지
오려면 상당한 시간이 걸릴 것이다.
 "저놈들이!"
 김한빈이 외치는 소리에 놀라 심창섭 중사가 대전차방벽으로 망원
경을 돌렸다. 심창섭도 놀랐다. 가교 끝부분이 대전차방벽의 꼭대기까
지 올라와 있었다. 그것도 한둘이 아니었다.
 "저것들이 다리를 찢은 모양입니다."
 김한빈이 참호 위에 놓았던 소총을 다시 집어들었다. 심창섭도 태
권도 배울 때 다리를 벌리고 위에서 다른 사람이 내리누른 것이 기
억났다. 앞차기를 잘하기 위해 그렇게 하는 것을 '다리를 찢는다'고
한다.
 아마도 북한 교량전차는 대전차방벽의 높이에 맞춰 등판각도를 높
이거나 길이를 연장하는 등 개조를 가한 것 같았다. 원래 북한이 보유
한 교량전차의 등판각도는 22도, 장애물 통과높이는 5미터로 제한되
어 있었다. 그러나 뒷부분을 줄이면 더 높은 각도로 가교를 설치할 수
있고, 앞부분을 늘리면 당연히 더 높은 곳까지 연결되는 사다리를 만
들 수 있다. 가교 위로는 전차가 지나갈 수 있었다.
 소대원들이 긴장했다. 역시 도로 끝부분에서 인민군 전차대가 나타
났다. 심창섭이 보기에 그 전차들이 T-62인지, 아니면 북한에서 개량
한 천리마전차인지 모르겠지만 주력전차가 분명했다.
 즉각 아군 포병대가 포탄을 퍼부었다. 역시 DPICM이라 불리는 분

산탄이었다. 전차 상면장갑이 뚫리고 파괴된 전차가 불을 뿜으며 도로에서 멈췄다. 관측소에 파견된 포병 관측장교가 노련하게 사격지휘를 하는 것 같아 심창섭은 안심이 되었다.

그러나 인민군 전차들은 속도를 최대한 올리며 달려오고 있었다. 전차는 도로 위로만 오는 것이 아니었다. 평평한 개활지를 달려오는 전차를 모두 제압하기는 불가능했다. 하필이면 그곳은 물이 가득 찬 논이 아니고, 축축하게 젖은 정도에 불과한 밭이었다. 전차들이 얼마든지 기동할 수 있는 공간이었다.

포격이 인민군 전차들을 따라 서서히 남쪽으로 다가왔다. 어느새 전차들이 방벽 아래에 도착했다. 아군이 발사한 포화는 애꿎은 대전차방벽 위에서 터지고 있었다.

"설마 전차가 저 위에서 뛰어내리지는 않겠죠?"

자세를 낮춘 김한빈이 심창섭에게 물었다. 5미터가 넘는 대전차방벽에서 굴러 떨어지면 아무리 탱크라 해도 부서지거나 기동불능이 된다. 혹시나 전차가 괜찮더라도 그것은 더 이상 움직일 수 없다. 그 안에 탄 전차병들이 죽거나 다치고 전차 안에 유독가스가 발생하기 때문이다.

"설마……!"

쌍안경으로 보던 심창섭이 비명을 지를 뻔했다. 교량전차들이 올라오고 있었다. 교량전차들이 대전차방벽의 꼭대기까지 오르더니 가교를 밑으로 내렸다. 피스톤으로 밑에서 받치는 방식이 아니라 아예 가교를 밑으로 떨어뜨리고 있었다. 교량전차들 주변에서 인민군 보병들이 지원사격에 나섰다.

대전차방벽 양쪽에 있는 벌컨 포대가 불을 뿜었다. 교량전차들이 벌집이 되고 인민군들이 방벽 아래로 굴러 떨어졌다. 그리고 주변에 매복한 국군 병력이 팬저 파우스트를 발사해 교량전차들을 날려버렸다. 곧이어 인민군의 반격이 시작되었다. 위치가 발각된 진지는 인민군의 평사포 집중포격에 살아남기 어려웠다.

그러나 가교는 아직 많이 남아 있었다. 우르릉거리는 소리가 울려왔다. 대전차방벽 뒤에서 탱크들이 출력을 최대한으로 올리고 있었다. 이윽고 전차 한 대가 배를 보이며 대전차방벽 위로 반쯤 올라왔다.

― 까앙!

대전차방벽으로 기어올라오던 탱크가 기우뚱거렸다. 탱크는 이내 뒤로 발랑 넘어졌다. 굴러 떨어지면서 폭발이 일어났다. 심창섭 중사가 적 전차에 포를 발사한 곳을 찾았다. 대전차방벽 남쪽 엄폐호에는 국군 전차가 숨어 있었다. 흰 연기가 옅어지며 희미해졌.

대전차방벽으로 기어오르던 다른 인민군 전차는 밑부분을 관통당해 방벽 꼭대기에서 폭발해버렸다. 심창섭은 속이 다 시원했다.

그러나 대전차방벽을 타고 오르는 인민군 탱크는 점점 더 숫자가 늘어났다. 살아남은 전차들이 대전차방벽 아래로 기어 내려오고 있었다. 포위망에 들어온 인민군 전차들을 향해 이제 국군이 집중사격을 퍼부을 때였다.

― 쒸유우우우~.

명령이 없었어도 참호 안의 소대원들이 일제히 몸을 낮췄다. 엄청난 폭음이 진지를 뒤흔들었다. 포격이 계속되었다. 도저히 고개를 들 수가 없었다.

죽음의 그림자

6월 17일 10:35 인천광역시 서구 검암동

김포 스무네미고개에서 사투를 벌였던 37사단 병력 중 일부는 인민군의 포격에 엉망이 된 도로를 따라 남쪽으로 후퇴했다. 부상당한 병사들이 지르는 비명이 도로를 가득 메웠다. 부상병을 들쳐멘 국군 병사들이 힘든 발걸음으로 포격에 파이고 비가 내려 넘친 웅덩이를 건너갔다.

"재권아! 정신 차려. 죽으면 안 돼!"

"으~."

최창수 상병은 김재권 일병을 들것에 태우고 줄을 달아 끌고 갔다. 부상병을 부축하고 걷는 병사들 역시 부상병이었다. 그래서 같이 들어줄 사람도 없었다.

원래 대대 병력이었는데 지금은 중대 병력만 간신히 남아 있었다.

소대장도, 중대장도 전사했는지 보이지 않았다. 이들이 받은 명령은, 다만 인천 서부경찰서 근처까지 후퇴해서 재집결하라는 것뿐이었다. 최창수가 이를 악물고 들것을 끌었다.

"야전병원이 저 앞이야. 제발 정신 차려야 해."

최창수가 걸음을 힘들게 옮길 때마다 들것에 끼워놓은 나무가 아스팔트에 긁혀 직직거렸다. 최창수는 숨이 몹시 차고 다리에 감각이 없어진 지 오래였다. 잿빛 하늘이 노랗게 보였다.

최창수에게 후퇴 후 재집결 명령 같은 것은 귀에 들어오지도 않았다. 다만 김재권 일병을 빨리 의사나 군의관에게 보여주고 목숨을 살려야 한다는 생각밖에 없었다. 후퇴 행렬 가운데에 있던 장교가 이탈하지 말라고 외쳤지만 최창수는 듣지도 못했다.

"날…… 그냥 놔줘요. 아파요. 제발!"

김재권 일병이 정신이 들 때마다 고통스런 비명을 질러대며 하는 말은 그것뿐이었다. 김재권은 온몸이 피투성이였다. 오른팔이 어깨까지 보이지 않았다. 배에 대충 두른 붕대에는 피가 가득 배어 있었다. 최창수가 의무병을 윽박질러 얻은 붕대로 간신히 배와 어깨만 대충 감싼 상태였다. 김재권은 얼굴도 피와 상처로 엉망이었다.

"다 왔어, 임마! 약한 소리 하지 마!"

최창수가 마지막 힘까지 내어 야전병원 입구로 들어섰다. 개인 종합병원에 임시 개설된 야전병원은 입구부터 부상병들로 만원이었다. 민간병원용 앰뷸런스가 경적을 울리며 야전천막으로 가득한 병원 주차장으로 들어왔다.

그나마 이곳에는 전깃불이 들어왔다. 포격으로 인천에 전기공급이 끊기자 병원 비상발전기가 가동되는 것 같았다. 최창수에게 이곳은 별세계였다. 비명을 질러대는 부상병들이 있긴 했지만, 포격도 없고 총성도 없었다. 부상병을 매몰차게 포기하는 원수 같은 의무병도 없었다.

여긴 간호장교도 있고, 사회 병원에 근무하는 간호사들도 많았다. 자원봉사자 같은 주부들이 부상병들을 돌보고 있었다. 다들 바삐 뛰어다녔지만 최창수가 보기에는 천사들 같았다. 고등학생으로 보이는 두 명이 이동침대를 끌며 다가왔다.
"아저씨! 여기로 옮길게요."
"응? 그래!"
최창수는 고마워서 눈물이 날 것 같았다. 전쟁이 시작된 이래 인간다운 대접을 받아보긴 이번이 처음이었다. 김재권 일병을 조심스럽게 옮기는 고등학생들의 얼굴이 그렇게 맑아 보일 수가 없었다.
최창수가 그들을 따라 응급실로 걸어갔다. 병원 복도에 가득한 부상병들이 초조하게 그들을 바라보았다. 최창수는 그들이 큰 부상을 입지 않은 것을 보고 놀랐다. 전선에서는 중상을 입고 죽어가는 부상병들이 많았는데, 응급처치가 필요한 위중한 환자는 거의 눈에 띄지 않았다. 다들 정신이 말짱한 채 멀뚱멀뚱한 눈으로 최창수를 보고 있었다. 의사나 군의관들은 뭐가 바쁜지 정신없이 돌아다니고 있었다.
"뭔가?"
앞치마에 핏물이 가득 말라붙은 군의관이 세 사람을 보다가 김재권 일병에게 시선을 돌렸다. 군의관이 김재권 일병의 상태를 살피자 간호장교가 응급처치 세트를 들고 달려왔다. 최창수가 안도의 한숨을 내쉬며 미소지었다. 최창수가 김재권의 손을 꽉 쥐었다. 헉헉대는 김재권이 간신히 미소로 답했다.
상태를 잠시 살핀 군의관이 고개를 설레설레 저었다. 최창수는 심장이 덜컥 내려앉는 것 같았다. 스무네미고개에서 김재권을 포기했던 의무병이 지었던 바로 그 표정 그대로였다.
군의관이 벌떡 일어나 다른 곳으로 걸어갔다. 간호장교가 군의관의 눈치를 보다가 최창수와 눈이 마주쳤다. 충격을 받은 최창수는 간호장교를 보고 순간적으로 애절한 눈길을 보냈다. 그러나 간호장교는 즉시 최창수를 외면하고 다른 곳으로 옮겨갔다. 고등학생들이 서로 얼굴을 쳐다보았다.

"군의관님!"

최창수가 불렀으나 군의관은 돌아보지도 않았다. 복도 끝에 서 있던 헌병 두 명이 최창수를 향해 걸어오고 있었다. 군홧발 소리와 함께 바지 밑에 넣은 소총 탄두들이 철컥거리는 소리가 병원 복도를 울렸다. 김재권이 눈을 감고 가쁜 숨을 몰아쉬었다.

"왜 생명에 지장 없는 놈들만 치료해주는 겁니까? 싸울 수 없는 놈은 치료해줄 가치도 없다는 겁니까? 당신, 정말 의사 맞아요?"

헌병들이 말없이 최창수의 겨드랑이 밑으로 팔을 잡고 현관 쪽으로 끌고 갔다. 고교생들이 눈을 휘둥그레 뜨며 끌려가는 최창수를 보았다. 꼼짝 못 하고 끌려가면서도 최창수는 병원 건물이 떠나가라 악을 썼다.

"당신! 히포크라테스 선서나 제대로 외워? 이 살인자야!"

최창수가 분해서 눈물을 흘렸다. 김재권을 살리기 위해 몇 시간 동안 힘들여 끌고 왔다가 결국 헛수고가 된 건 문제가 아니었다. 다만 여기 있는 군의관도, 의사도, 간호사도 다 엉터리라는 것이, 신념이 깨졌다는 것이 분할 뿐이었다.

여기 있는 부상병들은 목숨이 경각에 달려 치료가 시급히 필요한 진짜 부상병들이 아니었다. 복도를 가득 메우고 누워 있는 부상병들이 모두 꾀병환자들처럼 보였다. 팔다리나 머리에 붕대를 조금 감은 부상병들은 포탄이 작렬하는 전쟁터에서는 부상병 축에도 끼지 못하는 자들이었다.

"우리가 뭘 위해 싸웠는데! 개새끼들아! 이러고도 우리들한테, 국민들한테 조국을 위해 총을 들고 용감히 싸우라고 할 수 있어?"

헌병이 뭐라고 말했지만 최창수는 들리지도 않았다. 고래고래 악을 썼다. 여기는 생명을 구하는 병원이 아니었다. 의료진도 최창수가 생각한, 한 사람의 생명이라도 더 구하기 위해 사명감에 불타며 자신을 버리는 그런 의사들이 아니었다.

이곳은 조금 고장난 로봇 병사를 약간 수리해 다시 전투에 투입시키는 부품 보급소이며 정비공장이었다. 수리하기 곤란하거나 시간이 걸리는 로봇은 폐기처분 되는 그런 곳이었다. 야전천막마다 그려진 적십자 마크는 위선이었다. 최창수가 비명처럼 소리 질렀다.

"김 일병! 재권아! 미안하다, 씨팔! 졸나게 미안해!"

6월 17일 10:46 서울 용산구

"현재 서부전선 상황은 작년에 실시한 시뮬레이션과 거의 흡사한 양상을 보이고 있습니다."

합참 작전참모부장 남성현 소장이 남북간의 가상전쟁을 시뮬레이트한 워War 게임 결과를 간단히 보여주며 브리핑하고 있었다. 합참의장 김학규 대장은 골똘히 생각에 잠긴 채 머리를 숙이고 듣기만 했다. 해군 참모총장과 정보참모본부장 안우영 중장은 담배만 피워대고 있었다.

1시간을 1초 단위로 바꿔 진행되는 시뮬레이션 개요도는 단기간에 서부전선이 서울 북방까지 뚫리고 있었다. 이동하는 붉은색 큰 화살표는 거침없이 내려왔다. 그러나 국군이 즉각 반격에 나서 적의 전진을 멈추게 했다.

합참 정현섭 소령은 정말 현재 상황이 시뮬레이션 결과와 비슷하다고 생각했다.

서부전선에서는 현재 파주읍이 적의 수중에 들어가고 국군은 파주시를 방어하는 데 온힘을 기울이고 있었다. 동두천 축선도 위험하긴 마찬가지였지만 시뮬레이션과 비슷한 진척을 보이고 있었다.

시뮬레이션에 따르면 대량의 공중지원을 받은 국군 지상군이 반격에 성공한 다음 청천강 너머까지 진격하는 것이었다. 그러나 아직까지 국군은 반격하기 전이고, 특히 공중지원이 거의 없다시피 했다.

게다가 동부전선과 김포 방면에서는 현실과 전혀 달랐다. 동부전선에서는 어느덧 홍천이 위협받고 있었다. 그리고 김포 도하는 전혀 뜻밖이었다.

"원래 김포반도에 적이 도하하는 것은 말도 안 되는 가정이었습니다. 아군 포병대가 도하하는 적을 격멸시킬 수 있다고 예상했었습니다. 그러나 아시다시피 현실은 그렇지 않았습니다."

남성현 소장이 브리핑 진행을 돕는 여군 하사관에게 손짓했다. 여군 하사가 단말기를 조작해 벽면 스크린에 김포반도를 중심으로 5,000분의 1 지도를 띄웠다. 김포에 도하한 인민군 4군단의 주요 거점과 공격방향이 지도에 나타났다.

"적은 인천 쪽에 압박을 가하는 동시에 김포 시청 쪽으로도 진출을 추진하고 있습니다. 해병대는 강화도에 고립되거나 김포 시내로 전면 후퇴했고 아군 제37사단이 인천으로 퇴각하고 있습니다."

"좋아요, 좋다 이거요. 그런데 어떻게 하면 좋겠소? TACC가 박살나서 공중지원이 시원찮은 마당에 마냥 작계대로 할 수도 없지 않소?"

합참의장이 불만스럽게 물었다. 김포와 인천의 위기는 매 10분마다 뼈저리게 느끼고 있었다. 인천 방면에 1개 사단을 더 투입했으나 인민군의 공세는 갈수록 치열해지고 있었다. 국군 입장에서 지금은 뾰족한 수가 없었다.

전구항공통제본부는 개전 첫날에 기능을 상실했다. 그리고 비행단

별로 추진하는 지상지원도 지상군과의 통신이 원활치 못한데다가 비가 내리는 바람에 적극적이고 충분한 지원이 되지 못했다. 그런 상태에서 공군도 큰 피해를 입고 있었다. 공군 참모총장이 깊은 한숨을 토해냈다. 그러나 날씨 탓만 하기에는 지금 상황이 너무 위급했다.

"아직입니다. 적은 전연지대 군단만 동원했을 뿐, 후속제대가 드러나지 않았습니다. 진정한 적 주력은 남침 선두에 선 전연군단이 아닙니다. 820훈련소라는 위장 명칭을 가진 부대를 비롯한 전차군단 및 기계화군단들입니다."

남성현 소장이 단정적으로 말했다. 전방에 포진한 인민군 군단들은 정예이긴 하지만 돌파구 형성에 소모되는 군단에 불과했다. 국군 입장에서는 전연군단에 후속하는 제2, 제3제파인 기계화부대가 더 무서운 적이었다.

"그렇다고 선두에 선 전연군단들을 계속 내버려둘 수도 없습니다. 이들을 저지하지 못하면 아군은 이런 상태로 서울 북방까지 밀리게 됩니다."

"이 상태에서 아군 기계화부대를 투입한다는 말이오?"

남성현 소장의 의견에 육군 참모차장이 튀는 억양으로 반대한다는 뜻을 분명히 했다.

"만약 돌파구가 형성되면 어차피 방어선은 걷잡을 수 없이 무너지게 됩니다. 아군 기갑부대를 투입할 타이밍을 빠른 시일 내에 잡아야 합니다."

"방어전에 전차를 투입하다니! 그게 말이나 되오?"

"어차피 전차의 최대 적은 전차입니다. 그리고 오늘 같은 날에도 육군 항공대는 뜨지도 못하잖습니까? 전차로 막아야 합니다. 진격은 그 다음입니다!"

"됐소! 그만하시오."

합참의장이 두 사람의 논쟁을 막았다. 그리고 김학규 대장이 기상정보관을 불렀다. 오늘은 흐리고 가끔 비가 오지만 내일은 대체로 맑겠다는 보고였다.

"오호~ 내일은 맑다고?"

그 한마디로 끝이었다. 육군 지휘관 출신으로서 전차를 아낄 수밖에 없었다. 논쟁은 육군 참모차장의 승리로 싱겁게 종결되었다.

6월 17일 11:28 함경남도 신포시 마양도 서쪽 3km

장보고급 잠수함 정운함이 지나간 항적을 뒤로 하며 검은 덩어리들이 밀려 떨어졌다. 그것들은 한국 해군 정운함의 양현에 고정된 컨테이너로부터 사출되는 기뢰였다.

한국 해군과 국방과학기술연구소에서 개발한 K-702 기뢰는 해저면에서 작동하는 침저기뢰였다. 음향센서와 자기감응센서를 내장한 이 기뢰는 잠수함이나 수상함정이 발생시키는 추진음향이나 자기장을 감지하여 폭발한다.

컨테이너에 탑재된 기뢰를 모두 사출한 정운함은 속도를 줄이고 천천히 선회했다. 기뢰를 투발한 방향에서 반대쪽으로 자세를 바꾼 정운함이 기뢰 컨테이너를 선체로부터 분리시켰다. 강철케이블로 선체에 단단히 결속되었던 컨테이너는 연결 부분이 풀리면서 바다 밑바닥으로 그대로 가라앉았다. 빈 컨테이너는 거추장스러울 뿐, 이제 필요없었다.

잠시 후, 정운함의 전방 어뢰발사관이 서서히 열렸다. 이번에는 발사관에서도 K-702 기뢰들이 사출되기 시작했다. 정운함은 비밀스런 의식을 치르는 것처럼 조심스럽게 후진하면서 기뢰를 계속 토해냈다.

거꾸로 후진하는 정운함의 발사관에서 빠져나오는 검은 덩어리들은 고래가 바다 속에서 실례한 배설물처럼 둥둥 떠다녔다.

　보유한 기뢰를 모두 부설한 정운함의 임무는 이제 끝났다. 잠수함에는 최소한의 예비어뢰만 남겨두었다. 이제 퇴각할 시간이었다. 산을 오르는 것보다 내려가는 것이 더 어려운 것처럼 은밀하게 되돌아가려면 침투할 때보다 더욱더 신중해야 했다. 정운함의 스크루가 느린 속도로 다시 회전했다.

　정운함이 기뢰원을 이탈하고 정확히 30분이 지나자 각각의 기뢰들에서 안전장치들이 해제되기 시작했다.

6월 17일 12:10　함경남도 신포시 마양도 남쪽 12km

　"방위 공십공(0-1-0)도. 접근합니다."
　민경배 소령이 꿈속에서 들려오는 말에 되물었다. 눈을 붙이고 있었지만 의식의 절반은 깨어 있는 것이나 다름없었다.
　"정운함인가?"
　"그렇습니다. 계획된 침로로 접근 중입니다."
　선잠을 자던 민경배 소령이 음탐장의 보고로 눈을 떴다. 겨우 20분 동안의 선잠이었지만 달콤했다. 졸린 눈을 끔벅거리며 주변을 둘러보았다. 이종무함의 사령실은 마치 유령선처럼 조용했다. 대부분 콘솔에 엎드리거나 앉아서 팔짱을 낀 채 잠들어 있고, 두세 명만 깨어 있어 센서류를 확인하고 있었다.
　전원 배치상태에서 수면시간이 제대로 보장될 리 없었다. 부족한 잠은 알아서 조금씩 선잠으로 해결해야만 했다. 전쟁이라는 긴장상황에서 계속되는 단조로움이 승무원들을 더욱 피곤하게 만들었다.

"예정시간보다 상당히 이릅니다."

시계를 본 민경배가 함장 쪽을 돌아보았다. 김철진 중령은 잠망경에 기대선 채로 눈을 감고 있었다. 민경배는 함장이 자는지, 안 자는지 알 수 없었다. 잠시 후 함장이 눈도 뜨지 않은 채 고개를 슬쩍 끄떡거렸다.

정운함은 지금 마양도 기지에 기뢰를 부설하고 빠져나오고 있었다. 인민군 해군의 주력 잠수함 기지인 마양도 기지를 봉쇄하는 첫 번째 순서였다. 갑자기 음탐장의 보고가 이어졌다.

"방위 공이십공(0-2-0)도! 고속추진음 다수입니다!"

"젠장! 정운함을 발견한 건가?"

민경배가 음탐실로 걸을 때 뒤에서 난 소리였다. 함장은 이미 깨어 있었다.

"액티브 소나입니다. 무차별로 사용하고 있습니다."

민경배가 음탐실에서 모니터를 확인하고 있을 때 김철진 중령이 빠른 걸음으로 음탐실로 들어왔다. 수중고정소나망(SOSUS)에 정운함이 들켰을 수도 있었다. 민경배는 정운함의 함장을 믿지만 예상치 못한 지점에 인민군의 항만감시용 소서스가 있을지도 몰랐다.

민경배가 함장에게 시선을 주었다. 함장은 정운함을 지원해야 하는지 고민하는 것 같았다.

소나를 장비한 인민군 고속정이 문제였다. 한국의 참수리급 고속정과 비슷한 배수량의 소급 고속정은 대잠작전이 주임무다. 인민군 해군은 대형 함정이 없기 때문에 대잠작전의 주력은 소나를 장비한 이들 고속정들이었다.

이종무함이 엄호를 하려고 해도 복잡한 문제가 남아 있었다. 고속정은 어뢰로 명중시키기가 어렵다. 게다가 수십억 원이나 되는 어뢰를 인민군 고속정에게 쏴대는 것은 낭비나 다름없었다. 민경배 소령은 함장이 머뭇거리는 것이 그것 때문일 거라고 생각했다.
"함장님! 정운함을 향하는 것이 아닙니다. 침로가 다릅니다."
"그럼, 뭣 때문에 저렇게 요란법석을 떠는 거야?"
김철진 중령이 채근했지만 음탐장이 그 이유를 알 수는 없었다. 김철진 중령이 곰곰이 생각에 잠긴 채 작도판 쪽으로 걸어갔다. 음탐장이 머뭇거리는 동안 민경배 소령의 뇌리를 스치는 것이 있었다. 민경배가 그것을 정리한 다음 함장에게 다가갔다.
"함장님, 저 고속정들의 임무는 다른 것 같습니다."
"그래? 부장 생각을 말해보게."
함장은 민경배 소령을 쳐다보지도 않은 채 해도에 머리를 처박고 고민했다. 마양도 근처가 자세히 기록된 해도였다. 그러나 언제 작성됐는지 모를 정도로 오래된 해도였다. 다만 인쇄만 최근에 되었을 뿐이었다.
"놈들 잠수함은 여지껏 고속정들과 함께 움직여 왔습니다."
민경배 소령은 개전 첫날에 다 잡았던 인민군 잠수함대를 놓쳤던 일을 떠올리며 잠시 말을 멈췄다. 분기를 가라앉히려고 해도판으로 시선을 옮겼다. 그리고 곰곰이 생각한 다음 음탐실을 향해 소리쳤다.
"음탐장! 고속정들의 침로가 어디인가?"
"남서쪽을 향합니다. 액티브 소나의 방사원은 모두 다섯 개입니다. 완전히 미친놈들 같습니다. 계속 쏘고 있는데요?"
음탐장은 잠을 거의 못 자서 눈자위가 토끼눈처럼 잔뜩 벌개져 있었다. 그러나 모처럼만에 요란한 소리를 들어서 잔뜩 신이 났는지 표정은 들떠 있었다.
"보십시오, 함장님. 고속정들의 침로는 이 방향입니다. 이 루트는 지난번 작전 때도 확인했듯이 놈들의 주이동로 가운데 하나입니다."

"알겠네. 내 생각도 일치하네. 여기가 어떨까?"

민경배 소령의 의견을 듣고 난 함장이 눈을 반짝였다. 그리고 해도판의 한 지점을 손가락으로 툭툭 두드렸다. 기지를 기뢰로 봉쇄하는 것이 목적이었지만, 때마침 인민군 잠수함들이 출항을 시작한 것이었다.

아주 좋은 기회였다. 넓은 바다에서 적 잠수함을 발견하기는 매우 어렵다. 위성을 동원해 잠수함을 추적할 수도 있지만 항상 가능한 것은 아니었다. 그러나 잠수함이 출항하는 기지에서 따라붙으면 쉬운 것이 잠수함 추적작전이었다. 미국과 구 소련이 상대방 잠수함 기지 근처에서 죽치고 기다렸던 것도 그 때문이었다.

"제 생각도 그렇습니다."

해도판을 확인한 민경배가 고개를 끄덕이며 함장의 의견에 동의했다. 지루하게 기다린 보람이 나타나는 순간이었다. 이종무함이 서서히 속도를 높여 매복지점에서 벗어났다.

6월 17일 12:20 경기도 김포시

─ 빠작!

또 30여 명이 쓰러졌다. 포탄이 한 발씩 떨어질 때마다 김포여중 운동장에 집결한 동원사단 예비군들이 무더기로 죽어갔다. 김승욱은 정신없이 학교 담벽을 향해 뛰었다.

김승욱은 흘러내리는 바지를 추스르며 주로 현역 영관급 장교들로 구성된 사단 지휘부를 저주했다. 통제하기 좋아하고, 사람들 집합시키기 좋아하는 사단 참모들이 최전선에서 물러난 부대를 재편성한다며 대대별로 집결시켰다. 점심도 오랜만에 따뜻한 밥을 준다 하여 처음엔 김승욱도 솔깃했다.

　그런데 그 결과가 이것이었다. 학교 운동장에 수백 명이 쓰러져 죽어갔다. 주변에 침투한 인민군 군단 직할 정찰대대원들이 포병대에 연락한 것 같았다. 치열한 전투를 치르면서 살아남은 예비군들이 허망하게도 무참히 쓰러지고 있었다.

　이제 거의 도착했다. 담벼락 밑에 엎드린 예비군들이 보였다. 저기까지만 가면 살아남을 수 있다고 생각한 김승욱이 마지막 힘을 내어 뛰었다.

　– 꽈웅!

　잽싸게 엎드린 김승욱의 머리 위로 파편과 폭풍이 지나갔다. 벽돌 조각 같은 것들이 주변에 떨어졌다. 그러나 그것은 벽돌조각뿐만이 아니었다. 김승욱이 운동장에 흩어진 빨간 살점들을 보고 기겁하며 조금 전에 예비군들이 엎드려 있던 담벼락 쪽으로 시선을 돌렸다. 그곳에는 담이 없었다. 아무 것도 없고, 다만 구덩이만 깊숙이 파여 그곳에서 하얀 연기가 스멀거리며 나오고 있었다.

　"어이! 김승욱! 여기야, 여기!"

　포탄 구덩이에서 원종석이 고개를 내밀고 김승욱을 불렀다. 김승욱이 일어서려다 말았다. 바로 옆에 포탄이 터지며 예비군 서넛이 날아갔다. 김승욱이 몸을 옆으로 굴렸다. 기어가기에는 너무 급했다.

　구르는 데 총이 방해가 되어버렸다. 자꾸만 수통이 걸렸다. 계속 구르다보니 철모가 떨어졌다. 위험하다고 생각한 순간 몸이 구덩이로 굴러 떨어졌다.

　"살았다!"

　원종석이 그를 반갑게 맞아주었다. 그곳에는 바닥에 납작 엎드린 곽우신도 있었다. 김승욱은 구덩이 경사에 몸을 기댄 채 머리를 다리 사이에 묻었다. 언젠가 읽었던 책에서 포탄 구멍에는 다시 포탄이 떨어지지 않는다고 한 것 같았다. 포탄 구멍에 다른 포탄이 떨어질 확률이 엄청나게 낮다는 것이고, 그럴 듯했다.

"천만에 말씀. 포탄 구멍에 있다가 죽은 놈들이 얼마나 많은데."

김승욱이 무슨 소린가 하고 고개를 슬쩍 들었다가 숙였다. 주변에 포탄이 떨어져 돌 파편이 우수수 떨어지고 있었다. 김승욱은 원종석이 한 말이라면 맞을 거라고 생각했다. 그런데 김승욱은 원종석이 어떻게 남의 생각까지 읽는지 신기했다.

6월 17일 13:12 함경남도 신포시 마양도 남서쪽 4km

갑자기 들려온 폭음은 인민군 해군 로미오급 잠수함 사령실에서도 또렷이 들렸다. 함장 서일구 중좌의 표정이 잔뜩 굳어졌다. 소나장은 갑작스런 사태에 놀란데다 큰 폭음으로 고통스러워하고 있었다. 기지를 떠난 지 채 한 시간도 되기 전이었다. 후미에서 들려온 폭음은 3편대 소속 잠수함들이 지나치고 있을 장소였다.

"잠망경 올려!"

이곳은 아직 수심이 낮은 지역이었다. 서일구 중좌는 심도를 변경할 필요 없이 바로 탐색용 잠망경을 올리고 바깥을 수색했다. 폭음이 들려온 방향에서 특이한 것은 발견되지 않았다.

갑자기 수면 위에서 하얀 물기둥이 치솟았다. 반사적으로 숫자를 세기 시작한 지 채 1초도 지나기 전에 폭음이 잠수함 선체를 두들겼다. 수중에서는 음파의 전달속도가 대기 중보다 훨씬 빠른 초당 1,500미터다. 1km가 약간 넘는 거리였다.

서일구 중좌가 다시 한 번 주변을 훑었지만 아무 것도 보이지 않았다. 범인은 최소한 한국 해군 수상함정이나 항공기는 아니었다. 서일구 중좌가 결론을 내렸다.

"남조선 괴뢰놈들의 잠수함이 기지로 잠입한 것 같소."

소나에 탐지되는 한국 해군의 잠수함은 없었다. 서일구 중좌는 기뢰를 떠올렸다.

"이러다간 3편대함들이 고스란히 당하겠습니다."

부함장이 잔뜩 걱정했지만 이 잠수함이 후미의 3편대를 도와줄 방법은 없었다. 그곳이 기뢰원이라면 잠수함들이 빨리 이탈하는 방법밖에는 없었다.

인민군 잠수함대는 국방군 잠수함이 목적이 아니었다. 동해로 투입되는 한미 연합군의 해상전력을 압박해야 했다. 미국 항공모함이 들어오면 동해안이 봉쇄될 뿐만 아니라 수많은 전투기가 북한 상공을 지배하게 된다.

그리고 동해안에 남반부에서 해병대라 불리는 해군육전대가 상륙할 가능성도 있었다. 공화국의 해상저격여단과 쌍벽을 이룬다는 정예 병력이었다.

인민군 해군 입장에서는 당분간이라도 그런 사태만은 막아야 했다. 그런데 인민군 동해함대에 고속정 전력이 고갈된 상황에서 이들 수상함 전력에 대항할 전력은 오직 잠수함밖에 없었다.

한국군의 209급 잠수함은 소나와 전투체계는 물론이고, 잠항시간과 속도에서도 인민군의 로미오급 잠수함을 훨씬 상회하는 능력을 가지고 있었다. 서일구 중좌도 아쉽지만 그것만은 인정할 수밖에 없었다. 인민군 잠수함 승조원의 입장에서 한국군 잠수함은 무조건 피해야만 했다. 그러나 한국군의 대잠저지망이 이곳까지 뻗쳐 있었던 것은 의외였다.

"이곳을 날래 빠져나가야겠소. 침로를 1-8-0으로 잡으시오! 출력 3분의 2로!"

서일구 중좌의 잠수함이 먼저 증속을 하고 편대의 다른 로미오급 잠수함도 뒤따라 속도를 높여갔다. 뭔지 모를 불안감이 서일구 중좌의 뇌리를 맴돌았다.

하지만 어떻게 대응해야 할지 쉽게 떠오르지 않았다.

6월 17일 13:37 함경남도 신포시 마양도 남서쪽 18km

"잠항타 수평 유지!"

"수평 유지! 트림 탱크 작동!"

하강하던 이종무함이 수심 90미터에 이르자 수평타가 원위치로 복구되고 트림 탱크가 반응했다. 잠수함의 전후좌우에 장착된 트림(trim) 탱크는 잠수함의 균형을 미세하게 조절하는 일종의 밸러스트 탱크다.

"좋았어, 수고했다. 음탐실, 어떤가?"

"최적이라고 판단됩니다."

김철진 중령의 물음에 음탐장이 시원스럽게 대답했다. 같은 시기라도 북쪽 해역은 한류의 영향이 훨씬 더 크기 때문에 항상 주변의 해수 상황을 자세히 파악해야 했다. 한류와 난류가 교차하는 해역에서는 소나의 탐지효율이 급격히 떨어지는데다 한국 잠수함에는 익숙하지 않은 장소였다.

"목표 8! 다시 탐지했습니다. 속도 12노트!"

민경배 소령이 음탐반의 작업을 주의깊게 지켜보고 있었다. 최적의 공격범위 안에 들어온 인민군 잠수함이 두 척인데, 함장은 아직까지 공격준비를 지시하지 않고 있었다. 민경배 소령이 뒤에서 지켜보기 답답할 정도였다. 손이 축축해졌다. 바지춤에 무심코 손을 비비다가 갑자기 휙 돌아선 김철진 중령과 눈이 마주쳤다.

"부장! 손에 무좀 났어? 왜 그래?"

"아닙니다!"

"아니긴 뭐가 아니야? 나도 손에 땀이 나는 것은 마찬가지야."

싱긋 웃으며 김철진 중령이 고개를 돌려 소나 디스플레이를 응시했다. 그리고 뒤에 서 있던 민경배를 다시 불렀다.

"부장, 어때? 목표 1, 2, 3과 5, 6을 동시에 잡고 싶은데 말야. 가능하겠어?"

"계산해보겠습니다."

약간 머쓱해진 민경배 소령이 대답을 마치고 전투시스템 콘솔로 걸음을 옮겼다. CSU-83 소나시스템과 연동된 ISUS-83 전투시스템에서는 각각의 목표 잠수함이 움직이는 궤적과 침로를 자동적으로 계산하고 있었다.

민경배는 목표 4를 잠시 떠올렸다. 목표 4가 반대편으로 사라져서 찜찜했지만 다른 잠수함들을 동시에 공격할 수 있는 기회는 지금뿐이었다. 전투시스템이 발사하기에 적합한 어뢰와 목표를 분배하는 데는 많은 시간이 걸리지 않았다.

"동시 공격은 가능합니다. 다만 동시에 유선유도 공격은 어렵습니다. 목표들이 넓은 각도로 산개한 상태입니다."

어뢰를 유선유도 할 경우, 가능하다면 함의 중심선 쪽으로 방향을 두는 것이 좋았다. 만약 표적이 측면으로 벗어나면 유선유도선이 끊어질 우려가 있기 때문이었다.

민경배는 함장이 잠시 허공을 응시한 채 턱을 쓰다듬는 것을 보았다. 작전 중에는 면도를 안 하는 게 함장의 버릇이었다. 전기면도기로 억센 수염을 깎고 나면 항상 피부발진이 일어난다는 핑계도 있었지만 사실은 독일 U보트 함장들의 흉내를 내려는 게 진짜 이유인 것 같았다.

"제 생각에는 목표 2, 3에 무선유도를 할당하고 변침해서 나머지 목표 1, 5, 6을 유선유도로 잡는 것이 좋다고 생각합니다."

잔뜩 덥수룩해진 수염을 쓰다듬는 김철진 중령은 어떤 배를 먼저 털어야 할지 행복한 고민에 빠진 해적처럼 보였다. 저도 모르게 미소를 지으며 민경배는 조금 전 함장의 농담을 떠올렸다. 김철진 중령은 긴장감이 정도를 넘어설 때마다 그런 식으로 부하들을 다독였다.

"좋아, 멋쟁이 부장. 목표 2, 3은 백상어로 잡는다. 발사관 분배하고 공격절차를 밟도록."

"예! 알겠습니다, 함장님. 어이~ 작전관!"

민경배는 어뢰공격에 대한 세부적인 명령을 작전관에게 직접 지시했다. 장보고의 전투시스템은 발사관에 장입되어 있는 어뢰를 직접 통제할 수 있었다. 그는 목표 2와 3에 백상어 어뢰 도합 세 발을 분배했다.

이종무함에 탑재된 어뢰는 두 가지였다. 하나는 독일제 SUT 어뢰이고, 또 하나는 LG정밀에서 생산한 국산 백상어 어뢰였다. 두 어뢰 모두 음향유도방식을 사용하는 점은 같으나 SUT 어뢰가 유선/무선 복합유도방식인데 비해 백상어는 무선유도방식만 사용한다.

이 차이는 원거리 목표를 공격할 때 명중률이 달라질 수 있다. 잠수함의 전투시스템과 링크되는 유선유도방식의 SUT 어뢰는 표적의 움직임에 따라 어뢰의 코스를 변경할 수 있다. 그러나 무선유도인 백상어는 한 번 발사하고 나면 자체 소나와 추적프로세서가 모든 것을 판단할 뿐, 잠수함에서는 더 이상 코스를 변경시킬 수 없다. 그렇기 때문에 백상어를 발사하기 전에는 표적 위치를 정확히 입력해야 한다.

"백상어 발사준비 완료! 발사관 개방했습니다."

코스 입력을 마친 작전관이 발사관으로 연결된 무기통제시스템 콘솔을 확인하며 보고했다. 모든 발사준비가 완료되었다는 표시와 함께 어뢰발사 버튼이 깜빡거렸다.

"좋아, 발사를 허가한다."

"5번 발사! 6번 발사! 7번 발사!"

민경배가 차례대로 어뢰발사 명령을 내렸다. 그동안 쌓인 초조함이 한꺼번에 날아갔다. 속이 다 시원했다.

이종무함 머리부분에서 백상어 어뢰 3발이 몇 초 사이로 튀어나왔다. 어뢰를 발사한 다음 이종무함은 방향을 선회했다. 그리고 또다시 어뢰를 발사했다. SUT 어뢰 4발이 유도용 케이블을 끌며 어둠 속으로 사라졌다.

6월 17일 13:44 함경남도 신포시 마양도 남서쪽 14km

"방위 2-2-0, 거리 2,000메타! 어뢰 같습니다. 세 발…… 아니, 계속 증가하고 있습니다."

"무어야? 도대체 몇 발이나 발사된 거야? 날래 파악하라!"

뜻밖의 어뢰 보고에 서일구 중좌가 소나장에게 고함을 질렀다. 한두 발이 아니라니 어이가 없었다. 기지를 빠져나온 지 채 한 시간도 되지 않아서 기뢰에 당하고 국방군 잠수함의 매복에 걸린 것이다.

"발사된 어뢰는 도합 일곱 발입네다. 세 발은 이쪽! 나머지 네 발은 2편대를 향하고 있습니다."

"양현 정지! 안정탱크 주수하라! 급속 잠항한다!"

어뢰 7발은 평소에 침착하던 서일구 중좌의 낯빛을 바꾸기에 충분했다. 회피할 방법을 찾아야 했다. 인민군 해군의 로미오급 구식 잠수함은 음향기만 디코이도 없고 속도도 느렸다. 최고속도를 내더라도 한

국군이 발사한 어뢰를 떨쳐버리기 어렵다는 것을 깨달은 서일구 중좌는 대신 잠항을 명령했다.

로미오급 잠수함의 밸러스트 탱크에 바닷물이 유입되면서 바닥을 향해 빠른 속도로 가라앉기 시작했다. 잠수함이 깊이깊이 동해 깊은 바다 속으로 빠져들었다.

"함장 동지! 잠항 속도가 빠릅니다!"

심도계를 바라보던 부함장이 겁에 질린 표정으로 서일구 중좌를 바라보았다. 이곳의 심도는 수심 100여 미터 정도로, 부함장은 자칫 해저면에 충돌할 것을 우려한 것이다. 그러나 부함장의 경고를 받은 서일구 중좌는 꿈쩍도 하지 않았다.

"이러다 충돌하겠습네다!"

"안정탱크 배수!"

부함장이 외치며 무언가 몸을 지탱할 수 있는 것을 잡으려고 몸을 움직이는 동안 서일구 중좌가 명령을 내렸다.

― 쿠쿵!

최종 순간에 밸러스트 탱크로 공기가 유입되면서 부력을 발생시켰다. 그러나 침강 속도를 줄이기에는 이미 늦은 시간이었다. 교통사고를 낸 버스처럼 앉아 있던 승무원들이 모두 바닥에 나뒹굴었다.

비틀거리며 일어선 서일구 중좌가 천장에서 대롱거리는 함내방송용 마이크를 거칠게 잡아챘다. 이 정도 충격이라면 각 부서별 피해상황을 확인해야 했다. 가장 궁금한 것은 소나실이었다.

"소나실, 이상 없습니다. 방위 2-1-5에서 어뢰 한 발이 계속 선회 중입니다."

해저면에 침좌하면서 충돌음이 컸음에도 불구하고 어뢰는 서일구 중좌의 잠수함을 잡아내지 못하는 모양이었다. 이어지는 소음이 없자 어뢰는 최종지점 근처를 계속 반복 선회하는 수색패턴으로 움직이고

죽음의 그림자

있었다. 서일구 중좌는 그 어뢰가 무선유도이기를 간절히 바랐다. 무선유도는 어뢰 탄두부에 달린 추적프로세서가 모든 것을 결정한다. 그러므로 기만하는 것도 쉽다.

그러나 유선유도 어뢰는 달랐다. 어뢰의 소나에서 수집한 정보는 유선유도선을 통해서 다시 국방군 잠수함의 전투시스템으로 전송된다. 그렇게 되면 지능이 낮은 어뢰의 유도장치를 속이는 것보다 훨씬 더 어려운 싸움이 되는 것이다.

"어뢰가 액티브 모드로 전환되었습니다. 지속적으로 탐신하고 있습네다!"

소나장도 뭔가 기대하는 것 같았다. 국방군이 쏜 어뢰의 이동패턴은 달라지지 않았다. 일정한 구역을 계속 빙빙 돌면서 미친 듯이 액티브 소나만 쏘아대고 있었다.

그것은 좋은 뜻이었다. 만약 서일구 중좌의 잠수함을 발견했다면 탐신음이 점점 짧아지면서 가깝게 들릴 것이었다.

일단 어뢰가 이쪽을 못 찾는 이상은 계속 여기서 버텨야 했다. 아마도 그 어뢰는 발사 전 최종적으로 입력된 지점에서 목표를 찾을 때까지 계속 수색패턴으로 움직이도록 입력되어 있을 것이다. 그렇다면 어뢰의 축전지가 모두 방전될 때까지 수색을 절대로 멈추지 않는다. 살아남으려면 그때까지 꼼짝하지 않고 바닥에 붙이 있어야 한다.

"편대 2호함과 3호함은 어떤가?"

"계속 가속하고 있습니다. 어뢰들도 속도를 높이고 있습네다. 2편대를 향한 어뢰는 더 이상 추적이 불가능합니다."

서일구 중좌는 다른 함정들도 그와 같은 방법을 선택하기를 기대했으나 동료함들은 도주를 택하고 있었다. 그러나 그것은 무리였다. 수중속도가 12노트에 불과한 로미오급 잠수함이 아무리 용을 써봤자 어뢰를 떨쳐낼 수 없을 것이 분명했다. 공포와 본능을 이겨내야 살아남

는다는 것은 모두들 배웠지만, 이런 급한 상황에서 실행에 옮기는 사
람은 많지 않았다.

6월 17일 13:56 함경남도 신포시 마양도 남서쪽 18km

"거리 1,500!"
마지막 SUT 어뢰 두 발이 마지막 로미오급 잠수함인 목표 6을 향해 접근 중이었다. 민경배 소령이 뿌듯한 미소를 지으며 음탐장 어깨를 툭툭 쳤다. 다섯 번째 잠수함 킬(kill) 마크를 그릴 수 있게 된 것이다. 매복은 완벽한 성공이었다. 이제 마무리를 장식하는 일만 남았다.
"방위 삼백이십공(3-2-0)도에 고속 수상물체입니다."
"숫자는?"
"대형함 한 척에…… 나머지는 고속정 같습니다."
마지막 상황에 끼어든 불청객이었다. 여유 있어 보이던 김철진 중령의 표정도 잔뜩 굳어졌다.
"목표 6에 어뢰가 접촉하는 시간은 얼마나 남았나?"
"105초 정도 소요됩니다."
"제기랄!"
작전관의 대답에 김철진 중령이 주먹으로 손바닥을 강하게 내리쳤다. SUT 어뢰가 인민군 잠수함보다 두 배 이상 빠른 속도이지만, 1km가 넘는 거리를 미사일처럼 빠른 속도로 쫓아가 끝장낼 수는 없었다. 상대속도는 기껏 시속 30km 정도였다.
"하푼이 있었으면……."
민경배가 저도 모르게 중얼거렸다. 이제 목표 6을 쫓는 SUT 어뢰를 무선유도로 전환할 것인지를 결정해야 할 시점이었다. 고속으로 접근

중인 인민군 수상함을 무시하고 유선유도를 계속하다가는 자칫 뒤통수를 얻어맞을 수도 있었다.
 하푼이 있었으면 지금 상황에서는 간단했다. 속도가 빠른 대함 미사일은 어뢰처럼 시간을 끌 필요가 없다. 지금과 같은 거리에서 발사하면 채 1분도 지나기 전에 상황은 종료된다.
 장보고급 후기함이라고 할 수 있는 이순신함부터는 수중에서 발사할 수 있는 하푼 대함 미사일을 운용할 수 있지만 이종무함은 아니었다. 하푼을 발사하기 위해서는 어뢰발사관에 별도의 개조가 필요한데 장보고급 초기함은 아직 그런 능력이 없었던 것이다.
 "어뢰로도 충분하지. 하푼은 왠지 비겁해 보이잖아, 안 그래? 우리는 바다 사나이들이야. 모든 것은 물 속에서 해치워야 하는 거야. 하푼은 없어도 돼! 자, 작전관! 목표 6은 무선유도로 잡는다. 유도를 전환해라!"
 "알겠습니다. 무선유도로 전환합니다."
 "젠장! 자, 일단 올라가서 어떤 놈인지 보자고. 잠망경 심도로 올라간다!"
 "알겠습니다. 잠망경 심도로!"
 별로 긴 말을 하지 않는 함장이었다. 명령에 따라 부상을 지시했지만 민경배 소령은 내심 불안했다. 조금 전에 놓쳤던 로미오급이 걱정됐던 것이다.
 "잠망경 올려!"
 이종무함이 수면 가까운 심도에 이르자 잠망경 두 개가 물 밖으로 동시에 올라갔다. 김철진 중령이 탐색용 잠망경에 잽싸게 다가서자 민경배도 공격용 잠망경을 잡았다.
 민경배가 저배율로 조절한 잠망경으로 주변을 빠르게 수색했다. 역시 뭔가 있었다. 한 바퀴 돌린 잠망경을 회색 실루엣이 떠 있는 방향에 고정시킨 다음 최대배율로 높였다. 희미하던 함정의 윤곽이 제대로 드러나자 민경배가 먼저 입을 열었다.
"쌍동선형입니다. 소호급인 것 같습니다."
"그래, 맞아. 소호급이다. 잠망경 내려! 잠항한다!"
잠망경 두 개가 물 속으로 빠르게 내려가고 이종무함의 선수가 아래쪽으로 기울었다. 상갑판에 두 개의 선체가 결합된 구조의 함정이 쌍동선이다. 인민군 해군에 쌍동선이라면 한 척밖에 없었다.
그것은 소호급 프리깃으로 북한 해군이 보유한 최대 크기의 전투함이었다.
나진조선소에서 건조된 소호급은 실체가 노출된 적은 없으나 특이한 선체를 가진 것으로 서방세계의 주목을 받아왔다.
"거리 8,000이었습니다."
잠항 직전에 공격용 잠망경으로 거리를 측정해두었던 민경배 소령이 함장에게 보고했다.
"좋은 거리다. 상공에 대잠헬리콥터는 없었다. 서두르자. 음탐반! 목표 4는 아직도 안 잡히나?"
"삼백십공(3-1-0)에서 로스트 컨택입니다. 계속 탐지가 안 되고 있습니다."
목표 4는 소나에서 놓쳤던 로미오급 잠수함이었다. 음탐장이 어렵다는 듯이 고개를 흔들었다. 소호급을 더 유인할 것인지, 아니면 로미오급에 탐지될 것을 각오하고 지금 공격할 것인지 결정을 내려야 했다. 민경배 소령은 고민이 되었다. 어떤 결정을 하든지 위험부담을 감수해야 했다.
"지금 공격한다."
그런데 함장이 결정하는 데는 시간이 걸리지 않았다. 민경배처럼 별로 고민한 흔적이 없는 것 같았다.

6월 17일 14:02 함경남도 신포시 마양도 남서쪽 16km

"공격 준비!"

분노가 가득 찬 명령이었다. 공화국 최정예 잠수함 전대인 20전대 소속 3개 편대 잠수함이 모조리 도륙당한 셈이었다. 비참했다. 서일구 중좌는 표정판에 꽂힌 한국군 잠수함의 표지를 노려보았다. 그 잠수함은 지금 소호급 프리깃을 공격하느라 정신이 팔려 있었다.

어뢰실에는 북한 해군이 어렵사리 구입한 SET-65E 음향유도 어뢰가 장전되어 있었다. 서일구 중좌는 동시에 네 발을 먹여줄 생각이었다. 어뢰공격을 담당한 작전부서 요원들이 마지막으로 침로와 공격방위를 계산하느라 분주히 움직이고 있었다.

"함장 동지!"

"무어야?"

"아홉 시 방향입네다. 액티브 탐신음입니다!"

별안간 들려온 공격소나음에 허둥대던 소나장은 미처 방위도 계산하지 못하고 있었다. 놀란 것은 서일구 중좌도 마찬가지였다.

"거리 8천입네다. 방위는…… 으악! 어뢰입네다! 거리 1,000메타!"

순간 사령실 요원들 모두가 바짝 얼어붙었다. 액티브 탐신음이 들리기가 무섭게 어뢰 경보라니 당연히 놀랄 수밖에 없었다. 그것도 훨씬 가까운 거리였다.

"급속 잠항한다!"

"급속 잠항!"

부함장이 복창하며 선체가 곤두박질치듯 해저로 향했다. 서일구 중좌는 또다시 함을 침좌시켜 어뢰를 피할 생각이었다.

"어뢰가 가속하고 있습네다. 거리 600! 드디어 액티브 탐신을 시작했습네다."

어뢰의 날카로운 고주파 소나음은 이제 사령실에서도 직접 들을 수 있었다. 부함장이 심도계를 노려보았다. 그리고 거센 충격이 바닥으로 전해졌다.

— 어뢰실 침수 발생!

— 축전지실 침수! 침수 발생!

서일구 중좌는 정신을 차리려고 고개를 흔들었다. 침좌 직전에 안정탱크에 공기를 주입할 시간이 없었기에 충격이 더욱 컸다. 인터폰에서는 각 부서별 피해상황 보고가 다급하게 이어지고 있었다.

"축전지실 폐쇄하시오!"

"하지만 먼저 탈출을 시켜야……."

"당장 폐쇄하라우! 부함장이 직접 수행하시오!"

서일구 중좌의 명령은 서릿발같았다. 더 이상 항변하지 못하고 부함장이 뒷걸음치며 축전지실로 향했다. 축전지실에는 인민군 수병 몇 명이 남아 축전지를 점검하고 있었다.

"거리 300메타!"

이제 20여 초 정도 시간이 남았다. 어뢰가 최종 돌입할 순간이었다. 이 잠수함이 어뢰를 회피하는 데 성공했는지, 아니면 실패했는지 명확해질 시간이었다.

거리가 가까워지면서 어뢰가 발신하는 고주파 소나음이 더욱 높은 톤으로 울려퍼지고 있었다.

"놈은 어뢰를 먼저 발사하고서 나중에 공격소나를 쏜 것이야……."

서일구 중좌가 힘없이 중얼거렸다. 어뢰를 목표에 천천히 접근시켰다가 최종순간 공격소나로 정확한 위치를 파악한 다음 어뢰 코스를 재조정하는 방법이었다.

그것은 유선유도 기능이 없는 공화국 잠수함에서는 불가능한 일이었다.

서일구 중좌가 눈을 감았다. 접근해오는 어뢰 두 발의 추진기 소리까지 날카롭게 들려왔다. 그리고 함수와 함미 쪽에서 동시에 폭발이 일어났다.

6월 17일 14:05 함경남도 신포시 마양도 남서쪽 19km

"명중!"

잠망경을 들여다보던 김철진 중령이 가볍게 탄성을 내질렀다. 소호급 프리깃이 가진 유일한 대잠무기는 RBU-1200 대잠로켓이다. 폭뢰를 멀리 쏘아 잠수함을 공격하는 무기였다.

그러나 대잠로켓 사거리에 미치기도 전에 이종무함의 어뢰가 더 빨랐다. 소호급 프리깃은 어뢰 한 발에 두 쪽이 나버렸다. 그리고 프리깃을 따라오던 고속정을 목표로 한 SUT 어뢰 한 방이 직접 명중하지는 않았지만 고속정 10미터 앞에서 폭발했다. 거대한 물기둥이 고속정을 아예 공중으로 내던져버렸다.

"다행입니다. 정운함이 아니었다면 목표 4에게 고스란히 당했을 겁니다."

민경배 소령이 다시 한 번 한숨을 내쉬었다. 이런 상황에서도 항상 여유있는 김철진 중령이 씩 웃었다.

"정운함에게 한 턱 단단히 낼 준비해야겠어. 이 전쟁이 끝나면 말야. 그때까진 둘 다 살아 있어야겠지?"

이종무함이 로미오급 잠수함인 목표 4에게 2천 미터까지 따라잡힌 것은 수치스러운 일이었다. 목표 6은 깨끗하게 명중시켰지만 목표 4가 이렇게 가까이 있을 줄 전혀 예상치 못했던 것이다. 만약 인민군 잠수함이 어뢰를 발사했더라면 이종무함도 피하기 어려웠을 것이다. 민경배 소령은 안도감과 함께 식은땀이 흘러내렸다.
"근데 부장……."
"예! 함장님."
"킬 마크는 어디에 그리는 거지? 그리고 몇 개나 어떻게 그려야 되는 거야?"

누런 이를 드러내면서 김철진 중령이 씩 웃었다. 민경배 소령은 김철진의 턱수염에 시선을 모았다. 수염의 절반 정도가 흰 수염이었다.

동안인데다 항상 영계를 자처하는 김철진 중령에게서 나이를 알아채기는 힘들었다. 그제야 민경배는 함장의 검은 머리가 염색한 것임을 깨달았다. 수염까지 염색할 수는 없었다. 그동안 속았다는 생각이 들자 민경배가 빙그레 웃었다.

"됐어, 이제 우리도 빠져나간다. 어뢰가 몇 발 안 남았군."
"아무래도 중간보급을 받아야 할 것 같습니다."

김철진 중령도 고개를 끄덕였다. 기지까지는 거리가 너무 멀었다. 게다가 동해항으로 회항해도 안전을 보장받기는 어려웠다. 인민군 경보병여단이 아직까지 활개치고 있기 때문이었다. 결국 생각할 수 있는 것은 해상보급밖에 없었다. 그것도 어뢰까지 재보급을 받아야 했다.

"어쩔 수 없군. 일단 이곳을 벗어나서 전단사령부와 교신을 하자고. 암튼 기쁜 소식을 전할 수 있겠군."

이종무함이 다시 남쪽으로 진로를 잡아 움직였다. 마양도 기지에서 기어나온 잠수함들을 무력화시켰지만 그것은 일부일 뿐이었다. 원산 근처 바다를 완전히 지나칠 때까지는 안심할 수 없었다. 동해에 깔린 북한 잠수함은 많고, 이종무함에 남은 어뢰는 너무 적었기 때문이다.

잔인한 날

6월 17일 15:41   경기도 파주시

"부상병? 알았다. 의무병을 보낼 테니 후송해라. 그래, 이상."
 중대장이 송수화기를 통신병에게 건넸다. 의무병 차배근 상병은 또 그곳으로 가야 한다니 끔찍했지만 어쩔 수 없었다. 부상병이 생길 만한 곳은 전방에 전개된 3소대 진지밖에 없었다.
 차배근은 지금까지 3번이나 그곳에 갔고, 여기 있는 부상병들도 대부분 3소대원들이었다. 물론 오늘 아침에는 그곳에 2소대가 투입됐고, 2소대 부상병들은 복귀하거나 후송된 다음이었다.
 중대 지휘소 안에서 환자들을 돌보던 차배근이 일어나 출장채비를 시작했다. 중대장이 관측창 바깥을 힐끗 보고 나서 걸어왔다. 무슨 말을 할지 뻔했다. 통신병은 무전기를 등에 지고 중대장만 졸졸 따라다녔다. 차배근은 항상 중대장만 따라다니는 중대 통신병이 부러웠다.

여긴 상대적으로 훨씬 안전한 곳이었다.

"차 상병, 3소대 진지에 부상병 셋 발생이다."

"알겠습니다. 다녀오겠습니다."

차배근 상병이 가방과 소총을 들쳐메고 진지를 나섰다. 가끔 포탄이 진지 주변에 낙하하며 굉음을 울렸다. 그러나 이곳은 포탄이 비오듯 쏟아지는 살벌한 곳이 아니었다. 그래도 저런 포탄에 맞아 죽거나 부상당하는 경우가 생겼다. 그리고 의무병이라고 포탄이 피해가는 것도 아니었다.

교통호를 따라가는 차배근 뒤로 들것병 네 명이 따라붙었다. 진지에 투입된 병사들이 주저앉아 있거나 초조하게 들판을 살피다가 이들을 힐끗거렸다. 그를 보는 눈길이 곱지 않다는 사실을 차배근 상병도 잘 알고 있었다.

차배근 상병은 중대원들의 얼굴을 잘 몰랐다. 그는 연대 의무대에서 대대로 파견된 의무병이었다. 곧 본대로 귀대해 편한 말년을 보낼 참이었는데 전쟁이 터졌다. 남들도 다 그렇겠지만 전쟁이 났을 때 편하거나 안전한 군인은 없었다. 다만 그 위험 정도가 약간 다를 뿐이었다.

들것병 네 명은 동원예비군들이었다. 사흘 전에 처음 얼굴을 마주 대한 사람들이었다. 계급은 병장이지만 상병인 의무병이 지시하는 대로 움직여야 하는 들것병이 된 것이 기분 나쁜 모양이었다.

그러나 이들은 실제 전투에 투입되는 경우가 적기 때문에 살아남을 가능성이 컸다. 그래서 불평불만을 늘어놓으면서도 말단 소총수가 되는 것보다는 낫다고 생각하는지 차배근이 지시하는 대로 잘 따랐다.

어차피 이들, 차배근과 중대원들, 그리고 들것병들 사이에 동료의식은 없었다. 다만 어떻게든 살아남는 것이 최우선이었다. 그 때문에 각자 맡은 바 임무를 수행할 뿐이었다. 전쟁을 일으킨 인민군과 북한 지도부를 증오하긴 했지만, 전쟁터에서 영웅이 되려고 용감히 싸울 필요는 없었다.

차배근이 교통호 끝에 있는 기관총 진지를 타넘었다. 지금부터는 야지였다. 어디서 총알이 날아오고 포탄이 날아와 터질지 몰랐다. 숨을 곳도 없었다. 그리고 국군 포병대가 깔아놓은 지뢰가 폭발할지도 모르는 곳이었다.

아군 진지 주변에 떨어진 살포지뢰 때문에 두 시간 전에 중대 전령의 발목이 날아가버렸다. 아군 공병대가 급히 표지를 해둔 지뢰지대 바깥에도 지뢰 몇 개가 떨어진 모양이었다.

차배근은 살포지뢰체계FASCAM가 특정 재래식 무기 금지 협약이나 대인지뢰 금지 협약에 저촉되지 않는다는 사실이 믿어지지 않았다. 아무리 지능적인 지뢰이고 일정 시간이 지나면 아군이나 민간인에게 피해를 끼치지 않는다고 해도 그 일정 시간 이전이 문제였다. 눈먼 지뢰는 적과 아군을 가리지 않기 때문이다.

차배근이 쓰러진 전령을 업고 오는 도중에 살포지뢰의 자폭장치가 격발돼 한꺼번에 터지지 않을까 겁을 먹었다. 전령은 무릎 밑이 없어지고 하반신이 엉망이었다. 다행히 목숨에는 지장이 없었다. 그 전령은 응급처치를 한 다음, 의무대에서 보내온 구급차 편으로 후송시켰다.

인민군 기갑부대가 접근했을 때 국군 포병대가 방어목적으로 아군 진지 주변에 지뢰를 살포했다. 포병대는 적 중심 깊숙이 1번 국도 부근에도 지뢰를 대량으로 살포했다.

그런데 문제가 생겼다. 파주 북동쪽에 깔린 지뢰 때문에 인민군 기갑부대는 공세를 파주 시가지로 들어오는 북쪽 지방도에 집중시켰다. 이 지역은 비교적 평원이라 지뢰로 북한 기갑부대의 침공로를 완전히 차단시키지 못하고 우회만 시킨 것이다. 그래서 이곳이 북한 기갑부대 진공로의 바로 정면이 된 것이다.

　차배근이 자세를 잔뜩 낮추고 야트막한 언덕을 향해 뛰었다. 들것병 네 명이 열심히 따라왔다. 멀리 북쪽에서 우르릉거리는 전차 소리와 함께 폭음이 연이어 들려왔다.
　언덕 위에 엎드린 차배근 상병이 3소대 진지를 살폈다. 200미터쯤 떨어진 소대 진지에는 집중포화가 퍼부어지고 있었다. 차배근은 저런 곳으로 가야 한다니 끔찍했다.
　유개진지는 제대로 남아난 것이 없었다. 완전히 무너지거나 반쯤 쓰러진 상태였다. 바로 위에서 포탄이 터져 파편을 진지와 교통호로 쏟아부었다. 교통호 주변에 포탄이 떨어져 나무로 받쳐놓은 교통호 벽이 우르르 쏟아져 내렸다.
　진지 가운데 부분에서 백린연막탄까지 터졌다. 작은 파편을 따라 하얀 연기가 피어오르며 빠직거리는 소리를 냈다. 차배근은 어제 연막탄 파편에 맞아 살이 타들어간 부상병을 보았다. 비명을 질러대던 부상병은 5분도 채 되지 않아 죽고 말았다.
　차배근은 저런 곳에서 몇 명이나 살아남을 수 있을까 걱정했지만, 아까 1시간 전에 갔을 때도 소대원들 중 대부분이 멀쩡히 살아 있었다. 다만 정신이 나간 병사들이 몇 있었는데, 지금은 어떻게 됐는지 알 수 없었다.
　"이봐! 좀 있다가 가자."
　들것병으로 따라온 예비군 한 명이 다가왔다. 그 예비군은 3소대 진지에 퍼부어지는 집중포화를 보며 겁에 질린 표정이었다. 다른 예비군 셋은 언덕 밑에 숨어 있었다. 차배근도 내심 그렇게 하고 싶었던 차에 두말할 것도 없이 동의했다.

"그래요, 지금 가기는 좀 그렇죠?"

물론 이들은 잠시 후에도 마찬가지라는 사실을 잘 알고 있었다. 포격은 끊이지 않을 것이다. 그러나 조금이라도 천천히 가고 싶었다.

- 쿠르르릉~.

차배근이 있는 언덕과 소대 진지 사이로 K-1 전차가 줄지어 지나갔다. 전차 10여 대는 보급을 마치고 다시 전장에 투입되고 있는 것 같았다. 지금 파주 시가지 북쪽에서는 전차전이 한창이었다. 여기에 기계화보병과 보병부대도 투입되었다. 숨을 곳이 없는 개활지에서 포병의 위력은 무지막지했다.

그런데 포병이 눈을 감고 쏠 수는 없었다. 포격의 정밀한 유도를 위해서는 관측이 필수적이다. 전장을 한눈에 내려다보는 3소대 진지는 단순한 보병 진지가 아니었다. 포병 관측소가 바로 그곳에 있었다.

사단 예하 포병연대뿐만 아니라 군단 포병여단 관측소도 그곳에 있었다. 다른 곳은 낮아서 전체적인 관측을 하기 어려웠다. 누가 봐도 관측소 위치가 너무 뻔하니 그곳으로 포탄이 비오듯 쏟아지는 것은 당연했다.

차배근은 3소대장이 무선으로 중대장에게 독촉을 심하게 할까 봐 걱정되었다. 아무래도 지금 출발해야 했다. 차배근이 시계를 보는데, 때마침 잠시 3소대 진지 쪽 포격이 뜸해졌다. 차배근이 고개를 들었다.

국군의 대포병사격을 피해 인민군 포대가 이동하는 것이 분명했다. 차배근은 다른 포대가 포격 임무를 인수하는 그 사이 잠깐 틈을 노려 3소대 진지로 뛰어가야 했다. 차배근이 벌떡 일어났다.

"갑시다!"

포탄이 집중되는 소대 진지까지 가는 200미터는 꽤 먼 거리였다. 차배근은 있는 힘껏 뛰었다. 조금이라도 빨리 도착하는 것이 목숨을 부지하는 길이었다. 예비군들도 젖 먹던 힘까지 내어 달렸다.

6월 17일 15:53   경기도 파주시

차배근 상병 일행이 헉헉거리며 3소대 진지 지휘소 앞에 도착했다. 높은 곳에서 들판을 내려다보니 과연 장관이었다. 벌판에는 수많은 전차들이 무리지어 다니며 포를 쏘아대고 있었다.

그러나 단순한 전차전이 아니었다. 남북 양측의 기계화보병들은 보병들끼리 싸우고 장갑차는 장갑차들끼리 싸웠다. 남북으로 하늘을 가르며 미사일이 날아다녔다. 파괴된 전차와 장갑차들이 시커먼 연기를 뿜어내고 있었다.

전차가 주포를 발사할 때마다 하얀 연기를 주변 들판에 피워올렸다. 사격술은 국군 전차가 월등히 우수했다. 쏠 때마다 북쪽에서 불꽃이 피어올랐다. 그러나 K-1 전차들이 수적으로 밀리고 있었다. 불리한 와중에도 국군 전차부대는 용감히 싸워 인민군 전차대의 진격을 저지하고 있었다. 차배근이 보기에는 국군 전차부대가 언제 무너질지 모르는 상황인 것 같았다.

여기에 남북 양측의 포병대가 가세했다. 포화는 하늘에서 한꺼번에 쏟아져 내렸다. 십자포화에 걸리면 누구도 살아남지 못했다. 정밀유도 무기보다는 화력을 얼마나 집중시키는가가 중요했다.

수많은 자탄이 전진과 후퇴를 반복하는 인민군 탱크 대열을 뒤덮었다. 수세에 몰려 있는 국군도 화염과 연기를 뒤집어썼다. 전차와 장갑차들은 끊임없이 위치를 이동시키며 전투를 벌여야 했다.

"저게 뭐지?"

김 병장이라는 예비군이 고개를 높이 치켜들었다. 시뻘건 화염이 먹구름을 뚫고 올라가고 있었다. 차배근은 그것이 인민군 측에서 발사한 지대공 미사일이라고 생각했다. 공군이 지원해줘야 할 텐데, 공군 전투기들도 구름 위에서 꽤나 바쁜 모양이었다.

"젠장! 빨리 들어와! 부상병이 다섯이나 된단 말야!"

소대 지휘소 안에서 소대장이 투덜댔다. 구경하던 차배근이 서둘러 벙커 안으로 들어왔다. 3소대원 넷과 포병 관측장교와 함께 온 중사 한 명이 소대 지휘소에 누워 비명을 질러대고 있었다. 그 사이에 부상병 둘이 더 늘어난 것이다. 차배근 상병은 그런 집중포화 속에서도 나머지 대부분이 멀쩡히 살아 있는 것이 신기했다.

차배근이 부상병들을 쭉 둘러보다가 부상이 가장 적은 부상병 옆에 앉았다. 다리에 부상을 입고 누워 있는 병사였다. 파편이 박혔는지 허벅지에서 피를 흘리고 있었다. 아마도 동료들이 감았음직한 붕대가 대충 다리에 감겨져 있었다. 차배근이 피에 축축이 젖은 붕대를 풀었다.

"급한 환자부터 살려줘야지!"

3소대장이 다 죽어가는 부상병들을 가리켰다. 차배근이 돌아보니 그곳에는 배와 가슴에서 피가 펑펑 솟아나는 부상병이 간신히 의식만 차리고 있었다. 힘들게 반쯤 뜨고 바라보는 눈길이 애처로웠다.

그 옆에 머리를 다친 부상병은 살아 있는지 죽었는지조차 알 수 없었다. 차배근은 소대장의 말은 들은 척도 하지 않고 부상병의 전투복 바지를 가위로 잘랐다. 가위에 닿는 전투복이 버석거렸다. 섬유에 말라붙은 피가 그런 감각을 만들었는데, 역시 끔찍했다.

"저쪽부터 치료해달라니까?"

소대장이 채근했지만 차배근은 응급처치를 계속했다. 의무병은 사회 병원의 의사가 아니었다. 의무병이 하는 것은 응급처치일 뿐이고, 제대로 된 치료는 군의관이 전담했다. 물론 군의관은 후방에 떨어진 대대 의무대에나 있을 것이다.

"아아악! 새꺄! 조심해."

파편을 빼낸 다음 소독약을 바르는데 부상병이 계속 비명을 질러댔다. 그러나 그런 소리는 귀에 못이 박힌 차배근 상병이었다. 차배근이 환부에 거즈를 붙이고 붕대를 감는 동안 부상병이 앓는 소리를 냈다.
 드디어 응급처치가 끝났다. 땀방울이 송골송골 맺힌 부상병이 한숨을 길게 내쉬었다. 들것병들을 바라보며 안심하는 눈치였다. 차배근은 그 부상병이 뭘 기대하는지 알 만했다. 그러나 안 될 일이었다. 차배근이 벌떡 일어나며 차갑게 한마디 쏘아붙였다.
 "자! 이젠 그만 진지로 돌아가죠."
 "무슨 소리야? 후송 안 해줘? ……요?"
 차배근이 계급장을 보니 그 부상병은 병장이었다. 같은 중대 소속도 아니고 일면식도 없으니 반말을 쓰긴 곤란할 것이다.
 "병장님을 먼저 치료한 까닭이 있겠죠?"
 부상병이 소대장과 눈길을 마주쳤다. 둘 다 황당해진 얼굴이었다. 당연히 후방으로 후송될 줄 알았는데 전혀 아니었다. 평시라면 말도 안 되는 일이었다. 부상병이 총으로 바닥을 짚으며 일어났다. 그는 나가는 길에 씨팔거리는 소리가 입에서 끊이지 않았다.
 차배근은 소대장과 병장은 신경 쓰지도 않고 다른 부상병들의 상태를 파악하기에 바빴다. 오른손 엄지와 검지손가락이 없어진 부상병이었다. 하얀 뼈가 드러나보였다. 얼굴도 파편과 화상으로 시커멓게 그을려 있었다.
 그 부상병은 왼팔도 부러진 것 같았다. 팔을 늘어뜨린 모양이 도저히 정상적인 각도가 아니었다. 아마 포탄이 터질 때 팔을 짚으며 진지에 처박힌 모양이었다. 전투복 상의 주머니에 붙은 계급장은 작대기 두 개였다. 물론 계급은 상관없었다. 차배근의 눈에는 똑같은 부상병일 뿐이었다.
 "일어설 수 있어요?"
 "예? 예."
 차배근이 그 부상병의 손에 소독약을 바르면서 말했다. 부상병은 무슨 뜻인지 몰라 어리벙벙했다. 아파서 인상을 잔뜩 찌푸렸지만 정신은 확실히 든 모양이었다.
"혼자 걸을 수 있냔 말요."
"예."
차배근이 부목세트에서 철사로 만든 부목을 꺼내 힘을 주어 꺾었다. 부상병의 팔에 적당히 대었다가 부목을 다시 좀더 휘었다. 차배근이 부목에 부상병의 팔을 붕대로 고정시키며 말했다.
"그럼, 중대 지휘소로 가쇼."
"혼자 말입니까?"
그 부상병은 겁에 질려 있었다. 그러나 차라리 개활지가 이곳보다는 훨씬 안전한 곳이었다. 지금은 다시 포탄이 비오듯 쏟아지고 있었다. 차배근이 부상병의 팔에 삼각끈을 걸쳐주면서 싸늘하게 말했다.
"같이 가는 것보단 차라리 혼자 빨리 가는 게 더 안전할 거요. 지뢰는 밟지 마슈."
"……."
차배근이 다시 벌떡 일어나 다음 부상병에게 다가갔다. 포탄 파편에 배를 관통당해 피를 흘리며 숨을 가쁘게 몰아쉬고 있는 병사였다. 그가 흘린 피로 바닥이 흥건히 젖어 있었다.
그러나 바로 옆의 부상병보다는 상태가 나았다. 가슴과 배에서 피를 토하다시피 쏟고 있는 부상병은 희미하게 미소를 짓고 있는 것 같았다. 그러나 간호학원 의무병 과정 6주를 이수한 차배근이 아니라 군의관이나, 심지어 명의名醫 화타華陀가 살아온다 해도 그를 살리기는 어려울 것 같았다. 그리고 경상자를 우선적으로 돌봐야 하는 것이 의무병의 전시 근무수칙이었다. 지금은 전시였다. 차배근이 고개를 돌려 그 부상병을 애써 외면했다.
"김 선배님, 드레싱 도구 줘요."

들것병이 인상을 찌푸리며 압박붕대와 거즈가 담긴 상자를 가져왔다. 차배근도 기분이 좋을 리 없었다. 평시에는 사병들의 무좀이나 치료해주고 심심하면 담배 한 보루 얻어피우는 재미에 말년 병장 포경수술도 해줬지만 지금은 전시였다.

살아남아 즉각 전투에 투입될 병사가 최우선 치료대상이었다. 그리고 야전병원에서 어느 정도 치료를 해서 다시 복귀할 수 있는 병사가 우선적인 후송대상이었다. 부상병을 더 많이 살리려면, 그리고 의무병 자신을 포함해 부대원들이 더 많이 살아남으려면 그럴 수밖에 없었다. 전투에 이기고 지고는 그 다음 문제였다.

전쟁터는 사회의 일반적인 통념이 거부되는 곳이었다. 경제의 법칙이 적용되고, 어찌 보면 가장 비인도적인 업무를 수행하는 것이 차배근 같은 의무병이었다. 어쩌면 전쟁 자체가 가장 부조리한 사건일지도 모른다고 차배근은 생각했다.

6월 17일 16:32 인천광역시 옹진군 덕적군도 상공

KF-16 네 대가 먹구름을 뚫고 고도를 높였다. 약간 북쪽으로 치우친 장마전선 때문에 중부지방은 먹구름만 잔뜩 끼고 곳에 따라 소나기가 내리고 있었다.

어제부터 휴전선 전역에서 북한군의 공세가 강화되었고 송호연의 편대도 김포에서 편대원 둘을 잃었다. 이재민 대위는 오늘 아침에 구조헬기에 의해 구출되긴 했지만 정강이에 총을 맞아서 앞으로는 비행이 불가능할 것 같았다.

여태까지 소극적으로 나오던 북한 공군도 한국 공군의 지상지원을 막기 위해 악천후를 무릅쓰고 적극적인 공세로 나서고 있었다. 물론

제공권 장악에 있어서는 장거리 공격능력이 우월한 한국 공군이 유리했지만 이쪽의 손실도 만만찮게 늘어나고 있었다.

눈치 없이 졸음이 밀려왔다. 송호연은 산소 마스크 속에서 길게 하품을 했다. 아니, 하려고 했지만 얼굴을 꽉 죄고 있는 마스크에 걸려서 원하는 만큼 입이 벌어지지 않았다. 송호연의 편대가 자살특공대 미그기와 마주쳤던 것이 5일 전이었는데, 그때부터 지금까지 송호연이 제대로 눈을 붙인 시간은 열다섯 시간 남짓이었다.

"편대장님, 괜찮으십니까?"

─ 뭐가?

"별로 안 주무셨는데, 좀 어떠십니까?"

─ 송 대위, 졸립냐?

"아, 아닙니다, 뭐 그저 약간……."

─ 졸리면 갓길에 대고 눈 좀 붙여라. 졸음운전 하면 안 되잖아? 시동 끄고 파킹 브레이크는 꼭 채워라, 알았지? 참, 비상 깜빡이도 켜놔.

"예?"

─ 하하하하하!

괜히 본전도 못 찾은 송호연의 이어폰으로 동료 조종사들의 웃음소리가 들려왔다. 이틀 전 빗속에서 박성진 소령과 이재민 대위를 잃은 김영환 중령과 송호연 대위는, 오늘은 다른 조종사 두 명과 새로 편대를 짜고 출격하고 있었다. 새 편대원들은 둘 다 비행시간이 풍부한 소령급이라 송호연이 짬밥에서 가장 막내였다.

─ 알파 1, 알파 1! 승리 사이트다! 들리면 응답하라!

─ 승리 사이트, 알파 1이다! 계속해라!

─ 방위 0-0-4에 항적 다수 출현! 고도 3천 미터, 고속으로 남진 중이다!

─ 알았다. 전 편대원은 무장발사 준비하고 방위 0-2-0으로 돌려라!

"카피! 마스터 암 스위치 온! 헤딩 0-2-0!"

일렬 대각선으로 비행하던 전투기들이 하나씩 차례로 기수를 돌려 선회했다. 송호연도 머리 위로 보이는 김영환 중령의 기체를 보며 선회자세를 유지했다.

6월 17일 16:37 경기도 파주시 상공

송호연은 왼쪽 다기능 디스플레이를 주시했다. 레이더 안테나 위치를 나타내는 '⊥'자 모양 기호가 상하좌우로 움직일 때마다 화면 속 점들의 위치가 새로워졌다.

레이더 화면의 점은 모두 여섯 개였다. 지상 레이더 사이트에서는 더 많은 항적이 있다고 했지만 송호연의 편대가 레이더로 포착한 항적은 여섯 개뿐이었다. 현재의 레이더가 갈수록 고성능화 되고 있다지만 탐지 모드에 따라 범위에 제한을 받는다. 따라서 언제나 모든 고도, 모든 방향의 물체를 다 탐지하는 건 아니었다.

- 알파 3번기, 편대장이다. 4번기를 데리고 편대를 분리시켜라.

- 3번기, 라저! 고도 5천 미터, 1번기로부터 네 시 방향으로 위치 이동합니다.

김영환 중령도 레이더에서 놓친 적기가 찜찜한지 좀더 일찍 전투대형으로 분리하도록 지시했다. 송호연은 레이더 모드를 바꿔서 아래쪽을 살펴보고 싶었지만 지금 레이더가 포착하고 있는 적기를 놓칠 수는 없었다.

레이더 경보수신기가 울리기 시작했다. 정면의 적기도 레이더로 이쪽을 조준한 모양이었다.

- ECM 걸고 암람 미사일 발사준비!

"카피! 뮤직 온! 미사일 록 온 완료!"

— 미사일 발사!

"폭스 원!"

날개 밑에서 흰 연기가 앞으로 뿜어져 나갔다. KF-16 두 대에서 암람 미사일 도합 네 발이 발사됐다. 순간 레이더 경보수신기의 경고음이 높아졌다. 김영환 중령의 고함이 이어폰을 통해 송호연의 귀청을 때렸다.

— 알라모다! 편대 산개!

송호연은 급선회하며 기수를 숙였다. 희미해진 시야 속에서 레이더 경보수신기의 시그널이 눈에 들어왔다. 각 레이더별로 다른 형태의 시그널 기호와 소리로 위협이 되는 상대편의 정체를 짐작할 수 있었다.

전쟁이 난 후 처음으로 보는 기호였다. 하지만 송호연은 그 기호가 뭘 뜻하는지 확실히 알고 있었다. 송호연의 심장 박동이 빨라졌다.

"미그-29입니다! 조심하십시오!"

— 긴장하지 마! 저건 반능동 미사일이다. 장거리에서는 우리한테 승산이 있다!

공대공 미사일 알라모는 여러 가지 종류가 있다. 암람처럼 능동형도 있고, 적외선 유도방식도 있다. 그런데 미그-29가 발사한 알라모는 명중할 때까지 계속 레이더로 조준해줘야 하는 종류이기 때문에 발사한 항공기가 회피기동을 하기가 힘들다. 하지만 KF-16이 발사한 암람은 발사 후에 더 이상 항공기가 유도할 필요가 없어서 발사 항공기가 적 미사일을 회피하기에는 훨씬 더 유리했다.

KF-16 전투기들이 채프 구름을 뿌리면서 흩어졌다. 잠시 후 미사일 몇 발이 유도되는 기색이 없이 단지 관성만으로 방금 전 KF-16 전투기가 있던 자리를 꿰뚫고 지나갔다. 북한 전투기들도 KF-16이 쏜 미사일을 피하느라고 레이더 유도를 포기한 것 같았다.

─ 3, 4번기 앞으로! 우리가 뒤로 빠진다!

김영환 중령의 지시에 뒤쪽에서 엄호하던 2분대가 하강하며 사격위치로 나섰다. 레이더 화면의 점은 아직 세 개가 남아 있었다.

송호연이 화면에서 눈을 떼고 주변경계에 들어가는 순간, 레이더 조준을 위해 선회하는 4번기 뒤로 하얀 연기 두 줄기가 접근했다. 송호연이 기겁했다.

"미사일이다! 4번기, 브레이크!"

─ 뭐야, 이거! 어디서 날아온 거야?

갑자기 뒤쪽에서 날아온 미사일 몇 발이 KF-16 편대를 혼란에 빠뜨렸다. 송호연은 채프와 플레어를 뿌리면서 최대 G로 선회했다.

미사일 회피를 위한 급선회 때문에 2대씩 분산된 소편대마저 대형이 흩어졌다.

미사일 두 발이 KF-16의 뒤로 집요하게 따라붙었다. 이제껏 경험했던, 플레어 몇 발과 한 번의 급선회 기동으로 떨쳐버릴 수 있는 미사일이 아니었다. 송호연은 머리카락이 곤두서는 느낌이었다.

"안 떨어집니다!"

─ 선회성능을 보니 저건 아처다! 계속 교차각 90도 유지하고 마지막에 선회해! 시간을 끌어라!

AA-11 아처라고도 불리는 R-73 미사일은 날개로 방향을 제어하는 다른 미사일과 달리 뒷부분의 노즐 자체를 움직여 방향을 제어한다. 근접전에서 기동성이 월등히 좋은 대신 미사일의 고체 연료가 다 타버리면 선회성능이 급격히 떨어진다는 약점도 있다.

송호연이 고개를 돌려 눈으로 미사일을 찾았다. 다행히 꼬리에 붙어 있는 놈은 하나밖에 없었다. 송호연은 플레어를 발사하면서 기체를 뒤집어 거꾸로 하강하기 시작했다. 너무 G를 많이 줬는지 머리가 멍해지면서 눈앞이 흐려졌다. 송호연은 숨을 짧게 끊어서 호흡하며 G를 견

져보려고 했다.

뒤에 오는 미사일을 눈으로 확인하고 싶었지만 어깨와 머리에 걸리는 엄청난 무게 때문에 도저히 고개를 돌릴 수가 없었다. 기체 자세는 거꾸로 하강하면서 그린 반원의 마무리 단계에서 수평비행으로 들어가기 직전이었다. 송호연은 마음속으로 하느님과 부처님을 한 번씩 부르고 기수를 꺾었다. 다행히 폭발은 없었다.

6월 17일 16:39 경기도 파주시 상공

미사일이라는 부담스런 꼬리를 떨쳐버린 송호연이 레이더를 근접전 모드로 바꾸고 레이더와 눈으로 주변 상황을 살폈다. 주변 경계가 가장 취약한 위치 교대 중에 기습을 당한 송호연의 편대는 전투대형이 완전히 흩어져 있었다. 송호연의 기체 사방에 그리 친하지 않은 기체 실루엣들이 보였다.

"편대장님! 위치를 찾을 수가 없습니다!"

─ 내 꼬리에 미그-21 두 대가 붙었다! 저놈들, 미그-29 외에 다른 기체들도 섞여 있다. 너도 뒤쪽을 조심해라!

흠칫 놀란 송호연이 고개를 돌리자 얼룩무늬 전투기 두 대가 다섯 시 방향에서 접근하고 있었다. KF-16의 꼬리를 문 미그-29들이 집요하게 따라붙었다. 송호연은 어떻게 해서든지 꽁무니의 미그기를 떨쳐버리고 김영환 중령 뒤로 붙으려고 했지만 쉽지 않았다. 편대 통신망은 편대원들의 고함으로 아수라장이었다.

─ 뒤쪽에 붙었다!

─ 세 시 방향에서 온다! 오른쪽으로 꺾어라!

송호연은 미그-29의 조준을 힘들게 하기 위해 불규칙적인 회피 기동을 하면서 김영환 중령의 기체를 찾았다.

 폭스 투! 원 킬(One Kill)!

김영환 중령은 이 와중에도 미그-21 한 대를 격추시키고 있었다. 짝을 잃은 미그-21이 운좋게도 송호연의 진로 쪽으로 선회했다. 이어폰에서는 먹이를 노리는 사이드와인더의 포착음이 요란하게 울렸다.

"폭스 투!"

운이 없는 미그-21은 선회를 마치자마자 사이드와인더 미사일과 정면으로 충돌했다. 은색 기체가 붉은 불덩이로 변하면서 수직으로 떨어졌다.

 2번기, 뒤를 조심해!

송호연이 잠시 잊고 있었던 미그-29 두 대가 뒤쪽에서 덮쳐왔다. 송호연은 미그-29의 정면 조준 범위에서 벗어나기 위해서 급선회로 이탈을 시도했다. 하지만 헬멧 장착 조준시스템과 기동성 높은 AA-11 아처 미사일이 연동된 미그-29의 근접전 능력은 KF-16을 능가했다.

여전히 꼬리에 붙은 미그-29가 발사한 미사일 두 발이 흰 꼬리를 끌며 다가왔다. 송호연이 엔진 출력을 줄이고 필사적으로 기체를 움직였다. 플레어를 있는 대로 쏘아올리고 계속적인 불규칙 선회로 미사일을 혼란시키려고 했다. 하나는 떨쳐냈지만 나머지 하나가 끝까지 떨어지지 않았다. 미사일이 점점 송호연의 전투기 뒤로 다가왔다.

6월 17일 16:40 경기도 파주시 상공

송호연은 왼손을 두 다리 사이로 가져갔다. 거기에는 비상시에 사출좌석을 쏘아올리는 노란색 핸들이 있었다. 사출좌석은 쏴밀이좌석이라고도 불린다. 송호연이 사출핸들을 잡은 왼손에 힘을 주려는 순간, 어제 편대원들을 위해서 목숨을 던진 박성진 소령의 얼굴이 눈앞을 스쳤다.
'포기할 수 없어!'
송호연은 핸들에서 손을 떼면서 기체를 급상승시켰다.
'태양을 향해서 가는 거야!'
엔진 출력을 최소로 한 KF-16은 타성으로 상승하며 태양 쪽으로 선회했다. 열원을 노리는 미사일도 같이 상승하기 시작했다. 이제 미사일에게는 목표가 둘이었다. 게다가 태양이라는 엄청난 열원은 KF-16의 배기열을 가려주고 있었다.
현대의 최신 열추적 미사일들은 태양이나 플레어와 같이 너무나 강력한 열원은 알아서 제외하도록 설계되어 있다. 하지만 설계이론과 실제가 항상 같은 건 아니었다. 더구나 러시아의 센서기술은 서방세계보다 낙후되어 있었다.
송호연은 HUD의 자세계와 속도표시를 지켜봤다. 출력을 낮췄기 때문에 속도가 계속 줄어들고 있었다. 조금만 더 속도가 떨어지면 비행기가 양력을 잃고 추락하는 실속失速에 빠질지도 모르는 상태였다.
기체가 떨리기 시작했다. 실속에 빠지기 전에 날개가 흔들리는 버피팅(buffeting) 현상이었다. 이제 더 이상 기다릴 수 없었다. 송호연이 기수를 돌리면서 러더 페달을 있는 힘껏 찼다. 상승하던 기체가 실속 직전에 급선회하면서 방향을 바꿨다. 다행히 따라오던 미사일은 그대로 상승해버렸다. 미사일을 따돌린 KF-16은 최대출력으로 가속하며 하강했다.
-편대장이다. 내가 미그기 뒤에 붙겠다. 계속 유인해라!
"2번기, 라저!"
송호연은 적기의 위치를 가늠해보며 기체를 움직였다. 적기가 바로 뒤에 있는데도 레이더 경보수신기는 침묵을 지키고 있었다. 미그-29

는 레이더 대신 적외선 추적장비를 쓰고 있었다. 그렇기 때문에 KF-16 편대에게 발각되지 않고 저공으로 우회해서 기습할 수 있었던 것이다.

— 폭스 투! 브레이크!

송호연이 급선회하고 미그-29가 따라가려는 순간, 김 중령의 미사일이 미그-29의 한쪽 엔진을 날려버렸다. 균형을 잃은 기체는 기우뚱하더니 검은 연기를 토하며 하강하기 시작했다.

잠시 후, 기수에서 불꽃이 튀며 조종사가 튕겨져 나왔다. 편대장을 잃은 나머지 미그-29 전투기들은 기수를 돌려 북쪽으로 도주하기 시작했다.

"감사합니다! 편대장님!"

— 3번깁니다! 적기들이 이탈하고 있습니다. 아무래도 연료부족인 것 같습니다!

— 편대장이다! 3, 4번기는 추격하지 말고 현 위치에서 암람 사격한 후에 편대에 합류하라!

— 라저, 카피! 알파 3, 미사일 록 온! 폭스 원!

— 알파 4, 폭스 원!

— 알파 1번기, 알파 3번기가 육안 확인. 1번기 후방 2km에서 접근 중!

— 알았다. 2번기는 왼쪽으로 붙고, 표준대형 구성 후 귀환한다!

송호연은 모든 편대원이 무사한 걸 보고 안도감을 느꼈다. 한편으로는 공중전 중에 제대로 상황판단을 하지 못하고 편대장기에서 분리된 자신이 부끄럽기도 했다. 다른 편대원들도 똑같이 위험한 상황을 겪었을 텐데, 그들의 목소리는 차분하기까지 했다.

송호연은 편대 대형을 짜면서 역시 군대는 짬밥이라는 생각이 새삼 들었다. 대위와 소령은 비행시간뿐만 아니라 위기대처 능력에서도 하늘과 땅 차이였다.

6월 17일 17:41 경기도 김포시

— 꾸우우웅!

아스팔트가 울렁거렸다. 김승욱이 눈을 감았다. 서울 외곽순환고속국도 위에 쭉 늘어선 예비군들 가운데 몇 명이 또 죽어나갔을 것이다. 이젠 지긋지긋했다. 그러나 포격은 계속되었다. 오른쪽으로 멀리 김포대교가 보였다. 그 아래는 한강일 것이다.

조금 전에 동원예비군으로 구성된 59사단은 치열한 전투 끝에 인민군 여단급 기갑부대를 물리쳤다. 물론 자력으로 해낸 건 아니고 육군 항공대의 지원을 받았다. 사실 공격헬기들의 독무대라 해도 틀린 건 아니었다. 59사단의 대전차무기 사정거리 바깥에서 전투가 끝났기 때문이다.

헬리콥터들이 전차를 많이 때려잡긴 했지만 전방에 전개된 인민군 대공포화에 추락한 헬기도 많았다. 그래도 공격헬기의 위력을 눈으로 확인한 순간이었다. 그래서 김승욱은 지금 포격이 공격준비 사격이 아니라 조금 전 패배에 대한 보복이라고 생각했다.

"탱크들이 몰려온다! 전투 준비!"

소대장이 외치는 소리를 들으며 김승욱이 소총을 굳게 쥐었다. 국도를 따라 인민군 탱크와 장갑차들이 달려오고 있는 것이 보였다. 김승욱이 주변을 슬쩍 돌아보았다.

동원예비군으로 구성된 보병중대는 정말 별 볼일 없었다. 대전차무기라고는 대대본부에서 지원나온 106밀리 무반동포 2문과 분대당 1정씩 배당된 팬저 파우스트가 전부였다.

40명쯤 남은 중대는 김포 입체교차로 왼쪽 약 300미터 구간을 맡아 전투 준비에 들어갔다.

중대 병력 방어구역치고는 굉장히 좁았지만 적의 공격밀도와 아군 병력과 화력을 감안하면 그리 치밀한 방어선도 아니었다.
 병력은 하루 만에 반의 반도 남지 않았다. 김포 시내에서 집결할 때 얻어맞은 포격이 결정적이었다. 다른 중대도 사정은 마찬가지였다. 지금도 사상자가 속출하고 있었다.
 "뭘 갖고 싸우라는 거야? 젠장! 윗놈들 하는 짓들이란……."
 원종석이 소총을 아예 땅바닥에 놓고 투덜거렸다. 곽우신은 그래도 좀 나은 편이었다. 대전차 로켓인 팬저 파우스트를 지급받은 것이다. 지금까지 곽우신이 일반 소총수인 줄 알았는데 뜻밖에 주특기가 대전차 사수라고 했다.
 아군의 포격이 시작되었다. 그러나 그 직전에 인민군 전차들이 산개해서 큰 피해는 입지 않았다. 도로를 따라 이어진 건물들 주변에 전차들이 빼곡이 박혔다. 전차 대열에 잠시 혼란이 있었지만 차츰차츰 접근해오기 시작했다.
 예비군들과 인민군 전차대 사이의 거리는 약 1.5km였다. 전차는 주포를 발사할 수 있지만 106밀리 무반동포를 쏘기에는 거리가 멀었다. 그런데 곽우신은 아예 고개를 숙이고 납작 엎드려 있었다. 원종석이 한숨을 푹푹 쉬었다.
 김승욱이 고개를 슬쩍 들었다. 파괴된 전차 사이사이로 각개약진하듯이 전차들이 교대로 달려오고 있었다. 그 뒤로 장갑차에서 하차한 인민군 보병들이 따랐다.
 그때 입체교차로 밑에서 새하얀 연기가 피어올랐다. 김승욱이 엎드렸다가 다시 고개를 들어보니 토우 대전차 미사일이 줄을 끌고 천천히 날아가는 모습이 보였다. 총탄이나 포탄에 비해 엄청 느리게 움직이는 것 같았다.
 "개활지에서 토우라니. 탱크가 먼저 쏘면 유도를 못해. 아니면 탱크가 건물 뒤로 숨어버리거나 하면……."

역시 미사일이 명중하기도 전에 전차대 쪽에서 반격탄을 날렸다. 그러나 토우 진지에는 명중하지 않았다. 미사일이 잠시 옆으로 흘렀다가 다시 계속 꾸물꾸물 기어갔다. 보고 있자니 하품이 나올 것 같았다.
"역시……."
원종석이 한숨을 쉬었다. 미사일이 접근하는 것을 알아챈 T-62 전차가 얼른 후진해서 건물 뒤로 숨어버렸다. 김승욱이 이제 저 미사일은 쓸모없게 됐다고 생각했다. 그러나 아직은 아니었다.
토우 대전차 미사일이 갑자기 방향을 바꾸더니 다른 전차로 향했다. 토우 사수가 중간에 목표를 바꾼 것이다. 미사일이 와이어를 끌고 선회하며 전차에 명중했다. 물처럼 진하게 하얀 연기가 솟아올랐다.
"오, 예!"
김승욱과 원종석이 동시에 환성을 질렀다. 토우 미사일이 제 위력을 발휘하니 그만큼 이들이 살아남을 가능성이 커진 것이다. 그러나 토우 발사대는 적고, 적 전차는 많았다. 전차들이 우글거리며 계속 접근하고 있었다. 이제 거리는 1km 정도였다.
― 쓩웅!
고속국도 위에 배치된 106밀리 무반동포가 연기를 뿜었다. 포탄은 보이지도 않았고, 벌써 목표에 명중했다. 그러나 전차는 잠시 움찔거리지도 않고 계속 기어왔다.
"제기랄! 저 탱크, 어떻게 된 거야?"
무반동포의 관통력보다 탱크 장갑이 더 강한 것 같았다. 다시 명중시켰지만 역시 마찬가지였다. 탱크들이 기세를 올리며 속도를 높였다. 국군의 박격포 사격이 시작되어 탱크 주변에 포탄이 작렬했다. 인민군들은 옆에서 줄줄이 쓰러지는 걸 보면서도 계속 달려왔다.
인민군의 포격이 아까보다 훨씬 더 강해졌다. 사방에서 정신없이 포탄이 터졌다. 야포에 방사포, 박격포까지 가세한 것 같았다. 아무래도 군단의 전 화력이 이곳에 집중된 것 같았다. 높아서 유리하긴 했지만 위로 완전 노출된 예비군들이 적의 포격에 계속 쓰러져갔다.
— 뚜두듯! 뚜두두두! 뚜두두!
기관총이 불을 뿜기 시작했다. 엎드려 있던 김승욱이 총소리가 날 때마다 몸을 움찔거렸다. 기관총이 발사됐다는 것은 적이 그만큼 접근했다는 뜻이었다.
"이봐! 어서 대전차 로켓 발사하라고!"
어느새 소대장이 옆에 와서 곽우신을 재촉하고 있었다. 곽우신이 슬쩍 고개를 들더니 팬저 파우스트를 꼭 껴안고 다시 복지부동했다. 소대장이 곽우신을 흔들었으나 소용이 없었다.
"이 자식! 너 죽고 싶어?"
소대장이 권총을 꺼내들고 곽우신을 겨눴다. 이 모습을 지켜보던 원종석이 나서지 않을 수 없었다. 김승욱은 떨리는 마음을 진정시키며 옆에서 벌어지는 상황을 지켜보기만 했다.
"소대장님! 소대장은 즉결처분 권한이 없습니다."
"뭐야? 너 자식은 또 뭐야?"
소대장 오관식 중위가 당장 쏠 듯이 원종석에게 권총을 겨눴다. 그때 곽우신이 느릿느릿하게 말했다.
"아직 사정거리 밖입니다. 100미터쯤 더 끌어들여야 합니다."
"뭐?"
"보십시오. 팬저 파우스트를 발사하는 곳이 없지요?"
오관식 중위가 둘레둘레 주변을 살피다가 옆으로 지나가는 총탄 소리에 놀라 얼른 엎드렸다. 김승욱이 보니 과연 다른 소대에서도 팬저 파우스트를 쏘지 않았다. 머쓱해진 소대장이 제 위치로 돌아가며 말했다. 목소리는 어느새 착 가라앉아 있었다.
"사정거리에 들어오면 정확히 쏘도록."

원종석이 낮게 키득거렸다. 소대를 진지배치 할 때 소대장이 최우선적으로 고려해야 할 사항이 공용화기 배치와 사격구역 지정이다. 어찌 된 셈인지 오관식 중위는 가장 기본적인 것을 빼먹은 것이다.

김승욱이 웃으며 고개를 슬쩍 들었다. 달려오는 전차들을 보고 나서 웃음이 싹 사라졌다.

수많은 전차와 장갑차들이 들판을 가득 메우며 달려오고 있었다. 인민군 보병은 차량 숫자의 10배가 넘는 것 같았다.

"공군은 뭐 하누. 저 탱크들 안 잡아먹구."

원종석이 한숨을 푹 쉬었다. 김승욱은 그때 이상한 소리를 듣고 머리를 쳐들었다. 하늘에서 불덩어리가 떨어지고 있었다. 양 날개와 동체 뒤쪽이 떨어져나간 미그기였다. 미그기는 불덩어리가 된 채 팔랑거리며 추락하고 있었다. 그런데 하필 떨어지는 곳이 이들과 가까운 고속국도 쪽이었다.

"저 새끼는 뒈지면서도! 씨발! 밉다, 미워!"

원종석이 욕설을 퍼붓는 사이에 김승욱은 철모를 눌러쓰며 엎드렸다. 공군이 지상지원을 못 해주는 이유는 바로 그것이었다. 한국 전투기들은 물밀듯 밀고 내려오는 미그기들을 상대하기에도 바빴다.

바로 뒤쪽에서 엄청난 폭음이 들려왔다. 추락한 북한 전투기는 아슬아슬하게 이들 뒤로 떨어졌다. 두터운 콘크리트 고가도로 덕에 이들은 위험하지 않은 편이었다. 파편 몇 개가 주변으로 날아왔다.

김승욱이 십 년 감수했다고 한숨을 내쉴 때 곽우신이 이상한 짓을 하고 있었다. 곽우신은 무릎을 굽힌 상태에서 상체를 일으켜 세우고 팬저 파우스트를 발사할 준비를 갖추고 있었다.

— 빵!

카운터 매스가 뒤로 날아가며 발사기보다 두꺼운 탄두가 날아갔다. 적 전차들은 어느새 소총 유효사거리 안에 들어와 있었다. 정신을 차린 김승욱이 소총을 집어들고 조준했다. 그런데 곽우신이 쏜 로켓탄은 전차 뒤에서 폭발했다. 조준이 제대로 되지 않은 것 같았다.

김승욱이 슬쩍 보니 곽우신은 무표정하게 탄두를 끼우고 있었다. 곽우신은 지금까지와 달리 겁쟁이가 아니었다. 자신감에 넘치는 얼굴이었다. 비록 초탄에 명중시키지는 못했지만 무슨 사정이 있나 보다며 김승욱이 곽우신에게 신뢰가 갔다. 곽우신이 제2탄을 날렸다.

─콰웅!

"야호!"

김승욱이 소리를 지르며 방금 파괴된 전차 주변을 달리는 인민군들을 향해 소총을 겨눴다. 김승욱이 쏠 때마다 하나씩 픽픽 고꾸라졌다. 밤에 쏠 때보다 훨씬 더 잘 맞았다. 다른 소대에서도 연달아 팬저 파우스트를 발사해 인민군 전차를 때려잡고 있었다.

적 전차가 이쪽을 향해 주포를 쏘든 기관총을 쏘든 상관없었다. 곡사화기에 대해 극히 취약했던 이 고속국도는 위치가 높아 직사화기로부터 확실히 은폐할 수 있었다. 김승욱도 자신감이 붙어 계속 소총을 쏘아댔다. 방금 전에 곽우신이 다시 팬저 파우스트를 쏘아 적 탱크 한 대를 더 잡았다.

김승욱은 이길 수 있다는 자신감이 붙었다. 적 전차가 파괴되며 내뿜는 화염을 볼 때마다 그 자신감은 확신으로 강화되었다. 그리고 김승욱은 부대가 계속 후퇴하다 보니 싸울 때보다 더 무서운 생각이 들기 시작했다. 아까 낮에도 그랬지만 후퇴한 후 재집결할 때가 더 위험한 순간이었다. 제대로 싸워보지도 못하고 떼죽음을 당할 수도 있다는 사실을 깨달았다.

"야! 왜 안 쏴?"

"로켓탄이 다 떨어졌어."

원종석과 곽우신의 대화였다. 곽우신은 힘없고 겁많은 예전의 곽우신으로 다시 돌아갔다. 김승욱은 머리카락이 쭈뼛 서는 느낌이었다. 이제 보니 다른 소대에서도 팬저 파우스트가 다 떨어진 모양이었다.

주변에서 흰 연기를 뿜는 것은 무반동포밖에 없었다. 약간 위에서, 아까보다 훨씬 가까운 거리에서 쏘니 파괴되는 적 전차도 있었다. 그러나 T-62 탱크의 정면 장갑을 뚫기는 힘들어 보였다.

김승욱은 계속 방아쇠를 당겼다. M-16 자동소총이 빵빵거리며 총탄을 뿜어낼 때마다 인민군들이 쓰러졌다. 인민군 세 명이 몰려 있는 곳을 겨눴을 때, 그 인민군들이 폭사했다. 어떤 예비군이 유탄을 발사한 것이다. 그런데 이제 피아간의 거리가 너무 가까웠다. 일부 인민군들이 입체교차로 약간 앞쪽에 설치된 진지를 넘어오고 있었다.

탱크 한 대가 굉음을 울리며 방어선을 돌파했다. 진지에서 인민군들과 근접전을 치르던 예비군들은 전차가 넘어오자 주저하지 않고 후퇴하기 시작했다. 후퇴하는 아군을 돕기 위해 고속국도 위에 있는 기관총들이 일제히 지원사격에 나섰다.

인민군 장갑차가 위를 향해 기관총을 쏘아댔다. 김승욱은 고개를 들 수가 없었다. 눈앞으로 대구경 기관총탄이 '핑핑' 소리를 내며 지나갔다. 입체교차로 아래에 도착한 인민군들이 수류탄을 던지기 시작했다. 고속국도 위에 수류탄이 연이어 터졌다.

"소대장님! 이젠 어떡합니까?"

원종석이 고개를 돌려 외쳤을 때 소대장은 입체교차로 아래로 뛰어내리고 있었다. 김포대교 쪽에 있던 예비군들은 다리를 향해 도망갔다. 원종석이 벌떡 일어나 곽우신의 등을 툭툭 치며 김승욱에게 손짓했다. 김승욱이 안전핀을 뽑은 수류탄을 밑으로 던지며 원종석을 따라 나섰다.

"잘난 놈이야, 정말!"

원종석이 투덜거리며 가드레일을 뛰어넘었다. 아래쪽은 잔디로 덮인 비탈이었다. 다른 소대의 예비군들도 우르르 한꺼번에 후퇴하고 있었다. 입체교차로 아래에서는 적 전차의 기관총 사격에 예비군들이 무더기로 죽어가고 있었다.

입체교차로 남동쪽에 있는 기관총 진지에서는 아군에 가려 사격을 하지 못했다. 교차로 남동쪽에 예비대로 남은 아군 100여 명이 후퇴를 엄호했으나 적 전차를 막지는 못했다. 지금은 예비대마저 동요하기 시작했다. 완전한 전면 패주였다.

김승욱은 정신없이 뛰면서도 악착같이 원종석을 따라갔다. 바지가 자꾸만 흘러내려 김승욱은 바지춤을 잡고 뛰었다. 어깨에 멘 총이 덜그럭거리며 개머리판 부분이 옆구리를 아프도록 계속 쳤다. 군화를 신은 발가락이 아프고 발목이 시큰거렸다. 갑작스럽게 졸리기 시작했다. 이제 보니 어제오늘 잠을 잔 기억이 없었다. 그러나 지금은 그런 사소한 것에 신경 쓸 때가 아니었다.

6월 17일 18:40 경기도 동두천시

심창섭 중사는 급히 산을 오르며 이번이 몇 번째 고지인지 기억이 가물가물했다. 절반으로 줄어든 소대원들이 헉헉거리며 숨가쁘게 뛰어 올라갔다. 심창섭은 소대원들보다 뒤처지지 않아 다행이라 여기며 슬슬 감각이 사라지기 시작하는 허벅지와 무릎을 계속 움직였다.

동두천 축선을 방어하는 국군은 후퇴에 후퇴를 거듭했다. 대전차방어벽을 제대로 연구했는지 인민군은 큰 어려움 없이 넘어왔다. 그리고 도로를 따라 국군이 포위공격을 할까 봐 도로 주변 고지를 차근차근 점령하면서 내려오고 있었다. 목표인 전차는 꼭 필요할 때만 나타났다. 지금까지는 그랬다.

겨우 고지 정상에 다다랐다. 소대장이 수하를 하는데 절차가 꽤나 까다로웠다. 인민군이 아군 복장으로 접근해 고지를 빼앗은 경우가 있다는데, 그에 대한 대비 같았다. 아군인지 식별한 다음, 고지를 방어하는 중대장이 심창섭의 소대원들에게 방어선을 할당해주었다. 소대원들이 교통호로 들어갔다. 그제야 심창섭은 조금 안심이 되었다.
"선임하사님."
"왜?"
뒤돌아보니 김한빈 병장이었다. 김한빈은 철모도 없이 머리를 붕대로 감은 채 심창섭을 따라오고 있었다.
"이런 식으로 서울까지 가는 겁니까?"
김한빈의 질문에 심창섭이 산 아래쪽을 내려다보았다. 동두천 시가지 바로 북쪽이었다. 동두천이 적에게 함락되면 그 다음은 의정부였다. 의정부에서부터는 개활지가 나타난다. 그러나 인민군의 대규모 전차부대는 아직 나타나지도 않았다.

6월 17일 19:25   강원도 인제군

국군 16사단은 1038고지에서 인민군 13사단의 맹렬한 공세를 두 번에 걸쳐 막아냈다. 하지만 3차 공세에서 결국 무릎을 꿇고 말았다. 이후 국군 16사단은 계속 밀리고 밀려 칠절봉을 내주고 매봉산 주변지역까지 3킬로미터나 후퇴해야 했다.
오후 3시경에 진부령 동쪽에 있는 해발 1,051미터의 마산이 인민군 145독립보병여단의 파상 공격에 점령되었다. 상황이 이렇게 되자 국도 46호선의 목이라고 할 수 있는 진부령은 양쪽 고지로부터 협공받는 위기에 처했다. 국군 16사단 지휘부는 진부령 일대에 포진한 24연대가 포위될 위험에 처하자 즉시 철수를 지시했다.

 그러나 인민군의 공격속도는 국군 지휘부의 예측을 앞지르고 있었다. 소수이긴 하지만 인민군 선두부대 중 일부가 이미 연화동 계곡을 통해 깊숙이 들어와 46번 국도를 차단했다. 24연대의 퇴로가 가로막힌 것이다. 퇴로가 막혔다는 이야기는 순식간에 연대 전체로 퍼졌고, 병사들의 불안감은 급격히 높아졌다.

 국군이 확보하고 있는 용대교 부근까지 이르는 길은 약 2킬로미터가 남았다. 24연대는 이 골짜기 길을 강행돌파해야 했다. 그 과정에서 길 양쪽 산에 포진한 인민군들에게 집요한 공격을 당해 큰 피해를 입었다. 갑자기 기관총을 퍼붓고 달아나기도 하고, 박격포로 공격하기도 했다.

 그외에도 인민군 정찰병들이 숨어서 포격을 유도했다. 정확하게 한두 발씩 떨어지는 대구경 포탄에 국군은 큰 피해를 입었다. 상황이 이렇게 되자 조직적인 철수는 헛말이 되고 말았다. 국군 24연대의 진부령 철수는 패주에 가까운 모습이었다.

 시커먼 하늘에서 쉬지 않고 빗방울이 떨어졌다. 도보로 철수하는 국군 병사들은 빗물에 흠뻑 젖었다. 그들은 진부령에서 용대리 방면으로 철수하는 국군 16사단 24연대 병력이었다.

 24연대 병력은 인민군 포위망을 악전고투 끝에 강행돌파하는 데 성공했다. 모든 장비를 파괴하고 몸만 간신히 탈출하는 상황이었다. 판초우의를 걸친 병사들도 있고 그냥 전투복만 입고 있는 병사들도 많았다. 일부는 철모마저 제대로 쓰지 않고 있었다. 병력은 진부령을 떠날 때에 비해 상당히 줄어들었다. 병사들은 길 양쪽으로 길게 줄지어 남쪽으로 걸어갔다. 부상병들이 상당수 섞여 있어 행군속도가 느렸다.

 ― 씨우우웅~ 쾅!

포탄 한 발이 도로 왼쪽 바위언덕에 떨어졌다. 깨진 돌 조각들이 도로까지 굴러왔다. 주변에 있던 나무들도 충격에 부러지며 언덕 아래로 떨어졌다.

"포격이다! 빨리 이곳을 벗어나야 해!"

소대장쯤 되어 보이는 국군 중위가 고함을 질렀다. 중위는 머리를 다쳐 붕대로 이마를 감싸고 있었다. 주변에서 그 고함을 들은 병사들이 달리기 시작했다. 포탄이 다시 날아와 아까보다 100미터 정도 남쪽에 있는 오른쪽 언덕으로 떨어졌다.

병사들의 달리는 속도가 더 빨라졌다. 세 번째 포탄 한 발이 도로 가운데에 떨어지면서 아스팔트 조각들을 사방으로 날렸다. 근처에 있던 병사 7명이 폭발에 휘말려 갈기갈기 찢어졌다. 포탄이 떨어진 아스팔트 도로 위에 1미터는 족히 될 것 같은 구덩이가 파였다. 구덩이 주변은 피범벅이었다. 포탄은 주변에 계속 떨어졌다.

"내 팔! 내 팔이 어디 갔어?"

"우아악~ 앞이 안 보여!"

지옥도가 따로 없었다. 피바다 속에서 허우적대던 부상병들이 소름 끼치는 비명을 질러댔다. 부상당한 동료를 양쪽에서 부축해 가다가 세 명이 한꺼번에 포탄에 날아가기도 했다.

"날 버리지 마! 제발 같이 가!"

부상병들은 상처보다 적지에 혼자 버려지는 것을 더 두려워했다. 공포에 질린 사병 한 명이 부축하던 동료를 버려두고 도망갔다. 그러자 선임하사가 달려가 뒤에서 다리를 걸어 넘어뜨렸다. 선임하사는 일어서는 사병의 멱살을 잡고 뺨을 한 대 세게 후려갈겼다.

"야, 이 겁쟁이 새끼야! 전우를 버리고 혼자 도망가? 부상당한 전우를 버리면 네놈이 부상당했을 때 누가 도와줘? 누가?"

두 눈을 부릅뜨고 멱살을 뒤흔드는 선임하사의 눈을 바라보던 사병이 고개를 돌렸다. 선임하사는 멱살 잡은 손을 놓으며 말했다.
"어서 가서 업고 와! 안 그러면 내가 쏴버릴 테다. 어서!"
사병이 훌쩍거리며 부상병에게 걸어갔다. 그의 등뒤로 선임하사가 외쳤다.
"나도 무섭긴 마찬가지란 말야, 젠장!"

앞서 가던 대열에서 소리쳤다.
"아군이다! 아군이 보인다."
"아군? 어디?"
지쳐가던 국군 병사들의 눈에 갑자기 생기가 돌았다. 남은 힘을 다해 달리기 시작했다. 다리가 잘려 덜렁거리는 동료를 업고 이를 악물며 뛰는 사병도 있었다. 눈을 다쳐 미라처럼 붕대를 감은 병사도 동료들의 손에 이끌려 뛰기 시작했다.
"진짜…… 아군이다!"
"안 보여. 진짭니까? 아군 맞습니까?"
"그래, 임마!"
동료가 대답하며 얼굴 전체가 붕대로 감겨 입만 밖으로 삐져나온 부상병을 끌어안고 웃었다.
"우린 살았어! 우린 살았다고!"

6월 17일 20:10 경상북도 영천시

보현산은 경북 청송군과 영천시, 그리고 포항시가 경계를 맞대고 있는 큰 산이다. 주봉인 해발 1,200여 미터의 상봉을 위시해서 그 주변으로 해발 700~800미터대의 높은 산들이 잇달아 연결되어 있다.

북쪽 강원도 일부 지역에서는 소나기가 엄청나게 쏟아졌지만, 이곳 남부지역은 약간 흐린 정도에 불과했다. 보현산 상봉 동쪽 약 3킬로미터 지점에는 해발 820여 미터의 작은 보현산이 있다.
 산 정상 부근은 괴이한 정적이 흐르고 있었다. 벌레 우는 소리도 들리지 않았다. 싸늘하면서도 습한 날씨 때문만은 아니었다. 능선을 따라 5미터 간격으로 조밀하게 구축된 진지에는 각각 향토예비군 2명씩 카빈 소총을 들고 들어가 있었다.
 모두들 긴장한 모습으로 총을 움켜쥔 채 아래쪽의 시커먼 암흑지대를 내려다보고 있었다. 인민군 특수부대의 무서움은 익히 들어 알고 있었다. 정면에서 1대 1로 붙어서는 도저히 상대가 될 수 없다는 것도 잘 알고 있었다. 예비군들에게 지급된 총탄이라고 해봐야 겨우 몇십 발이다. 살아남는 방법은 두 눈 똑바로 뜨고 먼저 적을 발견한 뒤 요란하게 쏴대는 방법뿐이었다.
 2차대전 때 물건이긴 하지만 기관총과 바주카포 등 중화기도 있었다. 그래도 역시 향토예비군의 임무는 전투 그 자체보다는 적의 침투 봉쇄와 위치 발견이었다. 주된 전투는 인근에 있을 특전여단이나 특공여단 소속 병력이 맡게 되어 있었다.
 등뒤로 바람이 불었다. 진지 안에 있던 예비군들이 추위에 떨었다. 여름이라지만 장마철이 막 시작된데다 여긴 해발 800미터가 넘는 고지대였다. 워낙 급하게 올라오느라 제대로 된 복장을 갖추지 못한 예비군들은 이를 딱딱 마주치며 추위에 떨어야 했다.
 ─컹! 컹! 컹!
 어느 순간 정적이 깨지며 개 짖는 소리가 요란하게 들려왔다. 그 개는 예비군 면대장이 발바닥에 불이 나도록 돌아다녀 간신히 구해온 셰퍼드였다. 지역 유지로 평소 안면을 트고 지내던 개 주인이 군견 피가 75퍼센트 이상 섞인 똘똘한 놈이라고 자랑하던 셰퍼드였기에 예비군

면대장은 이놈을 철석같이 믿었다. 면대장은 곧바로 조명탄 사격명령을 내렸다.

─펑!

60밀리 박격포에서 조명탄 한 발이 발사되어 주변을 환하게 밝혔다. 깜깜하던 능선 아래쪽 계곡이 환하게 밝아졌다. 다시 한 발이 날아오르는데 왼쪽 능선에 배치된 어떤 예비군이 총을 쐈다. 다들 긴장해 있던 중이라 곧바로 요란한 사격이 시작되었다.

처음에 총을 쏜 예비군은 너무 긴장한 나머지 나무 그림자를 보고 무의식적으로 방아쇠를 당긴 것이었다. 단순한 실수였다. 그러나 그 총소리를 신호로 주변에 있던 예비군들이 너도나도 모두 총을 쏴댔다.

너무 요란한 사격에 놀라 근처 숲에 숨어 있던 인민군 특수부대원들은 자기들이 발각된 것으로 착각했다. 즉시 번쩍이는 발사섬광들을 향해 대응사격을 하면서 뒤로 물러나기 시작했다.

"저쪽이다!"

상촌 마을 방향의 계곡 수풀 사이에서 특이한 총소리와 함께 섬광이 번쩍거렸다. 침묵하고 있던 M-1919 기관총이 수풀지대를 향해 맹렬한 사격을 퍼부었다. 2차대전과 한국전쟁 때 활약했던 골동품이지만, 아직도 사람 정도는 충분히 죽일 수 있었다. 몇 발마다 장전된 예광탄이 바위에 부딪쳐 이리저리 튀는 모습이 보였다. 다른 카빈 소총들도 예광탄이 날아가는 수풀 주변을 향해 총탄을 퍼부었다.

"헉!"

잘 쏘던 기관총이 갑자기 위로 쳐들리더니 하늘을 향해 총을 쏴댔다. 옆에 있던 부사수가 깜짝 놀라 총을 바로잡았다. 사수가 바닥으로 푹 쓰러졌다.

"이봐! 이봐!"

사수를 흔들던 부사수는 손바닥이 끈적끈적해짐을 느꼈다. 왈칵 풍

겨오는 피비린내가 코끝에 전해져 왔다.
"사수가 총 맞았어! 총을 맞았다!"
마치 자기가 총을 맞은 것처럼 큰소리를 질렀지만 요란한 총소리에 묻혀 주변에는 잘 들리지 않았다.

"예! 현재 교전 중입니다. 예, 예!"
면대장은 전투가 벌어지는 방향 반대쪽 능선 뒤에서 영천 시내에 있는 대대본부와 전화연락을 하고 있었다. 전쟁이 발발한 이후 모든 통신수단이 정부 통제를 받고 있었다. 면대장이 쓰고 있는 이 전화기도 '인가받은' 몇 안 되는 휴대 전화기들 중 하나였다.
손바닥에 쏙 들어가는 놈이 통신병들이 땀을 뻘뻘 흘리며 메고 다니는 구닥다리 무전기보다 훨씬 더 연결이 잘되고 통화 감도도 좋았다. 며칠 동안 휴대폰이 먹통이었는데 최근에 기지국이 다시 기능하는 것 같았다.
"사격 중지! 사격 중지!"
통화를 끝낸 예비군 중대장이 허겁지겁 능선 위로 뛰어 올라가며 소리쳤다. 실탄을 1인당 겨우 몇십 발밖에 받지 않았는데, 이대로 쏘다가는 게릴라 얼굴도 보기 전에 다 쏴버릴 것 같았다.

6월 17일 22:36   경상북도 문경시 신북면

"불쌍한 중생……."
─ 퍽! 퍽! 퍽!
정치 부중대장이 소음권총을 쏘는 순간 리철민이 고개를 돌렸다. 늙은 스님의 얼굴을 똑바로 볼 수가 없었다. 사회주의 공화국에서 멸시하는 중은 웃는 얼굴로 바닥에 정좌한 자세 그대로 죽었다. 이마에서 흐른 피가 얼굴을 타고 흘러 잿빛 가사 위로 뚝뚝 떨어졌다. 마지막 순간, 늙은 중은 리철민을 보며 희미하게 웃었다.

왜 웃었을까, 비웃는 것이었을까 하는 생각이 리철민의 뇌리에서 감돌았다. 리철민은 아무리 생각해도 알 수가 없었다. 마음 한구석에는 그 스님을 꼭 죽일 필요까지 있었을까 하는 생각도 들었다.

그러나 주변 분위기가 너무 살벌해 그런 말을 감히 꺼낼 엄두도 내지 못했다.

예천 기지를 타격하는 데 성공한 인민군 경보병부대는 병력을 다시 분산해서 충북 중원에 있는 공군기지를 목표로 이동을 시작했다.

리철민의 소대는 윤달산을 거쳐 문경 새재 부근을 통해 충청북도로 넘어갈 계획이었다. 리철민의 소대에는 정치 부중대장이 동행하고 있었다.

인민군 경보소대원들은 식량을 얻기 위해 주변 산 속을 뒤지던 중 작은 암자를 발견했다. 소대장은 조용히 훔쳐가려 했지만 정치 부중대장이 권총을 들고 암자로 쳐들어갔다. 거기서 구한 식량이라고는 쌀 약간과 산나물뿐이었다.

정치 부중대장은 암자에서 소대원들의 정치학습을 하겠다고 바득바득 우겼다. 경보소대장은 소대원들이 다들 지쳐 있으니 짧게 하자고 말했다.

그 말을 들은 정치 부중대장은 길길이 날뛰었다. 정치 부중대장과 군관생활을 같이 시작한 자기 소대장이 비판을 당하는 것을 본 리철민은 가슴속에서 뭔가 울컥 받쳐오르는 기분이었다.

다들 며칠 동안 제대로 먹지 못하고 지칠 대로 지쳐 있는 가운데 20분이 넘는 정치 부중대장의 장광설을 들어야 했다. 자세가 불량하면 여지없이 혹독한 비판을 받기 때문에 부동자세로 앵무새처럼 반복되는 지겨운 정치학습을 했다.

정치학습이 끝나자 정치 부중대장은 종교는 마약이라며 종교의 해악에 대해 다시 한 번 일장연설을 늘어놓은 뒤 본보기로 늙은 중을 처단했다. 피를 보자 소대원들의 마음가짐도 새롭게 가다듬어지는 듯했다.

"리 동무는 박 동무, 김 동무와 함께 남아 흔적을 지우고 1시간 내로 소대와 다시 합류하시오."

"알겠습니다, 소대장 동지!"

소대장은 정치 부중대장으로부터 혹독한 비판을 당한 뒤 많이 위축된 모습이었다. 정치 부중대장은 그런 소대장을 의기양양한 표정으로 힐끗 쳐다보고는 소대원들과 함께 어둠 속으로 사라졌다. 소대장 역시 그 뒤를 따랐다.

리철민과 남은 인민군 경보병소대원들은 핏자국을 지우고 시체를 암자 뒤쪽 수풀에 숨겼다. 시체를 감추는 일은 리철민 담당이었고, 나머지 2명은 흔적을 마저 지우기 위해 암자로 먼저 내려갔다.

리철민도 일을 마무리짓고 내려가려는 순간 나무 뒤에서 인기척을 느꼈다. 총소리는 국군을 불러들일 가능성이 있어 대검을 뽑았다.

자세를 낮춰 나무 뒤로 살짝 돌아가 웅크리고 앉아 있는 작은 그림자를 덮쳤다. 입을 막고 목을 칼로 그으려는 순간 리철민은 자기가 잡은 사람의 덩치가 너무 작다는 것을 깨달았다.

입을 막은 채 다시 자세히 보니 겨우 7~8살 정도 되어 보이는 어린아이였다. 머리를 빡빡 민 것으로 봐서 아까 그 늙은 중이 데리고 있던 동자승인 것 같았다.

"철민 동무! 뭐 하시오? 날래 출발합시다!"

리철민은 암자 쪽을 향해 소리쳤다.

"곧 갑네다. 잠시만 기다리시라요."

리철민이 품 안에 잡고 있는 아이는 너무 작았다. 칼날이 아이의 목으로 다가갔다. 이미 사람 피맛을 여러 번 본 칼이었다.

공포에 질린 동자승의 눈동자와 마주치자 대검을 쥔 리철민의 손이 부르르 떨렸다. 리철민은 도저히 칼로 찌를 수가 없었다. 영양실조로 굶어죽은 막내동생이 생각났기 때문이기도 했다. 메마른 가슴속에서 뭔가 울컥 북받쳐오르는 느낌이 들었다.

"여기서 꼼짝 말고 있다가 날이 새면 산 아래로 내려가라우. 알갔디? 알았으면 말을 하지 말고 고개를 끄덕이라우."

으르렁거리는 것 같은 리철민의 속삭임에 꼬마는 겁에 질렸다. 리철민이 눈에 힘을 주자 알았다는 듯 급히 고개를 끄덕였다.

"아무 소리도 내디 말고 그 자리에 있으라우. 살고 싶으면 말이디……."

리철민은 대검으로 꼬마를 한 번 겨눠본 뒤 뒷걸음으로 나무 뒤쪽을 빠져나왔다. 도망치듯 암자로 내려오자 동료들이 불만스런 표정으로 리철민을 기다리고 있었다.

리철민은 너스레를 떨었다.

"미안하오, 동지들. 볼일이 급해서…… 헤헤헤! 어서 갑시다."

소대원들과 함께 암자를 나오면서 리철민은 다시 한 번 암자를 돌아봤다. 아까 죽은 늙은 중의 모습이 암자 입구에 잠시 보이는 듯했다. 깜짝 놀란 리철민이 한 번 더 자세히 보자 아무 것도 보이지 않았다.

"철민 동무! 날래 갑세!"

"예! 알갔습네다."

리철민은 무엇에 쫓기기라도 하듯 발걸음을 재촉했다.

붕괴

6월 17일 23:47 경기도 동두천시

　심창섭 중사는 진지 뒤쪽 교통호 위에 앉아서 꾸벅꾸벅 졸고 있었다. 여긴 저녁 때 있었던 진지에서 남쪽에 있는, 동두천 시가지 바로 북쪽 입구 소요산 산기슭이었다. 이곳은 본격적인 대전차 진지이며, 차량 출입을 위해 다른 진지에 비해 약간 낮은 곳에 형성된 진지였다.
　심창섭의 소대는 보병들하고만 전투를 치르고 여기까지 후퇴해왔다. 전쟁이 나면 이쪽에 인민군 군단급 기갑부대가 나타난다고 들었는데, 군단급은커녕 대대급 전차부대도 구경하지 못했다.
　그런데 피해는 극심해서 10명이 전사하고 다른 10여 명이 야전병원으로 후송되었다. 대부분 고지전에서의 포격 때문이었다. 새로이 동원 예비군 10여 명이 와서 소대의 빈자리를 대충 채웠다. 탄약 보급도 빨랐지만 병력 충원은 기가 막히게 빨랐다.

차라리 크게 한바탕하고 치웠으면 좋을 것이다. 심창섭은 인민군들은 사람 지치게 하는 데 특기가 있다고 꿈속에서 생각했다. 바로 옆 토우 진지에서 하품하는 소리가 들려왔다. 하품은 전염성이 있는지, 토우를 탑재한 지프 뒤쪽에 있는 탄약지프에 탄 병사들도 하품을 하고 있었다. 심창섭과 같은 진지 안에 있는 김한빈 병장이 늘어지게 기지개를 켜는 움직임이 느껴졌다.

두 시간째 전투가 없었다. 전투 중에는 몰랐는데 잠시 소강상태가 되니까 몹시 피곤하고 졸렸다. 멀리서 천둥치는 소리가 은은하게 들려오는 것 같았다. 오늘 오후부터는 비가 오지 않았다. 하루종일 하늘에 떠 있는 시커먼 먹구름이 이제 다시 비를 뿌릴 것 같았다.

으슬으슬 추워졌다. 심창섭은 판초우의를 입고 있지 않은 것을 깨달았다. 어디에 뒀더라 생각하는데, 진지 주변에 있는 병사들이 긴장하며 움직이는 것을 느꼈다. 중대장이 순찰을 도는 것 같았다. 병사들이 뭐라고 말하는 것이 윙윙거리며 들려왔다. 심창섭이 게슴츠레 눈을 떴다.

역시나 멀리서 천둥소리가 우르릉거리며 들려왔다. 땅이 약간 흔들리는 것 같았는데 아마 아직 잠에서 덜 깨서 그렇게 느껴지는 것 같았다. 소대원들이 부산하게 움직이고 있었다. 소대 진지에 배치된 군단 소속 토우 발사반도 조준경을 돌리며 북쪽을 바라보고 있었다.

심창섭은 도대체 무슨 일인가 싶었다. 갑자기 북쪽 하늘이 환하게 밝아졌다.

 −쉬우우~ 퍽! 퍼펔!

조명탄이 터진 몇 초 후에 북쪽 하늘에서 소리가 들렸다. 조명탄 몇 발이 천천히 흘러갔다. 북쪽 하늘에 새로운 조명탄이 계속 터지고 있었다. 환한 빛 아래로 까만 땅이 꿈틀거리며 움직였다. 심창섭이 잠이 덜 깼나 보다며 머리를 흔들고 다시 보았다.

"맙소사!"

빨리 무개진지에 틀어박혀 소총을 집어들어야 하는데, 몸이 움직이지 않았다. 북쪽에 깔린 것은 모두 인민군 전차였다. 3번 국도와 바로 옆의 경원선 철도, 그리고 개천 건너의 2차선 포장도로 위에 탱크들이 우글거리고 있었다. 도로뿐만이 아니었다. 전차들이 도로 주변 야지와 하천 둔치를 가득 채운 채 움직이고 있었다.

"저놈들 도대체 뭡니까? 탱크 수백 대가 한꺼번에 몰려오고 있습니다."

김한빈의 목소리가 떨리고 있었다. 적 전차는 엄청나게 많아 보였다. 밤이라 약간 과장되는 측면이 있더라도 심각한 문제였다. 국군 방어부대는 저 많은 전차를 상대로 싸울 화력이 없었다.

"자세히 봐. 맨 앞에는 PT-76 경전차하고 장갑차들이야. 전차여단 기갑정찰대 소속이지. 그리고 전차 대열 중간에도 장갑차들이 30대쯤 있어. 박격포를 탑재한 놈들을 뺀 숫자라면, 저놈들은 기계화보병 대대야. 음, 전차는 T-62가 아니라 T-55로군."

심창섭 중사가 고개를 한 번 끄덕인 다음 다시 쌍안경을 눈에 갖다 댔다. 김한빈 병장이 눈을 가늘게 뜨고 보았으나 너무 멀어 확실히 구별되지도 않았고, 구별하는 방법을 알지도 못했다.

김한빈은 심창섭 중사가 주포의 배연기 위치로 전차 종류를 구별했다는 사실은 몰랐다. 그리고 김한빈이 전차와 장갑차, 또는 전차의 제식명을 구별한다고 해도 큰 의미는 없었다.

"저놈들이 아직도 포격을 안 하네요?"

김한빈이 참호 밖으로 머리만 쏙 내밀며 물었다. 지금 당장은 그것이 가장 큰 걱정이었다. 그러나 직업군인이며 소대 선임하사인 심창섭은 적에 대해서도 알아야 했고, 충분히 알고 있었다.

"쟤네들한테는 최신형 전차인 T-62가 아니라는 건 저 기갑부대가

820전차군단이나 다른 중요부대가 아니라는 뜻이지. 일반 전연군단 기갑여단일 가능성이 커. 결론적으로 저놈들은 2군단 302전차여단이라는 소리야. 각 대대당 전차 31대씩, 전차만 최소 4개 대대 이상이지."

심창섭이 말하면서 쌍안경을 내렸다. 여단 전차대대 수가 최대한 9개일 수 있다는 사실도, 방어선에 전개된 국군이 전연군단인 인민군 2군단 전차여단을 막아내면 그 뒤로 훨씬 더 많은 전차가 밀려올 수 있다는 이야기도 하지 않았다. 그런 말을 미리 해서 부하들을 겁먹게 할 필요는 없었다.

T-62는 1960년대 초반부터 제작된 전차다. 결코 최신형이라 말할 수 없다. 그러나 T-62는 115밀리 활강포를 채용함으로써 1950년대에 개발된 T-55보다는 화력면에서 비약적으로 향상되었다. 그리고 꾸준한 개량을 통해 북한에서는 주력전차의 위치를 차지하고 있었다. 자료에 따라 다르지만 T-62와 T-54/55는 각각 약 2,000대 정도인 것으로 추산되고 있다.

– 쉬우우~.

"왔다! 우린 당분간 엎드려 있자."

심창섭이 진지 바닥에 머리를 처박았다. 하늘이 찢어지는 듯 천지가 울린 다음, 소리는 더 이상 들리지 않았다. 지축이 크게 뒤흔들린다고 느낄 정도로 진지 주변에 포탄의 비가 쏟아져 내렸다. 진동만으로도 진지의 흙이 우르르 무너져 내렸다.

천둥이 바로 옆에 떨어진 것 같았다. 땅이 퍽퍽 파이면서 뭔가가 우수수 떨어졌다. 옆 진지에서 누군가 찢어지는 듯한 비명을 질러댔다. 그리고 벼락치는 소리가 들리더니 산사태가 난 것처럼 근처 진지가 우르르 무너졌다.

그렇게 5분이 지났다. 소리는 계속 들렸지만 땅이 더 이상 크게 울리지 않고 미세하게 떨리는 것 같았다. 심창섭이 잽싸게 고개를 들었다가 다시 머리를 숙였다. 아군의 포격이 인민군 전차 대열에 계속되고 있었다. 심창섭이 천천히 고개를 내밀었다.

섬광 사이사이로 인민군 탱크들이 시커먼 연기를 뿜는 모습이 보였다. 분산탄이 전차들 위로 우수수 떨어지며 불꽃이 연이어 작렬했다. 1미터도 안 되는 아슬아슬한 거리 차이로 파괴된 전차와 살아남은 전차로 갈렸다. 방호력이 약한 인민군 장갑차들은 큰 피해를 입고 있었다.

아군 진지에서 토우 대전차 미사일이 적 기갑부대를 향해 날아갔다. 토우에 맞을 때마다 인민군 전차와 장갑차가 화염을 내뿜었다. 그러나 인민군 기갑부대는 전진을 멈추지 않고 몰려왔다.

심창섭이 반대편 진지를 보니 그곳은 지금도 인민군의 포격으로 쑥대밭이 되고 있었다. 인민군 포병대는 국군의 대포병사격을 피해 5분 이상 포격을 계속하지 않고, 다른 포병대와 교대하면서 포격을 퍼붓는 것 같았다. 심창섭은 이쪽은 운이 좋았다고 생각했다.

"우리 전차부대는 도대체 뭘 하고 있는 겁니까?"

김한빈 병장이 무수히 몰려오는 북한 전차들을 바라보며 겁에 질렸다. 심창섭 중사는 도로 주변 고지로 올라가는 인민군 보병에 더 신경이 쓰였다. 기관총이 불을 뿜으며 이들을 쓰러뜨렸으나 인민군들은 죽음을 무릅쓴 채 전진하고 있었다.

심창섭의 소대는 적 탱크를 상대하기 전에 저렇게 미친 듯이 달려드는 보병과 먼저 싸워야 할지도 몰랐다.

"좁은 지형에서는 탱크가 제 역할을 못해! 아마 우리 전차부대는 의정부쯤에 있을 거야."

"쟤네들은 지금, 여기서 탱크가 밀고 내려오잖습니까. 왜 우리 탱크는……."

말을 마치지 못하고 놀란 표정을 짓고 있는 김한빈의 시선을 심창섭이 따라갔다. 땅이 울리고 있었다. 포격에 불타고 있는 도로변 건물을 조명 삼아 동두천 시가 쪽에서 수많은 전차가 북진하는 모습이 보였다.

"오네?"

심창섭 중사가 놀라서 멀거니 국군 전차부대의 행렬을 바라보았다. 방어에 필요한 소규모 전차대가 아니라 군단 직할 기갑여단이 통째로 몰려오고 있었다. 전차부대의 활용에 대해 심창섭 중사가 배운 것하고는 전혀 달랐다. 아까 중대장이 말한 것과도 달랐다. 그래도 아군 전차대가 와서 좋긴 했다. 살아남을 가능성이 대폭 높아진 것이다. 비가 쏟아지기 시작했다.

6월 17일 23:59 서울 강서구 개화동

해발 130미터도 안 되는 낮은 산에서 인민군 경보병 2개 중대 병력이 1시간째 사투를 벌이고 있었다. 교통호도 없는 이곳에 포탄이 작렬하고 도로 쪽에서 기관총탄이 비오듯 퍼부어졌다. 엄폐 진지도 없는 인민군들은 시간이 갈수록 숫자가 줄어들었다.

서둘러 땅을 파고 간신히 머리와 상체 일부만 가린 소대장 박장익 소위는 이번에도 역시 미끼가 됐다며 분을 삭였다. 고무보트를 저어 빗물에 넘쳐나는 한강을 거슬러올라와 목표인 개화산을 간신히 점령했지만 사단이나 상급 제대에서 포격지원이 전혀 없었다. 인민군 포병대를 이런 소규모 부대를 지원하는 데 국군 대포병사격에 노출시키고 싶지 않은 모양이었다.

김포대교로 이어지는 서울 외곽순환국도를 점령한 인민군은 대규모로 공세를 폈다. 그러나 행주대교에서 시작해 남쪽으로 인천까지 이어진 국도를 방어선으로 삼은 국군의 철벽같은 방어에 공격이 멈췄다. 여기서 사전에 계획된 작전명령이 사단 경보병대대에 하달되었다.

현재 인민군 4군단 6사단 경보병대대가 있는 개화산은 행주대교 남동쪽, 한강변에 있었다. 행주대교 남쪽 입체교차로를 한눈에 내려다보고 김포에서 서울로 통하는 48번 국도를 서쪽에 두고 있었다. 그리고 서울 북부강변로에서 영종도에 있는 인천국제공항으로 연결되는 고속도로가 산 바로 밑에 있었다.

이곳은 조금 전까지 국군 중화기 진지가 강력한 화력으로 인민군의 진격을 저지하고 있었다. 그러나 예상치 못하게 뒤에서 기습을 가하자 국군은 제대로 된 저항도 하지 못하고 산 밑으로 쫓겨났다. 그 직후 이 진지에 가해진 것이 무차별적인 국군의 엄청난 포화였다.

옆에 있던 돌이 국군이 쏜 기관총탄에 맞아 철모에 튀었다. 정신이 하나도 없었다. 옆을 둘러보니 인민군들의 시체밖에 없었다. 고지 정상 하늘에 연속 포탄이 터질 때마다 파편이 인민군들을 휩쓸었다. 도저히 견딜 재간이 없었다. 그러나 명령은 명령이었다. 국방군이 행주대교를 포기하고 후퇴할 때까지 버티라는 추상 같은 명령을 받았다.

"으~ 소대장 동지……."

신음소리 같은 부르짖음이 들려왔다. 조금 전에 포탄이 터질 때 당한 모양이었다. 하늘에 조명탄이 쏟아지는 순간 박장익이 소리가 난 곳으로 고개를 돌렸다. 중급병사 한 명이 뱃속에 든 것을 쏟아내고 있었다.

얼핏 봐도 치명상이었다. 죽음의 그림자가 그 중급병사 주위에 드리워져 있었다. 그리고 이렇게 완전히 포위되어 전투를 치르는 중에는 어차피 가망이 없었다. 공연히 다른 사람까지 위험에 빠질 필요는 없다고 생각한 박장익이 냉랭하게 부상병을 외면했다.

폭음 사이로 그 부상병의 신음소리가 들려왔다. 죽어가는 목소리였다. 땅바닥에 처박고 있어야 할 부하들이 그 부상병을 힐끔거렸다. 죽음에 대한 공포가 소대에 전염되고 있었다.

차라리 전사자 시체가 나왔다. 시체를 본 자는 공포를 단 한 번밖에 느끼지 않는다. 저런 자는 차라리 죽여버리는 것이 낫다고 박장익은 생각했다. 그대로 놔두면 소대원들의 머리가 돌아버리고 무슨 짓을 할지 알 수 없을 것 같았다. 박장익이 자동보총을 땅에 내려놓고 권총을 꺼내들었다.

박장익은 부하 소대원들을 모두 잃었다. 원래 박장익이 소속된 중대는 거의 전멸해서 아예 재편성조차 하지 않았다. 박장익은 소대장이 전사한 다른 소대의 소대장으로 보임되었다.

이 소대는 그동안 예비로 있었던 만큼 위험한 임무는 이번이 처음이었다. 그만큼 전력이 딸린다고 봐도 됐다. 말이 경보병소대이지, 대부분이 초급병사나 중급병사로, 개전 직전에 급조된 소대였다.

박장익이 질척거리는 땅을 기어 그 부상병에게 접근했다. 고지에 포탄이 떨어져 흙더미가 우수수 떨어졌다. 잠시 얼굴을 가린 박장익이 다시 움직였다. 적도 아닌 아군을 죽이기 위해 위험을 감수하고 움직여야 한다고 생각하니 박장익은 스스로 한심스러웠다.

그러나 임무는 어떻게든 완수해야 했고, 다른 소대원들의 목숨은 소대장이 챙겨야 했다.

박장익이 10여 미터까지 접근하자 부상병이 그의 접근을 알아채고 눈으로 미소를 지었다. 그러나 박장익의 손에 들린 권총을 본 순간, 그 부상병의 얼굴은 경악과 공포로 일그러졌다.

조명탄에 흑백으로 비친 부상병의 얼굴은 꿈에 볼까 무서울 정도로 끔찍하게 생겼다. 피부가 벗겨지고 피와 진흙으로 뒤범벅된 얼굴은 도깨비보다 더 무서웠다. 비쩍 마르고 광대뼈가 흉하게 튀어나온, 북한 젊은이의 전형적인 용모만 아니었다면 도깨비로 보였을 것이다. 그러나 그런 부상병이 박장익을 보고 두려워하는 것이 더 기가 막혔다.
"저 살 수 있시요! 소대장 동지, 살 수 있시요!"
부상병이 꿈틀거리며 박장익에게서 멀어지고 있었다. 부상병이 지나간 곳마다 흙바닥 색깔이 시커멓게 번졌다. 배에서 뭔가가 울컥거리며 쏟아져 바닥으로 흘러내렸다.
"동무! 거기 서라우!"
박장익이 속도를 더했다. 그러나 필사적으로 기어가는 부상병을 따라잡기가 힘들었다. 둘 사이에 박격포탄이 떨어져 파편이 사방으로 튀었다.
"비명 지르지 않갔습네다! 이제 아프디 않습네다! 싸우갔습네다!"
박장익이 속도를 높였다. 숨이 차서 헉헉거렸다. 다른 소대원들이 이 두 사람의 기묘한 경주를 차가운 눈길로 지켜보았다. 박장익은 속으로 뜨끔했다. 더 이상 시간을 끌 수 없었다.
거리가 약간 멀지만 박장익이 권총을 겨눴다. 부상병은 더 이상 도망가지 못했다. 부상병 얼굴이 공포로 찌그러들어 더 무서워 보였다. 박장익이 방아쇠에 걸린 손가락에 천천히 힘을 주었다. 빗방울이 손가락을 타고 흘렀다. 부상병이 손사래를 치며 비명을 질렀다.
"살려주시라요! 소대장 동지, 살려주시라요! 오마니!"

6월 18일 00:05 경기도 파주시

비가 올수록 포화는 점점 더 심해졌다. 더 이상 관측 진지에 머무는 것은 위험했다. 그렇다고 지금 중대본부로 되돌아가기도 곤란했다. 의무병 차배근 상병은 들것병 네 명과 함께 교통호 끝에 숨어 포격이 잦아들 때까지 기다렸지만 그럴 기미가 보이지 않았다.

"아주 가루로 만들겠다는 듯이 쏘아대네."

김씨 성을 가진 예비군이 머리를 숙인 채 말했다. 의미 없는 말이라도 말을 한다는 것은 살아 있음을 확인하는 소중한 절차였다. 이곳 소대 진지는 이제 더 이상 3소대 진지가 아니었다. 3소대는 다른 소대와 교대하지 못했다. 대신 1소대 병력이 추가로 투입되었다.

그러나 이제 남은 병력은 20명도 채 되지 않았다. 차배근 상병은 소대 지휘소에서 새로운 전사자 6명을 확인했고, 부상병 7명을 치료한 다음 3명을 후송하는 중이었다. 포격이 계속될수록 진지는 더 엉망이 되었고, 시간이 갈수록 전상자가 늘어나고 있었다.

차배근이 슬쩍 고개를 들었다. 들녘에서는 지금도 전차전이 한창이었다. K-1 전차보다 더 큰 화염이 번쩍일 때마다 인민군 탱크가 터져 나갔다. 쌍방 전차대에 대한 포병대의 포격은 아까보다 많이 줄어들었다. 간헐적으로 로켓이 날아와 허공에 자탄 수백 개를 뿌려댔다. 그럴 때마다 전차와 장갑차 너덧 대가 새로이 불타는 고철로 변했다.

인민군은 새로운 기갑부대를 대규모로 투입했다. 그러나 한국군은 전차 1개 대대 정도만 추가 투입했을 뿐이었다. 북한측 포격은 국군 포병대의 대포병사격 때문에 대부분 멈춘 것 같았다. 대신 관측 진지가 집중포화를 뒤집어쓰고 있었다.

그런데 국군 포격은 포탄이 바닥났는지 차배근은 국군 포병대가 포탄과 MLRS 로켓을 아낀다는 느낌이 들었다. 국군 포병대는 꼭 필요한 곳에만 적절히 쏘고 있었다. 이곳 관측 진지만 인민군 포병대에게 신나게 얻어맞으니 차배근은 더 손해보는 느낌이었다.

"더 이상 여기 있다간 우리까지 죽겠어요. 갑시다!"

차배근 상병이 부상병 양손을 잡아올리고 기관총 진지를 뛰어넘은 다음 엎드렸다. 등에 들쳐멘 부상병의 머리가 땅바닥에 부딪쳤다. 그러나 의식을 잃은 부상병은 비명도 지르지 못했다. 들것병들이 자세를 잔뜩 낮춘 채 진지를 넘어오는 것을 확인하고 차배근이 뛰기 시작했다. 옆으로 멘 K-2 자동소총이 앞뒤로 마구 흔들렸다. 사람을 업고 뛰기에는 총이 너무 컸다.

"엎드려!"

뒤에서 외친 소리에 차배근이 반사적으로 땅에 엎어졌다. 뒤이어 땅이 울리고 폭음이 천지를 뒤덮었다. 정신이 하나도 없었다. 뜨거운 것이 옆구리에 박힌 것 같기도 하고 돌 조각에 맞은 것 같기도 했다.

차배근이 벌떡 일어나 다시 뛰기 시작했다. 200미터쯤 떨어진 언덕까지만 가면 비교적 안전지대였다. 중대 진지까지 살아서 돌아갈 수 있을지 걱정되었지만 이곳에 계속 남아 있는 것보다는 나았다. 축 늘어진 부상병은 너무 무거웠다.

— 빠악!

세상이 캄캄하게 바뀌면서 몸이 붕 떠올랐다. 차배근 상병은 진흙탕 위로 나뒹굴면서 이게 도대체 무슨 일인지 되짚어보았다. 그러나 알 수 없었다. 근처에 포탄이 떨어졌다면 차배근의 몸이 갈가리 찢어질 것으로 생각했는데, 그건 아니었다. 전혀 아픈 곳이 없었다.

몸에서 힘이 빠져나가는 것을 느꼈다. 등에 업었던 부상병은 어떻게 됐는지 걱정됐지만 이상하게 고개가 돌아가지 않았다. 검은 하늘에서 빗방울이 떨어져 눈을 때렸다. 그러나 눈이 감기지 않았다.

6월 18일 00:45 서울 용산구

"결국 김포공항까지 내주고 6번 국도선으로 후퇴했습니다. 서울 일부분이 점령된 것입니다. 아군의 후퇴는 포탄 부족현상에 기인한 바큽니다. 전투기에 쓰일 정밀유도 무기는 긴급 수입했다지만, 현재 야포탄과 MLRS 로켓탄은 재고가 거의 소진됐습니다."

합동참모본부 상황실은 다시 담배연기로 가득 찼다. 남성현 소장이 지도를 지시봉으로 짚으며 보고했다. 정현섭 소령은 북한 지상군 주력이 전쟁 시작 후 3일 동안 꼼짝하지 않은 이유를 이제야 알 것 같았다. 북한은 한국 국군 전투기의 정밀유도 무기와 포병대의 중포탄, 특히 MLRS가 소진될 때까지 인내심을 갖고 기다린 것이다.

북한 게릴라의 습격이 포탄 집적지와 포탄 수송대열에 집중된 이유도 그것 때문이었다. 포탄을 외국으로부터 긴급 수입할 필요는 없지만 탄약수송 차량이 종대로 전선 후방에 있는 아군 포병대까지 추진해야 했다. 적 게릴라들의 공격도 문제됐지만, 그것보다는 혼란한 도로를 어떻게 통제해야 할지가 더 큰 문제였다.

강원도에 준동한 대규모 적 게릴라 부대는 국군 지휘부의 시선을 끌고 병력이동에 혼선을 준 것으로 충분히 그 역할을 다했다. 후방이 교란될 수 있다는 위기가 과장되고, 이번 전쟁이 특수전으로 끝날 수도 있다는 희망이 지휘부의 판단을 흐리게 한 것이다. 지금 경상북도와 강원도에서는 소탕전이 한창이었다.

"우리 전투기는 지금 비가 쏟아져 지상지원이 어려운데다가 북괴 전투기들이 숫자로 밀어붙이고 있어 공중전을 수행하기도 급급합니다. 심각합니다."

남성현 소장이 허탈한 음색으로 계속 보고했다. 한국 공군은 전천후 능력이 있는 KF-16 전투기가 주력이지만 전구항공통제본부가 상실된 것이 지금도 결정적인 악영향을 끼치고 있었다. 외국의 경우, TACC에 대한 백업수단을 갖추거나 권역별로 항공통제를 하는 방식으로 전구항공통제본부의 기능정지에 대한 대비를 하고 있었다.

미 공군 조기경보기에 의한 항공통제는 지금까지도 이뤄지지 않았다. 제공권 장악문제도 있지만 아직 미 공군이 제대로 전개하지 못했기 때문이었다. 미 해군 E-2C는 동해상에서 출격하여 간헐적으로 한반도 상공에 대한 조기경보 지원을 해줬지만 충분한 것은 아니었다. 그리고 한국 공군기지에 미 공군 전투비행단이 전개하려면 아무리 빨라도 10일 정도 걸린다. 통합지휘에 관한 문제는 지금도 한국군과 협의 중이었다.

"동두천에서는 시가전이 전개되고 있습니다. 피아의 전차와 보병이 뒤섞여 싸우고 있습니다. 동두천은 시산혈해屍山血海가 아니라 탱크산 장갑차해가 되고 있습니다."

남성현 소장의 강력한 주장 때문에 1개 기갑여단이 동두천 방면에 투입됐다. 동두천을 잃으면 의정부인데, 그곳부터는 평야지대가 많아 적 기갑부대를 막기 곤란하다는 주장이 지휘부에 일부 먹혀들어간 것이다.

그런데 지상전의 왕자인 탱크가 주력인 기갑부대는 시가전에서 불리하다고 보는 것이 보편적이다. 적 보병이 숨을 곳이 많고 이들이 불시에 기습을 가해 전차를 기동불능으로 빠뜨릴 위험성이 크기 때문이다.

그러나 전차는 역시 전차다. 강력한 화력과 장갑을 갖춘 전차부대를 보병으로 공격하려면 시가전이라 해도 보병 쪽 피해가 훨씬 더 크게 마련이다. 지금 동두천에서 벌어지고 있는 전투는 전차끼리 주로 싸우고 여기에 남북한 양측 보병이 가세하는 형국이었다. 초반에는 미리 방어진을 형성한 국군이 유리했지만, 지금은 인민군이 압도적인 병력 차로 밀고 들어오고 있었다.

"중요한 순간이군. 그럼 남 소장은 우리가 패배할 수도 있다고 보는 거요?"

합참의장 김학규 대장의 질문에 남성현 소장이 미소를 띠며 답했다.

"당연히 천만의 말씀입니다. 지금 당장은 약간 불리할 뿐입니다. 우리가 승리하지 못한다고 생각하는 군인은 없을 겁니다."

다만 얼마나 피해가 클 것인지가 문제일 뿐이었다. 그러나 전사자에게는 세상 모든 것을 잃는 것 이상의 의미가 있었다. 그리고 부상자는 평생 고통에 시달려야 할지도 몰랐다. 전쟁은 그 후유증을 몇 세대에 걸쳐 유산으로 물려준다.

"적의 공격을 전방에서 돈좌頓挫시키며 기동군단으로 측면을 치는 건 어떻겠소?"

김학규 대장이 레이저 포인터로 지도에서 한 지역을 짚었다. 포천에 포진한 국군 제7군단은 동두천 북쪽으로 진군해 인민군을 대규모로 포위할 만한 위치에 있었다. 그러나 그쪽은 도로사정이 극히 열악했다. 대규모 기갑부대가 멈추지 않고 옆구리를 공격해 들어가기에는 지형이 좋지 않았다.

"아닙니다. 기동군단은 전선 균형을 위해 적과 일정한 거리를 두며 조금 더 후퇴해야 합니다. 중공군처럼 적에게 공간을 주고 시간을 버는 작전을 펼 수는 없습니다만, 좀더 기다려야 합니다. 내일, 아니 이제 오늘이군요. 오늘 날씨가 화창하게 갠다는 기상정보실의 보고는 오전에 있었습니다만, 다시 확인됐습니다. 수도권 일대에는 오전 9시부터 갠다는 보고입니다."

장군들이 자연스럽게 공군 참모총장에게 시선을 집중했다. 공참총장이 여유있게 웃어 보였다. 그러자 합참의장이 웃으며 물었다.

"암람이나 함 같은 정밀유도 무기가 부족하다고 하지 않았소? 관제도 제대로 되지 않고 말이오. 비가 오니 비행기가 뜨지 못하거나 지상 지원이 어렵고……."

"그렇습니다. 어제까진 그랬었지요. 이젠 북괴 공군기들이 추풍낙엽처럼 떨어지는 것을 구경만 하면 됩니다."

공군 참모총장은 자신감에 넘쳐 있었다. 웃음이 터져나왔다. 후퇴를 거듭하고 있는 국군 지휘부는 이상하게 활기에 넘쳤다.

그런데 해군 참모총장과 해병대 김태식 소장은 둘이서만 계속 속닥대고 있었다. 해군과 해병대가 친한 척하는 모습은 도저히 어울리지 않았다. 정현섭은 저 두 사람이 무슨 꿍꿍이속인지 알 수 없었다.

6월 18일 02:18 강원도 고성군 간성읍

시퍼런 나뭇가지로 잔뜩 뒤덮은 일제 미쓰비시 트럭들이 짐을 가득 실은 채 줄지어 남쪽으로 달렸다. 조총련을 통해 북한에 도입된 일제 트럭은 북한제보다 엔진 출력이 훨씬 더 좋기 때문에 중포 견인 같은 주요 임무에 투입되고 있었다.

국군 1군단 정찰대대 소속 병사 둘은 46번 국도를 통해 남진하는 30여 대의 미쓰비시 트럭 행렬을 내려다보고 있었다. 남진하는 인민군 사단 포병대의 행렬 같았다.

국군 병사들은 열영상 관측기로 포병대의 이동상황을 관측하고 있었다. 위장막을 뒤집어쓰고 관측기만 살짝 내놓은 국군 정찰대원들의 모습은 너무나 교묘해서 발견하기 어려웠다. 낮에도 불과 수 미터 앞이 아니라면 눈에 띄지 않을 정도로 위장이 잘 되어 있었다. 비가 오는 밤에는 더욱 그랬다.

어둠과 뿌연 안개 속에서 제대로 볼 수 있는 장비는 열영상 관측장비뿐이다. 안개가 끼어 흐릿하긴 했지만 트럭 엔진에서 나오는 열원이 선명하게 보였다. 가파른 길을 달리고 있어서 더 그런 것 같았다.

정찰대원들은 사전에 레이저 거리 측정기로 몇몇 주요 지점까지의 거리를 측정해두었다. 그래서 표적까지의 거리와 이동속도 등을 일일이 재어보지 않고도 금방 알 수 있었다.

정찰대원이 키보드를 조작해서 문자를 통신기로 전송하기 시작했다. 적 점령지인 이곳에서 음성으로 통신하기엔 너무 위험했다. 특수 제작된 소형 키보드는 방수기능이 있을 뿐만 아니라 두드릴 때 소음이 전혀 나지 않도록 만들어졌다. 정찰대원이 인민군 포병대의 이동상황을 보고한 내용은 다음과 같이 짤막했다.

- 은하수, 여기는 금성 8호. 물품 수령. 품질 양호. 수량은 3다스

정찰대원이 사용하는 통신장비는 하늘로 지향성 전파를 발신하는 위성통신기였다. 그래서 발신 위치가 인민군 감청부대에 포착될 가능성이 적었다. 잠시 후 희미한 액정모니터에 문자가 출력되었다.

- 금성 8호, 여기는 은하수. 발송준비 완료. 수령 위치를 보고하라.

정찰대원이 다시 키보드를 두들겼다. 음성으로 보고했다면 알파, 킬로 어쩌고 했을 것이다.

- 수령 위치는 A377, K239, 속도 30.

- 금성 8호, 대기하라.

군단 포병단과의 통신은 마치 컴퓨터 통신에서 채팅하듯이 이뤄졌다. 잠시 교신이 중단된 사이 표적으로 정해진 인민군 트럭들이 제추골을 막 지나가고 있었다. 포탄이 날아오는 데는 시간이 꽤 오래 걸렸다.

- 금성 8호, 물건 발송 완료. 품질을 확인하라.

잠시 후 인민군 트럭 선두 차량 우측 50미터 지점에 섬광이 번쩍였다. 몇 초 뒤 정찰대원의 귀에 폭발음이 들렸다. 인민군 트럭들은 포탄이 떨어지자 재빨리 이 지역을 빠져나가기 위해 속도를 높였다. 정찰대원들은 그러한 사항을 감안해서 탄착 수정을 지시했다.

- 콰콰쾅!

포탄 수십 발이 거의 동시에 길을 따라 떨어졌다. 떨어진 포탄은 지정된 고도에서 자탄을 분리시키는 포병용 분산탄이었다. 도로를 따라

수 킬로미터 구간에 걸쳐 거의 동시에 포탄이 떨어졌다. 계곡 전체가 거대한 폭연에 휩싸였다. 게릴라들의 습격으로 국군 포병대에 탄약추진이 제대로 안 된다는 이야기가 들렸는데 이젠 어느 정도 형편이 풀린 모양이었다.

자탄을 뒤집어쓴 트럭들이 불길에 휩싸였다. 트럭으로 견인하던 122밀리 곡사포가 부서진 채 길바닥에 주저앉았다. 몇몇 인민군들이 당황한 듯 불길 속에서 이리저리 움직이는 모습이 보였다.

트럭에 가득 싣고 있던 장약들이 연쇄폭발을 일으켰다. 굉음과 함께 섬광이 번쩍였다. 옆에서 허둥대던 인민군들이 그 폭발에 휘말려 날아가는 모습도 보였다. 포격은 정확했고, 작전은 대성공이었다.

인민군 포병대가 입은 피해가 워낙 컸기에 추가타격은 필요없을 것으로 판단되었다. 열영상 관측장비로 그 광경을 지켜보던 정찰대원이 적의 피해상황을 군단 지휘부에 보고했다.

보고를 마친 정찰대원들이 통신기를 끄고 서둘러 이동준비를 마쳤다. 이들은 다른 곳으로 옮겨 다음 먹이가 걸려들기를 기다려야 했다. 조금 전까지만 해도 쏟아지던 비가 조금씩 흩뿌리기 시작했다. 그 빗속으로 국군 정찰대원들이 사라졌다.

6월 18일 03:14   평안남도 평양시(평양특별시 대성구역) 상공

맑은 밤하늘을 뚫고 검은색 비행기 두 대가 북쪽으로 날아갔다. 미공군 소속 F-117이었다. 선도기의 조종사는 디스플레이에 나타난 전자지도에서 현재 자신의 위치를 확인하고는 목표물의 항공사진과 전방 적외선감시시스템에 잡힌 지상의 영상을 대조했다.

조종사가 동체 아래 폭탄창을 열고 투하 버튼을 누르자 무게 900kg

짜리 레이저 유도폭탄 두 개가 목표를 향해 하강했다.

잠시 후 지상에서 섬광과 함께 폭발이 일어났다. F-117은 레이저 조사를 멈추고 진로를 남쪽으로 돌렸다. 2km쯤 뒤에서 따라오던 2번기도 선도기의 뒤를 따랐다. 2번기의 역할은 만약 선도기가 어떤 이유로 임무수행이 불가능한 경우에 대비한 예비기였다.

폭발 직후 지상 곳곳에서 예광탄 줄기가 솟구쳤다. 어떤 목표도 감지하지 못한 맹목사격이었다. 비록 공습으로 이빨이 몇 군데 빠진 대공화망이었지만 평양 주변의 대공망은 그 상공을 비행하는 항공기들에게는 여전히 위협적인 존재였다.

가장 무서운 대공화망 구성 방법은 모든 대공화기들이 미리 정해진 고도와 방향으로 일제히 발사하는 것이다. 이렇게 되면 그 지역 상공의 상자모양 공간에서 동시에 대공포탄이 작렬하게 된다. 이 경우, 그 공역에서 빠져나갈 수 있는 비행기는 아무 것도 없었다.

F-117의 주변에서도 대공탄막이 작렬했다. 기체가 이리저리 흔들렸다. 하지만 아직 피격된 곳은 없었다. F-117 선도기 조종사는 특별한 회피기동도 하지 않고 그냥 진로를 유지했다. 조준도 없는 맹목적인 대공사격일 때는 그냥 운에 맡기는 수밖에 없었다.

다음 순간 조종석 바로 앞에서 대공포탄이 작렬했다. 100mm 대공포탄의 파편을 뒤집어쓴 F-117이 동체와 날개에 상처를 입고 비틀거렸다. 조종석에서도 각종 경고등이 번쩍였다. 스텔스 성능 때문에 각종 비행성능을 희생한 F-117은 전자장비의 도움 없이는 한순간도 제대로 날 수 없었다. 갑자기 기체가 중심을 잃고 비틀거리더니 한쪽 방향으로 회전하기 시작했다.

F-117의 조종사는 어떻게 해서든 중심을 잡아보려고 조종간을 잡고 안간힘을 썼다. 하지만 이미 비행제어 컴퓨터에 치명타를 입은 F-117을 사람의 힘으로 조종할 수는 없었다. 기체는 계속 돌면서 하강

하고 있었다. 어쩔 수 없음을 인정한 조종사는 사출좌석의 핸들을 잡았다. 그와 동시에 격렬한 충격이 온몸을 감쌌다.

6월 18일 03:20 평안남도 중화군(평양특별시 강남군) 상공

한봉수 상위는 좁고 답답한 미그-19의 조종석에서 사방을 살폈다. 장마도 지쳤는지 오늘은 하루종일 맑은 하늘을 볼 수 있었다. 보름이 열흘이나 지났지만 밤하늘에 떠 있는 달은 제법 밝은 빛을 내고 있었다.

지상 레이더 관제소에서는 별다른 지시가 없었다. 아직은 레이더에 잡히는 게 전혀 없다는 뜻이었다. 이 레이더도 공습에서 살아남은 몇 안 되는 레이더 중 하나였다.

압도적으로 우세한 한국과 미국의 항공력에게 일방적으로 당하다시피한 공화국 공군은 공화국 육군의 총공세에 맞춰 공세로 전환하고 있었다. 물론 전천후 작전 능력이 없는 북한 공군으로서는 날씨가 비교적 좋아진 어제부터 본격적인 작전을 수행할 수 있었다.

질적으로 열세인 북한 공군이 남한 공군에게 타격을 주기 위해 펼치고 있는 작전은 항공유격전이라는 작전 개념이었다. 이는 지상에서의 유격 전법처럼 공중에서도 소수의 편대가 저공비행 상태로 매복하다가 급상승해서 비무장인 공중통제기 또는 지상공격편대를 공격하거나 최소한 폭격임무를 방해하는 개념이다.

실제로 60년대 북한이나 베트남 등에서는 이런 전술로 상당한 효과를 거둔 바 있다. 1969년 4월, 일본 아쯔기 기지를 이륙한 미 전자정찰기 EC-121이 동해 상공에서 북한의 미그-21에게 격추된 것도 항공유격전의 성과였다. 이 사건에서 미 공군 승무원 31명 전원이 사망했다.

　　　　　＊　　　＊　　　＊

　몇 분 전에 주석 관저를 공격한 스텔스기 한 대가 대공포에 걸려 추락했다. 그때 인민군 조종사들은 한국 공군의 공격편대를 기다리며 저고도에서 매복하고 있었다. 편대장 오재춘 소좌가 기수를 돌리며 가속하자 한봉수의 2번기도 뒤를 따랐다.

　오재춘과 한봉수의 미그-19는 공화국이 항공유격전을 위해 중화 근처의 지하 비행장에 남겨놓고 있던 기체였다. 이들 외에도 가속성능과 상승성능이 좋은 미그-19와 미그-21이 각 공역별로 매복하고 있었다. 이들 미그 전투기들은 혹시 있을지 모르는 다른 스텔스기의 퇴로를 차단하기 위해 평양 남서쪽 상공으로 총출격하고 있었다.

　각자 할당받은 공역으로 진입한 미그 전투기들이 완만하게 곡선을 그리며 수색을 시작했다. 방금 전 평양 상공에 있던 기체가 남서쪽으로 이동 중이라면 반드시 걸리도록 'ㄹ'자 모양으로 계속 선회를 실시하고 있었다.

　갑자기 무선망이 시끄러워졌다. 다른 공역으로 진입한 미그-21 편대에서 뭔가 발견한 모양이었다.

　- 저기다!

　- 저건 밤매다! 이곳 좌표는……. 으아악!

　- 도탄이다!

　갑자기 미그-21로부터 무선이 끊어졌다. 어딘가에 있던 미국 호위전투기로부터 발사된 미사일을 맞은 모양이었다. 그때 지상 레이더 관제소에서 지령이 떨어졌다.

　- 전 매복 편대는 칡범 셋 공역으로 집결하라! 거기서 미그-21 편대가 사라졌다!

　레이더 기지에서 지령을 내린 공역은 오재춘과 한봉수의 바로 옆 공역이었다.

— 가자!

은빛 미그-19 두 대가 달빛을 받으며 크게 선회했다. 가속을 위해 점화한 후연기의 백열광이 길게 꼬리를 끌었다.

6월 18일 02:22 평안남도 중화군(평양특별시 강남군) 상공

오재춘과 한봉수가 지시받은 공역으로 진입했다. 가속능력이 더 좋은 미그-21 편대가 이미 공역에 도착해 있었다. 주변의 다른 편대들도 잠시 후면 이곳에 도착할 것이다.

미그-21과 미그-19 전투기들은 'ㄹ'자 선회를 실시하며 육안탐색을 시도했다. 레이더에 걸리지 않는 스텔스기라면 믿을 건 눈밖에 없었다. 뒤이어 같은 공역으로 진입한 미그기들이 옆으로 넓게 퍼지며 수색에 합류했다.

— 저기다!

갑자기 오재춘 소좌가 소리를 질렀다. 하지만 한봉수는 아무 것도 보이지 않았다.

"어딥니까? 뭐가 보입니까?"

— 11시 방향 20도 상방을 잘 봐라! 5km 정도 떨어진 곳이다!

오재춘 소좌가 말한 곳에 과연 검은 물체 하나가 보였다. 밤이었지만 맑은 하늘 위에 흰구름을 배경으로 한 검은 물체는 또렷하게 볼 수 있었다.

그 순간 성급한 미그-21 편대가 앞으로 가속하더니 미사일을 발사했다. 미사일은 흰 꼬리를 길게 끌며 가속했지만 목표로 가지 않고 앞으로만 나가버렸다.

거의 동시에 미사일이 사라진 쪽에서 다른 흰 궤적이 미그-21 편대

를 향해 다가왔다. 미그-21 전투기 두 대가 밤하늘의 불덩이로 변하며 파편이 유성우가 되어 땅 위로 뿌려졌다.

― 도탄이다! 피해라!

F-117을 뒤쫓던 미그기 10여 대가 급선회하며 편대 대형에서 흩어졌다. 다음 순간, 또 다른 미그기들이 미사일의 제물이 되었다. 한봉수는 기체를 급선회시키면서도 아까 본 물체를 시야에 두려고 노력했다. 다행히 그 물체는 방향전환도 없이 느린 속도로 비행하고 있었다.

― 다시 가자!

"알겠습니다!"

오재춘 소좌와 한봉수 상위가 다시 목표물을 향했다. 최대출력으로 가속한 미그기들이 F-117의 후미로 접근했다. 아톨 미사일의 사정거리에 들어왔지만 아직 포착음은 울리지 않았다.

― 무조건 발사해!

"알겠습니다!"

오재춘과 한봉수가 미사일을 발사하려는 순간 전방에서 빛줄기 몇 개가 날아왔다. 미사일 하나가 1번기의 날갯죽지를 찢어버렸다. 서로 분리된 날개와 동체가 빙글빙글 돌면서 튕겨져 나갔다.

― 으아악!

오재춘의 비명이 무선망을 통해서 들려왔다. 이제 한봉수의 기체는 검은 F-117로부터 천 미터 정도 거리까지 접근해 있었다. 한봉수는 미사일의 포착음에 신경 쓰지 않고 미사일 발사 단추를 눌렀다. 근거리였지만 미사일은 F-117의 꼬리를 향하지 못하고 헛되이 날아가버렸다. 어느새 F-117과 한봉수와의 거리는 500미터 정도로 좁혀졌다.

한봉수가 무장을 기관포로 바꾸고 F-117의 후미를 조준했다. 목표도 회피기동을 실시했지만, 기동성 하나만은 F-16에 필적하는 미그-19를 쉽사리 떨쳐버릴 수는 없었다. 몇 번의 기동 후에 한봉수는

F-117을 쉽게 광학 조준기의 조준원 안에 넣을 수 있었다. 한봉수가 미친 듯이 방아쇠를 당겼다.

미그-19에 장착된 30mm 기관포 3문이 불을 뿜었다. '타타타타' 하는 연속음보다는 대구경 기관포 특유의 '텅, 텅, 텅' 하는 묵직한 진동이 기체를 흔들었다.

F-117이 잠시 진동하더니 파편이 떨어져 나왔다. 한 발 맞은 스텔스기는 속도를 높이고 남서쪽으로 악착같이 도망가고 있었다. 한봉수는 계속 기관포를 발사했다. 가까운 거리에서 30mm 기관포탄을 얻어맞은 F-117의 날개가 더 이상 견디지 못하고 떨어져버렸다. 동시에 F-117도 빙글빙글 돌면서 떨어지기 시작했다.

"잡았다! 내가 잡았다!"

한봉수는 미친 듯이 소리치며 기체를 상승시켰다. 그러나 기체의 상승코스 정면에서는 하얀 항적 두 개가 빠르게 접근하고 있었다. 잠시 후 하늘에서는 또 하나의 화염이 공 모양으로 퍼져나갔다.

6월 18일 05:10 강원도 정선군 임계면

─ 치르치르 치르르~.

칠흑 같은 어둠 속에서 벌레들이 요란하게 울어댔다. 강진우 중위가 축축해진 엉덩이를 살짝 들었다. 국군 제501특공여단 대원들이 눈빛을 빛내고 있는 이곳은 상월산과 수병산 사이 계곡의 숲 속이었다. 작은 산짐승이나 다닐 만한 오솔길 주변에 소대원들이 4명씩 한 조가 되어 매복하고 있었다.

축축하게 젖은 숲 속 구덩이에 가만히 있으려니 몸이 으슬으슬 떨렸다. 체온 저하를 막으려고 판초우의를 위에 걸쳤지만 잠시뿐이었다.

시간이 지나니 춥기는 매한가지였다. 본격적인 여름인데도 이곳은 몹시 추웠다.
강진우는 코딱지만한 나라에 온갖 기후대가 다 있는 것이 신기했다. 수병산은 해발 1,200미터의 고지대이고, 해발 970미터인 상월산은 백두대간을 이루는 산이다. 오솔길을 가운데 두고 V자 모양으로 매복한 특공여단 대원들은 추위에 떨면서 어서 날이 밝기를 기다렸다.
김지웅 병장은 강진우의 왼쪽에서 입을 굳게 다문 채 앞만 주시하고 있었다. 김지웅은 강진우 중위를 그림자처럼 따라다녔다. 오른쪽에는 군견 테리가 얌전히 바닥에 앉아 있었다. 군견병 옥 병장이 테리의 털을 쓰다듬었다. 군견병과 군견이 불안감을 그런 식으로 해소하는 모습을 본 강진우는 그들이 부러웠다.
추위도 추위지만 게릴라들이 등뒤에서 나타나지 않을까 하는 불안감 때문에 몸이 더 떨렸다. 그러나 불안하다고 해서 소대장이 그런 기색을 내보일 수는 없었다. 부하들을 위해 자기 감정을 감춰야 했다.
강진우 중위가 착용한 광증폭식 야시경은 생각보다 성능이 좋지 않았다. 오늘밤은 짙은 구름에 가려 달빛이 하나도 없는 날씨였다. 게다가 이곳은 대낮에도 하늘이 보이지 않을 정도로 우거진 숲 속이었다. 광증폭식 야시경에는 최악의 조건이었다.
지루함을 참지 못한 강진우가 시계를 보려고 손목을 들었다. 그때 옆에 있던 테리가 귀를 쫑긋 세우며 고개를 들었다. 군견병과 강진우의 눈빛이 마주쳤다. 테리가 무슨 소리를 들은 것이다. 벌레 우는 소리까지 뚝 그쳤다.
강진우는 심장이 쿵쿵거리기 시작했다. 대원들이 휴대한 소형 무전기에 연결된 이어폰에서 삑삑거리는 소리가 짧게 세 번 울렸다. 앞부분에 매복한 선임하사가 소대원들에게 뭔가 다가오고 있으니 조심하라고 보내는 신호였다.

국군 특공여단 대원들이 클레이모어 격발기를 움켜쥐고 어둠 속을 주시했다. V자 매복대형 한가운데 위치한 강진우는 군견 테리가 주시하는 곳을 계속 노려보았다. 그러나 아직 아무 것도 보이지 않았다.

열영상 투시경이 있으면 어둠 속에서 움직이는 물체들을 단번에 파악할 수 있을 것이다. 그러나 특전사에 비해서 형편이 넉넉하지 못한 입장이라 그런 고급장비는 기대하기 어려웠다. 강진우가 야시경을 벗었다.

숨막히는 몇 분이 지난 뒤 1시 방향에서 뭔가 나타났다. 인민군 게릴라들의 첨병인 것 같았다. 한 명뿐이라는 보고에 강진우는 그냥 통과시키라는 뜻으로 짧고 길게 한 번씩 무전기 신호를 넣었다.

대원들은 소대장의 명령을 충실히 지켰다. 군견병 옥 병장은 테리의 목덜미를 쓰다듬으며 짖지 말라는 명령을 내렸다. 테리는 그 방향을 노려보기만 할 뿐 짖지는 않았다. 강진우 중위는 군견이 웬만한 사병보다 더 침착하고 의젓하다고 느꼈다.

인민군 첨병은 강진우가 있는 곳으로 계속 접근했다. 그 인민군은 불안한 기색을 감추지 못하고 있었다.

다시 새로운 보고가 들어왔다. 2개 분대가 넘는 게릴라들이 접근 중이라는 보고였다. 드디어 주력이 나타난 것이다. 강진우의 입 안에 침이 가득 고였다. 심장이 쿵쾅거리는 소리가 귀에 생생하게 들려오는 것 같았다. 긴장으로 침조차 삼키지 못했다.

― 적 주력, 살상지대 안으로 완전히 들어왔음.

사전 약속된 신호로 들어온 보고에 강진우가 한 박자를 늦춘 다음 명령을 내렸다. 신호는 길게 한 번이었다.

― 뻐벙!

오솔길을 따라 일정한 간격으로 설치된 클레이모어가 거의 동시에 폭발했다. 벼락치는 듯한 폭음 사이로 참담한 비명이 여기저기서 터져

나왔다. 숲 속이라 폭음이 빠져나가지 못해 강진우는 귀가 멍멍했다. 몇 초 동안 불안한 침묵이 흘렀다. 강진우 중위는 조명램프 스위치를 쥔 김지웅 병장의 어깨를 짚어 그를 제지했다.

 하늘이 보이지 않을 정도로 나무가 우거진 숲 속에서는 조명탄이 제 성능을 발휘하지 못한다. 그래서 특공여단 대원들은 조명용 램프와 배터리를 준비해두고 있었다. 그리고 그 스위치는 소대장을 따라다니는 김지웅 병장에게 있었다. 두 사람이 어둠 속을 계속 노려보았다.

 클레이모어 폭발에서 살아남은 인민군 게릴라들이 처음에는 일제히 바닥에 엎드렸다. 노출을 피하기 위해서였다. 그러다가 아무런 반응이 없자 그곳에서 도망치기 위해 한두 명씩 슬슬 몸을 일으키며 움직였다.

 인민군들은 클레이모어 격발 뒤에 총소리가 나지 않으니 국군의 매복공격이 아니라 인계철선을 건드려 연결된 클레이모어가 터졌다고 오판한 것 같았다. 그러나 주변을 경계하는 눈빛은 매서웠다.

 바로 그때 강렬한 조명등이 이들을 환하게 비췄다. 황급히 몸을 일으켜 달아나던 인민군 게릴라들이 강한 불빛에 완전히 노출되었다. 반사적으로 총구를 불빛 방향으로 돌리는 인민군 게릴라가 강진우 중위의 눈에 보였다.

 기다리던 국군 특공여단 병사들의 총구가 일제히 불을 뿜었다. 매복진지 군데군데 설치된 K-3 기관총도 불빛에 비친 그림자들을 향해 총탄을 퍼부었다. 매복작전의 효율을 높이기 위해 각 분대당 K-3 기관총 2정씩 배치되어 있었다. 살상지대를 향해 퍼부어지는 국군의 탄막은 소대 병력치고는 엄청났다.

 인민군 게릴라들은 도주하면서 불빛을 향해 총을 쏴댔다. 수류탄 몇 개가 어두운 하늘을 가르며 날았다. 그러나 조명등은 특공여단 병사들과 상당한 거리를 두고 설치되어 있었다. 조명등 몇 개가 소총탄에 깨졌지만 국군에게 거의 피해를 입히지 못했다.
 - 타타탕!
 지금까지 죽은 체 하며 엎드려 있던 인민군 첨병이 벌떡 일어나 도망가자 김지웅이 3점사로 그 인민군을 쏘았다. 인민군 첨병이 휘청거리더니 땅바닥에 풀썩 쓰러져 움직이지 않았다.
 "임마! 죽이지 말랬잖아!"
 강진우가 김지웅을 바라보며 소리쳤다.
 "다릴 맞혔습니다! 안 죽었습니다."
 자신감에 넘친 목소리였다. 짧은 대화 중에도 총소리가 계속 났다.
 "상황 끝! 상황 끝. 사격 중지~ 사격 중지!"
 강진우가 상황 종료를 알린 뒤에도 몇 초 동안 간헐적으로 사격이 계속되었다. 곧 총소리가 완전히 그쳤다. 그때서야 인민군 게릴라 부상자들 신음소리가 여기저기서 들려왔다.
 푸르스름한 화약연기가 불빛에 비춰져 기다란 빛의 터널을 만들었다. 인민군 부상병들이 질러대는 신음소리를 제외하면 숲은 다시 완벽한 침묵 속으로 빠져들었다.
 살상지대로 설정된 오솔길 주변에는 시체 11구가 어지럽게 널려 있었다. 시체들 근처에는 나뭇잎이 수북하게 쌓여 있었다. 폭발에 휘말려 부러진 가지들이 늘어뜨려져 있었다. 약간 떨어진 곳에 시체 3구가 더 있었다. 몇몇은 부상을 입고도 도주한 듯했다. 오솔길을 따라 핏자국이 길게 이어져 있었다.
 강진우 중위가 무전기를 들고 다른 소대에 게릴라의 이동상황을 알렸다. 이미 주요 길목 곳곳에 특공여단 대원들이 매복하고 있었다. 인민군 게릴라들이 특공여단을 피해 달아날 곳은 저승밖에 없었다.
 김지웅에게 조준사격을 받은 인민군 첨병은 아직도 그대로 엎드려 있었다. 뒤쪽으로 돌아 재빨리 다가간 김지웅이 총을 쥔 인민군 첨병의 손을 발로 밟았다. 움찔거리는 느낌이 전해져왔다.
 김지웅은 인민군 첨병이 대응할 틈을 주지 않고 군홧발로 옆구리를 걷어찼다. 인민군 첨병은 비명을 지르며 몸을 새우처럼 구부렸다. 턱을 걷어차자 인민군 첨병이 사지를 쭉 뻗은 채 완전히 KO되었다.
 한 발로 상대의 등을 밟은 김지웅이 인민군 첨병의 팔을 뒤로 돌려 묶기 시작했다. 인민군 첨병 손에는 안전핀이 아직 빠지지 않은 수류탄이 들려 있었다. 김지웅은 조심스럽게 인민군의 손에서 수류탄을 빼낸 뒤에야 안도의 한숨을 내쉬었다.
 턱을 걷어차이고 기절한 인민군 첨병은 김지웅이 다시 뺨을 몇 대 때릴 때까지 정신을 차리지 못했다. 살아남은 다른 부상자 한 명은 복부에 총상을 입었다.
 강진우는 부하들이 거둔 전과에 만족했다. 소대원들의 피해는 부상자 2명뿐이었다. 한 명은 옆구리에 총상을 입었고, 다른 한 명은 게릴라가 던진 수류탄에 파편상을 입었다. 둘 다 상처는 심하지 않았다. 날이 밝을 때까지 충분히 견딜 수 있을 것으로 판단되어 응급처치만 실시했다.
 강진우는 소대 위치를 약간 이동시켜 경계를 취하면서 날이 새기를 기다렸다. 부상자들에게 응급처치를 하는 동안 서쪽에서 요란한 총소리가 들렸다. 클레이모어 폭발음도 들렸다. 도주하던 게릴라들이 다시 매복에 걸린 모양이었다.
 강진우 중위가 슬며시 웃음을 지었다. 전과보고를 받고 함빡 웃음 짓는 중대장의 얼굴이 머릿속에 떠올랐다.
 포로 중 복부총상을 입은 한 명은 부상이 심했다. 그러나 헬기 착륙이 가능한 지역까지는 몇 시간 동안 걸어야 했다. 야간에 함부로 이동하다가 오히려 역으로 게릴라들의 매복에 걸려들 수도 있었다.
 포로가 계속 신음소리를 내자 강진우는 온 신경이 곤두서는 느낌이

들었다. 결국 몰핀을 한 대 맞히자 그 소리가 그쳤다. 강진우는 몸을 달달 떨면서 시계를 수시로 들여다봤다. 새벽이 오려면 아직 한참이나 남았다.

6월 18일 09:30　경기도 동두천시

부상병들을 들것에 싣고 칠봉산 산기슭을 힘없이 걷던 소대원들이 3번 국도를 힐끔거렸다. 심창섭 중사는 후퇴하다가 포격에 형편없이 당한 전차와 장갑차들의 잔해를 보며 속이 상했다. 도로는 지금도 불바다였다. 미처 후퇴하지 못한 K-1 전차들이 갓길 옆 도랑에 빠져가며 어떻게든 남쪽으로 움직이려고 발버둥쳤다.

국군 전차여단이 나타나기만 하면 인민군 기갑부대를 물리치리라 여긴 건 오산이었다. 국군 제16기갑여단의 기계화보병대대와 국군 7사단 보병들은 인민군의 포격을 고스란히 뒤집어썼다.

그러나 국군의 포병사격은 유효적절치 못했다. 심창섭은 무척 답답했지만 포병대도 사정이 있는 것 같았다. 심창섭은 포병대에 포탄이 떨어진 것은 설마 아니리라 굳게 믿었다.

인민군이 동원한 전차는 300대가 훨씬 넘었다. 국군 기갑여단이 주로 구식 T-55 전차를 장비한 인민군 전차여단을 몰아붙일 때 북쪽에서 새로 나타난 전차대는 T-62였다. 심창섭 중사는 그 새로운 적이 820전차군단의 일부라고 단정지었다. 동두천 방면에서 인민군 2군단의 진군 속도가 늦어지자 초조해진 인민군 수뇌부가 승부수를 띄운 것 같았다.

결과는 국군의 전면적인 패주였다. 전차의 성능차이를 인민군은 압도적인 수적 우세로 극복하고 전세를 뒤엎었다. 연천에서 동두천까지 이어지는 회랑을 병마개 막듯이 막는다는 작전은 완전 실패했다. 다만 시간을 좀 벌었을 뿐이었다.

"SCV 개떼 러시에 당한 느낌입니다. 기분 더럽네요."

옆에서 걷는 김한빈 병장이 투덜거렸다. 심창섭은 김한빈이 스타크래프트 게임 이야기를 한다고는 생각했지만 무슨 뜻인지 대충 감만 잡을 수 있었다.

지금 동두천 시가지 남쪽에서는 K-1 전차 1개 대대가 남아 지연전을 펼치며 후퇴하는 아군을 엄호하고 있었다. 시가전에서는 앞뒤 가리지 않고 돌격하던 인민군 탱크들은 거리를 둔 전투에서는 숨기 바빴다. 저돌적인 T-62 전차 한 대가 달려오다가 K-1 전차가 주포를 쏘자 박살나며 포탑이 날아가버렸다.

심창섭은 오늘 자정쯤부터 시작된 전투에서 K-1 전차의 성능 우세를 충분히 활용하지 못했다고 아쉬워했다. 좀더 널찍한 의정부에서 붙었으면 다른 결과가 나왔을지도 몰랐다. 그러나 수적으로 압도적인 인민군 전차들이 개활지로 나오면 방어하기 곤란해진다. 국군 지휘부도 고민이 많을 것이다.

맑게 갠 하늘에서는 전투기들이 굉음을 내며 날아다녔다. 가끔 미그기들이 꼬리에 연기를 끌며 근처 산으로 추락했다. 국군 병사들은 그런 광경을 보며 더 이상 환성을 지르지 않았다. 해뜰 때부터 계속 보아온 광경이었다. 전투기들이 지상지원을 해주면 좋겠지만, 저런 상태에서 폭격을 바라는 것은 무리였다.

"선임하사님, 우린 재편성되는 겁니까?"

김한빈 병장이 잔뜩 기대를 담은 눈빛으로 물었다. 지금 소대는 부상병을 빼면 10명 정도밖에 남지 않았다. 동원예비군으로 보충하고 나서도 이런 상태였다.

심각한 문제였지만, 만약 부대를 재편성한다면 당분간 전투 일선에서 빠지게 될지도 몰랐다. 김한빈은 그런 희망을 담아 물은 것이다. 그러나 상황이 다급해지면 계속 전투에 투입될 수도 있었다. 그래서 심창섭이 해줄 수 있는 말은 없었다.

"빨리 양주군으로 후퇴해야 해."

6월 18일 10:15 서울 양천구 신월동

"졸려. 잠 좀 자고 싶어."

벽돌로 쌓은 무개진지에 서 있는 김승욱에게는 절실한 문제였다. 김승욱은 사흘째 한 시간도 잘 수가 없었다. 계속된 전투와 포격 때문에 잔다는 것은 불가능했다. 그런 불가능한 환경에서도 자는 예비군들이 있긴 하지만, 그리 오래 가지 못했다. 그런 예비군들은 영락없이 낙오하거나 포탄에 맞아 죽었다.

원종석이 철모를 벗고 머리를 긁적였다. 원종석만 따라다니는 곽우신도 머리를 긁었다. 김승욱도 머리를 감은 지 사흘이 넘어 가렵긴 마찬가지였다. 그러나 언제 적이 쳐들어오거나 포격을 퍼부을지 몰라 초조해서 꾹 참았다. 지금도 큰 도로에서는 전투가 한창이었다. 굉음이 여기까지 들려오고 있었다.

김승욱은 아무도 없는 골목길 건너편에 총을 겨누고 노려보았다. 가려움도 참으니 견딜 만했다. 강아지 한 마리가 깡총거리며 뛰어다녔다. 예비군 한 명이 재수없다고 돌을 던졌다.

국군은 서울과 인천을 동서로 잇는 경인고속도로를 주방어선으로 삼고 있었다. 신월입체교차로 북동쪽 골목 하나를 맡고 있는 동원예비군 소대에는 새로 몇 명이 충원되었다. 새로 전입된 예비군들은 불안에 떨며 왔는데, 다른 소대원들의 몰골을 보고 나서 질려버리고 말았다. 찢어진 군복과 엉망이 된 얼굴이 그동안의 전투가 얼마나 치열했는지 단적으로 웅변해주고 있었다.

김승욱은 엊저녁 전투가 얼마나 무서웠는지 다시 기억하고 싶지 않았다. 김포 입체교차로에서 인민군에게 쫓겨 뿔뿔이 흩어지며 도주했고, 겨우 본대를 찾아간 밤에는 방어선 뒤에서 전투가 벌어져 겁에 질렸다. 간신히 후퇴하고 나서는 다시 김포공항 인근에서 전투를 벌였다.

지금 이곳은 비교적 조용했다. 그러나 언제 이곳에 인민군들이 대군을 앞세워 밀고 올지 몰랐다. 김승욱은 주방어선이 서울에 가까울수록 한편으로는 안심이 되고, 한편으로 불안했다. 한국이 지거나 서울이 함락되면 어쩌나 걱정되었다.

"승욱이, 자네."

"왜?"

김승욱은 골목길 저 건너편을 노려보며 고개도 돌리지 않은 채 대답했다. 아직 인민군이 몰려오지는 않았다. 그리고 이 골목은 적이 나타날 만한 곳은 아니었다.

"자네에겐 희망이 있나 봐."

"뭐가?"

"살아남아야 한다는 강력한 동기 같은 거 말일세."

김승욱은 그게 무엇인가 생각하다가 고개를 젓고 말았다. 김승욱에게는 서울에 여자가 한 명 있었다. 그러나 확실한 '여자'는 아니고 지금은 남의 여자나 다름없었다.

김승욱은 어쩌면 지금 짝사랑을 하고 있는지도 모른다는 생각이 들었다. 이미 볼장 다 본 헤픈 여자를 짝사랑한다는 것이 부끄러웠다. 그러나 아직도, 아니 새롭게 사랑하고 있다는 것을 스스로에게 속일 수 없었다. 전에는 그런 대로 좋았다. 그러나 이제는 힘들 것 같았다.

물론 완전히 깨진 건 아니었다. 아직 실낱같은 희망은 있었다. 그러나 별로 내키지가 않았다. 변변치 않은 상대에게 빠진 자신이 싫었다.

6월 18일 11:52 인천광역시 중구 무의동 무의도 상공

— 알파 리더, 퍼싸든 투웨니투! 머든텐 보기스, 식스리마일즈 노어스, 클라임 써리싸우전, 헤딩 지로 - 씩스 - 투!
— 포세이돈 투웬티 투! 알파 원! 쎄이 어게인!
미국 스포츠중계 TV에서처럼 웅얼거리는 소리가 들리더니 곧이어 고등학교 1학년 학생이 영어책 읽는 것 같은 투박한 소리가 통신기에서 흘러나왔다. 한 영어 한다고 자부하는 송호연 대위가 귀를 기울였지만 알아듣기 힘들었다.
— 마어, 댄, 텐! 보기스! 식스티, 마일즈, 노어스! 클라임 써리싸우전, 앤 메이크 유어 헤딩, 지로, 씩스, 투!
— 포세이돈 투웬티 투! 알파 원 카피. 클라임 써티따우젠드, 헤딩 제로 - 씩스 - 투! 편대장이다! 고도 1만 미터, 방향 0-6-2로 수정한다.
편대장이 E-2C에 보내는 통신을 들으며 송호연이 킥킥거렸다.
"알겠습니다! 편대장님, 영어 잘하십니다!"
— 야, 송 대위! 머리 아프다. 놀리지 마라.
E-2C 승무원들의 본토발음 때문에 고생한 김영환 중령이 혀를 내둘렀다. KF-16 전투기 편대는 지금 후방에서 비행 중인 공중통제기 E-2C의 유도를 받고 있었다. 미 항모 해리 트루먼 소속의 E-2C들이 오늘부터 본격적으로 공중통제임무에 참가하면서 한국 공군의 전투기들을 유도해주고 있었다.
MCRC와 TACC의 파괴 이후 지금까지 며칠 동안 비행단별로 작전하

던 것을 E-2C에서 한꺼번에 통제해주니 임무에 나선 조종사 입장에서는 훨씬 더 안심할 수 있었다. 임무부여나 작전도 효과적이었다.

단지 콩글리시 관제용어에 익숙한 한국 조종사들이 E-2C 승무원들의 본토발음 때문에 약간 곤란을 겪는 경우도 있었다. 평소에 교신의 대부분을 영어로 하는 전투기 조종사들이었지만 한국식 발음과 미국식 발음은 너무 달랐기 때문에 단번에 적응하기 어려웠다.

김영환 중령보다는 미국 본토발음에 익숙하다고 자부했던 송호연도 바다의 신 포세이돈(Poseidon)을 '퍼싸든'이라고 발음하자 알아듣기 힘들었다. 영어사전 발음기호대로 퍼싸이던이라고만 했어도 알아듣기 쉬웠을 것이다.

원래 E-2C는 승무원 수가 적어서 미 해군의 경우에는 무선교신이 아닌 데이터 링크를 통해서 바로 지령을 내린다. 그러나 미 해군과 한국 공군은 데이터 링크가 되지 않았기 때문에 한국 조종사들이 때아닌 영어 듣기평가시험을 치르고 있었다.

6월 18일 11:54 경기도 양주군

도로를 따라서 배치된 SA-3 미사일 포대의 레이더와 미사일이 하늘을 향하고 있었다. 미사일 포대의 레이더 조작사는 긴장한 채로 레이더 화면을 주시했다. 미사일 사정거리 안에서 얼쩡거리는 한국 전투기는 보이지 않았다.

도로를 따라 내려오고 있는 북한군에게 가장 무서운 것은 한국 공군의 공습이었다. 공중전에서 열세인 북한은 그 차이를 방공망으로 메웠고 지금 양주군에도 많은 이동식 레이더 유도 대공 미사일과 소형 휴대용 열추적 대공 미사일이 지상부대를 따라 배치되어 있었다. 대공포대들도 따라왔지만 이동 중에 배치되기 때문에 휴전선 북쪽에 고정 배치될 때처럼 완벽한 화망구성은 힘들었다.

게다가 여태껏 날씨 때문에 변변히 싸워보지도 못한 공군 전투기들도 오늘부터는 본격적으로 지원해준다고 했기 때문에 적아 식별에 주의하라는 반항공사령부의 지시도 내려와 있었다. 레이더 조작사는 잠시도 화면에서 눈을 떼지 않았다. 근처에 배치된 미사일들도 그의 지시에 따라 즉시 발사할 준비를 갖추고 있었다.

갑자기 화면에 작은 점이 나타났다. 거리는 2km 정도, 아주 작은 물체였다. 레이더 조작사는 순간 움찔하다가 무시하기로 했다. 전투기보다 훨씬 더 작고 미사일보다도 훨씬 느렸기 때문에 근처 지형에서 반사되는 레이더 클러터 정도라고 생각했다. 그러나 그는 그의 판단착오가 잠시 후에 그뿐만 아니라 수많은 인민군들의 목숨을 앗아갈 것이라는 걸 모르고 있었다.

그다지 크지 않은 제트엔진 소리가 들려오자 레이더 근처에 있던 인민군 대공포대가 하늘을 향해 무작정 사격하기 시작했다. 산 너머에서 갑자기 나타난 것은 길이 2미터 정도의 작은 무인기였다.

그러나 이 작은 비행기는 덩치에 맞지 않게 고속으로 가속하더니 레이더 안테나 직상공에서 수직으로 레이더를 향해 돌진했다. 굉음과 함께 화염이 치솟자 놀란 인민군들이 '반항공'을 외치며 허둥댔지만 이미 때는 늦었다.

같은 시간 양주군에 배치된 이동식 레이더 사이트 여러 곳에서 같은 공격을 받아 레이더 안테나가 파괴당했다. 인민군 레이더를 삽시간에 박살낸 작은 비행기는 이스라엘제 하피 무인기였다.

1997년 파리 에어쇼에서 처음 선보인 하피 무인기는 방공망을 뚫고 진입하는 아군 공격기의 침투로를 열기 위해 레이더 사이트를 탐지하고 공격하도록 설계된 대레이더 미사일 역할의 무인기다.

하피 무인기는 미리 지정한 지역 상공에 체공하면서 적의 레이더 전파를 탐지하고 그곳으로 자동 진입해서 자폭한다. 만일 적 레이더가 작동을 중단하면 최종위치로 돌진하는 미사일과 달리 하피는 비행기라는 특성상 미리 입력된 고도로 복귀한다. 무인기는 상공에서 탐색을 계속하다가 다시 공격의 기회를 노리는 것이다. 한국 육군에서는 90년대 후반에 하피 무인기를 도입해서 대레이더 미사일 공격을 위해 운용하고 있었다.

하피 무인기의 기습으로 양주군 일대의 이동식 대공 레이더가 뜻하지 않은 타격을 입었다. 가뜩이나 공중전에서도 열세인 북한군에게는 엎친 데 덮친 격이었다.

6월 18일 12:04 경기도 양주군 상공

E-2C의 관제를 받아 편하게 사격위치를 잡은 KF-16 편대가 일제히 암람 미사일을 발사했다. 일직선으로 뻗어나간 암람 미사일의 흰 꼬리가 시야 밖으로 사라지자 레이더 화면상의 흰 점 몇 개가 사라졌다. 하지만 화면 위에는 아직도 많은 점들이 남아 있었다.

멀리서 공대공 미사일들이 KF-16 편대의 정면으로 접근했다. KF-16 전투기들은 두 대씩 짝을 지어 흩어졌다. 한국 전투기를 노리는 미사일들도 목표를 쫓아 선회했다. 그러나 추진제가 떨어진 상태로 급선회를 계속할 수는 없었다.

따라붙는 미사일을 모두 떨쳐버린 전투기들은 편대를 전투대형으로 분리하고 근접 공중전에 대비했다. 비 온 뒤 활짝 갠 맑은 하늘을 배경으로 적기의 실루엣이 나타났다. 그 즉시 KF-16 전투기 날개에서 사이드와인더 미사일이 튀어나갔다.

KF-16과 미그기들이 휜 직선으로 이어지는 순간 미그 전투기들은 불꽃으로 변했다. 전방향 공격능력이 있는 AIM-9M 사이드와인더 미사일을 발사하는 KF-16은 가시거리 밖 공중전뿐만 아니라 가시거리 안에서 벌어지는 근접전에서도 훨씬 유리했다.

레이더 경보수신기가 울렸다. 하피 무인기의 공격에서 살아남은 레이더였다. 공대공 전투의 외곽에서 머물던 또 다른 KF-16 전투기 편대가 앞으로 나서면서 함 미사일을 발사했다.

개전 이후 재고 제로까지 갔던 함 미사일과 암람 미사일들을 미국에서 새로 공급받아서 당분간 사용하기에는 부족함이 없었다. 함 미사일에 얻어맞은 북한군 대공 레이더는 또다시 침묵에 빠졌다.

6월 18일 12:05 경기도 양주군 상공

공중전이 벌어지는 고도보다 천 미터 아래인 2천5백 미터 고도로 F-4E 전폭기들이 진입했다. 지상 수백 미터 고도에서 날고 있는 KO-1 저속통제기가 팬텀 편대에게 목표를 지정하자 팬텀 편대는 강하폭격 자세로 강하하며 폭탄을 투하했다.

저속통제기가 정확히 유도하지 않더라도 목표는 확실히 보였다. 동두천 남쪽에서 의정부로 통하는 3번 국도 위에 인민군 기갑부대가 우글거리고 있었다. 이들 머리 위로 포탄의 비가 쏟아졌다. 수많은 자탄이 대열을 엉망으로 만들었다.

팬텀이 기수를 올리며 가속하는 순간 지상에서 열추적 미사일들이 솟아올랐다. 하지만 사람의 눈으로 목표를 조준하고 열추적 시커가 유도하는 이 소형 미사일들은 2천 미터가 넘는 고도까지 정확하게 추적하기 힘들었다. 불꽃을 날리며 올라오던 화성포들이 팬텀의 플레어에 교란되어 공중에서 헛되이 폭발했다.

팬텀이 이탈한 반대방향으로 이번에는 F-5 편대가 접근했다. 역시 KO-1 저통기의 지시를 받은 전투기들은 편대에서 한 대씩 이탈하더니 지상을 향해서 2.75인치 로켓탄을 퍼부었다. 주로 장갑차로 이뤄진 대열에 불꽃이 연이어 피어났다.

열추적 대공미사일과 인민군의 각종 대공포가 공중을 향해서 불을 뿜었다. 그러나 대공 레이더가 무력화된 지금, 정확한 화망구성은 힘든 상태였다.

고공에서 KF-16의 요격을 겨우 피한 미그-21, 미그-19 전투기들이 사격을 마치고 편대를 재구성하려는 F-5 편대 후방으로 진입했다. 높은 고도에서 하강하며 고속으로 진입한 미그기들이 저공에서 가속 중인 F-5에게 덮쳐들었다. 마침 가속을 위해 애프터 버너를 켠 상태라 열추적 미사일에게는 더없이 좋은 먹이감이었다.

한국과 북한의 전투기가 뒤섞인 하늘은 삽시간에 아수라장으로 변했다. 쫓고 쫓기고, 물고 물리는 격전이 계속됐다. 뒤늦게 새로 도착한 KF-16 전투기들이 장거리 공격 대신 바로 근접 공중전에 뛰어들자 상황이 달라지기 시작했다.

수적으로나 질적으로 열세가 된 미그 전투기들이 공역에서 이탈하기 시작했다. KF-16 전투기들은 퇴각하는 미그기를 쫓지 않고 그 자리에서 암람을 한 발씩 먹였다. 하지만 이미 F-5 세 대와 저속통제기가 격추된 후였다.

6월 18일 13:10 서울 양천구 신월동

곽우신은 그동안 사귄 여자들에 대해 신나게 떠들어댔다. 점심 먹을 때 시작한 이야기는 아직도 끝나지 않았다. 멀리서 포성과 기관총의 연사음이 끊임없이 들려왔다.

왼쪽 신월인터체인지 쪽과 오른쪽 화곡전화국 있는 곳에서는 지금도 포격이 계속되고 있었다. 그리고 화곡터널 입구 쪽에서는 치열한 전투 중인지 기관총 소리가 이어지고 있었다. 그러나 뒤에 청구연립이라는 건물 세 채가 있는 이 골목길은 조용한 편이었다. 다른 가까운 골목에서도 총성 하나 들리지 않아 예비군들은 이야기를 계속할 수 있었다.

원종석은 곽우신이 여자들과 잘 통한다고 좋게 이야기해 주었으나 김승욱이 보기엔 곽우신의 수준이 낮아 보였다. '여자와 딱 맞을 정도로 낮다'는 것이 그에 대한 평가였다. 그리고 곽우신 말을 들을수록 김승욱은 자꾸만 최지은이 생각났다.

"자넨 좋아하는 여자 있어?"

김승욱이 곽우신 장광설도 막을 겸 최지은을 잊기 위해 원종석에게 물었다. 원종석이 씁쓸하게 미소지었다.

"있었지. 얼마나 이뻤는지 알아? 응? 외모말고 마음씨말야."

원종석이 한숨을 푹 쉬며 이야기를 계속했다.

"차 옆자리에 태우고 밤에 드라이브했어. 아! 오해는 말게. 그때 아르바이트로 운전도 했으니까. 그런데 걔가 피곤한지 깜빡 졸더라고. 아, 내 동아리 후배 여자애야. 얼마나 이쁘던지…… 그래서 어두운 길가에 차를 세우고 가만히 자는 얼굴을 지켜보다가……."

원종석이 말하다 말고 옆을 돌아보았다. 김승욱과 곽우신이 침을 꿀꺽 삼키고 있었다. 원종석이 피식 웃으며 이야기를 이어갔다.

"자는 걸 그냥 이마에 뽀뽀했다네. 그때 걔가 정신은 들었는데 잠이 덜 깼나 봐. 졸린 눈으로 날 보면서 손으로 이마를 문지르더군. 얼마나 귀엽던지……. 그러면서도 난 당황했어. 씩 웃으며 카페에 도착했으니 일어나라고 했지. 내가 뽀뽀한 걸 아는지, 모르는지 난 지금도 모르겠어."

"아마 알 거야."

김승욱이 씁쓸하게 대답했다. 김승욱은 그 후배라는 여자가 알면서도 모르는 척했다고 생각했다. 항상 냉정해 보이는 원종석이 그런 어린 여자를 좋아했다는 것이 믿어지지 않았지만, 그래도 원종석의 인간적인 면을 본 것 같아 다행이라 여겼다.

"관계가 어색해질까 봐 곤란해서 모른 척했단 말인가?"

반문한 원종석이 쓸쓸하게 웃었다.

"여자를 별종 취급하지는 말게. 남자들이 제각각 다르듯이 여자도 가지가지야. 남녀 차이보다 큰 게 남자들끼리, 또는 여자들끼리의 개성 차이라는 말을 들은 것 같아. 물론 화성에서 온 남자, 금성에서 온 여자니까 서로 차이를 인정하긴 해야겠지만 말야."

"화성인이라니?"

곽우신이 물었지만 원종석은 대답하지 않고 빙긋 웃기만 했다. 김승욱은 남녀 차이가 화성인과 금성인 정도로 크니 서로 차이점을 인정하고 싸우지 말라는 내용의 책을 읽은 기억을 떠올렸다. 김승욱이 썩 공감할 만한 내용은 아니지만 그런 대로 논리가 있는 책이었다.

"아가씨가 결혼하면 아줌마가 돼. 아줌마를 어떻게 믿어?"

"자네 어머니도 아줌마야. 억척스럽게 살다 보면 어쩔 수 없겠지. 나도 억척스런 편이라 아줌마들이 이해가 간다네."

원종석의 말에 김승욱이 이해가 가지 않는다는 투로 말했다.

"자넨 매사에 부정적인 줄만 알았는데……."

"사람에 대한 기본적인 신뢰는 갖고 있다네. 나는 자네들을 믿어."

"글쎄."

김승욱이 긁적거렸다. 원종석은 말이나 행동이나 그럴 듯했다. 최소

붕괴 163

한 소대장이나 곽우신보다는 훨씬 더 믿을 만했다. 그러나 여자에 데인 김승욱은 여자들을 믿을 수가 없었다. 왜 세상 여자들은 어머니나 누나와 그렇게 많이 다른지 이해할 수 없었다. 갑자기 원종석이 자세를 낮췄다.

"왔다!"

예비군들이 전투태세에 들어갔다. 겨우 80미터 떨어진 세 갈래 길에 인민군들이 나타났다. 인민군들은 골목으로 우회하면서 지나가는 길이었는지 총을 든 옆모습들이 보였다. 예비군들을 발견하고 깜짝 놀라는 것 같았다.

— 빵! 빠방!

원종석이 가장 먼저 쐈다. 몸을 낮추고 사격자세를 취하던 인민군 한 명이 뒤로 나자빠졌다. 다른 예비군들이 총격을 시작하자 인민군들이 좌우로 갈라져 골목은 이내 텅 비었다. 애꿎은 벽에 총탄만 박혔다.

"여기 238번지입니다! 적이 나타났습니다! 적 사살 셋!"

새로 분대장에 임명된 예비군이 민수용 무전기로 소대장에게 보고했다. 원종석의 말로는 정부가 어느 통신기기 판매회사 대리점을 털어서 지급받은 무전기라고 했다.

"예? 예! 알겠습니다! 적의 전면적인 공격이다!"

당황한 분대장이 무전을 끊고 예비군들에게 외쳤다. 역시 큰길 쪽에서도 총소리가 이어지고 있었다. 김승욱이 바짝 긴장했다. 어서 후퇴명령이 떨어지지 않나 자꾸 분대장을 힐끗거렸다.

— 빵!

총소리에 놀란 김승욱이 앞을 보니 전봇대 사이로 머리를 내밀던 인민군 한 명이 엎어져 있었다. 원종석이 쏜 것이다. 당장 급한 것은 적을 물리치는 것이었다. 김승욱이 정면에 보이는 집 대문으로 조준을 정했다. 적이 뛰어가면 거기에 맞춰 쏠 심산이었다.

한참 기다렸지만 적은 나타나지 않았다. 잠시 후에 뭔가 굴러다니더니 하얀 연기를 뿜어냈다. 그 연기 사이로 검은 그림자들이 뛰어가는 것이 보였다. 김승욱은 대문 앞을 지나는 적을 향해 총을 쏘았다. 총에 맞은 인민군이 얼음판을 뛰어가다 미끄러지는 것처럼 공중에 낮게 붕 떠올랐다.

6월 18일 14:27 경상북도 문경시 문경읍

군견이 무서운 힘과 속도로 달려들었다. 리철민은 달아나다가 급히 멈췄기 때문에 자세가 불안정했다. 제대로 자세를 갖춘 상태에서도 웬만한 사람은 달려드는 군견에게 밀린다.
40킬로그램이 넘는 작은 송아지만한 군견이 달려들자 리철민은 공중에 붕 떠서 땅바닥에 나뒹굴었다. 군견은 사전에 철저하게 훈련받은 대로 자동보총을 든 리철민의 오른팔을 사정없이 물어뜯었다.
"으아악!"
엄청난 고통에 리철민은 비명을 질렀다. 날카로운 이빨에 금방 살이 찢어지고 피가 흘러나왔다. 리철민은 달아나려고 버둥거렸지만 군견은 계속 리철민의 팔을 물고 놓아주지 않았다.
리철민은 공포에 질려 정신이 반쯤 나갔다. 팔이 떨어져 나가는 것만 같았다. 그 개는 리철민이 북한에서는 거의 못 본 크기였다. 그러나 리철민은 개에게 물려죽는 것보다 국군에게 잡히는 것이 더 무서웠다.
소대원들 중 대부분이 국군의 매복에 걸려 순식간에 전멸했다. 살아남은 사람은 리철민 혼자뿐이었다. 몇 시간째 계속 혼자 도망다니다가 추격해온 국군의 군견에게 공격당한 것이다.
북한에 있을 때 리철민은 국군에게 잡혀 포로가 되면 엄청난 고문을 당해 결국 죽고 만다고 교육받았다. 설사 국군에 협조해서 비밀을 말해줘도 이용가치가 없어지면 즉시 잔인하게 죽여버린다고 들었다. 그래서 국군의 포로가 되는 것보다 단 한 명이라도 국군을 더 죽이고 장렬하게 전사하는 것이 명예로운 것이라 교육받았다.

그러나 리철민은 명예에 대해서는 아무런 관심이 없었다. 리철민이 관심이 갖는 것은 오로지 북한에 있는 가족들뿐이었다. 자기가 잡히면 북한에 있을 어머니와 여동생은 누가 먹여 살릴 것인가.

식량난 때문에 막내는 영양실조에 병까지 겹쳐 약도 써보지 못한 채 죽었다. 어머니와 여동생도 사람 같지 않게 비쩍 말라붙었다. 리철민은 무슨 일이 있더라도 전쟁이 끝날 때까지 살아남아야 했다. 그래서 그들을 먹여 살려야 했다. 그때 군견이 별안간 고기로 보였다. 여동생이 고기가 먹고 싶다고 꿈속에서 말한 것이 기억났다.

리철민은 갑자기 머릿속이 맑아졌다. 어떻게 해서든 반드시 살아남아야 했다. 군견은 오른팔만 물고 늘어졌다. 리철민이 자유로운 왼손으로 허리춤에 있던 대검을 뽑았다. 리철민은 뼈가 보일 정도로 깊은 상처를 입은 오른팔을 땅 쪽으로 내렸다.

엄청난 고통이 느껴졌지만 정신은 오히려 말짱했다. 오른팔이 내려지자 군견의 머리도 같이 숙여졌다. 그때 대검이 반원을 그리며 군견의 목으로 향했다.

―깨갱!

리철민이 대검으로 계속 내리쳤다. 군견은 몇 번 발작적으로 몸을 부르르 떨다가 결국 숨이 끊어졌다. 리철민은 이미 군견이 죽어버린 상황에서도 계속 대검을 찍어댔다.

"저기다!"

"쏴!"

등뒤에서 들리는 고함에 정신을 차린 리철민이 반사적으로 수풀 사이로 몸을 던졌다. 총소리가 났다. 리철민의 주변에 총탄이 박히기 시작했다.

목이 거의 잘려 죽은 군견을 발견한 국군 군견병이 비명을 질렀다. 그러나 그런 소리는 리철민의 귀에 들리지 않았다. 오로지 살고자 하는 생각에 리철민은 무조건 앞으로만 내달렸다.

6월 18일 15:50 강원도 횡성군 갑천면

"김 이병, 졸지 말고 조심해라."
- 옛! 걱정 마십시오!

이어폰에서 군기가 바짝 든 목소리가 흘러나왔다. 민순기 중위는 조종수가 대답은 잘한다며 투덜거렸다. 김용성 이병이 탄약수 보직이었을 때는 그런 대로 잘하더니 조종을 맡기니까 불안해서 견딜 수 없었다. 몇 십억 원짜리 K-1 전차를 경험이 미숙한 자에게 맡길 수는 없었지만 교육을 시키지 않을 수도 없었다.

민순기 중위가 한숨을 내쉬며 도로 주변을 살폈다. 실로 목가적인 분위기였다. 앞에 전차 대열만 없다면 지난번에 친구와 함께 드라이브하던 코스 그대로였다. 농사를 짓지 않는 빈 들판에는 잡초가 무성하게 자라 약간은 이국적인 분위기까지 풍겼다.

오늘 새벽 홍천에서 있었던 전투는 인민군의 압도적인 물량공세로 결판이 났다. 인민군은 홍천강을 피로 물들이면서도 공세를 멈추지 않았다. 국군은 양평 방면에 대한 방어대책을 세운 후에 질서있게 퇴각했다. 홍천 전투에서 단순한 포격 지원임무에 그치고 직접적인 전투에 참가하지 못한 국군 제21기갑여단 전차병들은 불만이 많았다. 하지만 후퇴 명령도 지엄한 군령이었다.

퇴각은 질서있게 한다지만 퇴각로는 질서와 거리가 멀었다. 인민군 특수부대의 파괴공작 때문에 다리가 무너진 곳이 많았고 산사태가 난 곳도 있었다. 무엇보다도 도로는 좁고 차량은 너무 많았다. 그래서 차량이 많은 21기갑여단은 우회로로 돌아야 했다. 기갑부대의 우선순위가 높음에도 불구하고 전차와 장갑차는 비포장도로도 갈 수 있다는 장점 때문이었다.

전차가 급정거하며 출렁거렸다. 바로 앞쪽에서 달리던 전차가 섰기 때문이다. 민순기 중위는 이 길도 붐비나 생각했다. 이 길로 20분쯤 달렸으니 지금은 중간쯤 온 셈이었다. 전차가 지나가기 힘든 낡은 다리를 건널 때는 가교전차가 큰 역할을 했다.

오전에는 길 위에서 한 시간이나 멈춰 서 있었다. 언제 적 포탄이 날아오거나 미그기가 공습할지 모르는 상황에서 기갑부대가 한 시간이나 멈춰 서 있는 것은 위험했다.

아까 봤을 때나 지금이나 전차여단 앞에 다른 부대는 없었다. 그러나 다른 부대가 이 우회로를 택해 움직이고 있을지도 몰랐다. 민순기가 탑승한 전차는 전체 기갑여단 중에서 상당히 앞쪽에 위치해 있었다. 기갑수색중대는 대열보다 한참 앞쪽에 서 있는 것이 보였다. 뭔가 이상이 생긴 것이 분명했다.

― 대대, 잠시 정차한다.

대대장의 곤혹스런 목소리가 들려왔다. 대대 통신망에 잠시 웅성거림이 있었다.

― 소대장님!

"뭐야?"

― 잠시 용무 좀 봐도 되겠습니까?

용무란 다른 일이 아니고 소변보는 것을 말한다. 매일 소대장에게 혼나는 김용성 이병이 이런 말을 한다는 것은 그만큼 급했다는 뜻이다. 땀을 뻘뻘 흘리는 김용성 이병의 얼굴을 상상하며 민순기 중위가 피식 웃었다.
"김 이병, 전차병들이 왜 원피스를 입는 줄 알아? 목뒤엔 고리가 달리고 말야."
— 예! 전차병이 전사했을 때 쉽게 끄집어내기 위해서입니다.
김용성 이병이 더듬거리며 대답했다. 전차에 탑승한 전차병들이 모두 죽더라도 전차는 말짱해서 전차병만 교체하면 계속 사용할 수 있는 경우도 많다. 물론 전차에 탑재한 포탄이 유폭하면 전차는 고철로 변한다.
"그렇지. 내용물이 흘러내리지 않도록 말야. 그럼, 김 이병. 전차장이 왜 권총을 갖고 다니는 줄 알아?"
— 좁은 공간에서 자동소총을 쓰기 힘들기 때문입니다.
"잉? 똑같은 전차에 탄 탄약수는 자동소총을 지급받는데?"
즉각 대답이 나오지 않았다. 민순기 중위는 손바닥만한 당평초등학교를 지나며 애들은 학교 안 가서 즐겁겠다는 생각을 했다. 길거리에서 전차에 탄 민순기를 향해 손을 흔들며 웃는 아이들의 얼굴이 천진난만했다. 저런 애들이 고아가 될지도 모른다고 생각하니 기분이 침울해졌다. 농담을 빨리 끝내기로 했다.
— 그럼 잘…… 모르겠습니다!
"그건 전차를 무단이탈하는 조종수를 쏘라고 갖고 다니는 거야. 알겠나?"
— 예? 예! 알겠습니다.
김용성 이병이 대답하자 포수와 탄약수가 킥킥거리며 웃었다. 김용성 이병은 지금쯤 땀을 비오듯 쏟으며 소변 마려운 것은 잊어버렸을 것이다. 그러나 소변을 오래 참으면 병이 된다. 민순기는 소변을 너무 오래 참다가 요절한 어떤 러시아 소설가를 떠올렸다.

"교대로 오줌 누자. 먼저 나하고 김 이병이다."
- 감사합니다!

민순기가 천천히 전차에서 내리는데 김용성 이병은 재빨리 해치에서 뛰쳐나와 길가 밭고랑 쪽으로 달려갔다. 저러다간 지퍼도 내리기 전에 쌀 것 같았다. 다른 전차에서도 전차병들이 내려 소변을 보고 있었다.

민순기는 사병들과 반대쪽에서 소변을 보았다. 확 트인 곳에서 누는 것이 시원할 것 같았다. 사방을 두른 산 아래로 너른 들판이 눈에 가득 들어왔다. 이곳에는 아직도 사람들이 남아 농사를 짓고 있었다.

민순기는 고등학교 수학여행 갔을 때가 생각났다. 길가에 버스 대열을 세우고 수백 명이 내려와 한꺼번에 오줌을 누는데 저 앞 저수지에서 낚시를 하던 젊은 연인 한 쌍이 뒤돌아보고 기겁을 했다.

여긴 다행히 젊은 여자가 없었다. 그런데 대여섯 살쯤 먹은 꼬마 여자애가 웃으며 옆에서 자꾸 기웃거렸다. 민순기는 잘못하면 변태로 오인받겠다 싶었다.

"야, 너 짱구 여동생이냐? 가라! 애들은 가라!"

당황한 민순기가 오른쪽으로 몸을 돌리는데 전차 대열 뒤쪽에서 장갑차 한 대가 달려오는 모습이 보였다. 뒤가 볼록한 지휘차량 K277A1이었다. 장갑차가 서더니 여단장이 내렸다. 길가에 서 있던 전차병들이 일제히 거수경례를 붙였다.

"도대체 어찌 된 거야?"

화가 잔뜩 난 여단장이 내려서 망원경을 들다가 민순기 중위를 돌아보았다. 바짝 얼어붙은 민순기는 여단장의 찡그린 시선이 민순기의 하반신 쪽으로 향하는 것을 느꼈다.

"얼레꼴레리~ 꼬추 보인다~."

여자애가 놀리자 민순기는 그제야 지퍼를 올리지 않은 걸 알아챘다.

허겁지겁 집어넣긴 했지만 이미 늦었다. 전차병들의 상체가 움찔거렸다. 억지로 웃음을 참는다는 것을 알아챈 민순기의 얼굴이 벌겋게 달아올랐다.

그때 잔뜩 당황한 대대장이 달려왔다. 대대장은 변명도 하지 못한 채 여단장의 꾸지람을 들었다.

민순기가 무슨 이야긴가 귀를 기울였다.

"길을 잘못 들었으면 선두 대대에서 바로 알아채야 할 것 아냐? 도대체 이게 뭐야? 횡성읍으로 가야 하는데, 이젠 어쩐단 말야!"

"죄송합니다."

여단장 부관이 전술지도철을 들고 나타났다. 부관도 곤혹스런 표정이었다. 말을 들어보니 부대가 길을 잘못 든 것 같았다.

혼잡한 중앙고속도로에서 빠져나올 때는 헌병이 길을 유도해줬는데, 남서쪽으로 우회해야 할 길에는 헌병이 없었다. 갈래 길에서 기갑수색중대는 그곳이 우회할 길인지 모르고 더 좋은 길로 그냥 직진해버린 것이다.

민순기는 대대장이 불쌍했다. 그러나 이곳의 길이 워낙 구불구불해서 다른 사람들도 부대가 북쪽으로 간다는 느낌이 없었을 것이다. 20분 넘게 달린 후에 길을 잘못 든 것을 알아낸 여단본부도 참 한심하다고 민순기는 생각했다.

"앞쪽은 수몰지구라 갈 수가 없단 말야! 이젠 되돌아가지도 못해! 그쪽은 북괴군이 도로를 완전 차단했단 말야!"

민순기는 여단장이 씩씩대는 것도 이해는 갔다. 자칫하면 국군의 동부전선 방어전략에 큰 차질이 생길 수가 있었다. 산간 계곡에 갇힌 기갑부대가 힘을 발휘할 리 만무했다. 인민군이 산 쪽에서 공격하거나 공습이라도 하면 21기갑여단은 도망갈 곳도 없었다.

그러나 수몰지구라는 말은 맞지 않았다. 민순기는 여단장의 군복 계급장에 붙은 별 하나가 보름달만하게 보였지만 두려움을 물리치고 나섰다.
"여단장님, 죄송하지만……."
"뭐야?"
여단장이 민순기 중위를 보고 노골적으로 한심하다는 표정을 지었다. 조금 전에 당황한 민순기의 모습을 본 여단장이었다. 여단장을 설득하긴 어렵겠지만 어쩔 수 없었다. 여단 내에서 이곳에 와본 사람은 거의 없을 것이다. 지도만 보면 꼼짝없이 앞쪽이 댐에 수몰된 지역이라고 오판할 것이 분명했다.
"중위 민순기! 지금 향하는 곳은 수몰지구가 아닙니다. 제가 6월 6일 현충일에 승용차로 지나갔습니다. 겨우 12일 전입니다."
"그게 정말인가?"
여단장의 눈이 동그랗게 떠졌다. 현충일에 차 몰고 놀러 다녔다고 핀잔을 들을까 봐 걱정할 필요는 없을 것 같았다.
"예, 전술지도에 표시된 도로망은 살아 있습니다. 계속 직진해서 삼거리라는 마을을 지나서 우회전하면 횡성읍으로 갈 수 있습니다. 유턴하지 않아도 됩니다. 좌회전하면 인제로도 갈 수 있습니다. 영동고속도로와도 연결됩니다."
민순기 중위가 민간 승용차에 탄 운전자처럼 이야기했다. 여단장도 신호등 앞에 멈춘 차에서 다른 차에 길을 묻는 운전자처럼 고개를 끄덕였다. 여단장은 조금 전에 전술지도를 봤을 테니까 민순기의 말이 맞다는 걸 알 것이다. 그러다가 여단장이 민순기의 말을 잘랐다.
"아니, 길말고 도로 상태 말일세."
"물은 승용차로 지날 정도였습니다. 요 며칠간 비가 와서 개천이 불어났겠지만 전차나 장갑차로는 충분히 건널 수 있습니다. 아까 다 쓰러져가는 다리를 지났을 때도 개천 물은 그리 많이 불어나지 않았습니다."

여단장이 고개를 끄덕거렸다. 수백교는 그런 대로 괜찮았지만 궁천교라는 다리는 정말 다 쓰러져가는 낡은 다리였다. 그 다리 아래로 흙탕물이 흐르고 있었다. 오늘은 날씨가 맑은 편이지만, 어제 그제 내린 비로 냇물이 넘치고 있었다.

여단장은 민순기의 말을 완전히 믿는 것 같았다. 대열의 선두로 나선 기갑수색중대에서도 아직 도로가 끊겼다는 보고는 없었다. 그때 장갑차에서 통신장교가 여단장을 급히 불렀다. 지상작전사령관이라는 것 같았다.

송수화기를 건네받은 여단장이 얼굴이 시뻘개지며 죄송하다는 말만 연발했다. 그리고 도로가 끊기지 않았다는 민순기의 말을 그대로 설명했다. 잠시 후에 여단장의 얼굴이 조금 퍼지는 것 같았다.

"예! 추적해오는 적은 없습니다. 도로만 차단하고 북괴군 경비병력 약간만 있습니다. 되돌아가서 그쪽을 쳐도 됩니다. 예! 6번 국도로 빠졌다가 영동고속도로로 진입할 수도 있습니다."

여단장은 말을 마친 다음 송수화기를 귀에서 떼며 여유있는 표정을 지었다. 지상작전사령부에서 잠시 회의를 하는 것 같았다. 그동안 민순기는 부관이 가지고 있는 전술지도를 훔쳐봤다. 마을 이름들이 희한했다. 당두루, 버덩말, 화라지, 웃마을, 아랫마을, 그리고 아램마을까지는 그럴 듯했다. 그러나 바깥삼군이, 병지방아리, 심지어 붉덩야라는 지명도 있었다.

지도에는 건물 위치는 물론 대충 모양까지 나올 정도로 자세하게 기록되어 있었다. 그런데 지도에는 앞으로 더 가면 도로가 끊기고 작년에 수몰되기 시작한 지역으로 되어 있었다. 민순기는 인민군도 비슷한 지도를 갖고 있을 것이라고 생각했다.

"예? 예! 알겠습니다."

여단장이 심각한 표정으로 송수화기를 통신장교에게 건넸다. 여단장이 장갑차 안에 있는 작전참모와 통신장교들을 불렀다. 대대장과 민순기까지 여단장의 말을 들으라는 뜻이었다.

"지상작전사령관님이 직접 내리신 명령이다. 우리 국군은 횡성을 포기한다!"

장교들이 경악했다. 군청소재지를 이렇게 쉽게 포기하다니, 믿을 수 없었다. 작전하고는 약간 먼 민순기는 아마도 6번 국도에서 영동고속도로로 빠지는 것으로 퇴각 계획이 바뀐다고 쉽게 생각했다. 그러나 오산이었다.

"우리는 별명이 있을 때까지 이곳에서 대기한다!"

주변에 있던 장교들은 아무 말도 하지 못했다. 민순기는 심장이 덜컥 내려앉는 것 같았다. 그렇다면 21기갑여단은 횡성읍으로 가지 못하고 이곳에서 완전 포위될 수 있다. 여단장을 쳐다보니 여단장은 의외로 자신만만한 얼굴이었다.

"적의 주공 축선은 홍천에서 연결되는 5번 국도다. 중앙고속도로가 있지만 산세가 험해 기습공격 당하기 딱 좋은 곳이다. 그래서 고속도로는 이용하지 못한다. 우리는 적 후속부대가 횡성을 지나 5번 국도를 따라 원주로 진행할 때 그 배후를 친다."

민순기는 가슴이 두근거렸다. 적의 대부대를 뒤에서 치는 작전이었다. 만약 조금이라도 전진속도가 느려지면 포위공격을 받을 우려가 있었다. 그랬다간 21기갑여단은 전멸하고 원주가 인민군의 손에 넘어갈 수 있었다.

원주는 영동고속도로와 중앙고속도로가 교차하는 곳이며, 그밖에도 사방팔방으로 많은 도로가 연결되어 있다. 국군으로서는 절대 양보할 수 없는 곳이었다.

"우리 진격로 앞뒤에 기계화보병 1개 소대씩을 배치하라. 절대로 우리가 기갑여단인 것처럼 보이면 안 된다. 기껏 패잔병 소부대인 것처럼 화력을 위장한다. 적이 쉽게 못 들어오게 시간만 끌면 된다."
　참모들이 전술지도에 머리를 처박고 웅얼거리기 시작했다. 말을 못 알아들은 민순기가 고개를 들었다. 여기서 앞뒤로 포위당하면 어쩌나, 공격하다가 진격이 멈춰서 일방적으로 당하면 어쩌나 걱정이 많았다.
　어느새 해는 서산 위에 걸려 있었다. 이 시간에 해가 서산 위에 있다는 것으로 이곳이 얼마나 깊은 계곡인지 알 수 있었다. 민순기가 한숨을 팍팍 내쉬었다.
　"어이, 자네. 거시기 내놓고 다니는 중위!"
　"예! 중위 민순기!"
　여단장이 껄껄 웃으며 말했다.
　"전진할 때 길을 잘 아는 민 중위 자네 소대가 선두를 맡아주게. 그리고 공격 선봉이 되는 걸세."
　"예? 예! 영광입니다!"
　얼떨떨하게 대답한 민순기 중위가 억지로 미소를 지었다. 당장 걱정이 앞섰다. 죽을 가능성이 엄청나게 높아진 셈이었다.

6월 18일 17:25　강원도 횡성군 서원면

　날카로운 제트기 엔진 소리가 멀리서 들려왔다. 낮게 깔린 구름 탓에 엔진 소리의 주인공은 보이지 않았다. 이것은 양평 특유의 날씨 때문이었다. 팔당댐이 생긴 이후 양평은 겨울에 굉장히 추운 곳으로 바뀌었다. 오늘은 다른 곳은 맑은 날씨였지만 팔당호에서 올라온 수증기가 이곳에만 뭉게구름을 만들고 있었다.
　지상에서 휴대용 적외선 미사일 몇 발이 소리를 쫓아 하늘로 치솟아올랐다. 그러나 역시 구름 덕인지 폭발음은 들리지 않았다. 하늘에

붕괴　175

비행기 지나가는 소리가 들려 무턱대고 쏘아댄 것일 수도 있었다.
 제트기 소음이 사라질 무렵 마치 벌이 윙윙거리는 듯한 소리가 산자락 뒤에서 들려왔다. 산자락 사이에서 갑자기 튀어나온 회색 터보프롭 기체가 지상의 인민군 진지를 향해 로켓탄을 발사했다. 흰 연기를 끌며 지상에 격돌한 로켓탄 몇 발이 폭발하지 않고 격렬하게 타오르며 빨간색 연기를 피워댔다.
 곧이어 날카로운 제트엔진 소리가 머리 위를 덮더니 바람을 가르며 폭탄이 떨어지는 소리가 들렸다. F-4 팬텀 편대에서 분리된 클러스터 폭탄들이 빨간 연기 주위로 모여들었다.
 잠시 후, 지상은 수천 발의 자탄이 작렬하는 불꽃과 화염으로 가득 찼다.
 ─ 위스키 1, 까치 5호다. 굿 샷! 정확하게 때렸다!
 ─ 까치 5호, 덕분에 성과가 좋았다. 무사귀환을 빈다!
 ─ 고맙다. 이상, 교신 끝!
 회색빛 KO-1 저속통제기가 기수를 돌렸다. 후방석의 전현호 중위는 안도의 한숨을 내쉬며 가슴을 쓸어내렸다. 저공에서 공군의 대지상 폭격이나 육군의 포격을 통제하는 전방항공통제임무는 피격위험이 무척 높다. 적 지상군의 대공화망이나 열추적 미사일을 피하기 위해서는 장명숙 대위의 터프한 기동에 몸을 맡겨야 했지만 그래도 살아 있는 게 훨씬 좋았다.
 "장 대위님, 수고하셨습니다!"
 ─ 전 중위도 수고했어!
 전현호 중위가 만족한 웃음을 지었다. 그런데 이상하게도 이곳에 집중되는 공군의 지상폭격 임무는 인민군의 주공 축선이 아니었다. 다만 서울로 향하는 길 가운데 하나일 뿐인데 이렇게 많은 지원임무가 있다는 것이 신기했다.

물론 대공화망이 치밀한 인민군의 주공 축선으로 투입되는 것을 전현호가 환영할 마음은 추호도 없었다. 그리고 전현호는 인민군의 주공 축선 상공에서 지금도 한국과 북한 공군기들이 치열하게 공중전을 벌이고 있다는 사실을 모르고 있었다.

- 까치 5호기! 성남 관제탑이다. 들리면 응답하라!
- 까치 5호다. 계속하라.
- 근접지원 요청이 들어왔다. 수원에서 F-5가 출격했으니 폭격 유도 바란다. F-5 편대의 예상도착시간은 4분 뒤다.

장명숙 대위가 잠시 생각하는 듯 침묵하더니 곧 대답을 했다. 연료가 남아 있고 비행할 수 있는 한 장명숙 대위가 공군기지 요청을 거부할 수는 없었다.

- 알았다. 위치는 어딘가?
- 목표지점 좌표는 위스키 찰리 125, 377이다. 즉시 지원 바란다.
- 까치 5호기, 윌코(Wilco)! 전 중위, 집에 좀 늦게 가게 생겼다.

"알겠습니다."

전현호는 한 번 더 대공포화 속으로 들어가야 한다는 게 끔찍했다. 하지만 장 대위는 이미 기수를 돌리고 있었다. 후방석에 실려다니는 전현호로서는 선택의 여지가 전혀 없었다.

6월 18일 17:31 경기도 양평군 청운면

- 저 산만 넘으면 목표지점이다. 전 중위, 준비해!

"관측 준비됐습니다!"

전현호 중위가 지도를 접으며 대답했다. 강원도 횡성에서 경기도 양평으로 넘어가는 곳이 도덕고개였다. 재미있는 이름이었다.

저속통제기는 강원도 횡성과 경기도 양평을 넘나들며 전선을 따라 기동하고 있었다. 전현호 중위는 KO-1이 정찰하는 장소가 날이 갈수록 점점 더 서울에 가까워진다는 사실에 조금 불안했다.

― 간다!

조종사 장명숙 대위가 기운차게 외치자 전현호 중위가 이를 악물었다. 장 대위의 외침은 급기동이 시작된다는 신호였다. 비행기가 최대 출력으로 가속하며 산자락 사이를 빠져나왔다.

난기류를 통과하자 기체가 몹시 흔들렸다. 지상에서 예광탄 줄기가 솟구치며 KO-1을 쫓았다.

― 전 중위, 준비해!

장명숙 대위가 장기인 급선회 기동으로 예광탄 줄기 사이를 교묘히 빠져나왔다. 전현호는 그 와중에도 관측을 위해 열심히 머리를 돌리고 있었다. 방공식별용 오렌지색 천을 두른 한국군 차량과 1km 정도 떨어진 곳에서 인민군 지상병력이 눈에 들어왔다.

"두 시 방향에 장갑차 다섯 대! 보병은 1개 대대 병력이 좌우로 퍼져 있습니다."

― 타이거 1, 까치 5호다. 목표 상공 통과했다! 좌표를 불러주겠다!

― 까치 5호, 타이거 편대장이다. 미안하다. 기류 때문에 1분 정도 늦어질 것 같다. 우리가 도착할 때까지 현 위치에서 잡아놓기 바란다.

― 야! 우리 목숨은 두 갠 줄 알아? 저 위를 또 지나가라고?

장명숙 대위가 앙칼지게 소리를 질렀다. 전현호 중위는 자기를 야단치는 소린 줄 알고 깜짝 놀라며 어깨를 움츠렸다.

― 까치 5호기, 어쩔 수 없다. 폭탄이 무거워서 속도를 제대로 낼 수가 없다.

― 바보 같은 녀석들!

장 대위가 무선 스위치를 끄고 욕을 했다. 이 소리는 장 대위와 전현호만 들을 수 있었다.

 ─ 전 중위, 다시 한 번 들어가자. 이번엔 우리가 시간 좀 끌어줘야 겠어.

 "알겠습니다."

 당연히 전현호 중위가 선택할 권한은 전혀 없었다. 대답은 그렇게 했지만 뒷덜미에서 땀방울이 흘러나왔다. 적의 대공포화도 무섭지만 장명숙 대위의 급선회 기동을 버텨야 하는 것이 더 두려웠다.

 ─ 연막 로켓은 아껴두고, 기관총으로 하지!

 비행기가 지상에 접근하며 기관총을 발사했다. 훈련기인 KT-1을 개조한 KO-1은 고정 무장이 없고 LAU-68 로켓 포드와 7.62밀리 기관총 포드를 장착해서 사용한다.

 포드가 불을 뿜자 지상에서 총알이 튀었다. 지상의 인민군들도 각종 소화기와 기관총으로 대응사격을 실시했다. 하지만 장 대위 특유의 불규칙 회피기동은 인민군들이 예상진로에 쳐놓은 대공탄막을 쓸모없게 만들었다.

 "미사일입니다!"

 전현호가 소리를 질렀다. 북한에서 화성포라고 부르는 휴대용 열추적 미사일이었다.

 ─ 플레어 투하!

 "투하!"

 KO-1의 동체 뒷부분에서 불꽃덩이가 솟아올랐다. 꼬리에 따라붙던 미사일들이 플레어 쪽으로 향하더니 공중에서 폭발했다. 터보프롭엔진으로 프로펠러를 돌리는 KO-1은 노즐에서 직접 제트배기를 분사하지 않기 때문에 적외선 미사일의 추적을 따돌리기가 비교적 쉬운 편이었다.

 ─ 까치 5호기, 타이거 편대장이다. 목표 공역 상공에 도착했다!

"알았다. 목표 좌표는 위스키 찰리 123, 364다. 병력이 산개해 있다. 우리는 상공에서 이탈하겠다!"

전현호가 잽싸게 좌표를 불렀다. 장 대위가 최대속도로 가속하면서 기수를 돌렸다. 폭격지점 근처에 있어봤자 위험하기만 하니까 최대한 이탈하는 게 상책이었다.

저공으로 산허리를 돌아나오는 비행기 뒤로 폭발이 잇따랐다. 조금 전에 그들이 있던 곳에서 검은 연기가 뭉게뭉게 피어올랐다.

반격

6월 18일 18:12 경기도 양주군 회천읍

　심창섭 중사는 대대 주방어선인 산줄기를 넘어가는 샘내고개 밑에 있었다. 방어선에는 간헐적으로 대구경 박격포탄이 떨어졌지만 지금 회천 읍내 쪽 상황과는 비교할 바가 아니었다. 도로 주변에 설치된 인공적인 모든 것이 철저히 파괴되고 있었다.
　포격은 도로를 따라 이어졌다. 포탄이 한꺼번에 수십 발씩 떨어질 때마다 폭풍에 판자조각이 날아다니고 단층짜리 공장 건물들이 우르르 무너졌다. 저 멀리 커다란 금용아파트는 꼭대기층부터 처참한 몰골로 부서져 있었다.
　심창섭 중사는 교통호를 뛰어다니며 소대원들을 일일이 격려했다. 샘내고개 바로 앞 어느 회사 의정부 물류센터에 있는 소대 참호선은 널찍한 화단에 설치되어 있었다. 덕택에 아래는 콘크리트이고 위는 벽돌에 흙으로 강화한 튼튼한 진지가 형성되었다.

화물 집적장 바깥을 두른 패널 벽은 이미 무너뜨린 지 오래였다. 의정부에서 동두천으로 통하는 3번 국도와 함께 너른 들판이 한꺼번에 보였다. 시계는 좋았지만 그만큼 두려움도 커졌다.

북쪽 하늘에서 미사일이 뿌연 연기를 뿜으며 치솟는 것이 보였다. 심창섭은 이 부근 하늘을 나는 비행기를 본 적이 꽤 된 것 같았다.

그러나 심창섭의 적은 지금 들판을 뒤덮고 있는 인민군 기갑부대였다.

"최소한 전차군단급이야."

대구경 박격포탄이 터지기 직전 2인용 참호로 뛰어든 심창섭이 투덜거렸다. 김한빈 병장은 거의 울상이 되었다.

"전차, 장갑차 합해서 천 대가 넘는 것 같습니다."

포격에 엉망이 되고 있는 도로변 북쪽에 인민군 탱크의 대집단이 나타났다. 주로 밭으로 되어 있는 들판에도 탱크가 우글거렸다. T-62가 비닐하우스를 짓뭉개며 달려오다가 국군 K-1 전차가 쏜 포탄에 맞아 포탑이 날아갔다.

국군 방어선에도 전차는 상당히 많았다. 그러나 수적으로 압도적인 열세였다. 포병화력도 아군이 열세였다. 충분한 공중지원도 이뤄지지 않고 있었다. 인민군 전차부대 일부가 동쪽 삼숭리로 우회하는 것을 본 김한빈 병장이 기겁했다.

"적이 저쪽으로 우회하면 이곳은 퇴각로가 차단됩니다! 우리를 어찌 이런 곳에 투입했죠?"

후퇴로가 불안한 방어선에 투입된 병사들이 눈앞의 적과 제대로 싸울 수는 없었다. 그러나 심창섭은 K-2 자동소총 약실 내부를 점검하며 무심한 듯 말했다.

"어차피 우린 이게 마지막 방어선이다. 여기가 뚫리면 의정부고, 그럼 바로 서울이야. 그리고 우회한 놈들은 주방어선 앞을 지나가면서 축차소모될 거야."

회천읍을 중심으로 반경 7km로 300미터급 산줄기가 빙 둘러서 있었다. 들판은 분지 안쪽에 형성된 셈이다. 그리고 샘내고개는 남서쪽의 불국산 줄기에 이어진 곳으로 분지 약간 남쪽에 솟아난 언덕이었다. 심창섭의 설명은 김한빈에게 청천벽력 같은 소리였다.

"주저항선이라뇨? 여기가 아닙니까?"

"여긴 대대 방어선이지. 우회하는 놈들은 신경 쓸 필요가 없다는……."

— 콰캉! 빠작짝!

저 앞에 보이는 휴게소 건물이 중포탄에 맞아 통째로 무너졌다. 거리는 약 600미터였다. 휴게소 바로 북쪽에 있는 주유소는 시커먼 연기를 하늘로 뿜어올리고 있었다.

— 푸아학!

옆 진지에서 토우 대전차 미사일을 발사했다. 은빛 미사일이 와이어를 끌며 꾸물꾸물 날아가는 것이 보였다. 잠시 후 2km 북쪽에서 섬광이 번쩍거렸다.

"우리가 저 포격을 몸으로 버틴단 말입니까?"

김한빈이 일어나려는 걸 심창섭이 잡았다. 김한빈의 눈이 잠시 옆 진지의 토우 대전차 미사일 사수와 마주쳤다. 김한빈이 주저앉았다. 어느덧 포격이 가까운 곳에 떨어지고 있었다. 두 사람이 자세를 잔뜩 낮췄다.

"농담입니다. 저는 도망 안 갑니다."

"그래야지."

— 꾸웅!

드디어 고개에 포격이 시작되었다. 다른 곳과 달리 국군이 방어선을 형성한 것이 틀림없는 이곳에는 5분 넘게 포격이 계속되었다. 이미 몇 번 겪었지만 항상 새로운 느낌, 끔찍하고 지겨운 느낌 그 자체였다.

그런데 포성과 폭음 사이로 이상한 진동음이 느껴졌다. 육중한 전차가 떼로 몰려오는 소리였다. 심창섭은 어서 일어나야 한다고 생각했지만 생각뿐이었다. 도저히 머리를 내밀 용기가 나지 않았다.

갑자기 포성이 뚝 그쳤다. 땅이 흔들리는 진동음 때문에 아무 것도 들리지 않았다. 몸이 진동에 떨리며 철모가 덜덜거렸다. 옆 진지에서 토우 사수가 뭐라고 외치는 것이 보였다. 부사수가 발사관에 미사일을 장진하고 있었다. 심창섭이 고개를 내민 즉시 놀란 눈이 크게 치켜떠졌다.

"맙소사! 바로 앞까지 왔다! 상벽아!"

4차선 도로 위에 전차 세 대가 한꺼번에 보였다. 그 뒤에도 전차 행렬은 끝이 없었다. 도로와 무너진 공장 건물들, 그리고 건물 뒤쪽 밭으로 수많은 인민군이 몰려오고 있었다.

선두 전차들이 최고속도로 달려와 길 옆에 있는 작은 가로수들이 연달아 우수수 쓰러졌다. 그 뒤로 파괴된 인민군 전차 몇 대가 길 위에서 시커먼 연기를 뿜어내고 있었다.

심창섭이 옆 진지에 있는 팬저 파우스트 사수를 다시 불렀다. 그러나 들리지 않는 건지, 아니면 참호에 있던 두 명이 모두 죽었는지 사람이 보이지 않았다. 심창섭이 기다시피 교통호를 뛰어갔다. 거기서 놀라운 광경을 본 심창섭이 세 번째로 이름을 불렀다.

"상벽아!"

두 사람은 철모가 벗겨진 채 머리에서 피를 흘리고 있었다. 그런데 심창섭은 두 사람이 참호를 너무 깊이 파고 들어갔다고 잠시 생각했다. 그러나 착각이었다. 두 사람의 하체는 피로 흥건한 참호 안에 보이지 않았다.

"젠장! 재수없게 박격포에……."

심창섭이 잽싸게 팬저 파우스트를 집어들었다. 뭉툭한 탄두가 발사관 앞에 달려 있는 채로 참호 구석에 처박혀 있었다. 심창섭은 일어서자마자 선두 전차를 노리고 냅다 갈겼다. 조준 같은 건 할 필요도 없을 정도로 가까웠다.

— 빡!

발사음인지 뒤에 달린 카운터매스가 날아가는 소린지, 아니면 전차에 명중한 소린지 분간할 수 없었다. 그러나 목표 전차가 단번에 터져나가는 것을 볼 수 있었다. 엎드리며 조금 전까지 있었던 참호를 보니 김한빈 병장이 열심히 소총으로 인민군들을 쏘아 쓰러뜨리고 있었다.

심창섭이 다시 교통호를 기어 김한빈에게 달려갔다. 머리 위로 총알이 핑핑 지나갔다. 참호에 거의 도착했을 때 건너편 토우 진지가 날아가는 모습이 보였다. 심창섭은 즉시 엎드렸다. 흙무더기가 교통호로 쏟아져 들어왔다.

심창섭이 교통호에서 빼꼼이 고개를 내밀었다. 건물 잔해 위를 울퉁불퉁 튀며 달리던 T-62가 옆에서 날아온 로켓탄을 맞고 포탑 해치로 화염 줄기를 쏟아내는 모습이 보였다. 도로 정면으로 달려오던 인민군 전차들은 모두 격파된 뒤였다.

보병은 기관총 사격이 시작되자 대부분이 쓰러졌고 몇 명이 남아 이쪽으로 소총탄을 날리고 있었다.

심창섭이 참호 안으로 들어갔다. 김한빈이 심창섭을 힐끔 보더니 총격을 한 번 가한 다음 즉시 몸을 숙였다. 참호에 총탄 튀는 소리가 찡찡 울렸다.

그때 머리 위에서 뭔가 수많은 것들이 날아가는 듯한 이상한 느낌이 들었다. 심창섭이 고개를 들려다가 흠칫 놀라 외쳤다.
"포격이다, 엎드려!"
영문을 모른 김한빈과 함께 참호 밑바닥에 몸을 구겨넣었다. 엄청난 폭음이 계속 이어졌다. 바로 옆에서 천둥치는 소리가 나며 천지가 진동했다. 아무 것도 들리지 않고 아무 것도 보이지 않았다. 심창섭은 차라리 계속 이랬으면 좋겠다고 생각했다. 이미 두려움은 사라진 뒤였다.

멀리서 포성이 울렸다. 가까이에서 기관총 쏘는 소리가 울리는데, 그 소리는 하나뿐이었다. 대대 병력이 전멸한 것은 아닐까 이상한 생각에 심창섭이 참호 안에서 머리를 들었다. 흙먼지가 두 사람을 가득 덮고 있었다. 고개를 바깥으로 내밀었다.

도로 주변 들판 위에는 북한 전차 수십 대와 그보다 더 많은 장갑차들이 엉망으로 부서져 있었다. 살점과 사지가 날아가고 반쯤 남은 시체들이 들판을 뒤덮었다.

심창섭이 한숨을 길게 내쉬었다. 심창섭은 방금 포격이 인민군이 실시한 것인 줄 착각한 것이다.

"저놈들이 계속 우회하고 있습니다."

어느새 일어난 김한빈의 말에 심창섭이 오른쪽 들판으로 눈길을 돌렸다. 백여 대가 넘는 인민군 전차들이 들판을 내달리고 있었다. 그러나 들판을 에워싼 산줄기 곳곳에서 하얀 연기가 피어오르고 있었다. 그럴 때마다 인민군 탱크들이 격파되었다.

심창섭은 전차 포탑이 날아가 내동댕이쳐지는 모습이 무척 참혹하게 느껴졌다. 이 느낌은 전차 안에 탄 인민군들이 처참하게 죽었을 것이라기보다는 전차 자체를 하나의 생명체로 인식하기 때문이었다. 진흙탕 위를 기어가는 지렁이가 자국을 남기듯 인민군 전차 대열은 파괴된 전차들을 끊임없이 뒤에 남기며 들녘을 달렸다.

6월 18일 20:41   서울 양천구 신월동

― 빵! 빵! 빵! 빵!

김승욱이 이를 악물고 M-16 자동소총을 연속 쏘아댔다. 전봇대 뒤에 숨어 있던 인민군 한 명이 네 번째 탄알에 맞고 하늘을 보며 누웠다. 멀지만 분명히 가슴에 맞은 것 같았다. 하지가 가까워 이 시간에도 하늘은 푸른빛을 잃지 않았다.

겨우 80미터 떨어진 골목길에서 인민군들도 자동소총을 연발로 쏘았다. 이제 죽기 아니면 까무러치기였다. 공포나 다른 감정이 개입될 틈도 없었다.

"아직도야?"

"아직!"

원종석이 외치자 큰길로 통하는 골목에서 분대장의 목소리가 들려왔다. 소대에 다녀온 분대장이 반쯤 무너진 진지 뒤로 기어 들어왔다. 소총을 등에 거꾸로 멘 분대장은 양손에 실탄상자가 하나씩 들고 있었다.

소대의 다른 분대원들은 큰길에서 전투 중이었다. 몇 시간째 쉬지 않고 싸운 것 같았다. 이젠 배고픈 것도 잊었다.

그러나 아직도 부대가 후퇴할 기미는 보이지 않았다. 서울까지 밀린 국군도 이제는 악착같이 싸웠다. 분대장을 본 원종석이 불만이 가득 담긴 목소리로 물었다.

"수류탄하고 유탄은?"

"거기도 부족하대."

"젠장! 여기 뚫리면 거기도 뚫려!"

다급함과 자신감이 뒤섞인 말이었다. 동원예비군들은 인민군 기갑부대에게는 형편없이 밀렸지만, 같은 보병이라는 조건이라면 결코 만만히 볼 수 없었다.

　골목으로 우회해 큰길로 진출하려던 인민군 중대 병력이 동원예비군 1개 분대에 걸려 꼼짝하지 못하고 있었다. 전투할 수 있는 공간이 부족한 것이 결정적인 이유였다. 인민군 중대나 예비군 분대나 동시에 총을 쏠 수 있는 사람 숫자는 거의 비슷했다.

　-슈우~.

"제기랄! 거봐!"

　또 로켓탄이 날아오는 소리가 들렸다. RPG-7을 쏘기 전에 저격했어야 되는데 이번에도 발사 순간을 놓쳐버렸다. 로켓탄이 뿜어내는 시뻘건 불꽃을 보자마자 엎드린 김승욱은 치가 떨렸다. 곧 폭발음이 일고 또다시 동료 예비군 한두 명이 나자빠질 것이 분명했다. 그것이 누가 될지는 아무도 몰랐다.

　저 단순한 무기에 지금까지 10명이 넘는 분대원들이 죽거나 실려나갔다. 그것은 예비군들에게 불리한 딱 한 가지였다. 분대에 할당된 유탄은 벌써 바닥났고 재보급도 추진되지 않았다. 그런데 이상하게 로켓탄이 터지는 소리가 들려오지 않았다.

"철조망에 걸렸군."

　원종석이 담담하게 말하며 오랜만에 소총을 자동으로 갈겼다. 총을 쏘던 인민군들이 고개를 들지 못했다. 김승욱이 쏜 다음 뒤를 돌아보니 인민군이 발사한 로켓탄이 뒷집 철조망 담에 걸려 있었다. 탄두가 전기신관이라 방전되어 터지지 않은 것 같았다. 김승욱이 신기하다는 듯이 바라보았다. 김승욱이 있는 곳과 가장 가까웠는데, 정말 다행이었다.

　분대장과 김승욱, 원종석, 곽우신 네 사람은 교대로 사격하며 인민군들을 완전 고착시켰다. 다른 분대원들은 전사하거나 후송돼서 계속 바뀌는데도 네 사람은 변함없이 싸웠다.

물론 이들은 상처투성이였다. 그러나 후방 야전병원으로 후송될 만한 부상은 아니었다.
 그런데 서울에 가까워서 좋은 것은, 결원이 생기면 즉각 충원이 된다는 것이다. 분대에 배치된 다른 예비군들도 열심히 싸웠다. 이 전투 장소는 불리한 점이 없었다.
 이젠 지쳐 그 골목을 포기할 만도 한데 인민군들은 다른 우회로가 없는지 악착같이 밀고 왔다. 원래는 그 골목길을 지나가기만 하려던 모양인데, 피해가 커지자 진로를 바꾼 것 같았다. 이쪽이 몇 명 되지 않아 만만해 보인 탓도 있었다.
 그러나 결과는 인민군 쪽이 훨씬 더 비참했다. 같은 공간에 더 많은 병력을 투입하자니 인민군들 중 대부분은 열린 곳에서 엎드린 채 싸워야 했고, 더 큰 표적이 되어 훨씬 더 쉽게 쓰러져갔다. 담벼락 아래에 시체가 수북히 쌓여 있는데, 유탄으로 절반 이상을 잡았다. 그러나 이제 예비군 분대에 유탄은 없었다.
 김승욱이 다시 조준한 다음 발사했다. 무너진 담 뒤에서 총을 쏘던 인민군 한 명이 뒤로 사라졌다. 여기서는 빨리 조준해서 쏜 다음 잽싸게 몸을 숨기는 것이 전투요령이었다.
 어느덧 요령을 체득한 예비군들은 호흡을 맞추며 훨씬 더 많은 적을 상대로 잘도 싸웠다.
 ─툿툿툿툿!
 기관총이었다. 예비군들이 일제히 고개를 숙였다. 무너진 진지 벽돌들이 팍팍 깨져나갔다. 김승욱이 슬쩍 고개를 내밀어서 보니 집 모서리에서 빼꼼이 내밀고 발사하는 경기관총이 보였다. 그러나 겁나지 않았다. 기관총 발사음 사이에서 총성이 몇 발 계속 울렸다. 그것으로 기관총 소리는 더 이상 들리지 않았다.
 "굿 샷!"

김승욱이 누운 채 위를 향해 손가락으로 V자를 만들어 보였다. 2층 단독주택 안에 있던 동료들이 기관총을 맞힌 것이다. 기관총 사수보다는 기관총을 부수는 게 유리했다.

그런데 기관총을 명중시킨 동료 예비군들은 어느새 모습을 감춘 채 보이지 않았다. 사실 그곳이 가장 위험한 곳이었다. 예비군 2명은 계속 위치를 바꿔가며 인민군 공용화기만 노렸다.

"씨발! 90밀리 무반동총만 있어도 다 날려버리는 건데!"

곽우신이 외쳤다. 그의 진정한 주특기였다.

6월 18일 21:38 강원도 횡성군 횡성읍

민순기 중위는 조마조마했다. 21기갑여단 전차 대열이 움직이면서 조용한 이곳 계곡에는 전차 굉음만이 들려왔다.

울창한 숲에서 시원한 바람이 불어왔지만 민순기 이마에는 땀방울이 송골송골 맺혔다.

민순기가 지휘하는 전차 세 대는 기갑수색중대보다 앞서 전진했다. 민순기는 괜히 아는 척했다고 후회했지만 이미 늦었다. 이제 적이 매복해 있을지도 모를 길을 따라 인민군 대부대가 몰려 있는 횡성읍으로 돌진해야 했다.

– 순기, 마루치. 이곳은 산수골이다. 이제 2km도 안 남았어. 주변을 잘 살피게.

"마루치, 순기. 아직까지 적의 징후는 없습니다!"

여단장의 목소리에 민순기가 바짝 얼며 대답했다. 바로 앞 도로 위로 물이 넘치며 흘러갔다. 전차가 빠른 속도로 지나가자 물살이 일며 갈라졌다. 전차 뒤로 희뿌연 물이 뿜어졌다.

― 우리 공군과 포병대가 대규모로 지원할 거야. 자넨 공격 선봉으로서 전투도 중요하지만 포격이나 폭격 유도도 잘해야 하네. 중요한 사항이 생기면 바로 연락해주게.

"알겠습니다. 걱정 마십시오!"

민순기가 힘차게 대답했다. 그러나 얼마나 큰 짐이 그에게 떠맡겨졌는지 잘 알고 있었다. 그리고 무서웠다.

― 앞에 적입니다!

포수가 먼저 발견하고 보고했다. 민순기 중위가 서둘러 해치를 닫고 내려왔다. 조준경에 나타난 적은 분대 규모도 채 되지 않았다. 인민군들은 국군 전차 대열을 발견하고도 피하지 않았다.

"쏘지 마! 속도 그대로 유지!"

민순기 중위가 포수와 조종수에게 명령했다. 민순기는 저들이 같은 편으로 오인한 모양이라고 생각했다. 홍천 방면에서 우회하면 인제와 횡성으로 갈라지는 도로에 연결되니 충분히 그럴 수도 있었다. 민순기가 전차소대를 뒤따르는 기갑수색중대에 지원을 요청했다.

― 달팽이, 순기. 달팽이 두 마리 앞으로! 무성무기로 제압할 것을 요망함!

장갑차 두 대가 민순기의 전차 앞쪽으로 나섰다. 꾸물꾸물 기어가던 장갑차가 속도를 줄이더니 기계화보병들이 장갑차에서 내리며 달렸다. 민순기는 과연 총소리를 내지 않을 수 있을까 걱정이 들었다. 저 멀리서 폭음이 들려오기 시작했다.

거리가 가까워졌다. 인민군들이 손을 들어 정지신호를 보냈다. 그때 장갑차들이 갑자기 전조등을 켰다. 갑작스런 불빛에 인민군들이 눈이 부셔 고개를 돌렸을 때 국군 기계화보병들이 그들을 해치웠다.

장갑차 위에서 중기관총이 주변으로 천천히 돌려졌다. 민순기가 보기에 주변 산에는 매복이 없는 것 같았다.

민순기는 전차 전진 속도를 계속 유지하고 검문소를 지나가며 여단장에게 보고했다.

"마루치, 순기. 검문소 제압 성공."

― 잘했다. 계속 달려라.

민순기가 다시 해치를 열고 포탑 위로 나왔다. 횡성 읍내가 불타며 서쪽 하늘이 붉게 이글거렸다. 물에 잠긴 도로 옆으로 지붕이 있는 간이 버스정류장을 지나갔다. 한때는 마을 사람들이 버스를 기다리던 곳이었다.

그 마을 사람들은 이미 마을을 떠나고 없었다. 수몰지역 주민들은 실향민 아닌 실향민들이었다. 보상금을 조금 받았겠지만 갑자기 생긴 큰돈을 제대로 쓸 수 있는 농사꾼은 없었다. 만약 있다면 이미 순박하다고 할 수 없을 것이라고 민순기는 생각했다. 고향을 떠난 농촌 사람들의 운명은 대체로 가혹한 편이었다.

― 순기, 마루치. 1km 남았다. 전투 준비!

"마루치, 순기. 지도와 다릅니다! 읍내는 저곳을 돌자마자 나타납니다. 100미터도 안 남았습니다! 사격 준비!"

민순기의 기억은 정확했다. 길 모퉁이를 돌자마자 등기소가 나오고 도로 주변에 3층짜리 건물들이 나타났다.

그런데 적은 보이지 않았다. 민순기는 해치를 닫고 전차 안으로 들어갈까 말까 망설였다.

"왼쪽으로."

버스 종점이 정면에 보이는 사거리에서 전차소대가 왼쪽으로 방향을 틀었다. 그러나 가끔 불타는 건물만 보일 뿐 인민군들은 어디에도 없었다. 민순기는 순간적으로 인민군들이 이미 후퇴한 게 아닐까 생각했다.

― 주포 방향 12시! 전방에 트럭 대열!

포수가 외치는 순간 민순기는 이미 대공기총을 발사하고 있었다. 소대 2호차와 3호차가 민순기의 전차 좌우로 갈라지며 공격에 가세했다. 주포가 천천히 돌아가며 공축기관총도 불을 뿜었다. 보병이 가득 탄 트럭 수십 대가 줄줄이 엉망으로 부서지며 안에 탄 인민군들의 사지가 날아가고 몸이 터져나갔다.

"달팽이! 순기. 보병 하차하지 마! 12시 방향, 발포! 좌회전!"

민순기 중위는 기갑수색중대 장갑차에서 기계화보병들이 하차하지 않도록 요청하며 동시에 홍천으로 가는 국도상에 가득한 인민군 806 기계화군단 차량 대열에 주포 발사를 명령했다. 그리고 전체 대열을 향해 원주로 가는 국도로 진입하도록 했다.

민순기는 동시에 몇 가지 명령과 요청을 하느라 정신이 하나도 없었다. 기갑수색중대는 민순기 중위가 지휘하는 중대가 아닌데 명령하는 실수를 저질렀다.

선두 전차들이 정면에 보이는 홍천 쪽 길을 향해 포를 발사하며 왼쪽으로 방향을 틀었다. 장갑차들이 인민군 트럭 대열을 확실히 정리하고 다시 멀리 떨어진 곳을 향해 기관총을 쏘아댔다. 민순기 중위가 전차대대가 선두로 나오도록 요청했다.

"마루치, 순기. 달팽이 후미, 풍뎅이 앞으로."

원주로 가는 4차선 도로에는 주로 장갑차들이 있었다. 전차대대는 2열로 달리는 인민군 장갑차들의 후미를 덮쳤다. 포를 쏠 때마다 장갑차와 함께 인민군 기계화보병 10여 명씩 한꺼번에 날아갔다. 트럭은 기관총으로 충분했다.

목표는 너무나 많았다. 재장전할 시간이 부족할 정도였다. 선두에 선 민순기는 적 장갑차 10대에 한 발꼴로 주포를 발사했다. 나머지는 뒤에서 처리해주길 바라는 수밖에 없었다.

아직까지는 그를 뒤따르는 전차대대와 호흡이 잘 맞는 것 같았다.

국군 장갑차들도 기관총을 쏘았다. 장갑차에 탑승한 보병들이 총안구를 통해 도주하는 인민군들을 쏘아 마무리를 짓고 있었다.

민순기의 전차는 불길 속으로 계속 달렸다. 반쯤 부서진 장갑차가 진로를 가로막자 그대로 부딪치며 밀어붙였다. 철판 찌그러지는 소리가 민순기의 곤두선 신경을 더욱 날카롭게 했다.

- 적 자주포! 셀 수 없이 많습니다!

"알아서 쏴!"

포수가 인민군 자주포 대열을 발견한 모양이었다. 그러나 민순기는 대공기총을 쏘느라 정신이 없었다. 원주로 향하는 국도를 가득 메운 채 배후로부터 공격당한 인민군 대부대는 꼬리부터 차근차근 잘려나갔다.

"못 맞혀도 좋아. 속도를 늦추지 마!"

조종수 김용성 이병에게 한 명령이었다. 아직도 민순기의 전차가 공격 선두였다. 민순기의 전차는 앞을 가로막는 인민군 차량 대열을 헤쳐나가며 계속 주포를 발사했다.

인민군 자주포 한 대가 섬광을 내뿜으며 대폭발했다. 옆을 지나던 트럭 몇 대가 폭발에 휩쓸렸다.

드디어 인민군 차량 대열 중간에서 대혼란이 벌어지기 시작했다. 장갑차와 트럭들이 도로를 벗어나려 애썼지만 벽이 높아 그들이 도망갈 곳은 없었다. 민순기가 대공기총을 돌려가며 미친 듯이 쏘아댔다. 뒤에서 발사된 전차 포탄이 민순기의 전차 옆으로 지나가며 장갑차들을 하늘로 날려보냈다. 이제 인민군 기계화군단 대열은 아수라장이었다.

- 포탄이 몇 발 안 남았습니다!

포수의 보고였다. 그러나 민순기의 전차는 5번 국도에 접어들고 나서 아직 3km도 전진하지 못했다. 원주 북방에 펼쳐진 국군 방어선까지는 7km 정도나 남아 있었다.

"제길! 아직 적 전차는 구경도 못했어! 마루치, 순기. 포탄 재고가 바닥났습니다. 교대를 요청합니다!"

민순기가 여단장을 호출했다. 잔뜩 격앙된 여단장의 목소리가 흘러나올 때, 통신기 잡음 속에는 포성과 총성으로 가득 찼다.

- 2대대를 내보내겠다. 속도는 조금만 늦추고 계속 전진해! 2대대가 추월할 때 잠시만 옆으로 빠졌다가 대열에 합류한다!

통신을 하는 중에 전차가 출렁거렸다. 새하얀 연기가 사라지자 저 앞에서 포신을 돌리던 적 보병전투차 한 대가 불타고 있었다. 사방에서 기관총탄이 민순기를 노리고 날아들었다. 그러나 당황한 인민군들이 쏘는 총알에 맞지는 않았다.

- 마지막 탄입니다!

"김 이병! 차 우측으로 대! 오른쪽에 있는 놈을 쏴!"

K-1 전차가 우측 차선으로 비키며 바로 앞에 있던 장갑차를 주포로 쏘아 꿰뚫어버렸다. 포탄은 엉뚱하게 그 뒤에 있던 장갑차에서 폭발했다. 민순기가 바로 앞 장갑차에다가 대공기총탄을 포탄 구멍 안으로 처넣었다.

섬광이 번쩍였을 때 민순기는 탄창을 집으러 해치 밑으로 내려간 뒤였다.

"탄약수! 자네도 빨리 올라가!"

전차 포탑이 돌아가며 공축기관총이 연속 불을 뿜었다. 탄약수도 M-60 기관총을 쏘아댔다. 포탄이 바닥난 전차는 기관총 3개를 가진 철제 토치카로 바뀌어 도로 위에 쏟아져나온 인민군 기계화보병들을 휩쓸었다.

국군 전차와 장갑차들이 도로 한가운데를 질주하며 새로운 불꽃과 희생자들을 대량으로 만들어냈다.

인민군들의 차량은 길가로 몰려 아우성이었다. 널찍하게 빈 도로 한가운데를 달리며 총포탄을 쏘는 국군 21기갑여단 차량 대열은 끝없이 이어졌다.

6월 19일 02:10 경기도 연천군 전곡읍

승리 3호 승합차와 인민군 트럭이 한탄강에 걸린 한여울철교 옆길로 들어섰다. 인민군 820전차군단이 임시 야전지휘소로 쓰기 위해 산을 파 동굴을 만든 곳이었다.

차량 두 대가 야전지휘소 외곽으로 천천히 접근하면서 경적을 두 번 울렸다. 야간에는 모든 차량 불빛을 소등해야 했다. 그래서 외곽 초병소에 접근할 때 차량이 왔다는 것을 알리기 위해 경적을 두 번 울리도록 되어 있었다.

"정! 지!"

"발, 동, 꺼!"

바리케이드가 내려진 검문소 앞에서 인민군 병사 두 명이 로봇처럼 팔을 꺾으며 구령과 동시에 수신호를 보냈다. 신호대로 차량들이 검문소 앞에 서며 시동을 껐다.

일순간 사방이 고요와 침묵 속에 빠져들었다.

전시의 군단급 야전지휘소는 긴장된 분위기였다. 조금이라도 허튼 수작을 보이면 무사하지 못할 것이라고 위협하듯 초병소 근무자들의 눈동자도 살벌했다.

인민군 초병들은 조금도 긴장을 늦추지 않은 채 적아확인 절차를 시작했다.

"사리원 여덟, 둘, 넷!"

"남포 다섯 넷."

승리 3호 승합차 운전석에 앉아 있는 사내가 차분한 목소리로 대답했다. 암호문답이 끝났음에도 초병들은 계속 신분을 확인하려 했다.

"누구냐?"

"룡북동에서 나왔다."

"룡북동? 룡북동이 무시기요?"

초병들이 서로 얼굴을 쳐다보았다. 처음 듣는 소리였다. 그러자 승합차 앞자리에 앉아 있던 인민군 소좌가 갑자기 냅다 고함을 질렀다.

"이 새끼! 허투른 수작말고 초병군관이나 날래 부르라우!"

차에 탄 사내들이 강하게 나오자 살기등등하던 인민군 초병들이 당장 위축되었다. 민주화가 안 된 사회일수록 호통과 위세가 쉽게 먹혀들게 마련이다.

"동지들! 오데서 오신 건지는 말해야 할 게 앙이겠음메?"

"이 버러지 같은 간나새끼! 룡북동에서 나왔다고 하지 않았네?"

밖이 소란해지자 초병군관이 초병소 간이천막에서 뛰쳐나왔다. 초병군관은 차 안을 쳐다보지도 못하고 차 껍데기만 확인한 채 일단 경례부터 붙였다.

"820땅크대연합부대 외선 2호 초소, 초소 군관 림길호 상위입니다!"

림길호 상위는 사내들이 타고 온 차를 보고 의아한 기분이 들었다. 승리 3호 승합차는 보위사령부 요원들이 자주 타고 다니는 차량이었다. 그런데 림 상위가 알기로 이곳에 보위사령부에서 직접 나올 일은 없었다.

"군관 동지들은 어디서 오셨시요?"

차 안에서는 아무런 대답이 없었다. 대신 승합차 뒷좌석에 타고 있던 인민군 대좌가 차에서 내렸다. 그러고는 약간 미소를 지으며 느릿하고 위엄있는 목소리로 말했다.

"동무는 나하고 동성이군기래. 나 룡북동에서 나온 림영태 대좌야."
"아~! 기렇십네까?"
초병군관 림길호 상위는 룡북동이란 소리를 듣자 갑자기 차렷자세를 취하며 바짝 긴장했다. 평양 대성구역 룡북동은 보위사령부가 위치한 곳이다.
북한 보위사령부는 한국군으로 따지면 기무사령부에 해당하는 임무를 수행하는 부대였다. 림길호 상위는 정말 죄송하다는 표정으로 조심스럽게 변명을 했다.
"전시상황이라서 초소에 있는 전사 동무들이 좀 긴장해 있습네다. 량해해 주시라우요."
"아, 기런 건 일 없어. 남조선 괴뢰나 미 제국주의 간첩들 침투를 막기 위해선 초병 동무들이 기렇게 제대로 해야갔디."
보위사 대좌라는 군관이 초병들을 보며 웃음 지었다. 초병들이 눈길을 피하며 슬금슬금 위치로 돌아갔다.
"기리고 말이야, 림 동무. 나하고 잠시 이야기 좀 하자우."
림영태 대좌라고 스스로를 소개한 사내가 림길호 상위의 어깨를 감싸더니 귓속말을 시작했다.
"림 동무! 명심해서 잘 들으라우. 9호 사건이 발생했어!"
"헉! 9호 사……."
"림 동무! 큰소리 내지 말고 내 말 잘 들으라우. 820대연합 부대장 김광호 상장이 9호 사건 주모자야. 전황이 어려워지자 남조선에 선을 대고 있어. 이런 버러지 같은 새끼는 살려둘 수 없어! 생각 같아서는 고조~ 당장 멱을 따고 싶디만, 흠! 흠!"
대좌가 주변 사람들의 눈치를 보더니 목소리를 다시 낮추며 이야기를 계속했다.
"국방위원장 동지께서 직접 잡아오라고 하셨어. 체포해서 위원장 동지가 계신 곳으로 데려가야 하오."
 "아! 무슨 말씀인지 알갔습네다. 군단 정치부와 보위부로 련락을 해 드리갔습네다."
 림영태 대좌라고 소개했던 사내는 갑자기 화난 표정으로 림길호 상위를 노려보았다.
 "림 동무! 깝죽대디 말라우!"
 "아! 죄송! 합, 네다!"
 "정치부와 보위부 동무들이 제대로 공작을 수행했다면 이딴 일이 벌어질 수 있갔어? 지금 상부에선 820대연합부대 내에 믿을 수 있는 군관이 누구인지 모르겠다는 거야. 그 때문에 전시상황에 평양 보위사령부에서 직접 내려온 거 아니갔어?"
 "기, 기렇습네까? 이거이 정말 큰일입네다!"
 림길호 상위는 상대방 기분을 맞추기 위해 연신 굽실거렸다.
 "기래서 말인데, 일단 군단 지휘소 안으로 우리를 안내해 주시라우요."
 림길호 상위는 아무리 전시상황이라 해도 반혁명사건에 관련된 자들은 철저히 처벌될 것이라는 점을 잘 알고 있었다. 조국해방전쟁에서도 남조선 간첩으로 밝혀진 남로당 종파분자들은 지휘고하를 막론하고 완전 숙청됐다.
 림길호 상위는 부초소장에게 초소를 잘 통제하라고 다짐을 한 뒤 허둥지둥 그들과 함께 차에 탑승했다.
 어제 전진속도가 갑자기 크게 떨어졌다. 그것이 이번 사건과 연관이 있는지 곰곰이 생각해보았지만 단순한 림길호 상위는 명확한 결론이 떠오르지 않았다.
 다만 옆에 앉은 림영태 대좌가 엄청난 힘을 가진 것 같아 자꾸만 위축되었다.

6월 19일 02:17 경기도 연천군 전곡읍

820전차군단 지휘소는 산자락에 뚫어놓은 굴 속에 위치해 있었다. 100미터도 가지 않아 차는 다시 멈춰 섰다. 흙으로 쌓은 토대로 동굴 입구가 감춰져 있었다. 하지만 지름 2미터 정도의 거대한 굴 입구가 있음을 어렵지 않게 알아볼 수 있었다. 그 입구에서 다시 수하가 시작되었다.

"정지!"

"누구냐?"

지휘소 초병들이 눈치 없이 또 수하를 하자 림길호 상위가 재빨리 차에서 내려 앞장섰다. 보위부에 끈을 만드는 건 공화국에서 살아나가는 데 큰 힘이 될 것이다.

"동무들! 나 외선 2호 초소장 림 상위다. 이 분들은 평양에서 오셨으니, 군소리 말고 날래 비키라우요."

"아, 림 상위 동지입네까! 저 분들은 어디서 오셨습네까?"

"잔말말고 물러서라우요. 동무들이 끼어들 일이 앙이오."

"박 소좌 동지가 허락 없이 지휘소로 아무도 들지 못하게 명령을 내리셨습네다. 박 소좌 동지께 연락을 해볼 테니 잠시만 기다리시라우요."

"림 상위, 무슨 일임둥? 저 동무들은 또 누구임메?"

림길호 상위가 화를 내려는 순간 마침 림 상위의 직속상관인 박문구 소좌가 거친 함경도 사투리를 뱉으며 나타났다. 160센티 정도밖에 안 되는 키였지만 어깨가 떡 벌어진 단단해 보이는 체구였다. 림 상위가 고개들 돌려 룡북동에서 나온 군관 일행들을 쳐다보았다.

림영태 대좌가 가볍게 고개를 끄덕였다. 림 상위는 그 고갯짓을 룡북동 일행의 정확한 신분을 밝혀도 된다는 의미로 받아들였다.

림 상위가 박 소좌 옆으로 다가가 귓속말로 그들의 신분과 목적을 말해주었다.

심각한 표정으로 림 상위의 말을 듣던 박 소좌의 표정이 점점 놀라움으로 변해가더니, 마지막에는 비굴한 아부의 표정으로 변했다. 박 소좌는 갑자기 림영태 대좌 앞으로 달려가더니 주먹을 불끈 쥐었다.

"반동들은 고조 저에 이 주먹으로 끝장을 내겠습네다!"

림영태 대좌가 입술에 손가락을 대고 입을 다물라는 시늉을 했다. 그러고는 박 소좌를 냉소적인 눈길로 지켜보더니 동굴 안으로 걸어들어가기 시작했다. 트럭에 타고 있던 보위사령부 요원들과 정복 경무요원들이 총기를 휴대하고 그들의 뒤를 따랐다.

박문구 소좌와 림길호 상위도 안절부절못하며 그들 일행을 따라 안으로 들어갔다. 급히 만드느라 좁다란 동굴 안에는 희미한 가스등이 들어와 있었다. 저벅거리는 소리가 동굴을 울렸다.

동굴은 곧 끝나고 쇠로 만든 문 앞에서 박 소좌가 경비병들에게 비키라고 손짓을 했다. 문 양쪽에 서 있던 경비병 두 명이 갑자기 나타난 경비대장 박 소좌를 보고 허둥거렸다. 졸고 있었던 모양이었다. 인민군 대좌가 철문 앞에 거만하게 우뚝 서자 박 소좌가 공손하게 문을 열었다.

"이곳입네다. 지금 지휘소 성원들이 모두 모여 회의 중입네다."

림영태 대좌가 고개를 끄덕이더니 권총집에서 체코제 CZ-75 권총의 북한식 변형인 백두산 권총을 꺼내들었다. 그것을 신호로 말없이 따르던 보위사령부 일행이 갑자기 성난 맹수처럼 행동이 돌변했다. 88식 자동보총을 든 보위사령부 요원 한 명이 문을 힘껏 걷어차며 안으로 돌진했다. 그 뒤를 따라 보위사 요원과 경무요원들이 순식간에 안으로 몰려들어갔다.

"꼼짝 마!"

"손 치워! 허투른 수작하면 당장 사살하갔어!"

군단장과 군사 부군단장, 후방 부군단장, 정치부장을 비롯한 군단 지휘부 요원들이 어이없다는 표정으로 총을 겨누고 있는 보위사 일행들을 쳐다보았다.

군단장이 경비대장 박문구 소좌를 향해 입을 열었다.

"아니, 박 소좌 동무! 이거이 무슨 행패요?"

"이 반동새끼! 주둥아리 닥치기요! 이 반당, 반혁명주의자! 당과 보위사령부의 이름으로 동무들을 체포한다."

박문구 소좌는 마치 자신이 보위사령부에서 나오기나 한 것처럼 악을 썼다.

1995년에 북한에서 발생한 인민군 6군단 반혁명사건 때 직접 관련이 없는 군관들도 군에서 쫓겨나 탄광으로 내몰렸다. 의심받지 않으려면 이럴 때 앞장 설 수밖에 없었다.

지휘소 요원들은 '반당'이라는 단어와 '보위사'라는 소리가 나오자 상황을 파악하고 바들바들 떨기 시작했다. 군사 부군단장이 새파랗게 질린 표정으로 떠듬떠듬 변명하기 시작했다.

"당치도 않습네다. 전 장군님과 공화국에 절대적인 충성을 받쳐왔시요. 반당반혁명이라니······."

그 순간 한쪽 구석 작은 탁자 뒤에 앉아 있던 인민군 소장 한 명이 말문을 열었다.

"잠깐! 대좌 동무, 이름과 소속을 밝혀보라우요. 내래 군단 보위부장 백기만 소장이외다. 동무 얼굴을 보위사령부에서 본 기억이 없는데 어디서 나왔소? 기리고 난 보위사로부터 아무런 사전 연락도 아니 받았소."

군단 보위부장은 보위사령부에서 군단에 파견나온 장령급 고급 보위군관이다. 림영태 대좌는 울컥 화가 난 표정을 잠시 짓더니 분을 삭이면서 천천히 대답했다.

"보위사 내부에도 9호 사건 연루자가 있소. 보위사 2부 수사요원들은 대부분 숙청됐소. 난 원래 보위사 비선인 제13부 소속이요!"

"13부? 기런 건……."

"기래서 비선조직이라 하디 않았소? 난 비선조직에 속해 있어 동무는 날 잘 모르겠지만 나는 동무를 잘 알고 있소. 백 소장! 동무는 이번 반혁명사건을 사전에 적발하지 못한 과오를 결단코 용납받지 못할 거요!"

"기렇다면……."

자신감에 넘친 림영태 대좌의 목소리가 점점 높아지자 백기만 소장이 흠칫했다. 이때 흥분한 박 소좌가 대화에 끼어들며 고함을 질렀다.

"이 반동, 반당분자! 백 동무는 공화국에 중대한 죄를 범한 거요! 당과 인민이 용서치 않을 것이오!"

전후사정을 대충 파악한 백기만 소장이 순간 멍청한 표정을 지었다. 반혁명사건이란 군부 쿠데타를 뜻한다. 그러나 군부에 쿠데타 모의가 없더라도 당이 군을 확실히 장악하기 위해 정치적으로 이용되는 경우도 있었다. 그래서 사실과 다른 정치적 음모더라도 한번 반혁명범죄자로 몰리면 누구도 누명을 벗을 수가 없었다.

보위사 요원들이 다가갔다. 이들이 지휘부 장령들을 무장해제하려는 순간 백기만 소장의 오른손이 재빨리 움직였다. 그가 저항한다고 여긴 보위사 요원들이 덮치려 했으나 총소리가 더 빨랐다.

생명이 빠져나간 백기만 소장의 몸뚱어리가 탁자 위로 쓰러졌다. 백기만 소장은 그의 운명을 예상하고 붉은별 28호 권총을 머리에 쏘아 자살한 것이다.

반당반혁명분자로 몰린 자의 최후는 보위사 출신들이 가장 잘 알고 있었다. 붉은별 28호 권총은 보위사 요원들이 호신용으로 애용하는 권총이었다. 림영태 대좌는 더 이상 주저할 게 없다는 듯 고함을 질렀다.
"날래 반당분자들을 체포, 압송하라우!"
군단장을 비롯한 군단 지휘부 요원들이 말린 굴비두름같이 묶여 줄줄이 끌려나갔다.

동굴 입구 밖에서 군단 지휘관들이 줄줄이 차에 올라탔다. 마지막으로 남은 림영태 대좌가 박문구 소좌에게 악수를 건넸다.
"어이, 박 소좌 동무. 이번 반혁명사건 진압에는 박 소좌 공이 절대적이었소. 동무의 투철한 혁명정신을 상부에 보고할 것이오."
"감사합네다, 대좌 동지. 그런데 지휘공백은 어케 하시갔습네까?"
박문구 소좌는 아부 잘하는 인간이긴 했지만 일의 앞뒤 정도는 아는 군인이었다.
"아, 기건 걱정 말기요. 체포사실을 보고하면 즉시 새 지휘부 성원들이 군단으로 올 것이오. 선임 사단장인 제106땅크사단장이 한시적으로 군단장 대리로 지명되었소. 새 지휘부 성원들이 도착할 때까지 동무와 선임 군단참모가 잘 조치하기 바라오."
림영태 대좌가 승합차에 올라타고 차는 곧 출발했다. 박 소좌는 멀어져 가는 자동차들을 보며, 안도의 한숨을 내쉬었다.

6월 19일 02:48 경기도 연천군 전곡읍

박문구 소좌는 부하들에게 군단 보위부장 백기만 소장의 시체를 가마니에 싸서 버리라고 지시한 뒤 동굴 입구에서 골똘히 생각에 빠져있었다. 조만간 대대적인 추가 조사와 숙청이 있을 것이다. 일진광풍이 분다고 생각하니 박 소좌는 소름이 끼쳤다.

그리고 그 공백을 메우기 위해 승진인사가 있을 것이다. 이번 기회에 잘하면 중좌로 승진해서 대대장이 될지도 몰랐다. 어쩌면 이번 건을 계기로 2계급 특진하여 상좌가 될지도 몰랐다. 군인에게 승진만큼 절실한 꿈은 없었다.

장밋빛 미래를 꿈꾸며 흐뭇한 표정으로 서성거리는 박 소좌의 앞으로 웅성거림이 들려왔다.

군단 보위부 제1부부장 오동철 대좌와 그 일행이 외곽초소 방향에서 동굴 입구로 다가오고 있었다.

"아니, 박 소좌! 이거이 무슨 난리요? 우리 보위부장 백기만 소장 동지가 자살한 게 맞소?"

"아! 맞습네다, 오동철 대좌 동지! 백기만 동무는 자살했시요."

"뭐이, 백 동무? 아니! 박 소좌 동무. 동무, 방금 백 동무라 했소?"

"반동에게는 동무도 과분한 호칭입네다."

박문구 소좌가 퉁명스럽게 대답했다. 평소에 저승사자 같았던 보위부 대좌에게 큰소리치니 속이 다 시원했다. 박문구는 오동철 대좌도 조만간 숙청되리라 생각했다.

"동무가 뭔데 우리 백기만 소장 동지를 반동이라 단정하는 거요? 아니, 그렇고간에 군단장 동지가 저쪽으로 간 게 맞소?"

"오동철 대좌 동지, 동지도 수상합네다. 어째 반동들 보고 자꾸 동지, 동지 그러는 겁네까?"

"아니, 이 동무가! 아, 참! 그렇고간에 지금 보위사에선 이쪽으로 요원을 보낸 적이 없다는 거요. 군단 보위부 요원들이 나에게 보고를 해 왔는데 도대체 어떻게 된 거요? 동무는 아까 그 보위사령부 13부 소속이라는 림영태 대좌 신분을 어떻게 확인해본 거요?"

"그게, 그게 말입네다. 림길호 상위가 확인하디 않았습네까?"

박 소좌는 뭔가 잘못되었다는 것을 깨닫자 갑자기 말문이 막혔다.

박문구는 림길호 상위가 림 대좌 일행을 안내해서 신분확인 절차가 이미 끝난 줄 알고 있었다.
"허허~ 이거이 정말 어떻게 된 기야? 보위부에선 사람을 보낸 적이 없다는데. 기럼 군단장 동지를 데리고 간 건 도대체 누구란 소리야? 국가안전보위부에서도 그런 일 없다는데. 그 참!"
"제1부부장 동지! 연락입네다."
군단 보위부 제1 부부장 오동철 대좌 옆에 있던 군관 한 명이 비화기가 붙어 있는 무선전화기를 건넸다.
"옛! 부부장 오동철 대좌입네다."
전화기에서 격앙된 말소리가 흘러나왔다. 오동철 대좌가 갑자기 부동자세로 바꾸며 보고하는 말 한마디 한마디를 딱딱 끊었다.
"예! 그렇습니다. 예! 보위부장 동지는 자살하셨답니다. 군단장 동지는 제2외곽초소를 통해 끌려가신 것 같습니다."
수화기에서 뭐라고 호통치는 소리가 들렸다. 오동철 대좌가 인상을 잔뜩 찌푸리고 묵묵히 듣다가 대답했다.
"예? 알겠습네다. 옛! 그렇게 하겠습네다. 예. 즉각 조치하갔습네다!"
오동철 대좌는 연신 곤혹스런 표정으로 대답하고 있었다. 대답하는 투로 보아 상대방은 상당히 고위직 같았다.
전화기를 내려놓는 오동철 대좌의 표정이 험악하게 변했다. 그러더니 냅다 박 소좌의 뺨을 올려쳤다. 갑자기 뺨을 맞은 박 소좌가 그대로 동굴 입구 흙벽에 나가떨어졌다.
눈을 동그랗게 뜨고 쳐다보고 있는 박 소좌의 귓속으로 청천벽력같은 오동철 대좌의 목소리가 울려퍼졌다.
"저 반동 박문구 소좌를 무장해제하고 체포하라. 소좌 계급장도 떼어버려! 저 자는 공화국 군관의 수치다. 빌어먹을! 공화국 역사상 이런 일은 없었다. 남조선 국방군 정보사령부 승냥이들에게 당하다니!"

6월 19일 03:31   서울 양천구 신월동

골목에서 치열하게 싸웠던 예비군 분대원들은 김승욱이 후미를 맡으며 퇴각하기 시작했다. 이것은 후퇴가 아니라 임무교대였다. 12시간 넘게 싸워 부여받은 임무를 수행해내고 그 골목을 다른 분대에 인계한 것이다.

정말 처절한 싸움이었다. 골목 저편은 인민군들 시체로 작은 산을 이뤘다. 예비군들이 입은 피해도 많았다. 7명이 죽고 12명이 부상당했다.

김승욱은 정말 다행이라고 여겼다. 이번 전투에 교대로 참가한 분대원들은 모두 30명 가까이 되는데, 죽은 사람보다 산 사람이 훨씬 더 많았다.

"쳇! 이런 식으로 병력 충원하다가는 동원사단 하나에서 나온 전사자가 10만이 넘겠어."

원종석이 투덜거렸다. 틀린 말은 아니었다. 예비군들이 소집되어 전투에 투입되는 동원사단은 며칠째 계속 엄청난 피해를 입어왔다. 일단 장비 면에서 뒤지니 훈련이고 사기고 하는 문제는 아무 것도 아니었다. 동원예비군들은 쓸데없는 전투에서 개죽음 당할까 봐 겁에 질렸었다.

그러나 이제는 아니었다. 시가전을 계속 치르면서 예비군들은 현역 못지않은 위력을 발휘했다. 웬만한 공용화기는 모두들 다룰 줄 아는 융통성도 동원사단의 전투력을 높이는 데 한몫했다.

곧 골목 끝에 도착했다. 큰길에서는 지금도 총격전이 한창이었다. 분대장이 어둠 속에서 전투상황을 살피더니 손으로 나오라고 신호했다. 분대원들이 뛸 준비를 마치고 골목을 막 나서는 순간이었다.

― 콰캉!

눈앞이 갑자기 하얗게 변했다. 김승욱은 엄청난 충격으로 주택가 담에 내동댕이쳐졌다. 온몸이 아프고 쓰라렸다. 잠시 떠오르는 얼굴이 있었지만 그는 곧 정신을 잃었다.

6월 19일 04:32   서울 용산구

"이젠 한시름 놓은 건가?"

합참의장 김학규 대장이 오랜만에 허리를 쭉 펴고 일어섰다. 정현섭 소령이 졸린 눈을 비비며 전선 상황을 다시 한 번 정리했다.

서울을 향해 4개 방향에서 파죽지세로 밀고 오던 북한군은 파주와 동두천 방향에서 전진이 멈췄다. 동두천을 점령한 인민군은 의정부로 향하다가 회천읍에서 주둥이가 닫힌 병 안에 갇힌 올챙이 신세가 되었다. 국군이 큰 전과를 올리지는 못했지만 기동성을 생명으로 여기는 대규모 기갑부대의 전진을 멈추게 했다는 사실만으로도 큰 성과였다.

그리고 파주시 북쪽에서는 기갑부대끼리 한판 크게 싸워 양측이 큰 피해를 입고 대치하는 중이었다. 제공권은 거의 한국 공군에게 장악되었다. 그러나 실제로 북한 전차부대에 큰 피해를 입힌 것은 국군 포병대였다. 포탄 보급에 숨통이 트이면서 포병대는 지금도 엄청난 물량을 파주 북쪽에 쏟아붓고 있었다.

원주 북방에서는 국군 제21기갑여단이 북한 기계화군단의 배후를 급습해 뚫고 지나가며 막대한 피해를 입혔다. 여기에 포병대와 공군 전투기들이 가세해서 1개 군단이 거의 전멸할 지경이었다. 휴전선에서 가장 멀리까지 침투해온 원주 방면 인민군 대부대는 철저하게 매복에 걸린 것이다. 초반 후퇴작전의 실수가 약간의 기지와 더해져 오히려 한국군에게 큰 행운이 되었다.

전쟁이 시작된 이래 육군이 이렇게 큰 전과를 올린 적이 없었다. 이 전투는 승리를 확신하면서도 계속 초조와 불안에 떨어야 했던 국군 지휘부에게는 크나큰 선물이었다.

"날이 새면 토끼몰이 하듯 북쪽으로 쫓아보내야겠군. 장군들! 이제 들어가서 좀 쉬시지요. 내일부터는 할 일이 더 많을 겁니다."

김학규 대장이 말하자 며칠 사이에 얼굴에 주름을 잔뜩 새긴 3군 장성들이 작은 소리로 웃었다. 안도의 웃음이었다.

정현섭이 동부전선 대특수작전 상황을 모니터에 떠올렸다. 강원도와 경상북도 북부지방을 혼란에 몰아넣었던 북한 게릴라들은 이제 그 존재 자체도 희미해져 큰 위협이 되지 않았다. 경부선 철도를 노릴 거라는 예상은 지나치게 북한 특수부대 능력을 과대평가한 것이었다.

"보고 드릴 게 있습니다."

정현섭이 고개를 들었다. 정보사령부 연락장교가 합참의장에게 귓속말로 뭐라고 속삭였다. 김학규 대장이 기가 막히다는 듯 피식 웃더니 보고를 다 듣고 난 잠시 후에는 파안대소를 터뜨렸다.

"장군들 들어보시오."

서류를 정리하던 장군들 시선이 합참의장에게 집중됐다. 정현섭 소령도 무슨 좋은 일이 있나 궁금했다. 김학규 대장과 정보사 연락장교가 잠시 눈길을 주고받더니 김 대장이 입을 열었다.

"전선 후방에 깊숙이 잠입한 우리 정보사 요원들이 조금 전에 820전차군단 지휘부 요원들을 생포해왔소. 지금 중요 정보를 빼돌리고 있다고 합니다."

정현섭은 기가 막혔다. 820전차군단이라면 어젯밤까지만 해도 승승장구하며 서울 바로 북방인 의정부를 위협한 국군 최대의 위협이었다. 그런 820전차군단의 지휘부를 생포해왔다면 정보사가 정말 큰일을 한 셈이었다.

그런데 정현섭은 정보사가 인민군 군단장에게서 어떻게 정보를 빼냈는지 궁금했다. 아무래도 고문말고는 생각나는 것이 없었다. 수십 년간 일당독재체제에서 권력의 단물을 빨아먹으며 철저하게 세뇌받은 인민군 장령들이 그리 쉽게 정보를 불 리가 없었다.

그러나 김학규 대장의 입에서 나온 말은 전혀 뜻밖이었다. 상황실에 있는 모든 사람들이 폭소를 터뜨렸다.

"그놈들은 지금 평양에 있는 줄로 알고 있습니다!"

웃음이 한참 더 이어졌다. 파장분위기였던 합참 상황실에 아연 생기가 감돌았다. 정보사 연락장교가 넘긴 자료가 서부전선 각 군단에 넘어갔다. 지휘통신시설과 부대배치가 명확하게 기록되어 있었다.

이제 포격과 폭격으로 인민군 전차군단을 철저히 쓸어버리는 일만 남았다.

북진

6월 19일 05:11 경기도 연천군 전곡읍

 새날이 밝아왔다. 붉은 태양이 동산에 둥실 떠오른 것은 아니었다. 하늘에는 짙은 구름이 끼어 백색 기운이 점점 더 진해지고 있었다.
 외선 2호 초소 초소군관 림길호 상위는 이날이 마지막 날임을 직감했다. 포승줄에 묶인 채 군단 보위부 요원들에게 묵묵히 끌려가는 림길호는 할말이 많았다. 그러나 아무 말도 하지 않았다.
 "초소장 동지……."
 림길호 상위는 뒤에서 들려오는 흐느낌을 애써 외면했다. 초소에 남은 초병들도 결국은 무사하지 못할 것이라는 사실이 림길호의 가슴을 무겁게 짓눌렀다. 그러나 자신처럼 같은 편에게 죽음을 당하지는 않을 것이다.
 승용차 뒷좌석에 오르던 림길호는 보위부 요원이 거칠게 밀어넣자

차 안으로 쓰러졌다. 보위부 요원들이 윽박지르는 소리는 이제 귀에 들어오지도 않았다. 차가 곧 출발했다. 양쪽에서 팔을 잡은 보위부 요원들의 억센 손길에 팔이 저릴 정도였다.

승용차는 한탄강을 따라 북쪽으로 달렸다. 트럭 행렬이 남쪽으로 끝없이 이어지고 있었다. 계속 병력이 증강되고 있었으나 820군단은 더 이상 진격하지 못했다. 림길호는 저 인민군들 가운데 몇이나 살아남아 공화국으로 돌아갈 수 있을까 걱정했지만, 지금은 그의 목숨을 먼저 걱정해야 할 때였다.

남쪽에서 계속 포성이 울려왔다. 공화국 인민군의 공격이 멈춰진 것은 어제 저녁이었다. 국방군들이 치열하게 저항해온데다가 항공 공격이 시작된 것이다.

군단 정치위원은 사상교양 시간에 미제가 조국 통일을 방해하기 위해 참전했지만 인민군은 곧 서울을 점령하고 공화국과 민족의 원쑤 미제를 몰아낼 수 있다고 연설했다. 그리고 강원도와 경상북도는 이미 점령하여 인민군 수중에 있다고 선전했다. 그러나 아무래도 사실과 다른 것 같았다.

"저, 저는 어드렇게 됩네까?"

보위부 군관이 험악한 인상으로 눈을 부라렸다. 림길호는 더 이상 아무 소리도 내지 못했다. 승용차가 넓은 길로 북쪽을 향해 달리는 걸 보면 최소한 즉결총살 당하지는 않을 것 같아 다행이라고 생각했다.

림길호 스스로도 오늘 새벽에 크게 잘못한 건 알고 있었다. 그러나 그런 상황에서 다른 길은 없었다. 림길호는 어떤 초소군관이 그의 입장이 됐어도 다 마찬가지로 똑같이 행동했을 것이라고 생각했다.

진짜 보위부 요원들도 그렇게 위세를 부린다. 림길호 같은 힘없는 군관이 보위부 요원들에게도 근무규정을 그대로 적용했다가는 출세

는커녕 평생 한직으로 맴돌거나 얼마 안 가 숙청당할 것이 뻔했다.

그래서 죽어나는 건 림길호 같은 군관들뿐이었다. 운 없음을 탓할 수밖에 없었다.

힘있는 부서 동무들이 평소에 규정을 무시했으니 오늘처럼 경비부대가 지휘부를 제대로 지키지 못하고 남반부 국방군 정보사 침투부대에게 이용만 당한 것이다.

림길호는 남반부 국방군들은 규정을 제대로 지킬까 궁금했다. 그러나 궁금증은 곧 사라졌다. 승용차가 갑자기 급정거하더니 갓길에 선 것이다. 림길호는 좌석에 머리를 부딪쳐 정신이 없었다. 그러나 접촉사고가 난 것은 아니었다.

"항공입네다!"

운전병은 잔뜩 겁에 질려 입술이 굳으며 제대로 말을 하지 못했다. 사이렌이 울리고 커다란 지대공 미사일이 하얀 연기를 뿜어내며 하늘로 치솟고 있었다. 림길호 양옆에서 겨드랑이에 팔을 끼었던 보위군관들이 서둘러 차문을 열고 내렸다.

북한 인민군들뿐만 아니라 일반 주민들도 항공기에 의한 공격을 끔찍이 무서워한다. 특히 6·25 때 인민군이 호되게 당했던 미군의 공습이 시작되면 만사 제치고 숨어야 하는 것으로 알고 있었다.

"동무! 동무는 차에 그대로 있으라우. 나오면 즉결처분이야!"

보위군관이 도망치다가 다시 뛰어와 림길호의 볼에 권총을 들이밀며 윽박질렀다. 그 보위군관은 서둘러 차에서 다시 내려 밭고랑으로 뛰어들었다. 대공포가 따당거리는 소리를 내며 하늘을 향해 불을 뿜었다.

― 쒺애액~~~.

제트기 소리와 함께 대공포 쏘는 소리가 계속되었다. 폭음이 울렸다. 림길호는 뒷좌석에 앉은 채 머리를 숙였다. 포승줄에 묶인 팔로 머리를 감싸안았다. 보위군관들이 없는 기회를 틈타 도망가고 싶었지만 공습이 무서워 꼼짝할 수 없었다.

6월 19일 05:30 경기도 양주군 은현면

KF-16 두 대가 고도를 더 낮추기 시작했다. 송호연 대위는 김영환 중령의 기체를 보며 편대 유지에 몰두했다. 조금 전만 해도 어슴푸레 하던 하늘이 환하게 밝아오기 시작했다. 하지만 낮게 깔린 구름은 여전히 해를 가리고 있었다. 송호연이 바이저를 내리고 HUD의 밝기를 조절했다.

─ 편대장이다. 방향 0-8-4로 돌리고 속도와 고도는 유지한다. 공격 직전에 북쪽으로 선회한다. 인민군들이 3번 국도를 따라 내려가고 있으니 우리는 거슬러올라가면서 잡는다!

"알파 2번기, 라저!"

송호연은 대답과 함께 김영환 중령의 뒤를 따라 기수를 돌렸다. 김 중령과 송호연은 둘이서 단촐하게 편대를 이루고 동두천 북방에서 이동하는 인민군들을 타격하기 위해서 출격하는 중이었다.

방어력이 약한 보병부대나 차량 행렬에 대한 공격에서는 4기 구성의 표준편대보다 2대 단위의 분대로 움직이는 게 더 편리했다. 인민군의 위치는 저속통제기에 의해서 이미 낱낱이 파악된 뒤였다.

송호연은 저속통제기가 전투기들에게 공격목표를 너무 정확히 유도하는 것이 신기했다. 이동하는 트럭 대열이 병력을 수송하는지 일반 보급물자를 수송하는지, 아니면 빈 트럭인지도 알고 있는 것 같았다. 뭔가 확실한 내부정보를 입수하지 않으면 파악하기 어려운 정보였다.

그리고 날씨가 흐렸지만 공군 전투기들은 목표에 대해 정확히 공격을 가할 수 있었다. 출격한 전투기들은 한 번도 허탕친 경우가 없었다. 적 기갑부대와 포병대는 이미 다른 비행단 전투기들이 실시한 폭격에 의해 거의 섬멸되었다. 송호연에게 배당된 목표는 우선순위가 비교적 낮은 보병 대열이었다.

― 까치 4호! 알파 편대장이다. 목표지점 진입 1분 전이다.

― 알파 1번기, 까치 4호다. 진입 위치를 북쪽으로 5km 수정하라. 좌표는 로미오 줄루 066, 133이다. 행렬은 다수의 병력수송 차량과 보병 대열로 이루어져 있다.

송호연 대위가 잠시 심호흡을 했다. 동두천 쪽은 인민군의 주공 축선인 만큼 치밀한 대공망이 형성되어 있다고 들었다. 조금 전에 동두천 공역에서 빠져나온 SEAD 편대가 제대로 청소해줬기를 바랐다.

까치 4호라는 저속통제기가 상황을 제대로 파악하고 있을 것이다. 송호연은 희소식을 전한다는 까치를 호출부호로 쓰는 그 저속통제기를 믿는 수밖에 없었다.

― 알았다. 진입경로를 수정하겠다. 2번기, 대각선으로 벌리고 앞으로 나가라.

"알파 2번기, 카피!"

송호연의 기체가 김영환 중령의 오른쪽 앞으로 나서며 편대 간격을 벌렸다. 잠시 후 북쪽으로 선회하면 송호연은 김 중령의 전방 왼쪽, 즉 도로 동쪽에서 북쪽을 향하게 된다.

6월 19일 05:31 경기도 동두천시 동두천동

나지막한 산들 사이로 뚫린 4차선 국도를 타고 군용 트럭들이 남으로 내달렸다. 의정부 북쪽에서 진격이 고착된 인민군 820전차군단을 지원하기 위한 북한군 자동차화사단 수송차량들이었다. 내달리는 트럭에 길가 양옆으로 내몰린 인민군들이 대열을 지어 걸음을 재촉했다.

ㅡ 지금이다!

2km 이상 간격을 벌린 KF-16 두 대가 완만하게 기체를 기울이며 전술선회를 실시했다. 북쪽을 향한 KF-16 편대 앞에 연천에서 의정부, 서울로 연결되는 3번 국도가 뻗어 있었다.

기수를 돌리고 방향을 결정한 김영환 중령의 기체가 완만하게 하강하기 시작했다.

KF-16의 날개가 흰 연기에 휩싸인 순간 둔하게 생긴 하얀 미사일이 튀어나갔다. 적외선 화상 유도방식의 매버릭 G형이었다.

인민군 차량 행렬은 전투기들이 공격하는 것도 모르고 남쪽을 향해 달리고 있었다. 지정된 시간 내에 목적지에 도착하지 못하면 지휘관이 호되게 질책당하거나 숙청될 수 있다. 그래서 인민군 연대장은 잦은 공습에도 불구하고 행진 속도를 재촉하고 있었다.

자주대공차가 조금 전의 공습에 파괴된 다음 그들에게 더 이상 경보수단은 남아 있지 않았다. 차량 행렬의 선두가 푸른 잔디밭 옆에 있는 동두천 제2교를 막 지날 때였다. 잔디밭은 예전에 동두천에 주둔했던 미군 2사단이 사용한 골프장이었다. 연달아 발사된 미사일들이 대열의 선두를 달리고 있는 장갑차들을 불덩이로 만들어버렸다.

앞이 막혀버린 행렬 내에서 트럭들이 서로 충돌하며 혼란스러워졌다. 트럭 주변을 걷던 인민군들이 길가 양옆으로 흩어졌다. 하지만 트럭이 지나갈 만한 곳은 아니었다. 도로 서쪽은 경원선 동안역 주변이라 철조망으로 가로막혀 있었다. 도로 동쪽, 예전에 미군기지였던 언덕으로 도망가던 트럭 몇 대가 제자리에 멈춰 서서 헛바퀴만 돌려대고 있었다.

김영환 중령을 지나쳐서 가속했던 송호연이 차량 행렬 북쪽까지 올라가 크게 선회했다. 김영환 중령이 행렬의 머리를 잘랐다면 이제 송호연이 트럭 대열의 꼬리 부분을 자를 차례였다.

트럭 대열은 하늘에서 내려다보는 송호연에게 확연하게 드러나 보였다. 도로 3개와 개천과 철길이 한꺼번에 달리는 폭이 좁은 하안 분지를 송호연이 놓칠 리가 없었다.

동두천은 남북으로 달리는 산들 사이를 흐르는 신천 개천가를 따라 형성된 도시다. 동두천시 남동쪽 왕방산에서 발원한 동두천이 신천으로 흘러들어 북쪽 연천에서 한탄강과 만나고 결국 임진강으로 연결된다.

송호연이 수평폭격 모드로 맞추고 HUD를 주시했다. 목표는 차량 행렬의 후미 차량이었다. 폭격 기준선이 표시되자 송호연이 투하 버튼을 눌렀다. 잠시 후, 사격 컴퓨터가 계산한 최적의 시점에서 클러스터 폭탄 네 발이 날개 밑에서 떨어져나갔다.

약간의 진동과 함께 기체가 가벼워짐을 느낀 송호연이 오른쪽으로 급선회하며 이탈했다. 이대로 인민군의 머리 위로 진입했다가는 기체 아래쪽에 무수한 소총탄이 박힐 수도 있다. 인민군들이 땅바닥에 누워서 소총을 쏘아 대공화망을 구성하고 있었다.

공중에서 분리된 캐니스터가 죽음의 우박을 뿌렸다. 수백 개의 대인대장갑 복합 자탄이 폭발하면서 행렬의 후방을 쓸어버렸다.

-편대장이다. 이번엔 내가 진입하겠다. 시간차 두고 반대쪽에서 들어와라!

말이 끝나기가 무섭게 김영환 중령의 전투기가 행렬 중간을 향해서 강하하며 Mk.82 폭탄을 투하했다. 중력에 이끌린 폭탄이 트럭 행렬에 또 한 번 죽음의 불꽃을 피워냈다.

"편대장님, 조심하십시오!"

길가 개활지에서 불꽃이 솟아올랐다. 어떤 용감한 인민군이 위험을 무릅쓰고 휴대용 대공 미사일을 발사한 모양이었다. 소총과 기관총도 쏘고 있겠지만 조종사 입장에서 총알까지 볼 수는 없었다. 다행히 미사일은 기민하게 회피하는 김 중령의 기체를 쫓아가지 못했다.

송호연은 미사일이 발사된 지점으로 기체를 진입시켰다. 날씨가 흐려서 개활지에 흩어진 인민군들의 위치를 일일이 파악하기는 힘들었다. 폭탄을 다 소모해버린 송호연은 무장을 20mm 기관포로 바꾸고 그 일대에 기총소사를 시작했다.

송호연 대위는 이와 동시에 양쪽 발로 러더 페달을 번갈아 찼다. 이렇게 하면 기수가 흔들려서 기총탄이 사방으로 흩뿌려지는 효과가 있다. 특정한 목표가 아닌, 지상에 대한 기총소사에서는 상당히 효과적인 방법이었다.

KF-16 전투기 조종석 끝 왼쪽 아래 동체에 장착된 M61A1 20mm 기관포가 순식간에 500발 이상의 탄환을 쏟아냈다. KF-16이 탑재한 기관포탄 중 거의 전부였다. 탄환의 비가 떨어진 지상에서 죽음의 신이 춤을 추었다.

―2번기! 편대장이다. 그만해라! 기지로 귀환한다.

통신기에서 들려오는 김영환 중령의 안타까운 목소리였다. 멍하니 방아쇠를 움켜쥐고 있던 송호연이 흠칫 놀라 조종간을 당겼다. 완만한 각도로 지상으로 돌입하던 기체가 순식간에 솟구쳐올랐다.

고도를 높이며 김 중령의 후미로 진입한 송호연은 방금 사용한 폭탄과 총알에 얼마나 많은 목숨이 희생되었을까 생각했다. 이런 지상공격은 비행기끼리 싸우는 공중전이나 어떤 특정한 시설을 파괴하는 전략적 폭격임무와는 너무 많이 달랐다. 얼마나 많은 목숨을 끊었느냐가 곧 그들이 올린 성과가 되는 것이다.

조종사의 관이라고 불리는 조종석 속에서 송호연은 자기도 모르게 치를 떨었다.

6월 19일 10:35 강원도 횡성군 공근면

"주포 2시 방향. 날탄 날려!"
포탄이 발사되며 전차가 크게 출렁거렸다. 민순기 중위가 탄 전차에 포탄을 쏜 보병전투차가 뒤로 주르륵 밀려나며 터져나갔다.
"짜식이, 건방지게! 자, 전진!"
민순기 중위가 잠망경으로 바깥을 천천히 살폈다. 횡성에서 홍천으로 가는 5번 국도 위는 파괴된 인민군 장갑차와 트럭으로 가득 차 있었다. 포병대가 개시를 하고 공군 전투기들이 싹쓸이한 곳이었다. 도로 위에서 움직이는 인민군 차량은 별로 많지 않았다.
— 순기, 마루치. 잘한다! 계속 전진해라.
"옙! 이 속도 그대로 유지하겠습니다."
민순기 중위는 신이 나서 떠드는 여단장에게 씩씩하게 대답하며 속으로는 투덜거렸다. 도대체 호출부호가 순기가 뭔지, 들을수록 기분이 나빴다. 마치 애 이름 부르는 것처럼 들렸다. 그리고 길을 좀 잘 안다는 이유만으로 계속 공격 선봉에 내세우는 것도 마음에 안 들었다.
선두에 선 21기갑여단은 길이 막혀 도망가지 못한 인민군 장갑차량들을 찾아 해치우고 부서진 장갑차들을 길가로 밀어내며 서서히 홍천으로 진격하고 있었다. 후퇴속도보다 훨씬 빠른 진격속도였다. 전차대 머리 위에는 국군 코브라 헬기들이 날아다니며 인민군 매복지점을 찾아 철저히 공격하고 있었다.
어젯밤에 있었던 전투는 정말 아찔했다. 민순기는 화끈하긴 했지만 몇 번이나 죽을 고비를 넘긴 어젯밤을 생각하자 저절로 고개를 설레질 쳤다. 인민군 806기계화군단은 인민군 5군단을 후속한 제2제대로서, 전차여단 1개와 기계화여단 몇 개를 보유한 강력한 대규모 부대였다.

민순기는 횡성에서 원주까지 장장 11km를 전투를 치르며 달려갔다. 민순기는 중간부터 뒤로 빠졌는데, 둔둔교라는 작은 다리를 지나서 펼쳐진 전차전은 장관이었다.

수적으로는 인민군 전차대가 압도적이었지만 강력한 방호력을 지닌 K-1 전차를 총동원하고 포병지원까지 업은 국군 전차대가 크게 승리했다. 국군 전차대가 인민군 차량과 뒤섞여 인민군은 포격지원을 받을 수 없는 데 반해, 국군은 원주 후방에 포진한 포병대에게 정확한 사격제원을 불러준 것이다.

아군의 주방어선인 원주 인터체인지 부근에서 재보급을 받은 21기갑여단은 다시 한 번 국도를 따라 횡성까지 진격했다. 좁은 도로에 몰린 북한 806기계화군단 전투차량들은 고철과 불덩어리로 변해 완전 괴멸되었다.

5번 국도와 교차하는 영동고속도로에서 진격을 시작한 국군 보병들이 나머지를 청소했다. 지금도 원주 북방 5번 국도는 시커먼 연기로 뒤덮여 있었다.

6월 19일 12:50　서울 구로구 구로동

김승욱은 오랜만에 푹 잔 느낌이었다. 창문에서 빛이 들어와 눈이 부셨다. 흐린 하늘을 보는데도 눈이 부시다는 사실이 웃겼다. 여긴 침대 위였다. 김승욱이 잠시 기억을 더듬었다.

중간중간 끊어진 필름 같았지만 대강 떠올랐다. 갑작스런 포격 때문에 예비군 몇 명인가가 쓰러졌다. 곽우신의 찢어지는 듯한 비명이 검은 하늘에 가득 찼다.
 원종석이 뭐라고 외치는 것 같았다. 그리고 나서 잠시 후에는 몸이 뒤흔들리면서 어디론가 실려가는 것 같았다. 그가 기억할 수 있는 것은 여기까지였다.
 하얀 천장에 밝은 형광등 한 쌍이 병실을 환하게 밝히고 있었다. 고개를 돌리니 수많은 병상이 이어져 있었다. 한쪽에만 링거병 20여 개가 한꺼번에 보였다. 부상병들로 가득 찬 침상은 두 줄이었다. 병상 사이를 군의관과 간호장교가 분주하게 오갔다. 침상 밑에도 부상병 몇이 누워 있었다.
 김승욱은 하얀 가운을 보자 아버지를 치료했던 젊은 의사가 떠올랐다. 아버지는 괜찮으신지 걱정이 되었다. 김승욱이 몸을 일으키려는데 몸이 제대로 말을 듣지 않았다. 신음소리를 내며 다시 누웠다.
 "어이~ 김승욱이. 자네 깼나? 너무 무리하지 마!"
 귀에 익은 목소리였다. 고개를 오른쪽으로 돌리니 곽우신이 침대에 앉아 빙긋 웃고 있었다.
 김승욱은 혹시 몸에 이상이 생긴 건 아닌지 걱정부터 들었다. 손가락부터 발가락까지 하나씩 꼼지락거려 보았다. 사지는 멀쩡했다. 얼굴이 따가웠지만 붕대로 감겨 있진 않았다. 김승욱은 일어나려고 안간힘을 썼다. 혹시 척추라도 다쳤으면 어쩌나 걱정했다. 상반신을 간신히 일으켜 세우자 병실이 한눈에 들어왔다.
 건너편 병상에서 국방색 먼티 하나만 입고 훈련모를 거꾸로 쓴 현역 사병이 라면을 먹고 있었다. 어제 낮부터 아무 것도 먹지 못한 김승욱은 입 안에 침이 돌았다. 그런데 그 사병이 젓가락질하는 것이 약간 어색했다. 김승욱이 눈을 비비고 다시 자세히 보다가 숨이 멎는 것 같았다.

그 사병은 양쪽 손목이 없었다. 손목에 끼워진 쇠꼬챙이로 라면 가닥을 둘둘 말아 입에 넣고 있었다. 눈썹이 있어야 할 자리에는 반창고만 하나씩 붙어 있었다. 사병이 김승욱과 눈이 마주치자 씩 웃었다. 개전 초반에 다쳤는지, 그 사병은 다른 사람들의 놀란 눈에 만성이 된 것 같았다.

김승욱이 눈을 돌려 다른 침상을 훑어봤다. 미라처럼 머리를 붕대로 감은 환자도 있고 시게처럼 붕대 감긴 다리를 위에 걸어놓고 누워 있는 부상병도 있었다. 다들 중환자들이었다.

"둘이 죽고 둘이 다쳤어. 자네하고 나. 원종석이는 역시 괜찮아. 운을 타고난 놈 같아. 우린 원종석이 덕에 또 살아난 거야."

옆 병상에서 곽우신이 말하자 김승욱이 미소로 답했다. 곽우신은 원종석을 죽으라고 따라다녔다. 매사에 사려 깊으면서도 행동력이 있는 원종석 덕택에 김승욱도 두세 번이나 목숨을 구했었다. 그런 원종석을 따라다니면 죽을 가능성도 줄어든다는 곽우신의 말이 맞는 것 같기도 했다.

김승욱은 이번에도 원종석이 두 사람을 구했을 것이라고 생각했다. 그러나 운이 그렇게 좋다면 원종석이 좋은 집안에서 태어나 쉽게 쉽게 살았을 것이다. 동원소집 되지도 않았을 것이다.

최지은을 건드린 후배놈이 생각난 김승욱이 잠시 이를 악물고 화를 삭였다. 김승욱은 진짜 더럽게 운 좋은 놈은 애비 잘 만난 그런 놈이라고 생각했다. 그놈은 다른 젊은이들이 숱하게 죽어나가는 지금도 어디선가 한량 노릇을 할 것이 틀림없었다. 중세 신분제 사회도 아닌 21세기 초두에도 이렇다니, 이건 뭔가 크게 잘못된 것이라며 분노했다. 그때 옆에서 군의관과 간호장교가 걸어왔다.

"자네, 괜찮나? 잠은 잘 잔 모양이군."

"예? 예!"

"외상은 없던데. 한번 일어서 보게."

김승욱은 잠시 갈등했다. 군의관이 그를 진찰했을 것이다. 군의관을 속이긴 어려웠다. 그래도 김승욱은 어딘가 아픈 척하면 어떨까 잠시 머리를 굴렸다. 다시 전쟁터에 끌려가고 싶진 않았다.

그러나 누워계신 아버지가 생각났다. 최지은도 생각났다. 화가 나면서도 그들을 지켜주고 싶었다. 그리고 왜 싸워야 하는지 이유를 분명히 말할 수는 없었지만 그가 있을 곳은 이곳이 아니라는 생각이 들었다. 김승욱이 힘을 주어 벌떡 일어났다.

"예! 괜찮습니다. 다시 전선으로 돌아가겠습니다!"

슬리퍼를 신은 김승욱이 일어나 군의관 앞에서 팔다리를 움직여 보였다. 등허리가 조금 결렸지만 큰 이상은 없는 것 같았다. 군의관의 부름을 받은 의무병이 달려와 김승욱 옆에 섰다.

김승욱이 병상 밑에 놓인 전투복을 챙겼다. 바지는 새것이었지만 별로 기쁘진 않았다. 김승욱이 옆 병상의 곽우신에게 살짝 미소를 지었다. 곽우신이 무척 섭섭한 표정을 지으면서도 미소로 그를 보냈다.

김승욱은 멀쩡한 곽우신이 왜 병상에 누워 있나 생각하며 의무병을 따라 걸어갔다. 아마도 약삭빠른 곽우신이 꾀병을 부렸을 거라고 생각했다.

그런데 뭔가 이상했다. 곽우신의 병상은 생각보다 넓어 보였다. 김승욱이 뒤를 돌아보았다. 고개를 숙인 곽우신이 울고 있는 것 같았다. 순간 다리가 있어야 할 침대 시트 밑이 아무 것도 없는 것처럼 평평한 것이 눈에 들어왔다.

"이봐! 우신이!"

놀란 김승욱이 부르자 고개를 든 곽우신이 얼른 외면했다. 잠깐 본 곽우신의 얼굴은 눈물로 범벅이 되어 있었다.

김승욱은 전쟁이 터진 첫날 아버지를 모시고 간 병원에서 본 끔찍한 장면이 떠올랐다. 그 병원에서 김승욱은 양철통에 피묻은 팔다리가 담긴 검정색 비닐봉투를 가득 실은 수레를 노무자가 끌고가는 것을 보았다. 곽우신의 다리 두 개도 다른 부상병들 팔다리와 함께 그런 통속에 담겼다가 소각로에 던져졌을 것이다.

의무병이 가만히 서서 지켜보는 가운데 김승욱이 곽우신에게로 뚜벅뚜벅 걸어갔다. 뭔지 모를 감정이 북받쳐 견딜 수 없었다. 김승욱이 곽우신을 껴안았다.

"곽우신이. 우신이! 미안해."

6월 19일 15:40 강원도 양양군 현북면

― 탕!

두 번째 총탄이 날아왔다. 총탄은 특전여단 양영준 대위의 머리 위로 지나갔다. 총탄이 지나가는 것과 거의 동시에 총성이 들렸다. 양영준 바로 뒤에 서 있던 소나무에 총탄이 박혔다. '퍽' 소리가 나며 줄기가 세로로 쪼개졌다. 다시 주변이 쥐죽은듯 고요해졌다.

저격병은 탁 트인 장소에서 전문적인 저격소총을 갖추고 제대로 위장할 경우 대단히 위력적이다.

저격수 단 한 명으로도 중대급 보병 정도는 간단하게 전진을 멈추게 하고 머리를 못 들게 할 수 있다. 이런 저격수에는 저격수로 대항해야 된다. 저격수는 보병용 자동소총의 사거리를 훨씬 넘는 장소에서 공격해오는 경우가 많기 때문이다.

그러나 숲 속에서는 경우가 다르다. 숲 속에서는 관측 가능한 거리가 대단히 짧다. 게다가 우거진 수풀 속에서는 길이가 길고 무거운 전문적인 저격총이 오히려 불편할 수도 있다.

그래서 숲 속에서의 저격은 일반적인 자동소총을 사용하는 특등사수가 수행한다.

땅바닥에 엎드린 채 고개를 돌려 탄흔을 관찰한 양영준이 고개를 끄덕였다. 한눈에 발사방향과 거리를 알 수 있었다. 이번 저격수는 지난번과 달리 서툴렀다. 너무 일찍 총을 쏴 자기를 노출시킨 것이다.

양영준이 무전기로 대원들에게 저격수의 추정위치를 알렸다. 대원들은 노련한 전문가들이었다. 일일이 세부적인 지시를 하지 않아도 자동으로 움직였다.

숲 속에서의 저격수 제압작전은 총보다는 유탄이 더 효과적이다. 양영준이 지휘하는 팀에도 K-3 경기관총이 몇 정 있지만 그것으로 잡기에는 위험부담이 컸다. 기관총이 탄막을 제대로 만들기 전에 저격수에게 일격을 당할 가능성이 크기 때문이다.

― 퐁! 퐁!

유탄 두 발이 날아갔다. 유탄은 속도가 느리다. 그래서 유탄 사수는 자기가 쏜 유탄이 날아가는 모습을 볼 수 있다. 발사된 유탄들은 80미터 정도 떨어진 큰 소나무 둥치 근처에 떨어졌다. 40밀리 유탄 한 발은 반경 5미터 범위를 제압한다. 저격수가 있을 것으로 예상된 소나무 주변 폭 10미터 정도가 유탄의 파편에 휩쓸렸다.

폭음이 터지는 것과 거의 동시에 특전단 대원들이 일제히 앞으로 달려나갔다. 대기하고 있던 다른 유탄 사수들이 다시 목표지역에 유탄을 발사했다.

특전단원들이 예상지역으로 접근하는 동안 연거푸 유탄 4발이 그 주변에 작렬했다. 그 사이 인민군 저격수의 반격은 전혀 없었다. 발이 빠른 김홍석 중사는 벌써 저격수가 있을 것으로 추정되는 나무 근처까지 진출했다.

양영준이 예상했던 대로 인민군 저격수는 서툴렀다. 위장은 그런

대로 훌륭해서인지 가까운 곳을 수색 중인 다른 특전단 대원들은 그 저격수의 위치를 눈치채지 못했다.

그러나 잇달아 주변에서 유탄이 터지자 인민군 저격수는 겁에 질려 자리를 이동했다. 그 순간 주변에 있던 김홍석에게 발견되고 말았다.

— 타타탕!

김홍석은 15미터 정도 떨어진 바닥에서 기어 움직이는 인민군 저격수의 머리를 3점사로 명중시켰다. 인민군 저격수는 움찔하더니 바닥에 얼굴을 박고 더 이상 움직이지 않았다.

— 상황 종료! 저격수 한 명 사살.

초조한 표정으로 부하들의 무전을 기다리던 양영준 대위 입가에 비로소 웃음이 떠올랐다. 부하들은 역시 기대했던 대로 움직여줬다.

"수고했다. 전리품 수거해서 찰리 지점으로 이동한다."

— 알았다.

양영준은 주변에 있던 팀원들과 함께 헬리콥터와 만나기로 약속된 찰리 지점으로 이동했다. 저격수를 찾기 위해 앞으로 나갔던 대원들이 합류했다. 김홍석의 손에 북한 제68식 소총이 들려있는 것을 본 양영준이 피식 웃으며 엄지손가락을 세워 보였다.

6월 19일 16:10 서울 양천구 신월동

"이봐! 너 병신이지?"

"겉이 멀쩡한 걸 보면 아마 고자일 거야."

동원예비군 둘이 진지보수 작업에 투입된 사람들을 비웃으며 낄낄댔다. 김승욱이 힐끗 돌아보곤 다시 전방을 경계했다.

인천과 부천시를 점령한 인민군이 경인고속도로를 통해 신월인터체인지를 방어하는 국군 제59동원사단을 압박하고 있었다.

그러나 이곳은 인터체인지에서 약 500미터쯤 떨어진 곳에 있었다. 가끔 포탄이 떨어졌지만 만성이 된 김승욱은 이젠 놀라지도 않았다. 그런데 진지를 보수하던 사람들은 주변에 포탄이 떨어질 때마다 비명을 지르며 아우성을 쳤다.

전시근로동원령이 발동되어 소집된 그 사람들은 현역이나 예비군으로 전투에 동원되지 않은 젊은 사람들이었다. 신체검사 5등급자 및 군 인사법에 의해 제2국민역에 편입된 사람들이었다. 두툼한 안경을 쓰거나 키가 굉장히 작거나, 반대로 엄청나게 비만한 사람이 대부분이었다.

그런데 그 가운데 몇몇은 겉보기에 멀쩡했다. 물론 노부모 등 부양해야 할 가족이 있고 부양할 능력을 가진 다른 가족이 없을 때는 현역 면제 처분을 받을 수도 있다. 그러나 전혀 그럴 것 같지 않게 부티가 줄줄 흐르는 젊은이들이 몇 있었고, 이들이 예비군들에게 놀림 대상이 되고 있었다.

"얼마 주고 빠졌어? 군의관한테 돈 얼마 썼냐고?"

예비군 두 사람이 근처에서 작업하던 그런 젊은이 한 명을 불러놓고 농을 걸고 있었다. 키가 크고 말쑥하게 잘생긴 그 젊은이는 겁에 질려 아무 말도 못했다. 진지 위에 앉은 예비군이 자동소총을 계속 까딱거리며 은근히 위협했다.

"3종 동원이래, 자그마치 3종 동원. 킥킥! 야, 웃기지 않냐?"

"야! 3종! 넌 허우대도 멀쩡한데 왜 빠졌어? 씨팔, 좆도! 나는 고안데다 디스크까지 있어. 근데 소아마비로 다리 저는 내 동생이 월급 30만 원 받는다고 부양가족이 없으니까 현역이래. 2년 동안 전방에서 졸라 뺑뺑이 쳤는데 넌 씨바 뭐야?"

"열받는데 이 새끼를 확 그냥 쏴죽이고 개값을 물어?"

두 사람은 처지가 비교되자 점점 더 흥분했다. 그때 보다 못한 분대장이 나섰다.

"야, 그만해. 어디 아프니까 5등급이겠지."

병역면제 처분을 받는 경우는 규정상 여러 가지가 있다. 물론 몇몇 부유층 자제나 운동선수가 무릎연골 절제수술을 받고 병역면제가 되어 물의를 빚은 적도 있지만 폐일부 절제수술 등 겉보기에는 멀쩡하지만 병역면제 처분을 받아야 하는 경우도 많았다.

"씨발! 열받아 죽겠는데. 분대장이면 다야?"

두 사람이 분대장에게 눈알을 부라렸다. 분대장이라고 다른 예비군들에 비해 특별히 군 경험이 많은 것도 아니었다. 여차하면 한 번 맞붙을 기세였다.

그러자 가만히 있던 원종석이 뒤도 돌아보지 않고 느릿하게 한마디 했다.

"분대장이 그만하란 소리 안 들려?"

"넌 씨바 뭐야?"

화가 치민 예비군 한 명이 원종석에게 달려들려는데 다른 예비군이 말렸다. 둘이 원종석을 손가락질하며 잠시 쑥덕거리더니 원종석을 치려던 예비군의 기가 팍 죽었다. 원종석은 예비군들 사이에서 이미 유명인사였다. 그의 말을 들어서 손해볼 건 없다는 소문이 퍼져 있었다.

"살아남고 싶으면 분대장 말 잘 들어라. 도망가지 말고. 껄렁껄렁한 놈들은 전투가 시작되자마자 도망가다가 다 돼지더라. 우리 소대장한테 말야."

원종석의 말에 김승욱이 키득댔다. 그런 적은 없었지만 소대장은 그러고도 남을 사람이라는 것이 김승욱의 생각이었다. 분대장이 전시동원근로자를 돌려보냈다. 그 젊은이가 연신 고개를 숙이며 고맙다는 인사를 했다.

김승욱이 어디선가 몇 번 들었던 목소리였다. 고개를 천천히 돌리던 김승욱이 놀라 벌떡 일어났다. 남자가 김승욱을 먼저 알아보고 잠시 당황하더니 일순간 반가운 표정으로 바뀌며 인사했다.

"형!"

"야! 너, 이 새끼, 이동훈이지? 이 개새끼!"

분노가 극에 달해 총을 쥐려는 순간 원종석이 김승욱의 겨드랑이에 팔을 넣어 자리에 앉혔다. 그러고는 이동훈이라는 남자에게 빨리 가라고 손짓했다. 허둥지둥 뛰어가는 이동훈의 뒤로 김승욱이 펄펄 날뛰며 욕설을 퍼부었다.

"야! 이 씨팔새끼! 뒈져버려라. 너, 이 개새끼 고자지?"

그때 멀리서부터 으르렁거리는 소리가 들려왔다. 주위 참호와 건물이 떨릴 정도로 진동이 컸다. 김승욱은 도망가는 이동훈 너머에 시커먼 것들이 몰려오는 것을 발견했다.

"전차다! 적인가?"

원종석이 일어나 설눈을 뜨고 이쪽으로 접근하는 전차부대를 바라보았다. 원종석 입가에 웃음이 가득 번졌다.

"아군이야! 우린 살았다!"

예비군들이 환성을 질렀다. 서울 북방으로 몰려오던 인민군 기갑부대가 사실상 괴멸되자 국군 지휘부가 제16기갑여단을 서울 서부방면으로 이동시킨 것이다.

"빨리 길을 터줘! 전차부대가 통과할 수 있도록, 어서!"

그동안 어딘가에 처박혀 있던 소대장이 나타나 예비군들에게 고래고래 악을 썼다. 예비군들이 전시동원근로자들과 힘을 합해 도로를 막은 바리케이드를 치우기 시작했다.

곧 전차부대가 도착했다. 예비군들은 국군 기갑부대가 모두 지나갈 때까지 함성을 멈추지 않았다.

6월 19일 17:40 강원도 양양군 양양읍

하늘은 잔뜩 흐려 있었다. 계곡 사이에 난 작은 도랑 주변으로 세찬 바람이 몰아쳤다. 소나무들이 윙윙거리는 소리를 내면서 흔들렸다. 며칠 동안 비가 내려 개울에는 물이 많았다.

바람 소리만 요란한 도랑 주변 숲 속은 언뜻 봐서는 소나무밖에 볼 수 없었다. 그러나 소나무숲 속에는 국군 자주포 1개 포대가 숨어 있었다. 워낙 위장이 교묘한 탓에 외부에서는 쉽게 관찰할 수 없었다.

얼룩덜룩한 위장막을 걸친 자주포들이 도랑에서 약간 떨어진 소나무숲 속에 배치되어 있었다. 도랑 한쪽마다 3문씩 도합 6문이 있었다. 자주포 차량들은 길다란 포신을 북쪽으로 돌리고 있었다. 빳빳하게 고개를 든 포신 주변에는 얼룩덜룩한 대공용 위장막이 둘러쳐져 있었다. 이들은 국군 935 포병대대 C포대였다.

이들 자주포에서 남쪽으로 약 100미터 정도 떨어진 장소에 C포대 소속 M-557 지휘장갑차가 서 있었다. M-557 지휘장갑차는 M-113 장갑차를 개조해서 통신장비와 각종 지휘관련 설비를 설치한 모델이다. 기다란 안테나가 여러 개 붙어 있어 한눈에 지휘차량임을 알 수 있었다.

각 자주포와 지휘차량 주변에는 게릴라 침투를 방어하기 위한 철조망과 진지들이 설치되어 있었다. 강원도와 경북 일대에 침투한 인민군 게릴라들 때문에 포대 요원들은 신경을 곤두세우고 있었다.

엄청난 병력이 동원된 대규모 소탕작전으로 인민군 게릴라들은 대부분 진압되었지만 아직 완전히 소탕된 것은 아니었다. 그래서 핵심 요원들을 제외한 포대원들 중 대부분이 진지 주변 방어에 투입되었다.

지난 3일 동안 포대원들은 세 차례에 걸쳐 인민군 게릴라들의 야간 습격을 받았다. 게릴라들의 습격으로 몇 명이 죽거나 다치는 인명피해를 입기도 했다. 그러나 그 때문에 임무 수행이 중단되는 일은 한 번도 없었다.

숲 속에서 위장하고 있는 찰리 포대 자주포들은 포신이 기이하게 길었다. 워낙 포신이 길어 비스듬하게 세워져 있음에도 주변에 있는 소나무들과 키가 비슷했다. 이 자주포는 국군이 사용하는 일반적인 155밀리 K-55 자주포가 아니라 175밀리 M-107 자주포였다.

포가 워낙 커서 M-107 자주포 차체에는 포탄을 겨우 두 발 정도만 싣고 다녔다. 나머지 포탄은 M-113 장갑차를 개조한 M-548 탄약차량에 실었다. 175밀리라는 대구경포라서 승무원도 13명으로 많았다. 포수와 조종수, 차장 등 5명은 포 주변에 대기하고 나머지 인원은 경계임무를 맡았다. 주변이 너무 조용해 개울 쪽에서 물 흐르는 소리가 크게 들려왔다. 간혹 새 우는 소리가 들리기도 했다.

어느 순간 갑자기 고함이 들리며 국군 병사들이 빠르게 움직이기 시작했다. 약 10킬로미터 거리에 있는 대포병 레이더 부대로부터 표적 정보가 전송되기 시작했기 때문이다. M-107 자주포는 사거리가 30킬로미터 이상으로 길다. 그래서 대포병 사격임무에 주로 투입되고 있었다. 사격 지휘차에서 지시하는 사격제원대로 포신이 움직였다. 갑자기 주변이 시끄러워지자 새들이 놀라 푸드득 날아갔다.

— 꽝!

3번 포가 먼저 발사했다. 굉음과 함께 중량 66.78킬로그램짜리 175밀리 고폭탄이 초속 900미터가 넘는 속도로 북쪽을 향해 날아갔다. 포수는 순식간에 작은 점으로 변해 날아가는 포탄 꽁무니를 볼 수 있었다.

포탄이 포신을 빠져나가자 포구에서 엄청난 폭풍이 일어났다. 주변에 있는 소나무들이 거세게 흔들리며 하얀 연기에 휩싸였다. 작은 가지가 몇 개 부러지고 솔잎이 땅바닥으로 우수수 떨어져 내렸다. 다시 침묵이 흘렀다. 3번 포는 재장전 작업을 했고 다른 포들은 포탄을 장전한 채 계속 대기했다.

1분 정도 지난 뒤 탄착 수정지시가 들어왔다. 큰 오차는 없었다. 간단한 수정을 거친 다음 포대 소속 6문의 175밀리 자주포가 동시에 불을 뿜었다. 엄청난 폭풍이 소나무 숲을 뒤흔들었다. 30초 간격으로 동일한 지역에 대해서 두 번 더 일제사격이 실시되었다.

국군의 강력한 역습은 곳곳에서 성공을 거두고 있었다. 진부령까지 남하한 인민군은 공격기세가 크게 둔화되어 주저앉아버렸다. 고지 하나를 두고 국군과 인민군 보병들끼리 일진일퇴의 공방전이 벌어졌다. 격렬한 고지전을 지원하는 중에도 인민군 포병과 국군 포병은 치열한 대포병전투를 벌였다.

대포병전투는 일반적인 전투와는 다르다. 서부극식의 1 대 1 방식의 전투라기보다 저격수들끼리 벌이는 결투에 가깝다. 자기는 철저하게 숨기고 상대가 발견되면 가차없이 포탄의 비를 퍼붓는 방식이었다.

인민군 포병은 휴전선 후방의 갱도 진지 안에 있을 때는 안전했다. 그러나 아군의 진격으로 전선이 남쪽으로 내려오자 문제는 전혀 달라졌다. 인민군 포병은 보병의 진격을 지원하기 위해 안전한 갱도 진지에서 기어나와야 했다. 국군 포병은 이런 순간을 노리고 있었다.

인민군에게 점령당한 지역 곳곳에 몸을 숨긴 정찰요원들이 인민군 포병의 이동상황을 낱낱이 보고해왔다. 귀중한 대포병 레이더도 인민군 포병이 쏜 포탄을 역추적해서 적 포대 위치를 밝혀냈다.

이런 정보를 바탕으로 국군 포병은 인민군 포병대를 하나씩 차례대로 제압해갔다.

국군 병사들의 얼굴과 동작에는 지친 기색이 완연했다. 그러나 피곤한 표정 중에도 어떤 생기가 있었다. 포대원들의 얼굴에는 승기를 잡은 군대에서나 볼 수 있는 자신감이 보였다.

사격이 끝나기가 무섭게 자주포들이 진지에서 빠져나오기 시작했다. 적의 대포병 사격에 대비해서 진지를 이동시키려는 것이다. 오늘 하루 동안 이들은 진지를 다섯 번 바꾸었다.

이동명령이 내려지자 C포대원들은 기계처럼 움직였다. 각종 기자재를 신속하게 회수한 병사들이 대기하고 있던 차량에 올랐다. 3분이 지나자 진지 주변에는 아무 것도 남지 않았다. 시냇물은 계속 졸졸 흘렀고 새 우는 소리가 숲 속에 가득 찼다.

6월 19일 20:10 서울 용산구

"16기갑여단이 잘하고 있군."

합참의장이 보고를 받고 고개를 끄덕거렸다. 다른 지휘부 요원들도 힘이 넘쳤다. 정현섭 소령은 좋은 현상이라고 생각하며 빙긋 웃었다. 해병대 김태식 소장이 아까부터 계속 통로를 왔다갔다하는 모습이 보였다.

부천으로 진출한 제16기갑여단은 보병사단과 함께 인민군 4군단의 주공을 격파하고 인천 쪽으로 밀어붙이고 있었다. 그동안 엄청난 피해를 입어가며 힘들게 서울 서부지역을 방어해오던 제59동원사단은 예비로 빼돌렸다. 그동안 동원예비군들이 피땀으로 지킨 서울이었다.

합참의장 김학규 대장은 매5분마다 정현섭의 자리로 와서 다른 전선의 북진 상황을 체크했다. 국군이 후퇴할 때는 정현섭이 보고를 해도 내키지 않으며 들었는데, 이젠 정반대가 된 셈이었다.

인민군이 점령했던 파주시 북쪽은 국군이 인민군을 천천히 몰아내며 현재 임진강선, 임진각까지 진격했다. 파괴된 인민군 전차와 장갑차가 하도 많아 김학규 대장이 이곳에 제철소를 세우면 용광로에 들어갈 고철은 걱정할 필요없겠다는 농담까지 했다.

동두천 축선은 계곡을 따라 형성된 동두천 시가지와 그 북쪽 도로가 파괴된 차량으로 가득 메워졌다. 군단 사령부에서는 도저히 전진하기 어렵다며 후방에 불도저를 더 많이 지원해달라고 아우성쳤다. 진격 속도가 가장 느린 곳이었다.

서울에서 멀리 떨어져 있지만 인민군들이 남쪽으로 가장 많이 진출한 원주 북방에서는 제21기갑여단을 선두로 속도전을 펼치고 있었다. 오전에 횡성을 점령하고 몇 시간 전에 홍천을 수복했다더니 벌써 춘천 인근까지 도달해 있었다.

정현섭은 만약 원주 방어선이 무너졌으면 인민군이 영동고속도로를 타고 들어와 서울 남쪽을 차단할 뻔했다고 가슴을 쓸어내렸다. 서울 서쪽 김포시로 도하해 서울 서부를 노렸던 인민군 4군단이 만약 원주를 돌파한 인민군 5군단과 806기계화군단을 서울 남쪽에서 만나 포위망을 형성했으면 서울이 함락될 뻔했다.

"북괴군 108기계화군단이 평강으로 이동하고 있다고 합니다."

정보참모본부 부장 안우영 중장이 합참의장에게 보고했다. 정현섭은 그 말을 듣고 기겁했으나 해병대 김태식 소장은 만면에 웃음을 띠었다.

인민군 108기계화군단은 강원도 북방에 주둔하며 동부전선의 제3제대로서 남진하여 전과를 확대하는 임무를 맡거나, 또는 한국군이 미군과 함께 동해안에 상륙할 것에 대비한 예비대 성격의 군단이었다.

정현섭과 김태식 소장의 표정이 정반대인 것은 806기계화군단의 전멸로 생긴 공백을 메우기 위해 108기계화군단이 동부전선 예비로서 남진한 것 때문이었다. 동부전선의 육군은 새로운 기계화부대를 상대해야 하는 반면, 원산에 상륙작전을 준비하고 있는 해병대 입장에서는 일이 수월하게 풀린 것이다.

"한미연합 해병사령부에 이 기쁜 소식을 전하겠습니다."

김태식 소장이 싱글벙글하며 수화기를 들었다. 일이 있을 때마다 한미연락사무소를 통해 미군에게 지원요청하는 육해공군과 달리 원산 상륙전에 대비하는 한국과 미국 해병대는 밀접한 지휘 및 통신체계가 필요해 단일 사령부를 구성했다.

그런데 정현섭은 과연 미국이 108기계화군단의 이동을 이미 파악하고 있을지 의심스러웠다. 이번 전쟁을 보며 느낀 것이지만, 인공위성 감시체계라는 것이 그리 정확하지도 않고 그 정보가 제대로 활용되기 힘들다는 사실이었다.

"가능하면 말이오."

합참의장이 국군 고위 장성들의 주목을 끈 다음 천천히 입을 열었다. 잔뜩 들뜬 장군들과 달리 김학규 대장은 걱정이 점점 더 커지는 모양이었다.

"가능하면 미군의 도움을 받지 마시오. 물론 상륙작전에서는 어쩔 수 없겠지만 말이오."

정현섭은 무슨 뜻일까 곰곰 생각했다. 그러나 정확히 어떤 의미를 가진 말인지 얼른 파악하기 힘들었다. 고승이 낸 화두 같은 말이었다.

6월 20일 01:45 　충청남도 서해 상공

KF-16 전투기 네 대가 항법등을 깜빡이며 날고 있었다. 전투기들은 함 미사일, 공대공 미사일과 함께 ECM 포드를 양쪽 날개에 두 개씩 달고 있었다.

송호연 대위는 오늘도 여전히 김영환 중령의 윙맨이었다.
─ 치직!
무선 마이크 스위치를 토글시키는 소리가 들렸다. 그러자 전투기 네 대가 속도를 줄이고 대형을 넓게 벌린 다이아몬드형으로 변경시켰다. 잠시 뒤 송호연의 눈에 정면 아래쪽에서 천천히 날고 있는 C-130 두 대가 들어왔다. KF-16 전투기들은 두 대의 C-130 수송기를 사방에서 에워싸도록 대형을 조절했다.

송호연은 오른쪽 어깨선이 C-130의 날개와 일직선이 되도록 기체 위치를 조절했다. 이 C-130 수송기들은 평양 근처로 특수부대를 투입하는 임무를 띠고 있었다. 임무가 사전에 노출되는 것을 막기 위해서 모든 항공기는 무선침묵을 유지하고 있었다. 대신 랑데부하는 시각과 위치, 랑데부 절차 등을 미리 상세하게 브리핑받았기 때문에 편대 구성이 그다지 큰 부담이 되지는 않았다.

오늘 송호연의 임무는 수송기를 평양 인근 지역 상공에 진입시키기 위한 전자지원 임무였다. 게다가 오늘 임무는 은밀성이 요구되기도 하고 비행단 사정상 대규모 출격이 불가능했기 때문에 SEAD나 공대공 호위 편대는 따로 없었다.

송호연 편대의 전투기들이 달고 있는 미사일만으로 알아서 해결해야 했다. 송호연의 전투기에는 내장형 ECM 장비인 ASPJ가 탑재되어 있었고 양쪽 날개에는 LG정밀과 국방과학연구소에서 합작으로 개발한 ECM 포드인 ALQ-V가 하나씩 장착되어 있었다.

ASPJ는 F-16의 방어력을 높이기 위해 블록 50부터 기체 안에 내장시킨 ECM 포드인데 개발이 늦어져서 기체 도입 후 몇 년이 지난 지금에야 기체에 장착되고 있었다. 그래서 송호연의 비행단에도 ASPJ가 탑재된 기체와 그렇지 않은 기체가 섞여 있었다. 이번 전쟁이 나고 송호연이 ASPJ가 탑재된 기체를 타기는 이번이 처음이었다.

송호연은 무릎 위 메모판에 적어놓은 ASPJ 조작절차와 ALQ-V 포드 조작 절차를 다시 한 번 훑었다. 메모판 위에는 작은 라이트가 달려 있어서 어두운 조종석 내에서도 별도 조명 없이도 필요한 내용을 볼 수 있었다.

― 치직!

토글 소리에 송호연이 고개를 들자 앞쪽에서 비행하는 김영환 중령의 선도기를 따라서 C-130 수송기들이 완만히 선회하는 게 보였다. 송호연도 C-130의 날개 끝에 기준을 맞추며 완만하게 선회했다.

6월 20일 02:17   평안남도 강동군(평양특별시 강동군) 상공

선회를 마친 C-130 두 대와 KF-16 전투기들이 다시 줄을 맞춰 편대 위치를 조절했다. 송호연 대위가 계기판 오른쪽 다기능 디스플레이를 보면서 항로를 확인했다. 이번이 일곱 번째 웨이포인트였다.

이번 임무에서는 최대한으로 레이더 탐지를 피하기 위해서 진로 변경 지점이 많았다. 레이더는 그 방식에 따라 레이더 전파에 직각으로 이동하는 물체와 평행하게 이동하는 물체를 탐지할 수 있는 능력이 다르다. 송호연의 편대는 사전에 파악한 북한 레이더 기지의 배치에 따라서 최적의 침투코스를 택해서 비행하고 있었다.

― 삐삐삐삐삐!

레이더 경보수신기가 레이더 시그널을 잡았다며 울어댔다. 하지만 수신기 스코프에 표시된 시그널이 아직 위험단계는 아니었다. 그렇지만 내심 불안해진 송호연은 침을 삼키며 시계와 현재 위치를 확인했다. 이제 곧 김 중령의 포드 작동 개시 신호가 들려올 시간이었다.

― 치직!

토글 소리와 동시에 송호연이 기다렸다는 듯이 양쪽 날개의 ALQ-V 포드를 작동시켰다. ASPJ는 아직 작동시키지 않고 있었다. ASPJ는 자신이 탑재된 KF-16기의 방어에 최적이긴 하지만, 송호연이 지금 전자적으로 숨겨야 하는 건 KF-16 전투기가 아니라 침투요원들을 실은 수송기였다.

ALQ-V의 조작을 마친 송호연이 다시 한 번 전투기와 수송기의 위치를 확인했다. 브리핑 때 받은 명령에서는 송호연과 동료 조종사들은 절대로 수송기를 둘러싼 다이아몬드형 대형을 풀지 못하도록 되어 있었다.

출격 전 브리핑에서는 기술장교가 나와서 다이아몬드 편대 대형의 중요성과 총 여덟 대의 ALQ-V가 어떻게 작동해서 지상 레이더를 교란하는지를 어려운 공학용어를 뒤섞어가며 조종사들에게 강조했다. 두꺼운 안경을 낀 그 기술장교는 외국 유명한 대학에서 위탁교육을 받았다고 했다. 그 장교는 외국 대학을 졸업해서 똑똑한 것이 아니라 원래부터 똑똑해서 외국 대학에 간 것 같았다.

사관학교 때 항공공학을 전공했고 전자공학과는 별로 친하지 않았던 송호연은 복잡한 브리핑 내용을 다 이해할 수는 없었다. 송호연이 이해한 거라곤 ALQ-V 포드는 국내에서 우리 실정에 맞게 개발한 ECM 포드라서 신형과 구형 레이더가 공존하는 북한의 방공망을 효과적으로 기만할 수 있다는 것과 여덟 대의 ALQ-V가 위치에 따라 서로 다르게 작동한다는 것뿐이었다.

북한 지역의 방공 레이더들 중 상당수는 1970년대 이전에 설치된 구식 레이더들이라 연속파 방식이나 펄스 방식을 사용한다. 북한의 레이더 미사일인 SA-2, SA-3, SA-5의 유도 레이더도 모두 여기에 속한다. 하지만 80년대 이후에 도입된 펄스-도플러 방식이나 90년대에 도입된 모노 펄스 방식의 레이더에는 연속파나 펄스 방식에 사용되던 각도기만과는 다른 기만 기법이 사용되어야 한다.
 어려운 공식이 적용된 전자공학 덕분인지 아직까지 지상의 방공망은 침묵을 지키고 있었다. 갑자기 레이더 경보수신기가 울리기 시작했다. 멀리 서치라이트 빛줄기가 솟아오르는 것이 보였다. 그러나 빛줄기들은 송호연과 수송기들이 있는 곳과는 전혀 동떨어진 곳을 뒤지고 있었다. ALQ-V 포드가 북한 지상 레이더에 허상을 만들어내고 있는 모양이었다.
 - 칫, 칫, 칫!
 짧게 세 번 끊어지는 무선 마이크 토글신호가 들렸다. 수송기에서 침투팀이 강하 개시하겠다는 신호였다. 송호연이 고개를 오른쪽으로 돌려 수송기의 뒤쪽을 바라보았다. 시커먼 물체들이 튀어나와 돌처럼 떨어지고 있었다. 송호연의 머릿속에서 저들이 과연 살아서 돌아올 수 있을까 하는 생각이 스치고 지나갔다.

6월 20일 02:55 평안남도 강동군(평양특별시 강동군)

 강하지점에서 2킬로미터 서쪽으로 이동한 특전사 제101작전팀은 본부와의 통신을 위해 잠시 멈춰 섰다. 101작전팀은 전원이 베테랑들로 구성되어 있었다. 그래서 위험부담이 큰 야간 고고도 강하에서 사고없이 전원 무사히 목표지점에 강하했다.
 지휘부와 교신이 끝나자 대원들이 황인수 주변에 모여들었다. 대원들은 모두 야간투시경을 끼고 있었다. 어둠 속에서 야간투시경을 낀 채 둥글게 모여 있는 모습은 마치 도깨비들의 회의장 같았다.
 출발 직전 작전팀에 동참한 정체불명의 대원 한 명도 다가왔다. 유일하게 야간투시경을 끼지 않은 대원이었다. 그 대원은 계급도, 소속도 불명이었다. 머리는 메탈가수들처럼 어깨까지 내려왔고 걷는 동작도 건들건들해서 황인수는 그 대원이 마음에 들지 않았다. 그런데다 조금 전 본부로부터 받은 전문 내용은 불만을 한층 더 증폭시켰다.

전문 내용은 '지정된 지역으로 이동시 동행한 안내원의 지도에 전적으로 따를 것'이라고 나와 있었다. 안내원은 다름 아닌 그 장발족 녀석이었다. 황인수는 이 내용을 자기 팀에 대한 지휘권 침해로 판단했다. 속으로 부글부글 끓고 있는 판에 장발족이 한마디 던졌다.

"다른 사항이 없다면 지금 출발하겠습니다."

한마디 내던진 장발머리가 휘적휘적 저편으로 걸어갔다. 머리카락이 치렁치렁 늘어진 어깨에 비스듬히 멘 아카보총이 흔들거렸다. 황인수가 야간투시경을 벗고 뒤쫓아가 안내원의 어깨를 잡았다.

"이봐! 잠깐!"

"뭔 일 있습니까?"

황인수가 돌아보는 안내원의 멱살을 잡았다. 어둠 속에서 황인수의 눈이 분노로 빛났다. 황인수는 특전사 장교라는 데 대해 유달리 강한 자부심을 가지고 있었다. 특전사를 스스로 선택했고, 그 조직 내에서 오로지 실력만으로 최고로 인정을 받았다.

자기 능력에 대한 자부심이 대단해 일단 작전에 투입되면 그 누구도 황인수의 권위를 넘보는 것을 허락하지 않았다. 소속도 불확실한 어린 녀석이 건방지게 구는 태도는 정말 참기 어려웠다.

"우리, 이건 명확하게 하자고. 이 작전에서 누가 지휘관인가?"

장발족 사나이가 주변 숲을 살피며 대답했다.

"그건 당신이지. 하지만 난 당신 부하가 아니오."

"그럼, 넌 도대체 뭐야?"

황인수가 거칠게 멱살을 잡고 흔들자 장발족이 황인수와 눈길이 마주쳤다. 머리카락 사이로 시퍼런 눈빛이 보였다. 그 눈빛을 보자 황인수는 가슴이 철렁해졌다. 야수의 눈빛 바로 그것이었다. 장발족은 꽉 쥐고 있는 황인수의 손목을 잡고 슬쩍 비틀었다. 잔뜩 힘이 들어가 있던 황인수의 손이 어이없게 풀렸다.

"당신, 여기 와본 적 있수?"

장발족이 되물었다. 황인수가 자기 손을 주무르며 대답했다. 장발족이 비트는 힘은 엄청났다. 손이 찌릿찌릿했다.

"없어."

"그럼, 내가 가는 대로 따라오쇼. 일일이 가르칠 시간 없으니까."

내뱉듯이 말한 장발족은 등을 보이며 저만치 걸어갔다. 황인수는 속이 부글부글 끓었다. 그때 장발족이 갑자기 생각난 듯 걸음을 멈추고 한마디 던졌다.

"참! 이거 하난 밝히지. 소속 부대는 다르지만 내 계급은 당신과 같소. 그러니 너무 기분 나빠하지 마시오, 황 소령."

말을 마친 장발족은 뒤도 안 돌아보고 걸어갔다. 특전단 부하 대원들이 슬금슬금 황인수 옆으로 다가와 눈치를 보았다. 황인수는 숲 그늘 사이로 사라지는 장발족의 뒷모습을 잠시 바라보다가 나직하게 헛기침했다. 스타일을 완전히 구긴 것이다.

"가자!"

황인수의 뒤를 따라 특전단 101작전팀원들이 숲 속으로 사라졌다.

6월 20일 10:21 강원도 고성군 거진항 북동쪽 84km

"어딜 가려고? 절대로 못 놔준다, 이놈아! 스모크 투하 준비!"

정세진 소령이 가소롭다는 듯이 코웃음을 치다가 정색을 하고 명령을 내렸다. 콘솔에는 소노부이를 나타내는 점들 수십 개 가운데서 잠수함을 나타내는 식별부호 한 개가 표시되었다. 그것은 북한의 상어급 잠수함이었다. 다이캐스 부이에서 쏜 액티브 음파를 맞은 상어급 잠수함은 지금 꽁지가 빠지라고 북쪽을 향해 달렸다. 그러나 상어급 잠수함 위치를 뻔히 알고 있는 대잠초계기를 따돌릴 수는 없었다.

한국 해군의 오라이언 대잠초계기는 마치 흰꼬리수리가 수면 위에서 농어를 낚아채는 것처럼 기수를 아래쪽으로 향하여 빠른 속도로 하강했다. 그리고 소노부이가 탐지한 지점 위를 지나가며 스모크 부이를 투하했다.

"매드 확인. 표적정보 일치합니다."

"좋아, 어뢰공격 한다!"

자기감지장치인 매드에도 인민군 잠수함의 신호가 확실하게 잡혔다. 그리고 스모크 부이가 연기를 뿜으며 그 지점을 확실하게 알려주고 있었다. 이제 어뢰를 투하하기만 하면 끝이었다. 오라이언이 다시 상승한 후 선회해서 스모크 부이가 연기를 뿜는 지점을 향했다.

마지막 순간에 어뢰를 투하하는 것은 초계기 조종사인 기장이 할 일이었다. 오라이언 대잠초계기 동체 아래쪽에 위치한 무기고의 개폐구가 열리기 시작했다. 기장이 조종간의 무장 트리거를 당기자 어뢰를 구속하던 결속장치가 해제되고 어뢰 두 발이 투하됐다.

청상어 어뢰는 낙하산을 활짝 펼치면서 속도를 줄인 다음 바다 위로 천천히 떨어졌다. 수면에 다다른 어뢰가 낙하산을 분리시켰다. 어뢰는 물 속에서 나선형으로 빙빙 돌면서 계속 아래쪽으로 내려갔다.

"1, 2번 어뢰 탐신 시작했습니다."

음향유도방식의 청상어 어뢰가 탐신한다는 것은 수동탐색 모드에서 잠수함을 발견하고 최종 유도를 위해 액티브 소나를 쏘았다는 뜻이었다.

청상어 어뢰는 인민군 상어급 잠수함을 완전히 포착했다. 탐색 모드에서 돌입 모드로 변경하면서 어뢰가 가속을 시작했다. 상어급 잠수함은 이리저리 변침을 시도했지만 청상어 어뢰를 떨칠 수는 없었다. 수중최고속도가 10노트에 못 미치는 상어급 잠수함을 40노트 가까운 청상어 어뢰가 놓칠 리 없었다. 소노부이들의 장벽 속에서 상어급과 청상어가 벌이는 추격전은 오라이언 대잠초계기의 대잠실에서 속속들이 파악하고 있었다.

― 명중했나?

"조급하긴. 젠장! 기다릴 줄도 모르나?"

갑자기 기장실에 연결된 인터폰이 울리자 정세진 소령이 버럭 화를 냈다. 쫓기는 잠수함과 추적하는 어뢰에 집중하고 있는데 기장이 질문하자 정세진 소령이 짜증을 낸 것이다. 기장은 며칠 전에도 잠수함을 잡은 것이 자신이라고 박박 우겼던 것이다. 최종적으로 방아쇠를 당긴 사람이 잡은 것이라는 논리였다.

"부상을 시도하는 것 같습니다."

"좌전방 열 시!"

소노부이 감시 콘솔을 들여다보던 음탐수가 보고한 것과 동시에 관측창에 붙어 있던 기상정비사가 바다 위로 솟는 상어급 잠수함을 확인했다.

"어디야? 어디!"

정세진 소령이 허겁지겁 관측창 옆으로 다가갔다. 그가 본 것은 하얀 물기둥과 함께 솟아오른 상어급 잠수함의 사령탑이었다. 그리고 두 번째 청상어 어뢰가 다시 상어급 잠수함 뒷부분에 명중하면서 검은 연기와 물기둥이 치솟았다.

"저! 저거……"

정세진 소령은 사령탑 위의 해치가 열리는 것을 목격했지만 빠져나온 사람은 없었다. 물기둥과 연기가 사라지고 상어급 잠수함이 다시 보였다. 그러나 반이 동강난 잠수함은 균형을 급격히 잃고서 뱃머리가 번쩍 들린 채로 기우뚱거리다가 물 속으로 모습을 감췄다.

 묘한 느낌이었다. 잠수함을 격침하는 것은 짜릿한 성취감을 불러오는 일이다. 그러나 그것은 보이지 않는 잠수함들에 대한 감정이었다. 살려고 발버둥치는 잠수함의 마지막 순간을 눈으로 직접 확인한 것은 처음 있는 일이었다.

 ― 명중이군. 타코! 이것도 내가 잡은 거 맞지?

 "그래, 맞다. 이번 것도 기장이 잡았다. 누구 똥 참 굵다. 어느 집 화장실은 되게 자주 막히겠다."

 조종석으로부터 기장의 너스레가 또 들려오자 정세진 소령이 시큰둥한 농담으로 맞받아쳤다. 지금 정세진 소령이 탑승한 오라이언 대잠초계기는 극히 일부 해역만 담당할 뿐이었다. 미 본토에서 전개된 오라이언은 물론이고 동해로 진입한 미 해군 항모 두 척에서 날아오른 S-3 바이킹 대잠초계기도 있었다.

 아직까지 살아남은 인민군 해군 잠수함들이 미 항모전단을 향해 남하하려고 발악했다. 하지만 그런 구식 잠수함으로 백여 대에 가까운 대잠초계기들의 강력한 방어망을 무사히 통과하는 것은 거의 불가능했다.

 미 해군 원자력잠수함이 매복하고 있는 구역도 있었지만 동해에서 벌어지고 있는 대잠전의 주도권은 초계기들이 장악했다. 그 중에는 일본 해상자위대의 대잠초계기도 섞여 있었다.

 물론 해상자위대의 오라이언들은 절대 공격을 하지 않았다. 그러나 한국과 미국 해군 오라이언들이 작전구역에 진입하기 전에 소노부이를 투하하는 임무를 수행했다.

 일본 초계기들은 마치 융단폭격이라도 하듯이 일본 열도를 왕복하며 소노부이를 뿌려댔다. 손을 더럽히지는 않았지만 숨어 있는 인민군 잠수함들의 위치를 모두 알려준 꼴이었다.

　인민군 잠수함들에 대한 압도적인 우세상황이 정세진 소령으로 하여금 회의를 일으켰다. 불과 며칠 전에는 생각지도 못했던 부분이었다. 그것은 전쟁이 과연 누구의 손에 쥐어져 있는지에 대한 반문이었다.

　물끄러미 내려다본 관측창으로 수평선 부근에 아른거리는 커다란 물체들이 보였다. 정세진 소령이 쌍안경을 들어 확인했다. 대잠방어망이 완벽하게 구축되면 곧바로 북방경계선을 넘을 태세로 대기 중인 항공모함 두 척과 다른 수많은 함선들로 구성된 상륙함대였다.

평양의 밤

6월 20일 13:50 경기도 김포시

　인민군들이 계속 땅굴 속으로 기어 들어갔다. 땅굴이 중간에 막혔는지 인민군들이 땅굴로 들어가는 속도는 아까보다 많이 떨어졌다. 땅굴 밖에서 인민군들이 초조하게 차례를 기다리고 있었다. 작은 언덕 밑에 비스듬히 나 있는 땅굴 입구 근처에는 초라한 몰골의 인민군들이 부상병들을 부축하며 대기했다.
　인민군 4군단 6사단 경보병대대 박장익 소위는 땅굴 입구를 힐끗거리며 사방을 주시했다. 1km 밖에서는 후퇴를 엄호하는 경보병대대 병력과 인민군 본대를 추격하는 국군 사이에 치열하게 전투가 벌어지고 있었다.
　강화도에서 건너온 해병대와 인천 쪽에서 전진한 국군 37사단, 그리고 서울 쪽에서 진군해오는 16기갑여단 전차들이 포위망을 좁혀오고 있었다. 좁은 김포반도에서 인민군들이 도망갈 곳은 이곳밖에 없었다.
후퇴하는 인민군들이 한강 하구를 도하하는 것은 불가능했다. 개전 초반에 AN-2 경비행기들을 너무 혹사하고 중부전선에서 헬리콥터를 대량 운용하다가 거의 모두 전멸했다. 이제 항공기 수송 수단도 거의 남아 있지 않았다.
살아남은 인민군들은 16일에 4군단 경보여단과 6사단 경보대대가 기어나왔던 땅굴을 통해 도망가야 했다. 입구가 많고 땅 속에서 거미줄처럼 연결된 넓은 땅굴이었지만 일시에 몰리는 수많은 병력을 감당하지 못해 잠시 정체현상을 빚고 있었다.
− 쿠앙!
바로 근처에서 박격포탄이 터졌다. 땅굴 앞에 서 있던 인민군들이 본능적으로 재빨리 자세를 낮췄다. 그러나 이제 더 이상 놀라는 자는 없었다. 이곳에 박격포탄이 날아온 게 지금까지 한두 번이 아니었다.
그리고 박격포탄은 땅굴 입구에서 100미터쯤 떨어진 논에서 또 터졌다. 여기서 약 3km 남쪽 야산을 점령한 국군이 이쪽을 향해 박격포탄을 쏜 것이다.
인민군 입장에서 다행인 것이, 국군이 보유한 박격포탄이 부족하고 포병이나 항공 지원도 여의치 못한 것 같았다. 그렇지 않았다면 땅굴 입구에 몰린 인민군들이 떼죽음을 당했을 것이다.
박장익은 국방군 포 사격 실력이 형편없어 다행이라며 한숨을 내쉬었다. 한 발이라도 제대로 떨어졌으면 인민군 후퇴 대열에 질서가 무너지고 서로 땅굴로 먼저 들어가려고 아비규환의 상황이 연출됐을 것이다. 그런데 박격포탄이 계속 같은 곳에만 떨어지자 박장익도 약간 이상한 생각이 들었다. 그때 옆 참호에서 인민군이 다가왔다.
"소대장 동지! 우린 후퇴하디 못합네까?"
"본대가 다 들어가면 우리도 후퇴해야디, 무시기 소리야?"

겁에 질린 초급병사가 묻자 박장익이 냅다 소리를 질렀다. 찔끔한 초급병사가 기어들어가는 목소리로 항변했다.

"이래서야 우린 언제 들어갑네까? 기리고 우리 순서가 마지막 아닙네까?"

"닥치라우, 동무! 즉결처분당하고 싶네? 날래 위치로 돌아가라우!"

6월 20일 13:55　경기도 김포시

땅굴 입구에 몰린 인민군들이 불안에 떠는 것이 여기서도 느껴졌다. 국군 제37사단 최창수 상병은 속이 부글부글 끓어오르는 것을 느꼈다. 중대 화기소대에서 발사한 박격포탄은 계속 같은 곳에 떨어졌다. 그런데 땅굴 근처 논에서만 터지는 걸 보면, 인민군들을 몰살시킬 의도는 전혀 없는 것 같았다.

화가 난 최창수 상병이 소대장에게 따지러 갔다. 생각 같아서는 땅굴 끝까지 쫓아 들어가 KM-202 로켓발사기로 인민군들을 모두 불태워 죽여버리고 싶었다. 도망갈 곳도 없는 땅굴 속에서 소이탄에 화상을 입고 죽어가는 인민군들이 질러대는 비명을 직접 듣고 싶었다. 소대장은 참호 위에 걸터앉아 망원경으로 인민군들의 움직임을 지켜보고 있었다.

"왜 제대로 공격하지 않는 겁니까? 저놈들한테 동료들이 죽어간 걸 벌써 잊었단 말입니까?"

소대장이 망원경을 내리고 힐끔 최창수를 바라보았다. 스무네미고개에서 소대장이 전사한 뒤에 새로 예비역에서 현역으로 복귀한 장교였다. 최창수는 실수했음을 깨달았다. 신임 소대장은 그런 참혹한 상황은 겪지 않았다.

최창수가 다시 한마디 한마디에 분노를 가득 실었다.

"빨갱이들, 다 쏴죽여야 합니다. 아니면 최소한 포로라도 잡아야 합니다. 그냥 돌려보내면 안 됩니다!"

"아까 우리 중대가 땅굴 하나를 차단하고 인민군들을 사로잡으려고 했었지. 그때 결과는 자네도 잘 알잖나?"

소대장이 불만스럽게 대답했다. 최창수도 알고 있었지만, 소대장이 인민군들을 도망가도록 결정한 것은 아니었다. 그러나 최창수는 항의하지 않고는 참을 수 없었다. 아까 남쪽에서 벌어진 전투에서 최창수는 악귀처럼 싸웠다.

결과는 일방적인 학살로 끝났다. 보급을 땅굴 몇 개에 전적으로 의존한 인민군은 무장도 제대로 갖추지 못한 상태였다. 인민군 패잔병들은 악착같이 저항하거나 뿔뿔이 흩어져 도주하다가 모두 사살당했다.

전의를 상실한 인민군들이 전차 1대와 장갑차 3대의 지원을 받은 국군을 뿌리치고 도망갈 수는 없었다. 땅굴 주변 김포평야에 시체 수백 구가 널린 것은 겨우 한 시간 전이었다. 포로는 100명도 되지 않았다. 그것도 대부분 저항능력을 상실한 부상병들이었다.

— 퐁!

또다시 박격포가 발사되었다. 역시 단 한 발이었다. 상부에서는 인민군들을 살려주기로 작정한 것 같았다. 최창수가 분노를 참느라 몸이 부들부들 떨렸다.

박격포탄은 아까와 똑같은 곳에 떨어졌다. 황토색 물기둥이 치솟아 올랐다. 박격포 사격술은 정말 기가 막혔다. 박격포탄 10여 발 이상이 정확히 한 곳에만 떨어진 그 논에는 물구덩이가 깊게 파여 있었다.

얄밉게도 이번에는 인민군들이 피하지도 않았다. 최창수는 인민군들이 이곳에서 박격포탄을 쏘는 국군을 우습게 보는 것 같아 기분이

나빴다. 최창수 상병은 불현듯 제대로 된 치료도 받지 못하고 죽어간 김재권 일병이 떠올랐다. 최창수는 도저히 참을 수 없었지만 할 수 없었다.

"저놈들을 살려주면 우리가 북진할 때 또다시 우리한테 총부리를 겨눌 겁니다. 두고 보십시오!"

6월 20일 16:10 경기도 연천군 연천읍

심창섭 중사는 철길과 나란히 달리는 국도를 따라 연천 읍내 북쪽 길을 걸었다. 앞길에서 기계화부대가 적 패잔병 부대를 소탕하며 북진했기 때문에 심창섭이 전투에 투입될 기회는 없었다. 심창섭은 휴전선까지는 충분히 북진하겠지만, 과연 국군이 어디까지 북진할 수 있을까 궁금했다.

도로 주변에는 파괴된 인민군 전차와 장갑차들이 아직도 시커먼 연기를 뿜어내고 있었다. 그리고 길섶에 엎어진 인민군 시체들마다 파리가 꼬여 앵앵거리며 날아다녔다. 심창섭 옆을 걷는 김한빈 병장이 인상을 잔뜩 찌푸렸다. 적이든 아군이든 시체를 보는 것은 결코 유쾌한 일이 아니었다.

"선임하사님, 이렇게 평양까지 가겠죠?"

김한빈이 시체들에서 고개를 돌리며 심창섭에게 물었다. 다분히 희망 섞인 질문이었다.

"글쎄. 그놈들이 만만한 놈들도 아니고, 휴전선 근처나 평양 남쪽에서 아마 한판 크게 붙지 않을까?"

"걱정이네요. 근데 선하님. 중공군이 참전하면 어떡하죠? 또 1·4후퇴 때처럼 밀리는 게 아닐까요?"

"음...... 설마 6·25 때 같기야 하겠어?"

심창섭도 조금 걱정이 되긴 했다. 국군이 한국전쟁 때처럼 만만하지는 않겠지만 수백만 중국군이 압록강을 건너온다면 전쟁은 걷잡을 수 없이 확대되고 길어질 것이다.

어쩌면 미국과 중국이 맞붙어 엉뚱하게도 한반도에서만 핵전쟁이 날지도 몰랐다. 보병 사단 하나쯤은 원자폭탄 단 한 발에 휩쓸려 소멸될 것이다. 심창섭이 끔찍한 상상에 움찔거렸다.

─ 따다다다~.

굉음과 함께 시커먼 그림자가 행군대열을 뒤덮으며 지나갔다. 심창섭이 고개를 들었다. 코브라 공격헬기의 선도로 헬기 수십 대가 북쪽 하늘로 날아가고 있었다.

6월 20일 17:25 강원도 고성군 토성면

825고지는 미시령 바로 북쪽 정상, 상봉 주변에 위치한 봉우리들 가운데 하나였다. 상봉에서 서쪽으로 뻗어나온 고지군 중 제일 서쪽에 위치한 것이 825고지였다. 그 동쪽에는 902고지가 있고 더 동쪽에는 인근에서 제일 높은 해발 1,200미터가 넘는 상봉 정상이 있다.

각 고지 정상에는 인민군 포병의 포격을 유도하는 관측소가 마련되어 있었다. 이들 고지는 미시령 방면 도로를 차단하고 멀리 인제군 용대리부터 동쪽으로는 고성군 서부 일대까지 감시 및 견제가 가능했다. 동부전선의 국군 주요 보급로를 한눈에 내려다볼 수 있는 중요 지형이다. 국군으로서는 결코 지나칠 수 없는 곳이었다.

가장 서쪽에 위치한 825고지 정상은 대충 입이 넓은 V자형으로 생겼다. 경사가 비교적 완만한 고지 정면은 지뢰밭에 철조망으로 겹겹으로 둘러쳐져 있었다. 그리고 V자형 고지 정상 양쪽으로부터 교차사격을 받을 수 있어 접근이 쉽지 않았다. 그래서 국군은 비교적 급경사인 북서쪽과 남동쪽 능선을 따라 접근할 수밖에 없었다.

그런데 이 공격로에는 상당한 악조건이 뒤따랐다. 남동쪽 능선의 경우 바로 동쪽에 위치한 902고지의 직사화기에 노출되어버린다는 문제점이 있었다. 그러나 국군은 825고지를 반드시 빼앗아야 했다. 이 고지를 두고 최고봉인 상봉을 점령하는 것은 불가능했다. 상봉이 몸통이라면 825고지는 팔과 다리였다. 몸통을 치기 위해서는 저항하는 팔다리를 먼저 잘라내야 했다.

825고지에 대한 두 차례의 공격시도는 모두 실패로 돌아갔다. 국군 2개 중대가 큰 피해를 입고 물러섰다. 이제 남재우 중위가 속한 중대가 공격에 나설 차례였다. 두 번 연이어 실패했기 때문에 대대장과 중대장은 신경이 잔뜩 곤두서 있었다.

825고지 북서쪽에 국군 2개 소대, 남동쪽에 1개 소대가 배치되었다. 남재우가 지휘하는 1소대는 고지의 남동쪽을 맡았다. 남재우는 몹시 불안했다. 902고지에 대한 견제가 제대로 되지 않을 경우, 1소대는 전후 양면에서 협공을 당해 총알받이 신세로 전락해버릴 가능성이 컸다.

― 쿠쿠쿵!

825고지 정상 부근 좁은 땅에 155밀리 포탄이 명중했다. 흙과 돌덩이가 5부 능선 지점에 대기 중이던 국군 병사들 근처까지 굴러 떨어졌다. 엄청난 폭발력이었다.

국군의 두 번째 공격이 실패한 이후 몇 시간 동안 825고지 정상 부근에 떨어진 포탄은 수백 발이 넘었다.

4.2인치 박격포탄, 105밀리, 155밀리 곡사포탄 등 포탄 종류도 다양

했다. 두 번의 실패를 거울 삼아 고지 정상에 대해 무자비한 포격이 가해진 것이다. 계속된 포격에 고지 높이가 몇 미터는 깎여나간 것 같았다.

남재우는 고개를 들어 825고지 정상을 바라봤다. 고지 정상은 회색 포연에 잠겨 있었다. 포탄이 한 발씩 떨어질 때마다 주변 대기가 쩌렁쩌렁 울렸다.

저런 포격 속에서 도저히 사람이 살아남지 못할 것 같았다. 그런데도 인민군은 두 번에 걸친 국군의 공격을 견뎌냈다. 이제 남재우가 속한 중대가 공격에 나설 차례였다.

5부 능선까지 올라오는 동안 1소대원들은 기가 많이 죽었다. 부상자들이 계속 들것에 실려 내려오는 것을 봤기 때문이다. 그러나 아직 거품 물고 난동 부리는 녀석은 없었다. 몇 시간 전 공격에 나섰던 중대의 경우 공포를 이기지 못해 자기 발에 총을 쏘는 녀석이 있었다. 주로 신병들이 그랬다.

남재우는 고지 정상을 보다가 고개를 숙였다. 아까 본 옆 중대 소대장의 시신이 생각났다. 한숨이 절로 나왔다. 죽은 소대장은 오늘 아침까지도 담배를 나눠 피며 이야기를 주고받던 사람이었다. 솟구치는 공포심을 감추기 위해 남재우는 825고지 정상을 노려봤다.

825고지에 떨어지는 포탄 종류가 바뀌었다. 고폭탄 사격 대신 연막탄이 떨어지기 시작한 것이다. 7부 능선부터 고지 정상까지 연막에 가려 시야에서 완전히 사라졌다.

"공격 개시!"

중대장의 공격명령이 내려졌다. 남재우는 소대원들을 향해 커다랗게 고함쳤다.

"자! 가서 북한놈들한테 똥침 한 방씩 놔주자!"

위낙 불안한 분위기라 소대원들 사이에는 웃음도 없었다. 825, 902 양측 고지 정상이 모두 연막에 완전히 가려졌기 때문에 방어측의 사격은 전혀 없었다. 국군은 두 갈래로 나뉘어져 빠른 속도로 825고지를 향해 기어올랐다.

고지를 한참 올라 7부 능선 주변에 접근해갈 때쯤 국군 1소대가 불벼락을 맞았다. 연막에 가려 아무 것도 볼 수 없는 상태에서 갑자기 인민군의 박격포탄이 떨어진 것이다. 82밀리 박격포의 기습사격이었다. 미리 준비된 포격이 아니라 공격측의 행동을 제한하기 위해 불특정 지점에 대고 기습적으로 쏴대는 것 같았다.

자욱한 연막 속에서 안심하고 빨리 기어오르는 것에만 정신을 집중하던 국군에게는 날벼락이었다. 3발씩 퍼붓는 기습사격에 오른쪽을 공격하던 1소대 후미가 당했다. 바로 남재우와 함께 가던 3분대였다.

박격포탄이 낙하하는 소리를 듣자 남재우는 본능적으로 바닥에 엎드렸다. 바로 옆에서 폭음이 들리며 땅바닥이 들썩거렸다. 귀가 멍멍했다. 부상을 입은 병사들이 외마디 비명을 지르며 급경사를 데굴데굴 굴러 내려갔다.

근처에 터진 포탄으로 1명이 즉사하고 3명이 다쳤다. 1소대 3분대는 총을 쏴보기도 전에 전체 인원 중 30퍼센트가 전투력을 상실했다. 다친 병사들은 모두 상병 이상의 고참병사들이었다. 분대장은 즉사했다. 숫자보다 훨씬 더 큰 손실이었다.

"낙도 둘, 여기는 낙도 셋. 사상자 4명 발생, 의무병을 보내달라!"

─ 낙도 셋, 여긴 낙도 둘이다. 접수했으니 그대로 나가라. 뒷사람들이 책임진다.

중대장의 답변은 간단했다. 너무 간단해 반박이고 뭐고 할 여지가 없었다. 부상자들에게 붕대를 감아주는 것밖에는 달리 해줄 일이 없었다. 남재우는 죽은 3분대장 시체에서 무전기를 빼내 옆에 있던 동원예비군에게 넘겨줬다.

"이제부터 자네가 3분대장이다."

"알겠습니다."

부산 출신 동원예비군이 굳은 표정으로 고개를 끄덕이며 대답했다. 소대는 다시 전진했다.

국군의 포격은 825고지 후사면에 있을지도 모르는 인민군 예비대로 돌려진 모양이었다. 825고지 뒤쪽에서 폭음이 들려왔다. 병사들은 정신없이 무조건 위쪽으로 기어올랐다. 남재우도 숨을 헐떡이며 가파른 산길을 기어올랐다. 느낌으로는 거의 7부 능선쯤 도착한 것 같았다. 그때부터 주변에 자욱하던 연막이 걷히기 시작했다.

— 뚜루루루룩!

"으악!"

갑자기 전방에 나타난 인민군의 기관총이 불을 뿜기 시작했다. 적당한 엄폐물이 없어 자리를 이동하던 국군 한 명이 기관총탄을 뒤집어썼다. 다른 소대원 한 명도 총탄을 맞고 수십 미터를 데굴데굴 굴러떨어졌다. 병사들이 엄폐물을 찾아 정신없이 몸을 날렸다.

"여긴 내가 먼저 차지했어!"

"꺼져, 이 새꺄!"

목숨 앞에서는 상하가 없었다. 상병과 일병이 엄폐물 하나를 둘러싸고 서로 차지하려고 밀고 당기는 몸싸움을 벌였다. 인민군의 기관총이 둘 모두를 벌집으로 만들어버렸다. 다른 병사가 재빨리 기어와 그 자리를 차지했다.

머리 위로 총탄이 '휙휙' 소리를 내며 지나갔다. 소대원들은 작은 바위 뒤나 포탄에 쓰러진 나무 아래서 머릴 잔뜩 숙이고 엎드려 있었다. 그때 불덩이 하나가 인민군 기관총을 향해 날아갔다. 소대 선임하사가 발사한 M-72 LAW였다.

― 펑!

맹렬하게 불을 뿜던 인민군 기관총 진지가 날아갔다. LAW에 맞고 숯덩이가 된 인민군 기관총 사수는 진지 밖으로 몸을 절반쯤 걸친 채 축 늘어졌다. LAW가 터진 진지에서 연기가 무럭무럭 피어났다. 소대원 넷을 삼킨 기관총 진지가 파괴된 것이다.

"약진 앞으로!"

남재우가 고함치며 미리 봐둔 엄폐물을 향해 달려갔다. 소대원들도 뒤따라 숨을 헐떡이며 다음 엄폐물을 향해 뛰어갔다. 인민군의 1차 진지선까지 거리는 150미터 정도로 좁혀졌다.

요란한 소총 사격전이 벌어졌다. 유탄도 날아왔다. 고개를 조금이라도 내밀면 가차없이 기관총탄이 날아왔다. 이제부터는 총알을 막아줄 적당한 엄폐물도 없었다.

1소대의 공격은 정지당했다. 소대원들은 총격전을 벌이면서 각자 호를 만들었다. 정상 부근이라 흙이 깊지 않았다. 조금만 파도 돌로 된 바닥이 드러났다. 열심히 파도 겨우 엎드린 상체를 숨길 정도 깊이밖에 팔 수 없었다.

― 씨이이잉! 쿠웅!

국군의 진격이 중단되자 인민군의 박격포가 기승을 부리기 시작했다. 처음에는 빗나가는 포탄들이 많았지만 시간이 지날수록 점점 더 정확해졌다. 박격포탄들은 정확하게 국군이 숨어 있는 바위 뒤나 쓰러진 나무 주변에 떨어졌다. 포탄이 낙하할 때 생기는 날카로운 소리는 소대원들을 공포에 떨게 만들었다.

― 쿵!

"이 캐새끼들! 다 죽인다!"

포탄이 떨어질 때마다 남재우 중위가 고개를 잔뜩 땅바닥에 박은 채 욕설을 퍼부었다. 공포를 독기와 분노로 극복하려는 것이다. 포탄이 계속 떨어지자 부상을 입는 소대원 숫자도 자꾸 늘어갔다. 이대로 교착상태가 계속되면 부상병 운반할 사람도 남아날 것 같지 않았다. 남재우 중위가 무전기에 대고 고함쳤다.

"낙도 둘! 낙도 둘! 여긴 낙도 셋이다. 이놈의 박격포 좀 어떻게 해 봐! 애들 다 죽이겠다."

— 낙도 둘이다. 잠시만 기다려라! 적과 거리는 어느 정도인가?

— 쾅!

포탄이 근처에서 터졌다. 흙먼지와 나무 조각, 돌 조각들이 남재우를 덮어씌웠다.

"씨발! 에퉤퉤! 뭐라고 했나?"

— 낙도 셋과 적과의 거리는 어느 정도인가?

"거리? 약 150미터 정도다. 빨리!"

— 알았다.

무전이 끊어졌다. 남재우는 바위 뒤에 반쯤 누운 채 오른쪽에 있는 902고지를 바라보았다. 902고지 정상은 아직 포연에 잠겨 있었다. 포병의 지원이 없었다면 남재우의 1소대는 등뒤에서 사격을 받아 순식간에 전멸했을 것이다.

902고지에도 산허리 부분을 올라가는 국군들이 보였다. 저 인간들 중 과연 몇 명이나 몸 성히 집으로 돌아갈까 생각하니 가슴이 답답해졌다. 그때 총탄이 머리 위로 휙 지나가며 남 걱정할 때가 아님을 남재우에게 알려줬다.

산 뒤쪽에서 폭음이 요란하게 들려온 뒤부터 갑자기 인민군의 박격포 공격이 뚝 그쳤다. 인민군의 박격포 진지가 국군의 대포병사격에 당한 모양이었다. 다시 무전기가 찍찍거렸다.

— 낙도 셋, 여긴 낙도 둘.

평양의 밤 257

"여긴 낙도 셋, 낙도 둘. 말하라!"

― 곧 아군기의 근접지원이 있을 예정이다. 낙도 셋은 황색 연막으로 위치를 표시하라. 폭격 직후 돌격을 감행하라.

"알았다, 낙도 둘!"

남재우는 전원 돌격준비 명령을 내렸다. 폭격이 그치면 곧바로 인민군 진지로 밀고 들어갈 것이다. 대검을 뽑아 소총에 끼우면서 날이 선 칼날을 노려보았다.

남재우 중위는 150미터 정도 되는 거리를 달리는 동안 살아남을 수 있을까 하는 의문이 들었다. 남재우는 예리하게 날이 선 총검을 내려다보며 예전에 배운 총검술 동작들을 떠올렸다. 불안감에서 벗어나기 위한 몸부림이었다.

소대 선두에서 노란 연막이 피어올라 고지 정상으로 흘러갔다. 몇십 초가 지나자 남동쪽에서 제트엔진의 굉음이 들렸다. 주변 공기가 부르르 떨렸다. 남재우가 소리가 들리는 방향으로 고개를 돌렸다.

날렵한 회색 전투기 2대가 남재우를 향해 내려꽂힐 듯이 달려들었다. 텔레비전에서 몇 번 본 적이 있는 제공호라는 전투기 같았다. 회색 전투기는 남재우의 머리 위에서 기수를 틀며 북동쪽 산골짜기로 사라졌다. 전투기 꽁무니에서 조명탄 같은 것이 서너 개 뿌려졌다. 남재우는 반사적으로 머리를 바닥에 박았다.

― 콰쾅!

엄청난 폭음에 귀가 멍멍해졌다. 고막이 터져나가는 것 같았다. 강렬한 진동과 함께 자욱한 흙먼지가 825고지 전체를 뒤덮었다. 주먹만 한 돌덩이와 흙덩이가 머리 위로 후드득 떨어졌다. 뿌연 흙먼지를 머리부터 발끝까지 뒤집어쓴 남재우가 벌떡 일어섰다. 푸르스름한 화약 연기가 피어오르는 고지 정상에서 움직이는 물체는 아무 것도 보이지 않았다.

"돌격 앞으로!"

"와아아!"

1소대원들은 일제히 흙먼지를 일으키며 825고지 정상을 향해 달려갔다. 무거운 군장은 산 아래에서 이미 벗은 맨몸이지만 가파른 산길을 뛰어 올라가는 일은 무척이나 힘들었다. 50미터 정도를 달려가자 숨이 차올랐다.

- 타타타타!

폭격에 모조리 날아가버린 줄 알았던 인민군 진지에서 언제 그랬냐는 듯 기관총탄이 쏟아졌다. 소대원들은 다시 바닥에 엎드렸다. 폭격 때문에 엄폐물이 제법 생겼다. 그러나 모든 소대원들이 숨을 정도는 아니었다.

인민군의 진지선에서 80미터 정도 떨어진 지점에서 공격은 중단되었다. 국군 병사들은 기관총 소리가 들리자 바닥에 납작하게 엎드렸다. 일부 동작이 빠른 소대원들은 벌써 삽으로 진지를 파기 시작하고 있었다.

엄폐물을 찾지 못한 소대원들이 인민군 기관총에 푹푹 쓰러졌다. 눈앞에서 피를 뿌리며 쓰러지는 부하들을 보자 남재우의 눈이 뒤집혔다. 그때 무전기가 찍찍거렸다.

- 낙도 셋, 낙도 셋, 여기는 낙도 둘.

"여기는 낙도 셋, 낙도 둘, 말하라."

- 왜 나가지 않나?

"적 사격이 치열해서 꼼짝할 수 없다."

- 낙도 셋이 안 나가면 낙도 하나는 전멸이다. 당장 튀어나가!

825고지를 왼쪽에서 공격하기로 했던 2개 소대가 고전을 하는 모양이었다. 교신을 주고받는 사이에도 머리 위로 총탄이 소리를 내면서 계속 지나갔다.

"씨팔! 니가 한번 해봐라!"

— 뭐야? 야, 이새꺄! 어서 튀어나가! 뒷총 맞기 전에 당장!

무전기를 통해 들리는 중대장의 음성은 거의 발악에 가까웠다. 안 나가면 쏴버리겠다는 이야기까지 나온 마당에 더 이상 버티는 것은 무의미했다.

그리고 계속 이 장소에 머물 수도 없었다. 오른쪽 902고지에 대한 포병의 제압사격이 끝났기 때문이다. 곧 건너편 고지로부터 인민군의 총탄이 날아올 것이다. 가만히 있다가는 전멸당할 것이 뻔했다.

소대원들이 백색 연막탄을 일제히 던졌다. 바람이 고지 정상을 향해 빠르게 불고 있었다. 자욱하게 피어오른 백색 연막은 순식간에 정상을 향해 흘러갔다. 연막이 고지 정상에 도달했다고 생각한 남재우가 몸을 일으키며 달려나갔다. 이번에는 소리를 지르지 않았다. 소대원들도 함성을 지르지 않고 연막 안으로 달려들어갔다.

— 타타타타!

앞도 제대로 보이지 않는 연막 속에서 총탄이 날아왔다. 연막 속을 향해 마구잡이로 쏴대는 것 같았다. 남재우는 멈추지 않고 계속 달렸다. 멈추다가는 언제 눈먼 총알에 맞아 죽을지 몰랐다. 숨은 가빠오고 심장은 터질 듯이 거칠게 뛰었다. 허벅지가 저려왔다.

자욱한 연막 속으로 정신없이 내닫는 순간 갑자기 남재우의 몸이 아래로 푹 꺼졌다. 인민군 참호를 미처 발견하지 못하고 그 안으로 떨어진 것이다.

"우~ 씨발!"

갑자기 푹 꺼지는 바람에 남재우는 균형을 잡지 못하고 참호 바닥에 엉덩방아를 찧었다. 철모가 옆으로 돌아가버렸다. 반쯤 누운 채로 철모를 바로 쓰면서 주변을 둘러봤다. 남재우의 가슴이 철렁했다. 바로 옆에 인민군 한 명이 있었다. 인민군은 두려움 때문인지 참호 바닥에 쪼그려 앉아 있었다.

눈동자 네 개가 서로 마주쳤다. 순간 모든 것이 얼어붙었다. 아무런 생각이 들지 않았다. 인민군은 어려 보였다. 덩치도 조그마했다. 기껏 중학생 정도로밖에 보이지 않았다.

인민군이 정신을 차렸는지 갑자기 총을 들었다. 멍하게 적을 바라만 보고 있던 남재우는 아차 싶었다. 자기 총은 진지 바닥에 떨어져 있었다. '이젠 죽었구나' 하는 생각에 눈을 질끈 감았다. 총소리가 들렸다.

"괜찮으십니까, 소대장님?"

경상도 억양이 섞인 목소리였다. 감았던 눈을 떠보니 3분대장이 된 동원예비군이 그를 걱정스럽게 내려다보고 있었다. 총을 겨누던 인민군은 눈을 부릅뜬 채 참호 바닥에 누워 있었다. 그 가슴에서 피가 벌컥벌컥 뿜어져 나오고 있었다.

"이놈 총이 비었습니다. 천만다행입니다. 다친 데는 없으십니까?"

남재우의 얼굴이 시뻘겋게 달아올랐다. 부끄러움을 떨치기 위해 벌떡 일어나며 고함쳤다.

"난 괜찮아! 빨리 뛰어가!"

남재우 중위가 총을 집고 철모를 바로 쓰며 벌떡 일어났다. 중요한 순간이었다. 여기저기서 함성과 함께 총성이 들려오고 있었다. 남재우가 동원예비군과 함께 교통호를 뛰어갔다.

1소대원들과 인민군들간에 육박전이 벌어지고 있었다. 인민군의 숫자는 1소대원들보다 조금 더 적었다. 그러나 인민군들은 제대로 대항하지 못한 채 일방적으로 두들겨맞았다.

국군의 집요한 포격으로 탄약 추진도 제대로 안 된 탓에 소총탄은 바닥나버렸다.

그리고 계속된 포격과 폭격에 정신이 반쯤 나간 상태였다. 사기가 극도로 떨어진 상태에서 인민군은 국군의 상대가 되지 못했다.
 인민군들은 진지 안에서 덜덜 떨며 총검을 들고 앉아 있다가 국군의 사격을 받고 한 명씩 쓰러져갔다. 여기저기서 터지고 있는 수류탄은 대부분 국군이 던진 것이었다. 비명이 끊이지 않았다.
 교통호 끝에 있던 인민군 하나가 옆 동료가 피를 뿌리는 것을 보고 총을 버리며 두 손을 번쩍 들었다. 어떤 인민군은 국군을 포로로 잡은 다음 갖고 있던 총을 넘기고 살려달라며 빌었다. 뒤늦게 손을 들었다가 사살당하는 경우도 있었다. 국군이나 인민군이나 정신없기는 마찬가지였다.
 그러나 그 중에서도 발악적으로 수류탄을 던지며 저항하는 인민군도 있었다. 그런 인민군은 아무도 살아남지 못했다. 그 참호를 포위한 국군이 사방에서 수류탄을 던져넣었다.
 생포된 인민군은 5명이었다. 모두들 화가 잔뜩 난 국군에게 실컷 두들겨맞아 입술이 터지고 얼굴이 퉁퉁 부어 있었다. 남재우는 포로들의 무장을 해제하고 팬티만 남긴 채 발가벗겨 무릎을 꿇렸다.
 살아남은 자와 죽은 자의 차이는 극명했다. 인민군 포로들이 발가벗겨진 채 무릎을 꿇고 있는 바로 옆에는 폭격에 날아간 콘크리트 지휘소가 있었다. 피에 젖은 콘크리트 잔해 사이로 죽은 인민군들 팔다리가 삐져나와 있었다.
 신호탄 세 발이 기분 좋은 휘파람 소리를 내며 차례로 하늘을 향해 솟구쳤다. 남재우 중위는 기분 좋게 그 광경을 바라봤다. 살아남았다는 사실이 기뻤고 이겼다는 것에 더 기뻤다. 그 순간만큼은 조금 전에 죽어간 소대원들이 생각나지 않았다.
 소대원들이 한쪽 방향을 향해 환성을 질렀다. 남재우가 그 방향으로 고개를 돌리자 들것을 들고 올라오는 동원 노무자들과 의무병이 보였다. 그때 기분을 깨는 목소리가 들렸다.

"야, 이놈들아! 어서 진지를 새로 파라. 언제 인민군 포탄이 떨어질지 모른다. 죽기 싫으면 어서 파!"

다리에 총탄을 맞아 절룩거리는 소대 선임하사가 고함치며 병사들을 독려했다. 오랜만에 실컷 웃던 남재우 중위의 얼굴에 웃음이 싹 사라졌다.

웃을 때가 아니었다. 방어력이 취약한 지금이 가장 위험한 순간이었다. 언제 인민군이 고지에 집중포격을 가하거나 대규모 예비대를 투입할지 몰랐다. 1소대원들은 승리의 기쁨을 만끽할 사이도 없이 삽질을 시작했다.

6월 21일 00:17 인천광역시 인천항 북서쪽 26km

시계를 들여다보던 윤재환 중령이 졸음을 이기지 못하고 하품을 연신 해댔다. 항해함교 바깥 어두운 밤바다 위에는 인천항에서 나온 유류바지선들은 쉴새없이 미 해군 항공모함 쪽으로 왕복하고 있었다. 그리고 항모 컨스텔레이션 바로 옆에 달라붙어서 쉴새없이 연료보급을 계속했다. 페르시아만으로부터 항해해온 컨스텔레이션이 인천 해역까지 북상하자마자 제일 먼저 실시한 작전이 연료보급이었다.

윤재환 중령이 보기에 항공모함은 엄청나게 퍼먹는 돼지였다. 연료보급은 끝없이 계속되었다. 그때 보급작업을 지휘하던 부장이 다가왔다.

"보급이 다 끝났습니다, 함장님."

"좋아! 수고했네."

부장의 보고를 받은 윤재환 중령이 정신을 차리려고 세수할 때처럼 손바닥으로 얼굴을 비벼댔다. 전남함에 붙어 있던 유류바지선과 탄약

보급함이 보급을 마치고 멀어지기 시작했다.

전남함은 바로 몇 시간 전까지 미국 항모에서 이륙한 S-3 바이킹 대잠초계기들과 함께 대대적인 북한 잠수함 소탕작전을 벌이고 조금 전에 귀환했던 것이다. 지겹지만 꼭 필요한 작전이었다.

간간이 해안 쪽에서 달려들던 인민군 고속정들은 더 이상 한국 해군에게 위협이 될 수 없었다. 주력이 붕괴된 인민군 해군의 산발적인 공격은 자살돌격이나 마찬가지였고 맥없이 분쇄되어 나갔던 것이다. 가능성이 없는 돌격을 감행하는 인민군 고속정들을 하나씩 없앨 때마다 윤재환 중령은 측은함까지 느꼈다.

"폭뢰 보급도 확인했나?"

"예, 그렇습니다."

윤재환 중령이 거듭 부장에게 확인했다. 작전상 가장 많이 필요한 게 바로 폭뢰였다. 인민군의 상어급 잠수함과 유고급 소형 잠수정을 최우선으로 경계했지만 그다지 위협이 되지는 못했다. 백령도 북방의 서해는 수심이 매우 낮아서 잠수함의 활동이 어렵기 때문이다.

인민군의 소형 잠수정은 침투용으로만 가치가 있었지, 배를 공격하는 데에는 역부족이었다. 한국 해군의 대잠초계기들이 모두 동해로 몰려간 상황에서 수상함정만으로 대잠작전을 실시하기에는 부담이 됐지만 미 해군의 바이킹 대잠초계기들과의 공동작전이 많은 도움이 됐다.

"함장님! 옵니다."

"그래. 움직여보자구."

인천항 쪽에서 접근해오는 수십 척의 호버크래프트들은 그야말로 장관이었다. 병력수송용인 이들 공기부양정에는 한국군 해병 1사단 병력 2개 대대 병력이 탑승하고 있었다. 그런데 이 병력 중 절반은 예비군이었다. 호버크래프트들의 빠른 속도는 곧 전남함 함교에서도 시끄러운 소음으로 직접 느낄 수 있었다.
"뭐야? 저건!"
갑자기 서쪽 하늘이 조명탄을 쏘아올린 것처럼 훤하게 밝아왔다. 그곳은 항모 컨스텔레이션이 있는 방향이었다. 차례차례 솟아오른 불기둥에서 빠져나온 붉은색 점들이 하늘로 솟구쳤다가 다시 가라앉더니 북쪽을 향해 빠른 속도로 멀어져갔다.
그것은 미 해군 구축함들이 발사한 토마호크 순항 미사일들이었다. 전 함정이 등화관제를 하고 있는 중이기 때문에 미사일 화염이 어두운 바다를 휘황찬란하게 비추었다. 불꽃놀이는 계속되고 있었다. 여태까지 보지 못했던 대규모의 순항미사일 공격이었다.
"호버크래프트들이 모두 집결했습니다."
"그래. 움직여야 할 때로군. 침로 이백팔십공(2-8-0)도 잡아. 출력 최대로!"
윤재환 중령이 화염에 정신을 빼앗긴 동안 해병대를 실은 호버크래프트들이 전남함에게 질서정연하게 몰려들었다. 이제 전남함도 움직일 시간이었다. 좌현 쪽에 드리워졌던 닻이 빠르게 말려 올라가자마자 전남함이 서쪽을 향해 최고속도로 질주하기 시작했다. 목표로 가는 도중에 호버크래프트에 연료를 재보급하기 위해 가세한 급유함들이 고속정의 호위를 받으며 그 뒤를 따랐다.

6월 21일 01:29 평안남도 평양시(평양특별시 대동강구역)

시끄럽던 공습경보가 멈췄다. 미군의 토마호크 공격이 끝난 모양이었다. 밤하늘을 수놓던 대공포의 화려한 불꽃놀이도 자취를 감췄다. 평양 시내는 불이 모두 꺼져 암흑천지가 되었다. 칠흑 같은 어둠 속에서 폭격 당한 건물들이 불길을 내뿜었다. 주요 시설이 집중된 만경대 구역, 형제산 구역, 보통강 구역 등 대동강 북서쪽 시가지들은 온통 불바다였다. 그 불바다 한가운데 평양에서 제일 높다는 105층짜리 류경호텔이 홀로 우뚝 솟아 있었다.

대동강을 가로지르는 다리들은 모조리 폭격당했다. 다리뿐만 아니라 시가지 중심부에 있는 관공서 건물도 폭격당했다. 그래서 평양 북서부로 향하던 소방차와 복구인력을 수송하는 차량들은 길이 막혀 움직이지 못했다.

시가지 도로도 폭격받은 건물 잔해들 때문에 꼼짝할 수 없었다. 많은 차량들이 빠져나가지 못하고 도로 가운데 정지해 있었다. 자동차가 적은 평양 시내에서 이런 교통체증 현상은 정말 보기 어려운 광경이었다. 사회안전성 소속 단속안전원들까지 동원되어 교통정리하느라 진땀을 뺐다.

그때 트럭 한 대가 구급차나 소방차가 통행하는 중앙의 7차선을 내달렸다. 북한 도로는 인도와 가까운 쪽이 1차선이다.

"쳇! 가난뱅이 공화국에서 교통체증이라니……."

혼잡한 도로를 겨우 빠져 나온 트럭에서 운전석에 앉은 호위사령부 군관이 앞을 보며 불량스럽게 내뱉었다. 이제부터 길은 훤하게 뚫려 있었다. 옆에 있던 호위사령부 소속 대좌는 그런 불순한 말에 대해 전혀 반응이 없었다. 불안한 듯 계속 주변을 살펴볼 뿐이었다.

평양 시내는 철저하게 등화관제가 되어 운전하기가 불편했다. 거기다가 타고 있는 트럭 역시 엔진 소리가 심상찮았다. 언제 길바닥에 주저앉을지 몰랐다.

시내에서 동쪽으로 이동 중인 이 호위사령부 소속 트럭은 인민군으로 위장한 국군 특전사 101작전팀이 타고 있었다. 101작전팀장인 황인수 소령은 운전석에서 대좌 복장으로 앉아 있었다. 혼잡한 도로를 겨우 빠져나왔지만 불안은 점점 더 높아졌다. 언제 또다시 공습 편대가 들이닥칠지 몰랐다.

자정쯤에 실시된 대대적인 토마호크 공격에 이어 조금 전에 한미 연합공군 편대군의 공습이 있었다. 황인수는 작전지역에서 이동 중에 아군기의 폭격에 날아가는 것이 두려웠다. 만약 그렇다면 정말 재수없는 경우일 것이다.

능라도 다리를 건널 때 황인수는 바로 뒤를 따라오던 인민군 트럭들이 순식간에 산산조각 나는 광경을 보았다. 작전팀이 다리를 건너자마자 곧바로 연합공군의 공습부대들이 들이닥친 것이다. 어렵게 평양에 잠입한 101작전팀 전원이 아군 폭격에 몰살당할 뻔한 위기였다.

"표적은 어디에 있소?"

황인수 소령이 물었다. 운전대를 잡고 있는 호위군관은 함께 작전에 투입된 안내요원이었다. 황인수의 질문에 장발을 상투처럼 묶고 모자를 쓴 안내요원은 즉각 대답을 하지 않았다.

황인수는 답답했다. 목이 꽉 낀 호위사령부 군관복장 때문에 숨이 턱턱 막혔다. 날씨마저 미지근해서 등줄기로 땀이 줄줄 흘렀다. 땀에 젖은 군복 칼라를 약간 풀어헤치며 황인수가 다시 말했다.

"이제 다 말해줄 때도 되지 않았소? 어차피 살아 돌아가기는 힘든 걸 다 아는 마당에……."

평양 시내에 들어가서야 황인수는 자기 팀의 임무가 북한 최고사령관, 즉 국방위원장 암살이라는 것을 알았다. 황인수는 조금 놀랐다. 출발 전 대대장으로부터 직접 '어려운 임무를 맡게 될지도 모른다'는 이야기는 이미 들었다. 그러나 그 어려운 임무라는 것이 최고사령관 암살 임무일 줄은 상상하지도 못했다.

황인수가 놀란 것은 불가능한 임무를 맡았기 때문이 아니었다. 예상했던 것과 다른 임무를 맡은 것에 대해 약간 의외라는 반응 정도였다. 대원들 역시 마찬가지였다. 오랜 기간 특수전 부대에 근무하면서 나름대로 확고한 생사관을 가지고 있었다. 황인수가 나서서 부하들에게 구질구질하게 설명을 한다는 건 그들을 모독하는 짓이었다.

101작전팀이 타고 있는 트럭은 능라1동과 청류1동 사이인 문수거리를 지나고 있었다. 민간인 거주지역이라 그런지 폭격을 별로 받지 않은 것 같았다. 대동강 북쪽이 불바다가 된 데 반해 대동강 남쪽 구역은 너무 조용했다. 불 꺼진 아파트들이 거대한 성벽처럼 보였다. 지금까지 입을 다물고 있던 안내요원이 입을 열었다.

"곧 명령이 내려질 겁니다. 기다리십시오."

안내요원은 감정이 별로 담기지 않은 목소리로 앞을 보며 말했다. 황인수 소령이 보기에 그 안내요원은 건방지고 쉽사리 입을 열지 않는 자였다. 그러나 같이 일을 하기에는 부족함이 없는 것 같았다.

평양 외곽에서 시내로 진입하는 것은 쉽지가 않았다. 101작전팀이 북쪽으로 침투하던 날, 다른 공수여단 병력도 대량으로 투입된 모양이었다. 경계가 대단히 삼엄했다. 감청용 무전기에서는 어떤 다리가 끊겼다더라, 어디가 습격당했다더라 하는 인민군들의 이야기가 계속 들려왔다.

평상시 최고사령관이 외부 행사에 참석할 때는 총 2~3만 명에 달하는 경호작전 관련 인원이 함께 움직인다. 그러나 전시인 지금 그렇게 대규모 행차를 하다가는 미사일을 뒤집어쓸 것이다. 그렇다고 지휘벙커 안에 계속 숨어 있다가는 폭탄에 무너진 건물 밑에 언제 생매장당할지 몰랐다.

최고사령관은 시내의 민간인 거주지역을 떠돌고 있었다. 경호는 호위사령부 직속의 소수정예 병력들로 이뤄지고 차량도 위장차량을 사용했다. 그런데 그때가 경호망이 가장 얇아지는 시간이었다. 특전사

101작전팀은 바로 그때를 노려 최고사령관을 제거하려는 것이다.
 4차선 도로를 계속 따라가자 사거리가 나왔다. 능라1동과 청류1동이 갈라지는 지점이며, 문수공원 앞 사거리였다. 트럭은 오른쪽으로 방향을 바꿔 청류1동 쪽 길로 접어들었다.
 그 길로 계속 달리면 인민무력성 초대소, 당 3호청사 초대소 등이 밀집한 곳이다. 외국인 거주구를 제외하면 대부분 일반인 출입금지 구역이었다.
 운전 중이던 안내요원이 갑자기 한 손으로 귀에 달린 이어폰을 눌렀다. 안내요원이 휴대용 위성통신기로 표적 위치를 지시받는 모양이었다. 다음 순간 안내요원의 표정이 바뀌며 빠르게 내뱉었다.
 "표적이 바로 근처에 있소. 청류1동 과학자호텔 지하실! 통과 암호는 남포약!"
 남포약은 북한말로, 다이너마이트를 가리킨다. 트럭이 천천히 유턴했다. 황인수가 작은 마이크에 대고 대원들에게 빠른 말로 명령을 내렸다.
 "대원들은 들어라! 표적 위치는 청류1동 과학자호텔 지하실이다. 암호는 남포약!"
 말해놓고 보니 강한 의문이 들었다. 최고사령관의 거처는 북한 내에서도 극비 중에 극비일 것이다. 그런데 작전지시에서는 그런 비밀을 알아내는 건 둘째치고, 통과 암호까지 구체적으로 지시하고 있었다. 한국군 정보기관의 능력이 이 정도까지 깊이 손을 뻗친 데 대해 황인수는 거듭 놀랐다.
 트럭 화물칸에 타고 있던 101작전팀원들은 귀 안에 넣은 작은 이어폰으로 그 소리를 들었다. 대원들은 어두운 트럭 화물칸 안에서 서로 얼굴을 쳐다봤다. 다시는 보지 못할 얼굴들이었다. 도저히 살아남는 것을 기대할 수 없는 상황이 오히려 이들을 담담하게 만들었다.

6월 21일 01:35   평안남도 평양시(평양특별시 대동강구역)

— 끼이익!

트럭이 과학자호텔 입구의 작은 임시검문소 앞에서 멈춰 섰다. 강한 불빛이 정면에서 비춰졌다. 눈이 부셔 황인수와 안내요원이 손으로 얼굴을 가렸다. 트럭 유리창에 비치는 둥근 빛무리 속으로 우두커니 서 있는 호위사령부 인민군들이 보였다.

황인수는 호위사령부 소속 특등사수 수십 명이 자기를 노리고 있을 것을 생각하니 등줄기에 식은땀이 흘렀다. 지금까지 다른 검문소에서는 이 트럭에 붙은 호위사령부 군관대대 숫자판만 보고도 기가 죽어 아예 검문할 엄두조차 내지 못했다. 그러나 이제부터 검문하는 부대는 호위사령부 소속이었다. 얼렁뚱땅 넘어가기 어렵다.

"가마치?"

가마치는 누룽지라는 뜻의 북한말이었다. 사방에서 죄어오는 살기를 황인수는 확실히 느낄 수 있었다.

"남포약!"

군관은 그때서야 안심이 되는지 어둠 속을 향해 손전등으로 신호를 보냈다. 그제야 숨막히는 살기가 사라졌다. 인민군들은 트럭 운전석 옆으로 다가와 손전등으로 운전석을 다시 비췄다. 안내요원이 눈을 감으며 소리쳤다.

"쌍! 저리 치우라우야!"

불빛에 비친 계급장을 보니 검문하는 군관은 중위였다. 그래서 안내요원이 선제공격으로 고함친 것이다. 상대의 계급을 본 검문장교가 부동자세를 취했다. 상대 계급이 확실히 앞서는데다가 호위사령부 군관대대 소속 군관이라면 장령급도 함부로 대하지 못하는 집단이었다. 옆에 앉아 있던 호위사령부 대좌 복장의 황인수가 한마디 던졌다.

"동무, 우린 호위사령부 제2호위부 군관대대 지원병력이다. 임무에 충실하는 것도 좋지만 상대를 가려가며 해라."

음성은 낮았지만 권력을 가진 자 특유의 힘이 느껴지는 음색이었다.

"알겠습니다! 그러나 저도 임무에 충실해야 합니다. 짐칸을 검색해야 되겠습니다!"

인민군 중위는 의외로 강직하게 나왔다. 황인수는 옆자리에 있는 안내요원을 한번 쳐다본 후 고개를 끄덕였다.

"좋다, 하지만 시간이 없으니 빨리 끝내라."

"감사합니다, 동지."

경례를 한 인민군들이 트럭 뒤쪽으로 다가가 장막을 걷었다. 그 안에는 부동자세로 앉아 있는 호위사령부 군관대대 소속 군관 10명이 있었다. 모두 하나같이 상위, 대위였다.

그런데 장막을 여는 순간 안에 있던 군관들이 일제히 인민군 중위를 잡아먹을 듯이 노려보았다. 20개의 눈동자가 하나같이 자기를 노려보자 인민군 중위는 기가 팍 죽었다. 장막을 다시 닫은 인민군들이 트럭 운전석 옆으로 왔다.

"들어가도 좋습니다. 실례했습니다, 동지."

군관이 절도있게 경례를 했다.

"수고하도록!"

느긋하게 경례를 받은 황인수가 출발 지시를 내렸다. 트럭이 호텔 앞 주차장으로 들어갔다. 작은 주차장은 텅 비어 있었다. 아마도 미국의 위성추적을 피하기 위한 것 같았다.

트럭에서 내린 101작전팀은 호텔 현관을 향해 다가갔다. 2열 종대로 늘어선 호위군관들 왼쪽에 대좌 복장을 한 황인수가 섰다. 저벅거리는 소리가 현관 앞을 울렸다. 어둠 속 저편에서 날카로운 음성이 들렸다.

"가마치?"

"남포약!"

황인수가 답하자 현관 기둥 뒤에서 자동화기를 든 사복 군관 3명이 나타났다. 이들이 101작전팀을 막아서고, 선임자인 듯한 사복 군관이 앞으로 나오며 물었다.

"동무들은 누구요?"

"제2호위부 지원병력이오."

"지원을 요청한 적이 없는데?"

"그럼, 호위사령관 동지께 직접 물어봐!"

대좌 복장을 한 황인수의 느긋한 음성에 사복 군관들이 눈살을 찌푸렸다. 사복 군관들에게 계급은 무의미했다. 허가 없이 접근하는 자는 호위사령관이라 할지라도 가차없이 사살해버릴 수 있었다. 그들이 절대 복종하는 사람은 최고사령관 한 명뿐이다. 최고사령관을 근접 경호하는 사복 군관들을 상대로 배짱 부리는 대좌는 지금까지 없었다.

"잠시 기다리시오."

선임 군관이 말을 한 뒤 무전기를 들었다.

— 퍽! 퍽! 퍽!

묵직한 소리가 세 번 들리자 사복 군관들이 맥없이 바닥에 쓰러졌다. 군관들의 등뒤에 서 있던 하얀 대리석 기둥 표면으로 피가 튀었다. 하나같이 이마 한가운데에 작은 구멍이 뚫려 있었다.

"가자!"

황인수가 앞장서며 들어갔다. 황인수가 호위군관 군복 앞섶을 활짝 열었다. 그리고 팔을 등뒤로 돌려 지금까지 숨겨왔던 길이 40센티미터 정도의 기관단총을 꺼냈다. FN사의 최신 기관단총인 P-90이었다.

황인수가 걸어가면서 길이 10센티미터 가량 되는 소음기를 돌려 끼웠다. 현관을 막 들어서자 사복 군관 두 명이 밖으로 걸어나오고 있었다. 군복 앞섶을 환하게 열어젖힌 채 당당하게 걸어오는 황인수를 보고 사복 군관들이 재빨리 권총을 뽑았다. 그러나 황인수가 더 빨랐다.
- 후두두두둑!
묵직한 소음이 들리더니 2명이 피를 뿌리며 카펫 바닥으로 나뒹굴었다. 탄피가 바닥으로 떨어지면서 맑은 금속성을 연이어 냈다. 사복 군관들의 시체를 타넘으며 황인수가 부하들에게 최후의 한마디를 던졌다.
"다들 지옥에서 만나자!"

6월 21일 01:38 평안남도 평양시(평양특별시 대동강구역)

복도에 깔린 붉은 카펫에 인민군 호위사령부 소속 사복 군관들의 시체가 곳곳에 널렸다. 호위군관 정복을 입은 특전사 101작전팀 요원들도 군데군데 쓰러져 있었다. 그 중에는 불과 2주일 전에 결혼한 노 중사도 끼어 있었다.
황인수가 쓰러진 동료들의 시체를 타넘으며 최고사령관을 찾았다. 사복 군관들을 대부분 사살하고 마지막 경호장벽이라는 안전호위실 소속 경호전담요원들까지 사살했지만 최고사령관이란 인간은 그림자조차 보이지 않았다. 황인수가 지하에 있는 방들을 하나씩 돌아다녔다.
- 후두두두둑!
반쯤 열린 방문 아래쪽에 그림자가 비치는 것을 보고 P-90을 갈겼다. 문에 구멍 수십 개가 숭숭 뚫리며 불빛이 비쳐들었다. 문짝 안쪽에서 신음소리가 들려왔다. 황인수가 문을 박차고 열어 수류탄 한 발을 던진 뒤 벽에 달라붙었다.
폭음과 함께 연기가 밖으로 확 뿜어져 나왔다. 비명이 들렸다. 재빨리 문 안으로 몸을 던진 황인수가 한 차례 몸을 구른 후, 좌우로 총을 겨누며 적을 찾았다.

방 안은 화약 냄새로 가득 차 있었다. 수류탄 파편에 전등이 깨졌는지 방 안은 캄캄했다. 그러나 갑자기 복도 쪽에서 불이 환하게 켜졌다. 등뒤에서 불빛이 비쳐들자 황인수가 재빨리 위치를 옮겼다.

방은 침실인 것 같았다. 구석에 거대한 침대가 놓여져 있었다. 황인수가 총구를 겨눈 채 서서히 침대로 다가갔다. 침대 위에서 뭔가 꿈틀거렸다. 순간 황인수의 기관단총이 불을 뿜었다. 쿠션이 총알을 맞고 터지면서 깃털이 어지럽게 날렸다.

"아악!"

여자 비명소리였다. 황인수가 다가가 침대를 내려다봤다. 여자 한 명이 피로 시뻘겋게 물든 침대 위에 누워 있었다. 동그란 얼굴을 가진 미인이었다. 몸통과 하체는 피투성이가 되었지만 가슴 위쪽은 아름다운 형태를 여전히 유지하고 있었다. 황인수의 얼굴이 일그러졌다. 상대를 잘못 고른 것이다.

그때 문 쪽에서 인기척이 들렸다. 총구가 방향을 바꾸며 불을 뿜었다. 입구로 뛰어들던 안전호위실 소속 사복 경호전담요원 두 명이 뒤로 벌렁 쓰러졌다. 기관단총이 찰깍거렸다.

50발짜리 탄창이 비어버린 것을 확인한 황인수가 빈 탄창을 뽑았다. 새 탄창을 장전하려는 찰나 황인수는 등뒤에서 강렬한 살기를 느꼈다. 무의식중에 고개를 뒤로 홱 돌리며 몸을 던져 피했다.

— 따땅! 땅!

어둠 속에서 날아온 총탄이 황인수의 목을 관통했다. 황인수의 몸이 휘청하더니 먼지를 일으키며 바닥에 풀썩 쓰러졌다. 황인수가 두 눈을 부릅뜬 채 총성이 울린 곳으로 힘들게 고개를 돌렸다.

수백 수천 번도 더 본 얼굴이 침대 뒤쪽에서 그를 향해 총을 겨누고 있었다. 목표가 바로 눈앞에 있었다.

그러나 황인수는 눈앞이 점점 어두워졌다. 안타까웠지만 몸이 움직이지 않았다.

- 또각, 또각.

구둣발 소리가 조용한 방 안을 울렸다. 침대 뒤쪽에서 배가 불룩한 중년 남자가 천천히 걸어나왔다. 그 남자가 차가운 은빛 안경 너머로 황인수를 내려다보았다.

황인수는 이미 죽어 있었다. 시체는 여전히 두 눈을 크게 뜬 채 천장을 올려다보고 있었다. 목에서 뿜어진 붉은 피가 방바닥으로 천천히 번져갔다. 그 중년 남자의 총구가 황인수의 이마로 향했다.

- 땅! 따당! 땅! 철컥!

중년 남자는 탄창이 빌 때까지 황인수의 머리를 쐈다. 황인수의 머리는 처참하게 터져 시뻘겋고 허연 내용물이 이리저리 튀었다. 호위전담요원들이 달려 들어왔다.

"비서 동지! 괜찮으십니까?"

그 배가 불룩한 중년 남자는 북한을 통치하는 최고사령관과 똑같이 생겼다. 경호전담요원들이 주변을 빈틈없이 에워쌌다. 특수안전 1과장이 부축하면서 중년 남자에게 귓속말로 말했다.

"총사령관 동지는 안전합니다. 침입한 적은 모두 소탕되었습니다, 특수안전비서 동지!"

- 철썩!

특수안전 1과장의 얼굴이 홱 돌아갔다. 턱이 얼얼했다. 과장은 순간적으로 머릿속이 텅 비어 아무런 생각이 나지 않았다.

"멍청한 새끼!"

최고사령관의 용모를 빼다박았으면서도 최고사령관이 아닌 특수안전비서라 불린 중년 남자의 입에서 욕설이 터져나왔다. 발길질까지 하려 했지만 경호전담요원들이 에워싸 그럴 수 없었다. 정신을 차린 특수안전 1과장이 침착하게 지시를 내렸다.

"어서 비서 동지를 8호 초대소로 모셔라! 주치의 불러!"

경호전담요원들이 중년 남자를 끌어안고 문 밖으로 사라졌다. 방 안에는 시체들만 덩그러니 남았다.

턱이 아직도 얼얼했는지 특수안전 1과장이 계속 턱을 어루만지며 밖으로 나갔다.

원산 상륙작전

6월 21일 03:15   함경남도 원산시(강원도 원산시) 동쪽 18km 해상

    차장석에 올라선 김동만 하사가 깊숙이 숨을 들이마셨다. 고준봉함의 후방문이 열리자 눈이 매울 정도로 가득 들어찬 배기가스 대신 바깥의 신선한 공기가 밀려들어왔다. 새벽 바다의 짙은 내음이 김동만에게 무척 낯설게 느껴졌다. 그리고 기갑차량 엔진음과 배가 물결 헤치는 소리가 섞여 묘한 화음을 이루었다.

    한국 해군이 90년대 들어 새롭게 건조한 고준봉함은 전차상륙함이다. 내부공간에는 해병대의 주력전차인 K-1 전차와 상륙용 장갑차들, 그리고 각종 차량이 가득 실려 있었다. 해병대원들도 탑승하고 있었다. 그 중에서 맨 처음 상륙 1파로 고준봉함을 빠져나가는 것은 상륙장갑차들이었다.

    고준봉함의 도크 후방에는 출입구가 있어서 상륙장갑차들을 바다

로 내보낼 수 있게 설계되었다. 그리고 도크는 한 층 위의 상갑판과 내림판으로 연결되어 상갑판에 적재된 장갑차들이 차례대로 내려올 수 있었다. 도크 전방에 적재된 전차들은 상륙장갑차들이 모두 하차하고 난 다음 고준봉함이 해안에 직접 접안해서 하차하게 된다.

김동만 하사는 숨을 깊게 들이마시고는 다시 토해냈다. 심호흡을 계속 해도 가슴속의 답답함은 좀체 가시지 않았다. 그것은 공기가 탁해서 그런 것이 아니었다. 눈앞에 펼쳐진 검은 바다가 김동만의 막연한 불안감을 더욱 부채질했다.

멀리 보이는 해안선은 바로 원산이었다. 상륙함 후방 램프의 좁은 시야로 보이는 해안선과 주변 섬들은 치솟는 불길로 대낮같이 환했다. 그 불길들은 지옥불처럼 날름거리며 김동만에게 손짓하는 것 같았다. 등화관제로 컴컴한 어둠 속에서 신호수가 발광지시봉을 힘껏 휘둘렀다. 발차를 알리는 신호였다.

"자, 가자! 해안에서 만나자!"

소대장이 악을 썼다. 그리고 나머지 차장들이 소대장을 따라 구호를 복창했다. 짙게 위장크림을 바른 차장들이 서로 눈을 마주치자 안광이 번뜩거렸다. 원숭이떼가 싸움을 앞두고 울부짖는 것 같았다. 선도에 선 1호차가 굉음을 울리며 힘차게 검은 바다로 뛰어들었다.

6월 21일 03:18　함경남도 원산시(강원도 원산시) 동쪽 11km

"이러다간 다 죽겠습니다!"

작전관이 절망적인 표정으로 허동훈 소령에게 외쳤다. 고창함 바로 옆에서 예인식 소해구를 끌던 금산함이 기뢰에 접촉했던 것이다. 하늘 높이 치솟은 물기둥이 가라앉은 다음 고창함에서 탐조등을 비췄지만 수면 위에는 아무 것도 없었다. 설마 하며 금산함의 생존자를 찾았던 허동훈 소령도 놀란 나머지 입을 굳게 다물었다.

금산함은 분명히 기뢰가 없는 지점에서 예인을 하고 있었다. 기뢰 위험지역과 소해구역을 표시해주는 MRB 부표 바깥쪽 지점이었다. 안전하다고 판단한 지점에 실제로 기뢰가 있었던 것이다.

어느새 미 해군 인천함으로부터 날아온 구조용 헬기가 금산함이 가라앉은 상공 위를 맴돌았다. 인천함은 미 해군의 기뢰전모함으로 개조되기 전에는 병력수송용이나 공격용 헬기를 탑재하는 헬기상륙함이었다. 지금 한미일 연합부대의 소해작전을 총 지휘하는 함정이 바로 인천함이었다.

"함장님! 기뢰구역을 다시 파악해야 합니다. 재수색을 요청해야 합니다!"

작전관만 안타까워하는 것이 아니었다. 허동훈 소령도 이럴 수는 없다고 생각했다. 야간 소해는 당연히 걱정되는 위험이었다. 게다가 미 해군의 기뢰탐색함에서 수집한 기뢰정보가 완벽하지 못했다. 해저지형에 고주파 빔을 중첩적으로 쏘아 3차원 영상으로 표현해주는 고성능 기뢰탐색 시스템이었지만 시간이 너무 모자랐다.

"작전관! 우리가 명령받은 것은 돌격소해야. 어떠한 희생도 무릅써야 하네."

허동훈 소령이 힘겹게 입을 열었다. 며칠 전 대한해협과 부산항에 부설된 기뢰를 제거한 것과는 분명히 다른 임무였다. 적 해안을 앞에 두고 부설된 기뢰지대를 제거하는 것과 그때의 여유있는 소해는 달랐다.

언제 해안에서 날아올지 모르는 포탄의 위협을 무릅쓰고 공세적으로 소해를 벌이는 것이 바로 돌격소해였다. 그것은 공병대가 지뢰지대를 개척하면서 지상군과 동시에 진격하는 것만큼이나 피해가 클 수 있는 임무였다.

그때 갑자기 수면 위에 고막을 찢을 것 같은 폭발이 일어났다. 금산함의 침몰을 슬퍼할 시간은 없었다. 인천함에서 이륙한 미 해군의 소해헬리콥터들이 자기소해구로 수중에 있는 기뢰들을 폭파시키고 있었다. 헬리콥터에 연결된 자기소해구에서 강력한 전자장을 발생시키자 인민군이 부설한 자기감응기뢰들이 잇달아 폭발했다.

갑자기 허동훈 소령 앞으로 대형 헬리콥터가 지나갔다. 미 해군의 소해헬리콥터와 같은 형의 소해헬리콥터가 고창함 옆을 아슬아슬한 높이로 스치며 계속 초저공으로 비행하고 있었다. 짙은 국방색의 미군 소해헬기와는 분명히 다른 흰색 도장의 해상자위대 소속 헬기였다. 어둠이 일본 해상자위대의 참전을 완벽하게 숨겨주고 있었다.

"침로 변경한다. 좌현 15도!"

고창함이 맡은 소해구역의 한쪽 끝에 이르러 MRB 부이의 전파신호를 수신하자 허동훈 소령이 변침을 명령했다. 원산 내항까지는 아직도 먼 거리였다. 그 사이에 1km 폭으로 완벽히 기뢰를 제거해야 했다.

상륙작전은 원산항이 아니더라도 어디로든지 해안 쪽으로 감행할 수 있다. 그러나 상륙작전에서 보다 더 중요한 것이 후속 행정상륙 부대들이다. 미 해병과 육군의 사전배치선과 함께 상륙하는 이들이 실질적으로 주력이라 할 수 있는 기갑, 기계화 중여단들이었다.

그런데 대량의 기갑 장비들을 최대한 빨리 하역하기 위해서는 항만과 내륙으로 연결되는 도로망 확보가 필수적이었다. 그래서 한미연합 해병사령부는 어느 정도의 피해를 감수하더라도 항만과 도로망이 발달한 원산을 상륙지점으로 선택할 수밖에 없었다.

허동훈 소령은 앞으로 소해해야 할 구역을 떠올리기가 두려웠다. 그리고 소해대장이 작전 개요를 설명하면서 너무나도 단호하게 명령한 것을 기억하고는 고개를 흔들었다.

상륙작전의 핵심은 상륙지역에 대한 소해뿐만이 아니라 원산항까지도 얼마나 빠르게 소해를 마치는가에 달려 있었다. 시간을 위해서라면 한국 해군 소속의 전 소해함을 기꺼이 희생시킬 수 있다고 냉정하게 말한 소해대장은 지금 선두 소해함에 직접 탑승하고 있었다.

6월 21일 03:51 함경남도 원산시(강원도 원산시) 남동쪽 42km

배수량이 4만 톤에 이르는 벨로 우드 강습상륙함의 비행갑판이 분주하게 움직였다. 이름만 강습상륙함이지, 벨로 우드는 해리어 수직이착륙기와 다수의 공격용·수송용 헬리콥터를 운용하는 소형 항공모함이나 마찬가지였다. 방금 막 한 차례 병력수송을 마친 항공기들이 강습상륙함 주변 상공을 맴돌며 착함 순서를 기다렸다.
 동체 좌우로 거대한 프로펠러를 가진 이상한 모양의 항공기가 벨로 우드의 뒤쪽으로 접근하면서 회전날개의 피치각을 서서히 높였다. 그리고 회전날개가 헬리콥터처럼 상방향을 향해 완전히 각도를 꺾자 그 항공기는 마치 헬리콥터처럼 느릿느릿 비행갑판으로 접근하더니 사뿐하게 내려앉았다.
 그것은 미 해병대에 갓 배치된 MV-22 오스프리였다. 헬리콥터처럼 수직으로 이착륙을 하며 고속비행시에는 프로펠러 고정익기처럼 회전날개를 앞쪽으로 돌려서 고속으로 비행할 수 있는 기체였다.
 "탑승!"
 아직 낯설게 느껴진 강습상륙함에다가 눈앞으로 기이하게 착륙하는 오스프리에 어리벙벙하던 한국 해병들이 통제관의 지시에 따라 신속하게 탑승을 시작했다. 그리고 갑판 위에 함께 서 있던 미 해병대의 앵그리코 요원 두 명도 잽싸게 뛰어와서 한국 해병들과 함께 올라탔다. 이들은 한국 해병과 같이 행동하며 근접항공지원이나 포격지원이 필요할 때 미 해병대로 직접 연락하는 임무를 띠고 있었다.

이미 미 해병 1개 대대가 강습상륙함 세 척에서 출발한 오스프리로 원산항 외곽의 여도에 강하한 뒤였다. 이제 한국 해병대가 그 뒤를 이어 용도와 신도에 투입될 차례였다. 오스프리마다 24명씩 탑승을 마친 해병들이 자리를 잡자 기체 후미의 출입구가 닫혔다.

6,150마력의 강력한 터보샤프트 엔진이 굉음을 울리며 최고출력으로 가속했다. 비슷한 수송능력을 가진 CH-46 헬리콥터보다 세 배나 강력한 출력이었다. 헬리콥터처럼 부드럽게 상승한 오스프리는 일정 고도까지 계속 상승했다. 그리고 동료기들이 날아오기까지 공중에서 정지비행을 시작했다.

상공에 대기하고 있던 미 해병대 소속의 수퍼 코브라 공격헬리콥터들은 오스프리가 집결하자 먼저 출발했다. 수퍼 코브라가 오스프리보다 속도가 훨씬 더 느리기 때문에 함께 비행할 수는 없었다. 직접적인 엄호 비행은 해리어기들이 맡아야 했다.

상륙함에서 날아오른 오스프리들이 모두 모이자 차례차례 날개 양 끝에 부착된 엔진 나셀의 기울기를 90도로 서서히 꺾었다. 이제 오스프리는 헬리콥터가 아니었다. 회전날개는 앞방향으로 완전히 기울었고 오스프리는 급격한 가속을 시작하며 밤하늘을 가로질렀다.

밀집비행을 하는 오스프리 쪽으로 여도 방향에서 몇 줄기의 예광탄이 솟아올랐다. 집중폭격을 당해 대부분의 고사포 진지가 파괴됐음에도 불구하고 살아남은 몇 대가 마지막으로 발악을 시도한 것이었다.

그러자 오스프리 옆에서 비행하던 해병대 소속 해리어기들이 가만히 놔두지 않았다. 로켓탄의 불세례가 퍼부어지고 다시 집속폭탄이 섬을 쓸어냈다. 불이 확 뿜어지며 하늘로 올라왔다.

이제 공격헬리콥터의 순서였다. 해리어들이 물러나자 수퍼 코브라 공격헬기 1개 편대가 착륙지역으로 강하했다. 그리고 마치 요인경호를 하는 듯한 자세로 각각 사주방향을 감시하며 미심쩍은 위치마다 20밀리 기관포탄을 퍼부어댔다.

이륙하는 모습이 낯설었던 오스프리는 착륙하는 것도 똑같았다. 위험지역이기 때문에 속도를 줄이지 않고 하강하던 오스프리는 그 기다란 프로펠러가 땅에 처박힐 듯 위태로워 보였다. 그러나 어느새 프로펠러가 위쪽으로 방향을 꺾고 속도를 줄이면서 단단하게 굳어 있던 여도의 백사장으로 활주하면서 착륙을 마쳤다.

숨죽이고 착륙을 기다렸던 한국 해병 용사들이 오스프리에서 고함을 지르면서 뛰쳐나왔다. 원산만 앞의 섬 하나하나를 점령하는 계단뛰기 상륙작전의 시작이었다. 그것도 동시에 강습을 해야만 했다.

이들 해병대 병력은 섬 점령이 최우선 목표이지만 불가능할 경우에는 여도의 인민군들이 해상으로 눈을 돌리지 못하게 붙들어 매기라도 해야 했다. 그들이 갈마반도 쪽으로 접근하는 한미연합 해병부대를 측면에서 공격할 우려가 있기 때문이다.

이 섬들에 대해 더 이상 추가 병력지원이 없다는 작전계획이 해병들의 사기를 꺾을 수는 없었다. 오히려 해병들의 전의를 더욱 굳게 만들 뿐이었다. 검은 얼굴에 눈만 반짝거리는 병사들은 두 갈래로 나뉘어져 빠른 걸음으로 전진을 시작했다. 한국 해병들을 모두 내려놓은 오스프리들이 다시 힘차게 날아올랐다.

6월 21일 04:11 함경남도 원산시 호도반도 동쪽 11km

"됐다. 우리 차례다!"
박강민 대령이 문무대왕함 함교에서 쌍안경을 내리고 나지막한 소리로 외쳤다. 호도반도 남동쪽에 위치한 섬인 여도와 용도에 병력을 강하시킨 수송헬기들이 병력을 내려놓고는 귀환을 시작했다. 그동안 여도와 용도에 가해지던 공중공격은 호도반도로 옮겨진 뒤였다.

원산항을 감싸안은 두 개의 반도 중 북쪽이 호도반도이고, 남쪽이 갈마반도다. 두 반도는 원산항의 관문과 같았다. 그러나 갈마반도가 원산항에서 가까운 거리에 있는 반면, 호도반도는 북쪽으로 길게 이어져 있기 때문에 상륙부대가 원산항을 장악하려면 크게 우회해야 한다는 단점이 있었다. 그것은 호도반도가 송전만이라는 또 다른 큰 만을 감싸고 있기 때문이었다.

호도반도와 갈마반도 가운데에 위치한 여도와 용도는 가뜩이나 좁은 만 입구의 가운데를 틀어막고 있는 꼴이었다. 그곳을 제압하지 않고는 원산항으로의 진입이 불가능했다. 아울러 갈마반도로 상륙한 해병들도 배후를 열어놓은 꼴이나 마찬가지였다. 감제고지들을 철저히 제압해야만 했다.

공격헬기들은 용도의 정상인 86고지 배사면 쪽으로 몰려갔다. 이제 문무대왕함을 비롯한 한국 해군 함정들이 실력을 발휘할 시간이 온 것이다.

— 화력지원 요청! 좌표는 호텔 찰리……

용도에 상륙한 관측반으로부터 사격요구를 전달받은 해병대 소속 사격지휘장교가 재빠르게 문무대왕함의 포술장에게 포격지점을 알려주었다. 화력협조를 위해 직접 동승한 것이었다.

문무대왕함의 127밀리 함포가 불을 뿜었다. 주변에 자리잡은 울산급 프리깃과 포항급 초계함도 76밀리 함포를 맹렬한 속도로 쏘아대기 시작했다. 구경은 작지만 자동속사포를 탑재한 해군 함정들은 웬만한 육군 포병대에 못지않은 화력을 가지고 있었다.

박강민 대령은 예전에 탑승했던 기어링급 구축함이 아쉬웠다. 2차

대전 때 미국에서 건조된 이들 구축함은 불과 몇 년 전만 하더라도 한국 해군의 주력 전투함이었다. 물 새는 구축함이라고 한바탕 난리를 쳤을 정도로 선체 부식이 심한 노후함들이었다. 몇 년 전 박강민 대령이 함장으로 보임했을 때도 동료들은 함장 진급을 축하하는 대신 보임 기간을 무사히 마치라며 위로를 해줄 정도였다.

그러나 문무대왕함이 127밀리 포를 한 문만 가진 데 반해 기어링급 구축함은 여섯 문이나 탑재하고 있었다. 대공이나 대함 사격에는 명중률이 낮았지만 대지상 화력지원에는 엄청난 위력을 발휘한다. 숙련된 포수와 장전수라면 문무대왕함이 탑재한 자동포와 비슷한 속도로 포탄을 날려댈 수 있었다. 상륙작전과 같이 엄호사격이 대량으로 필요할 때는 일단 많이 쏠 수 있는 것이 중요했다.

어둠 속에서 문무대왕함의 함포가 계속 불을 뿜어댔다. 해병대의 자체 포병 전력이 지상에 전개되기 전까지는 문무대왕함에서 함포지원으로 어떻게든 적의 공격을 막아주어야 했다. 문무대왕함을 중심으로 다른 프리깃들도 마치 서로 속사경쟁이라도 벌이는 것처럼 맹렬한 속도로 포격을 계속했다.

6월 21일 04:37 함경남도 원산시 갈마반도 동쪽 5km

어두컴컴한 하늘 위로 희뿌옇게 박명이 시작되고 있었다. 그리고 검은 바다 위에 모습을 감췄던 상륙장갑차들도 밝아진 바다 위에서 확연한 검은 점으로 드러나기 시작했다. 먹이에 몰려든 바퀴벌레들처럼 질서없이 난잡하던 상륙장갑차들은 주파舟波통제 지휘관의 명령에 따라 일제히 오伍와 열列을 맞췄다.

그것은 한국군 제1해병상륙사단의 상륙장갑차 대대 병력이었다. 그들 뒤로 미 해병의 상륙장갑차가 제2파로 집결을 시작하고 있었다. 훨씬 더 빠른 속도를 가진 미 해병의 신형 상륙장갑차는 바로 AAAV였다. 수상주행속도가 약 50km로, 한국 해병의 AAV-7A1보다 약 네 배 가량이나 빠르다.

속도가 빠른 미 해병의 AAAV가 선두에 서는 것이 훨씬 더 유리할 수도 있었다. 그러나 피해가 막심하지만 그만큼 명예가 따르는 최선봉을 한국 해병이 미 해병에게 양보할 리 없었다. 그리고 막대한 피해를 감수하고 용감히 돌진하는 한국 해병이 미 해병들의 사기도 북돋울 수 있으리라는 것이 한미연합 해병사령부의 판단이기도 했다.

이제부터 이들 상륙장갑차들은 해안까지는 주파통제관의 지휘하에 놓이게 된다. 주파통제 지휘관이 명령을 내리자 상륙장갑차들이 일제히 엔진을 최대출력으로 높이며 갈마반도로 향했다.

바다에서 육지를 기습하는 상륙작전은 지상전과 달리 몸을 은폐시킬 수 있는 자연적 장애물이 전혀 없다. 마치 고대의 집단 진형 전투와 다를 것이 없었다.

그것은 병사들이 빗발치는 화살 세례 앞에 맨몸을 드러낸 채 감행하는 무자비한 돌격이다. 그래서 가장 중요한 것은 해안까지 진형을 완벽히 유지하고 어떠한 피해도 무릅쓰는 용감성이다. 해병은 전투손실이 막대하더라도 다른 어떤 지상군 부대보다도 전투력을 그대로 유지할 수 있는 강한 정신력을 가지고 있었다.

이들 머리 위로 호넷 전투기 1개 편대가 초저공으로 스쳐지나갔다. 집속폭탄과 기화폭탄으로 무장한 전투기 4대가 진입하는 상공에는 적 대공망 제압 임무를 위해 또 다른 호넷 1개 편대가 상공에 대기하고 있었다. 만약 인민군의 대공 레이더가 작동하면 언제든 함 대레이더 미사일을 쏠 태세였다.

호넷 전투기들은 갈마반도 우측에 솟아난 황토도를 향해 폭격코스로 접어들었다. 황토도는 길이가 겨우 500미터 정도밖에 안 되는 작은 섬이다. 1번기와 2번기가 차례로 클러스터 폭탄을 투하하자 어둠 속에서 폭죽을 터뜨린 것처럼 섬 전체가 요란하게 번쩍였다. 그리고 후속기들이 기화폭탄으로 남아 있는 모든 것을 깨끗이 날려버렸다.

6월 21일 04:56 함경남도 원산시 갈마반도 해안

"야, 이 개새끼들아!"

그동안 공포심이 치솟았다가 지금은 완전히 분노로 바뀌어 있었다. 김동만 하사 바로 옆을 항주하던 동료 장갑차 한 대가 방금 기뢰에 접촉해서 형체도 없이 사라졌다. 20톤이 넘는 상륙장갑차는 바닥에서 엄청난 속도로 치솟은 공기와 물의 압력으로 수면 밖으로 퉁겨나가면서 폭발해버렸다.

해안에서 서로 무사히 만나리라고 확신하지는 않았지만 그렇다고 바로 옆에서 동료들이 먼지로 사라져버리다니, 믿을 수 없었다. 김동만 하사는 자신이 꿈을 꾸고 있는 것 같았다. 죽음은 믿을 수 없는 순간에 잠깐 왔다가 역시 잠깐 동안 모든 것을 깨끗하게 가져갔다.

그때였다. 해안 일대에서 일제히 물기둥이 치솟았다. 수중에서 무엇인가 폭발한 것이다. 해안과 평행으로 쭉 부설된 인민군 기뢰였다. 근처에서 기뢰가 폭발하자 수압 신관을 가진 다른 기뢰들이 잇달아서 폭발하기 시작했다.

그것은 전날 침투한 한국 해군 소속 UDT/SEAL 팀의 작전이었다. 상륙지역에 미리 침투해서 사전정찰을 하는 한편 수중위협물을 제거하고, 이어지는 상륙작전에서 본대를 안전한 곳으로 안내하는 것이 바로 그들의 임무였다.

"11시 방향!"

김동만 하사가 소리치며 차장석의 중기관총을 발사하기 시작했다. 지속적인 공중공격으로 갈마반도 해안 쪽으로는 인민군 방어 진지들은 초토화된 상태였다. 그러나 전혀 살아남을 것 같지 않을 정도로 폭격을 해도 살아남은 진지가 있었다.

상륙장갑차들의 중기관총과 유탄기관포가 갑자기 튀어나온 엄폐진지로 화력을 집중했다. 상륙지점 상공 위로 통제기가 비행하고 있었지만 긴급지원을 요청할 때까지는 시간이 필요했다. 그 사이에 엄폐진지 두 곳에서 날아온 집중공격으로 상륙장갑차 한 대가 물 속에 수장됐다. 울컥거리는 마음이 김동만 하사의 목을 타고 넘어왔다.

다시 해안 위를 저공비행하던 미 해병 전투기에서 기화폭탄이 쏟아졌다. 미 해군의 항공모함 두 척에서 연이어 출격한 해군과 해병의 F/A-18 수퍼 호넷 전투기였다. 불꽃과 화염의 폭풍이 또다시 해안을 휩쓸고 화염과 연기구름은 곧 버섯구름이 되어 하늘로 치솟았다.

그 막강한 위력 때문에 걸프전에서 핵폭탄으로 오인받기까지 한 것이 바로 기화폭탄이었다. 그것은 상륙장갑차들이 도달하는 해안과 진격로 부근에 매설된 지뢰들을 제거하기 위한 것이었다.

─ 소나기! 여기는 라디오! 둘, 셋 좌전방 언덕으로 가라. 눈 크게 뜨고 두더지를 찾아라!

─ 둘, 수신했음!

"셋, 수신했음!"

라디오는 소대장의 호출부호였다. 김동만 하사가 소대장에게 명령을 접수했다는 보고를 했다. 이제 해안선에 거의 다 왔다. 상륙장갑차들이 해안선에 도착하자 미 해군과 해병 전폭기들의 폭격선도 그에 따라 해안 안쪽 깊숙하게 이동했다. 상륙병력의 전진에 따라서 공중지원 역시 일정한 폭으로 계속 전방에 가해지는 개념이었다.

김동만 하사가 속한 1중대가 최우선으로 확보해야 하는 것이 O-1 선이었다. 1차 목표선을 뜻하는 O-1선은 적의 직사화기로부터 상륙지점을 보호할 수 있는 유효사거리의 바깥쪽 연결선이다. 이것을 빠른 시간 내에 확보해야 인민군의 중기관총과 박격포탄이 상륙지점으로 날아오는 것을 막을 수 있다.

이윽고 상륙장갑차들이 갈마반도의 모래톱에 올라탔다. 워터 제트 추진기 대신 캐터필러가 맹렬히 회전했다. 그러나 상륙장갑차는 앞으로 나아가지 못하고 잠깐 동안 모래만 뒤로 뿜어댈 뿐이었다.

김동만 하사가 조종수를 다그치려는 순간 상륙장갑차는 드디어 모래톱을 완전히 올라타고 나서 해안으로 움직이기 시작했다. 상륙장갑차가 지체했던 것은 해안의 모래가 물을 듬뿍 머금은데다 너무 고왔기 때문이었다. 그곳은 바로 명사십리 해수욕장의 백사장이었다.

명사십리 해수욕장의 그 금빛 모래톱 바로 옆에는 원산비행장이 있었다. 식민지 시대에 일본이 명사십리 해수욕장을 폐쇄하고 그곳에 군용 비행장을 건설했던 것이다. 그곳에 배치됐던 인민군 항공기들은 미 해군의 지속적인 폭격으로 이미 소개된 뒤였으므로 위협이 되지는 않았다. 오히려 그곳을 빨리 점령해야 하는 이유는 원산비행장으로 후속부대와 물자가 투입될 예정이기 때문이었다.

"하차!"

모래톱 끝자락에 상륙장갑차가 도달하고 후방도어가 열렸다. 드디어 대한민국 최정예 해병대원들이 쏟아져 나왔다. 해병들은 장갑차에서 나오자마자 좌우로 산개하며 전진을 시작했다.

"두 시 방향!"

– 투투퉁! 투퉁!

김동만 하사가 폭연이 가시면서 모습을 드러낸 무개진지를 발견한 즉시 유탄기관포를 발사했다. 모래주머니로 간단하게 구축된 진지 주위로 40mm 유탄 십여 발이 명중하면서 연속적으로 폭발이 일어났다. 그리고 갑자기 콩 볶는 듯한 소리와 함께 날카로운 금속성 음이 차체를 두들겼다.

김동만 하사는 반사적으로 머리를 숙이고 해치를 닫았다. 엄청난 양의 항공공격에도 불구하고 어딘지 방향을 가늠할 수 없을 정도로 도처에서 소총탄이 날아오고 있었다.

엄폐 진지에 숨어 있던 인민군의 상반신을 확인하는 순간 김동만 하사가 중기관총을 발사했다. 겨우 100여 미터 거리에서 인민군 병사가 기관총탄을 얻어맞고 뒤로 벌렁 자빠지는 것을 확인했다. 김동만은 명치 쪽에서 무엇인가 격렬한 쾌감이 요동쳤다.

6월 21일 04:39 함경남도 원산시(강원도 원산시) 상공

맹렬한 폭발이 해안선을 뒤흔들었다. 폭발이 일으킨 바람이 백사장의 모래를 휘감아 올렸다. 하늘에서 울리는 제트엔진 소리가 멀어지기가 무섭게 또 다른 엔진 소리가 들려왔다.

쉴새없이 얻어터지고 있는 해안선의 북한군 진지에서도 간간이 불꽃이 솟아올랐다. 그러나 불꽃을 쏘아올린 진지는 1분도 지나지 않아서 불바다로 변해버렸다.

원산 앞바다의 하늘은 온통 미 해군과 해병대 항공기로 뒤덮여 있었다. 주일 미 공군과 한국 공군의 전투기들도 상륙작전 지원에 참가하고 있었다. 그러나 멀리 떨어진 지상 기지에서 발진한 이들은 원산 상공에 오래 머물러 있을 수가 없었다.

그 중에서도 상륙전의 주역은 역시 해병대의 항공기들이었다. 해안선 바로 위에 머물며 목표를 식별하고 폭격을 유도하는 F/A-18D 전선항공통제기, 상륙지점 후방에서 대기하다가 통제기의 유도에 따라 고속으로 날아가 적진을 강타하는 F/A-18E 수퍼 호넷, 함대방공용 전투기에서 지금은 강력한 대지공격기로 재탄생한 F-14 톰캣, 수직이착륙 특성으로 상륙전 항공지원임무에서 빼놓을 수 없는 AV-8B 해리어 등이 하늘을 가득 메우고 있었다.

이보다 낮은 고도에는 상륙 인원을 수송하는 MV-22 오스프리 수직이착륙기와 각종 헬리콥터들이 잠자리떼처럼 날고 있었다. 해안에서 떨어진 바다 상공에는 전술기들을 지원하기 위한 급유기와 전자전기, E-2C 공중통제기와 이들을 엄호하는 F/A-18E 전투기들이 포진하고 있었다.

수많은 항공기들이 공중통제기의 유도를 받으며 임무별로 각 공역으로 진입하고, 또 이탈했다. 여기에는 피트 '쿨맨' 슈마이어 대위와 에릭 '굿샷' 브라이언 대위의 배셔 1과 배셔 2도 포함되어 있었다.

6월 21일 05:03 함경남도 원산시(강원도 원산시) 옥녀산

"으아악!"

엄폐 진지가 무너지는 것 같은 요란한 진동이 울리더니 입구 쪽에 매캐한 연기와 흙먼지가 가득 찼다. 연기가 가신 다음 인민군 강상필 소위의 눈에 들어온 것은 시체인지 고깃덩어리인지 알 수 없을 정도로 뭉그러진 부하들의 시체였다.

계속되는 항공폭격으로 원산시 남동쪽을 감싸고 있는 옥녀산 일대의 방어 진지들은 궤멸 직전이었다. 바로 옆에서 시체덩어리를 본 병사 한 명은 눈물범벅이 된 채로 구토를 시작했다.

"간나 새끼! 멈추지 않으면 죽여버리갔어!"

흙먼지를 잔뜩 뒤집어쓴 강상필 소위의 얼굴도 땀에다 피까지 번져서 도저히 사람 얼굴이라고는 보이지 않았다. 권총을 빼들고 쏘겠다고 길길이 날뛰는 강상필을 부하들이 간신히 뜯어말렸다. 하지만 그들도 이미 냉정함을 찾기 어려운 상태였다.

나머지 분대가 온전히 남아 있는지조차 확인할 수 없었다. 바로 옆 엄폐호에는 미제 전폭기가 투하한 폭탄이 정확히 명중해서 그야말로 흔적도 없이 사라진 것이다. 소대 병력 중에 강상필이 통제할 수 있는 것은 이제 1분대뿐이었다. 강상필 소위가 마지못해서 권총을 홀스터에 집어넣으려 했으나 손이 덜덜 떨려서 제대로 되지 않았다.

"소대장 동지!"

부소대장이 그 와중에 바깥으로 고개를 내밀다가 뭘 발견했는지 허겁지겁 강상필 소위를 불렀다. 그리고 보니 폭격이 멈춘 것 같았다. 멍멍해진 귀로 무엇인가 이상한 소리가 들려오고 있었다. 강상필 소위가 너부러진 시체를 피해 입구 쪽으로 움직였다.

그것은 직승기 소리였다. 헬리콥터들은 곧장 강상필 소위 쪽을 향하여 날아오는 듯하더니 곧 방향을 바꾸어 남동쪽의 개활지로 향했다. 남동쪽으로 300미터 정도 떨어진 개활지에 내리려는 것 같았다. 그 정도 거리라면 소총으로도 충분히 제압할 수 있는 거리였다.

"미제놈들 직승비행기야! 날래 전투위치로! 내 지시가 있을 때까지는 절대 쏘디 말라우!"

착륙지점에 하나 둘씩 헬리콥터들이 내려앉기 시작했다. 강상필은 조금만 더 기다렸다가 한꺼번에 집중공격을 가하기로 마음먹었다. 부하들이 각자 두더지처럼 낮은 포복으로 흩어져 자리를 잡은 다음 강상필의 명령만을 기다렸다.

대대 직할 박격포 중대가 지원을 해준다면 절호의 기회였지만 중대본부조차 연결되지 않는 상황이었다. 어쩔 수가 없었다. 분대당 한 정씩 배치된 72식 경기관총을 믿는 수밖에 없었다. 강상필의 소대에 남아 있는 1분대의 유일한 공용화기였다.

강상필은 마지막으로 원산항 쪽을 내려다보았다. 시가지는 온통 연기에 휩싸여 있었고 명사십리가 위치한 갈마반도 쪽 해안에는 상륙장갑차들과 주정들이 새까맣게 몰려 있었다. 관자놀이에 거세게 뛰는 맥박이 강상필의 귀에도 들릴 지경이었다. 한숨을 깊게 토하고 난 강상필 소위가 명령을 내렸다.

"쏘아!"

– 뚜다다다다!

경기관총의 콩 볶는 소리와 함께 분대원들이 일제사격을 시작했다. 헬리콥터 주위로 집중사격이 퍼부어지고 막 뛰쳐나와서 집결하던 미 해병대 병사들이 수숫단처럼 쓰러졌다. 그리고 막 이륙하려던 헬리콥터 한 대가 불길에 휩싸이면서 그대로 논바닥에 주저앉았다.

"잘했어. 동무! 날래 쏘라우야!"

72식 경기관총 사수가 소대장의 칭찬에 힘을 얻었다. 서둘러 재장전하는 동안 나머지 분대원들이 헬리콥터 주변으로 계속 사격을 가했다. 예상 밖의 공격에 정신을 잃은 미 해병들이 몸을 은폐할 곳을 찾아 뛰었으나 근처에는 숨을 만한 곳이 없었다.

강상필 소위는 신이 났다. 공화국을 침략하는 미제 원쑤놈들에게 무리죽음을 안겨주는 것이 인민군 군관으로서 그의 꿈이었다. 지금까지 살아남은 소대원들도 자신감에 넘쳐 시커멓고 허연 얼굴의 미제 해군육전대원들을 향해 총탄을 날렸다. 총을 쏘면 맞고, 맞으면 미 해병대원들이 죽어나갔다. 그러나 이들은 요란한 집중사격이 계속되는 동안 배사면을 넘어서 접근하는 또 다른 헬리콥터 소리를 듣지 못한 게 실수였다.

– 투타타타~.

"히악!"

수퍼 코브라에서 뿜는 20mm 개틀링포가 정확하게 1분대 병사들을 향해 쏟아졌다. 소대장 옆에서 기관총 사격을 직접 지휘하던 분대장과 사수의 몸에 명중한 기관포탄들이 유폭을 일으키면서 두 명은 순식간에 절반만 남은 끔찍한 시체로 변했다. 그리고 파편은 소대장과 나머지 분대원들에게 튀었다. 강상필 소위가 옆구리에 강한 통증을 느끼며 주저앉았다.

넘어졌지만 강상필은 기관총 사수 자리로 안간힘을 써가며 움직였다. 바로 머리 위에서 호버링하는 수퍼 코브라가 먼지폭풍을 일으켜서 눈을 뜨기조차 힘들었다. 어렵게 72식 기관총을 집은 강상필 소위가 헬리콥터 쪽으로 총구를 돌렸다.

순간 강상필은 헬리콥터의 앞자리에 앉은 사수의 시선과 마주쳤다. 헬기 포수의 눈빛이 약간 곤혹스럽다는 듯이 끔벅거렸다. 그리고 강상필이 마지막으로 본 것은 맹렬하게 회전하는 20mm 포신과 불꽃이었다.

6월 21일 05:14 함경남도 원산시 갈마반도 해안

"연막!"

김동만 하사의 장갑차에 하얀색 연막이 굵게 피어올랐다. 장갑차 주변에 흩어졌던 해병대원들이 잽싸게 상륙장갑차로 올라탔다. 후방 해치를 제대로 잠그기도 전이었다.

조종수가 상륙장갑차를 지그재그로 거칠게 몰기 시작했다. 다시 인민군 전차가 불을 뿜었고, 포탄은 김동만이 탑승한 장갑차의 바로 왼쪽을 스쳐지나갔다.

인민군 T-55 전차는 집요하게 김동만의 장갑차를 쫓아오고 있었다. 인민군 전차부대의 위장엄폐호에 발을 들여놓은 것이 잘못이었다. 그러나 해안에 그토록 가까이 전차진지가 온전하게 남아 있으리라고는 누구도 생각할 수 없었을 것이다. 중대장차는 인민군 전차의 100mm 주포를 얻어맞고는 그대로 풍비박산이 되고 말았다.

"아이쿠!"

김동만 하사가 해치에 머리를 부딪치며 신음소리를 냈다. 헬멧을 썼는데도 얼얼할 정도였다. 조종수가 작은 흙무더기를 발견하지 못하고 쇄도하면서 차체가 다시 춤추듯이 흔들렸다. 폭탄이 만들어낸 파공들이 장갑차의 기동을 방해한 것이다. 김동만은 아파할 겨를이 없었다. 쫓아오는 인민군 전차 앞에서 도망치기에도 바빴다.

통제기의 호출을 받은 미 해군의 호넷 전투기들이 전차 서너 대를 해치웠으나 이제는 이러지도 저러지도 못한 채 상공을 맴돌기만 했다. 인민군 전차 한 대가 필사적으로 한국 해병대의 장갑차들 틈으로 끼어들었기 때문이었다. 인민군 전차가 조금이라도 오래 살아남기 위해서는 한국군 상륙장갑차로부터 떨어지지 말아야 했다. 김동만의 목덜미가 식은땀으로 흥건하게 젖었다.

거세게 뛰는 감정을 억누르며 김동만 하사가 차장용 잠망경에 눈을 갖다댔다. 얕은 언덕 위로부터 포연을 뚫고 내려오는 인민군의 T-55 전차가 괴물로 보였다. 전차보다 속도가 느린 상륙장갑차가 더 이상 도망치는 것도 힘들었다.

김동만 하사는 마지막이라는 심정으로 유탄기관포 방아쇠를 당겼다. 40mm 유탄 수십 발이 인민군 전차 앞쪽과 차체 위에 떨어지며 연속적으로 폭발했다.

"잡았다! 어? 으아!"

인민군 전차가 파괴된 줄 알고 환성을 질렀던 김동만 하사가 비명을 내질렀다. 검은 연기를 뚫고 인민군 전차가 다시 모습을 드러낸 것이다. 유탄 십수 발이 명중했지만 전차에는 흠집도 내지 못한 것 같았다. 전차 캐터필러를 노렸지만 한 발도 명중되지 않은 듯 전차는 끄떡없이 계속 접근했다.

조종수가 애를 써도 한쪽 캐터필러가 깊숙이 박혔는지 요동만 칠 뿐, 장갑차는 움직이지 않았다. 그 사이에 인민군 전차 포탑이 김동만의 장갑차를 발견하고 포탑을 빙글 돌리기 시작했다. 김동만 하사는 절망감으로 몸이 빳빳하게 굳었다. 어떻게 조치를 취해야 할지 머릿속에서는 아무 생각도 나지 않았다.

— 콰앙~.

포구를 돌린 인민군 전차가 불을 뿜는 것을 보는 순간 김동만 하사가 눈을 감았다. 온몸에서 힘이 빠져나가며 그 자리에 주저앉았다. 그런데 아무 일도 일어나지 않았다. 김동만은 빗나간 모양이라고 생각했지만 다시 잠망경으로 인민군 전차를 볼 엄두가 나지를 않았다.

— 차장님! 움직입니다. 어디로 갑니까!

"어디긴! 우측으로 빠져나간다. 서둘러!"

잠시 동안 정신을 놓고 있던 김동만이 조종수의 보고를 듣고 정신을 차렸다. 숨죽이고 기다려도 더 이상 포탄은 날아오지 않았다. 상륙장갑차가 다시 허둥거리며 빠른 속도로 움직였다.

— 소나기! 라디오다! 죽는 줄 알았다. 다행이다. 우 전방 세 시 방향 언덕으로 집결하라. 까마귀와 합류하라!

"라디오. 소나기 셋! 수신 완료!"

김동만 하사가 소대장에게 보고하고 나서 이마에 흥건한 땀을 훔쳐냈다. 조금 전에 인민군 전차가 불을 뿜었다고 생각한 것은 착각이었다. 김동만의 장갑차를 잡아먹지 못해 안달이 되었던 포탑이 덩그러니 옆으로 퉁겨져 나가고 마치 머리가 잘린 짐승처럼 흉측하게 연기를 뿜고 있었다.

까마귀라는 호출부호를 사용하는 한국 해병 전차대대의 1개 소대가 마침내 상륙에 성공한 것이었다. 드디어 동이 트고 있었다. 백사장을 넘어 다가오는 K-1 전차 뒤로 새빨간 태양이 떠오르고 있었다. 눈이 부셨다.

한국 해군 소속의 대형 호버크래프트인 LCAC들은 전차를 내려놓자마자 다시 맹렬한 바람을 일으키며 바다로 빠져나갔다. 후속 전차들을 계속 운반하려면 잠시도 쉴 시간이 없었다. 어느새 2파와 3파로 밀려오는 미국과 한국 해병대의 상륙장갑차와 호버크래프트들이 바다에 가득했다.

이번 전투에서는 피해가 막심했다. 나머지 장갑차들이 신속하게 재편성을 마치고 K-1 전차의 지원을 받으며 서쪽으로 빠르게 움직였다. 1킬로미터 남쪽에서는 미 해병의 M-1 전차들이 미군 상륙장갑차들과 함께 1차 목표선의 남동쪽 구역을 확보하기 위해 기동을 시작했다.

6월 21일 05:18 함경남도 원산시(강원도 원산시) 상공

목표는 원산 후방에 있는 인민군 포병 진지였다. 상륙이 진행됨에 따라 공중공격의 목표가 점점 내륙으로 이동하고 있었다.

피트 대위는 HUD에 표시된 고도와 속도를 확인하고 계기판 아래 중앙에 설치된 푸른색의 무빙맵 디스플레이를 살폈다. 현재 비행 중인 위치와 E-8이나 E-2C에서 받은 주변 상황에 대한 정보가 전자지도에 겹쳐서 나타났다.

"굿샷, 최종진입 2km 전이다."

- 쿨맨, 언제든 오케이야!

"가자!"
수퍼 호넷 전투기 두 대가 계곡 사이에서 갑자기 튀어나오자 포대 주변의 대공화망이 작렬했다. 예광탄 줄기들이 편대를 이룬 두 기체 사이로 지나갔다. 이와 거의 동시에 호넷이 투하한 클러스터 폭탄이 천 개가 넘는 자탄을 흩뿌렸다. 하늘에서 쏟아져내린 재앙은 근처에 노출된 모든 것을 잠재웠다.
폭탄을 떨어뜨린 수퍼 호넷 전폭기들이 뼁뼁이 도는 총알택시처럼 다음 폭탄을 싣고 오기 위해 모함으로 기수를 돌렸다. 미 해병대에서는 이렇게 폭격이 계속되는 상륙전 지상지원 임무를 '콜택시'라고 불렀다.

6월 21일 05:27 함경남도 원산시(강원도 원산시) 동쪽 14km

"좌전방 열한 시!"
문무대왕함 함교에서 상륙선을 살피던 박강민 대령이 쌍안경을 내리며 황급히 부르짖었다. 산 쪽에서 뭔가 붉은 화염이 번뜩이고 전차상륙함인 고준봉함 앞쪽에 물기둥이 치솟았다. 옥녀산 일대의 인민군 방어거점들은 아직 완벽하게 제압된 상황이 아니었다.
LCAC들이 중장비들을 바쁘게 날랐지만 한계가 있었다. 미군은 미 해병 장비를 운반하는 것도 바쁜데다가 상륙시킨 중화기들도 미 해병을 직접 지원하기에 바빴다. 어떻게든 한국 해병대에 가능한 많은 전차들을 지원해주어야 원산항을 빨리 확보할 수 있었다.
고준봉함과 비로봉함 등 선두에 선 한국 해군의 전차상륙함(LST)들이 대응사격을 시작했다. 문무대왕함의 함포가 다시 회전하며 조금 전 화염이 번쩍였던 인민군 해안포 진지를 향해 불을 뿜었다.
박강민 대령은 엄청난 항공공격에도 불구하고 인민군 해안포 진지가 어떻게 살아남았는지 도저히 이해가 되지 않았다. 그리고 상륙장갑차들이 상륙하는 순간 포격을 실시하지 않은 것도 납득이 가지 않았다. 그러나 그것은 인민군 해안포대가 선택할 수 있는 최선이었다.

상륙 제1파로 진입하는 상륙장갑차를 향해 포격을 시작했더라면 자기 위치만 폭로할 뿐이었다. 상륙장갑차들 대신 전차상륙함을 잡는 쪽이 훨씬 더 유리했다. 거의 1개 중대급의 K-1 전차와 대대급 병력을 그대로 수장시킬 수 있기 때문이다.

"포술장! 빨리 제압하지 않고 뭐 하는 거야? 함대 전 포를 집중시켜!"

고준봉함으로 날아오는 포탄이 상갑판에 명중하기 시작하자 박강민 대령이 사색이 되었다. 이제 막바지였다. 그러나 여기까지 와서 주저앉으면 안 된다. 문무대왕함에서 다시 속사가 시작되고 무지막지한 진동과 소음이 함교를 뒤흔들었다.

− 포격 중지하라! 레드 탱고 편대가 진입한다.

"포격 중지!"

항공함포 연락반으로부터 다급한 포격 중지 요청이 들어오자 박강민 대령이 서둘러 포술장에게 소리쳤다. 호넷 편대 하나가 폭격코스에 접어들고 있었다. 동시에 함포사격을 진행하다가는 전투기들을 떨어뜨릴 수도 있었다.

곧이어 옥녀산 좌측 능선에서 불을 뿜던 인민군 포대가 시꺼먼 연기 속으로 모습을 감췄다. 아슬아슬한 순간이었다. 박강민 대령이 고준봉함의 피해상황을 살피며 안도의 한숨을 내쉬었다.

인민군 포대가 침묵을 지키자 고준봉함과 다른 전차상륙함들이 속도를 계속 유지한 채 해안으로 파고들었다. 접안 직전에 감속을 많이 해두어야 했지만 지금은 그것이 문제가 아니었다. 속도가 줄지 않은 한국 해군 전차상륙함들은 마치 육지 위로 기어오르려는 고래떼처럼 무서운 기세로 백사장에 올라탄 다음 멈춰 섰다.

해병 제1상륙사단의 최선봉 부대인 상륙장갑차 대대의 초반 피해가 너무 심했다. 특히 인민군 전차와 교전 중이라는 보고를 들었을 때 연합해병사 부사령관은 거의 까무러치는 목소리로 박강민 대령을 닦달했다. 그만큼 화력지원이 절실했던 것이다.

엄청난 공중지원에도 불구하고 해안선에서 바로 전차를 맞닥뜨리리라고는 상상도 못했다. 해안포대가 살아 있을 것으로 보지도 않았다. 이렇게 상륙작전에서는 예상밖의 상황이 무수히 많이 벌어졌다.

상륙작전의 핵심은 한국 해병의 2개 연대전투단이 장비 부족에도 불구하고 무사히 적전 상륙을 성공하느냐에 달려 있었다. 고속상륙장비가 가뜩이나 부족한데다가 병력수송용 경호버크래프트 30여 척을 서해로 빼돌린 것도 큰 부담이었다.

우현 쪽으로 약간 기울어진 고준봉함에서 해병대 전차대대의 K-1 전차들이 빠져나오기 시작했다. 한국 해병대가 선봉에 선 상륙작전은 드디어 막바지에 이르고 있었다.

미군은 3개 상륙전단으로 구성된 수많은 함정으로 겨우 1개 해병 원정여단을 상륙시켰다. 그러나 미군과 동일한 정도로 한국 해병이 상륙작전을 실시한다는 것은 애초부터 꿈도 꿀 수 없는 일이었다. 그것은 돈을 쏟아부은 미 해병만이 가능한 일이었다. 상륙장비가 부족한 한국 입장에서는 해병대원들이 돈 대신 피로 치러야 할 대가이기도 했다.

6월 21일 06:48 함경남도 원산시(강원도 원산시) 상공

— 배셔 1이다. 고도 2천5백 피트, 헤딩 2-7-5, 속도 450노트로 비행 중이다.

피트 '쿨맨' 슈마이어 대위는 E-2C 호크아이에서 데이터링크로 보

내온 지시대로 고도와 방향을 조절했다. 선회하면서 아래를 내려다보니 바다 위에는 해안선과 평행하게 늘어선 각종 함정과 개미떼같이 쏟아져 나오고 있는 상륙주정들이 보였다.

바다 위 낮은 고도에는 수직 이착륙기인 오스프리와 각종 지원헬기들이 잠자리떼처럼 날고 있었다. 피트의 뒤쪽으로는 노련한 윙맨인 '굿샷' 브라이언 대위가 따라붙었다.

피트와 브라이언의 수퍼 호넷, 배셔 1과 배셔 2는 다른 전투기들과 달리 파란색과 붉은색 스프레이로 칠한 온갖 낙서로 뒤덮여 있었다. 브라이언이 투덜거렸다.

― 이게 뭐야? 말도 안 돼! 우리가 할렘가 담장이야, 지하철이야? 도대체 뭐야? 젠장!

"굿샷, 참아라. 항상 그래왔잖아. 우리도 다른 놈들 오면 그랬는데, 뭘 그래?"

― 오, 쉿! 뎀! 말도 안 돼! 비행 스케줄을 제대로 짜야지. 왜 연료 부족할 때까지 돌리다가 레이건에 내리라는 거야!

피트와 브라이언은 모함인 해리 트루먼이 아니라 로널드 레이건에서 출격하는 길이었다. 피트와 브라이언이 귀함하는 동안 해리 트루먼에 먼저 착함하던 F-14 한 대가 착함사고를 냈다. 그 바람에 두 사람은 착함허가를 받지 못하고 대기하다가 연료 부족으로 옆 항모인 로널드 레이건에 착함할 수밖에 없었다. 그 많던 공중급유기들도 이미 보급용 연료를 다 소모했거나 다른 기체에 급유 중이어서 피트와 브라이언에게 급유해줄 수 없었다.

로널드 레이건에 착함한 두 기체는 갑판 승무원들로부터 엄청난 스프레이 세례를 받았다. 다른 항모의 항공기들이 자기 항모에 착함하면 스프레이로 온갖 낙서를 하는 게 항모 승무원들의 오랜 전통이었다. 일종의 애교 섞인 텃세인 셈이다.

"굿샷. 불평 그만하고 따라와라."

피트가 급선회하자 윙맨인 브라이언도 불평을 멈추고 뒤를 따랐다. 이번 임무는 내륙 쪽으로 진입하는 상륙부대 전방에 배치돼 있는 적 지상부대를 공격하는 근접지원임무였다. CAS라고 불리는 근접지원임무는 미리 목표와 시간이 지정된 계획 CAS와 그때그때 지상부대나 전선통제기의 요청에 따라 움직이는 비계획 CAS로 나뉘어진다.

미리 목표물의 좌표와 공격시간이 정해져 있기 때문에 수퍼 호넷 편대는 통제기의 유도도 받지 않고 목표지점을 향해 가속했다. 야산 능선을 돌아 폭격 코스로 진입한 수퍼 호넷 전투기들이 도로를 달리는 장갑차량 행렬을 발견했다.

피트와 브라이언이 폭격하기에는 절호의 코스였다. 수퍼 호넷 두 대가 지상에서 꾸물거리며 움직이는 생명체들에게 클러스터 폭탄이라는 달갑지 않은 선물을 내던졌다. 지상에서 자탄 수백 개가 일으키는 작은 폭발이 연속적으로 일어났다. 피트가 선회하면서 확인한 목표 지역에는 검은색 솜털구름 같은 폭발연기가 번져가고 있었다.

- 북한놈들이 그동안 그렇게 속 썩이더니, 거 참 고소하다! 말 안 듣는 놈들은 그저 줘패야 한다니까!

브라이언이 속 시원하다는 듯이 내뱉었다. 피트는 방금 수많은 사람들이 죽어갔다는 사실이 무척 안타까웠다. 하지만 지금은 전쟁이었다. 그리고 그는 적을 죽여야 하는 군인이었다.

- 오, 쉿! 그건 아군이야! 1개 대대가 통째로 날아갔어!

갑자기 무선통신망에서 째지는 비명이 들렸다. 어디서 오폭사고가 난 모양이었다. 피트가 전투기를 상승시킨 다음 천천히 선회했다. 브라이언 대위가 한심하다는 듯이 투덜대는 소리가 통신망을 통해 들려왔다.

- 어떤 놈이 사고 쳤을까?

상륙작전과 같은 대규모 합동작전에서는 워낙 많은 지상병력과 항공기가 투입되기 때문에 아군을 오폭할 확률이 대단히 높다. 실제로 을지포커스 훈련이나 팀스피릿 훈련 중에도 아군 오사가 빈번하게 발생하곤 했다. 물론 훈련이라서 아군 오사로 생명을 잃는 비참한 경우는 없었지만, 지금은 실전이었다.

― 여기는 골드 헌터 52, 전선통제기다. 줄리엣 델타 048, 133 지역을 공격한 기체는 소속을 밝혀라!

통제기가 지목한 지점은 바로 피트와 브라이언이 공격한 지점이었다.

"이, 이럴 수가! 골드 헌터 52, 우리는 해리 트루먼 소속 배셔 1과 배셔 2다."

당황한 피트가 서둘러 소속을 밝혔다. 눈앞이 캄캄해지고 잠시 아무 것도 들리지 않았다. 모든 것이 슬로 비디오처럼 보였다. 스피커에서 웽웽거리는 말소리가 귀를 때렸다.

― 야, 이 멍청한 놈들아! 아군도 구별 못해! 방금 니들이 때린 건 제3해병사단 직할 제1전투돌격대대야!

제1전투돌격대대는 오키나와에 주둔하는 제3해병사단에 특징적인 대대다. 전투돌격대대는 경장갑정찰중대와 상륙돌격장갑차중대로 구성되어 있다. 이 대대는 해병 4연대가 주축이 되어 구성된 해병 원정여단에 배속되어 있었다.

― 골드 헌터 52, 배셔 2이다. 그럴 리가 없다! 이 지역은 계획 CAS로 설정돼 있었다. 우리는 분명히 제시간에 도착했단 말이야!

성질 급한 브라이언 대위가 통제기에게 되받아쳤다. 피트는 그럴 리가 없다고 생각했다. 피트 대위가 같은 미군을 폭격했다니, 도저히 믿어지지가 않았다. 전선통제기가 뭔가 착각한 것이길 바랐다.

― 귀관은 CAS위치 변경 통보 못 받았나! 여기 적들이 빨리 퇴각하는 바람에 CAS지역이 변경됐다! 해리 트루먼 비행통제센터에 이미 공

지됐단 말이야!

피트 대위는 손이 덜덜 떨리고 눈앞이 아찔해지는 걸 느꼈다. HUD의 기호들도 보이지 않았다. 피트와 브라이언이 로널드 레이건에 착함하는 바람에 공격위치가 바뀐 걸 미처 통보받지 못한 것이다. 정신없이 진행되는 상륙작전 속에서 비행통제센터의 누군가가 이들의 임무가 변경된 사실을 통보하는 걸 잊어버린 모양이었다.

─ 야, 쿨맨! 어떻게 하지?

"……"

아무 생각도 나지 않았다. 전쟁에서 가장 억울하게 죽는 게 아군한테 맞아 죽는 것이다. 실제로 이런 사고가 과거 전쟁에서 많이 일어났기 때문에 피트도 훈련할 때는 오폭방지를 위한 훈련을 많이 받았다. 하지만 자신이 이런 사고를 일으킬 줄은 꿈에도 생각하지 못했다.

─ 배쳐 편대, 골드 헌터 52다. 모든 임무를 중지하고 즉시 항모로 귀환하라! 즉시 귀환해!

신경질적인 목소리가 통신망에서 흘러나왔다. 뭐라고 나무라지는 않았지만 질책하는 목소리가 틀림없었다.

"알았다. 굿샷, 돌아가자."

피트의 목소리에는 힘이 없었다. 기수를 돌리는 수퍼 호넷의 날개에도 힘이 빠져 있었다.

6월 21일 13:46 함경남도 원산시(강원도 원산시) 원산항

멍청한 표정으로 허동훈 소령이 담배를 빼어 물었다. 그리고 고창함 바로 앞쪽을 스쳐지나 부두에 접안하려는 대형 컨테이너선 한 척으로 시선을 던졌다.

상갑판 앞쪽으로는 각종 컨테이너들이 실려 있고 선체 뒤쪽에는 탑재차량이 직접 빠져나올 수 있도록 램프가 장착된 그 배는 미 해병의 사전배치집적선 가운데 하나인 '잭 루머스 중위'호였다.

오키나와와 미 본토에 분산 배치된 미 해병 3사단의 주 병력은 간단한 경무장으로 전개될 뿐이다. 이들이 사용하는 전차와 야포 등의 중장비와 각종 탄약, 보급품 등은 실제로는 미리 배에 탑재되어 바다 위에 항상 대기하고 있다.

괌에서부터 먼길을 달려온 잭 루머스호를 선두로 제3사전배치선단 소속 나머지 함정들이 뒤를 이어 내항으로 진입했다. 항로의 주위에는 혹시나 있을지 모를 부유기뢰들 때문에 소해함들이 죽 늘어서 있었다.

잭 루머스호도 기뢰에 이미 충격을 입은 뒤였다. 소해를 완료했다고 생각했던 지점에서 갑자기 다가온 부유기뢰에 당한 것이다. 선수쪽은 강철 외판이 종잇장처럼 흉측하게 일그러졌고 선체는 왼쪽으로 약간 기울어진 상태였다.

"윽!"

갑자기 커다란 폭음이 귀를 때리자 허동훈 소령이 물고 있던 담배를 바닥에 떨어뜨렸다. 호도반도 쪽에서 엄청난 물기둥이 치솟고 있었다. 혹시나 근처에 있던 함정이 기뢰에 피격된 줄 알고 놀랐던 허동훈 소령은 그곳이 기뢰폭파구역이라는 것을 알고는 한숨을 돌렸다. 수거된 계류기뢰 중에 예인이 가능한 것들을 한데 모아 안전구역으로 이동시켜 한꺼번에 폭파시키고 있었던 것이다.

원산항 주변과 시가지로도 간헐적인 포격이 계속되고 있었다. 그러나 인민군의 포격은 오래 가지 못했다. 미 공군의 E-8 조인트 스타즈 정찰기에서 인민군 지상군의 이동은 물론이고 포대 위치까지 손바닥을 보듯이 정확하게 꿰고 있었다. E-8로부터 표적의 위치를 통보받은 호넷 전투기들이 긴급 대지지원에 나섰고 그때마다 포격이 그쳤다.

모든 일들은 대부분 순서대로 차근차근 움직이고 있었지만 비참한 대가를 치러야 했다. 한국 해군의 소해전력 모두가 원산항에 투입됐고 그 중 살아남은 것은 단지 네 척뿐이었다.
　허동훈 소령은 믿어지지 않았다. 한국군 단독으로 실시하는 소해작전이었다면 배후에서 지휘함 역할을 수행했을 원산함마저 기뢰를 건드려서 대파당한 것이다.
　함수 부분이 부서진 채 엉망이 된 원산함은 제대로 항해하는 것이 불가능했다. 함미 쪽 방향을 향해 기관을 역추진시켜 느리게 움직이는 원산함은 동해항으로 귀환하고 있었다. 이번 상륙작전에서 한국 해군 소해부대의 피해가 가장 막심했다.
　비좁은 원산항 부두에 접안을 시작한 미 해군 잭 루머스호에서 전차와 장갑차들이 빠져나오고 있었다. 또 다른 사전배치집적선 한 척이 부두로 접근했다. 이들이 모두 하역을 마친 다음에는 미 육군 소속 사전 배치선들이 하역을 시작하게 된다. 해병대의 뒤를 이어 미 육군 제25사단과 국군 지상작전사령부 예비로 있던 1개 사단이 평양-원산선을 향해 맹공세를 펼칠 예정이었다.
　원산시 북쪽으로 폭격이 다시 시작되고 있었다. 문천까지 완전히 장악해야 원산항의 안전을 확보할 수 있었다. 허동훈 소령이 다시 담배를 꺼내 물었다. 소해대장이 전사하고 지금은 그가 남아 있는 한국 해군 소해부대의 지휘관이었다. 그러나 겨우 네 척을 지휘하게 되었다. 담배연기가 목을 따라 폐부로 깊숙이 빨려들어갔다.

6월 21일 14:50　함경남도 원산시(강원도 원산시)

"야! 저쪽에 인민군 두 놈이 달아난다. 저기, 저기!"

해병대 소대장 한지훈 중위가 고함을 질렀다. 해병대 병사들이 소대장이 손짓하는 쪽을 바라보았다. 오른쪽으로 200미터 정도 떨어진 농업용 수로 옆의 좁은 길로 인민군 두 명이 허둥지둥 달아나고 있었다. 달아나는 인민군들은 제대로 못 먹어서 그런지, 아니면 겁먹은 탓인지 뛰는 모양이 상당히 어색해 보였다.

소대 선임하사 김보현 중사가 K-2 소총을 꼬나쥐고 서서쏴 자세로 움직이는 표적을 조심스럽게 따라가고 있었다.

— 탕! 탕!

단 두 발로 달아나는 인민군들이 쓰러졌다. 한 중위가 너털웃음을 터뜨리며 김 중사를 칭찬했다.

"김 중사 사격솜씨는 역시 대단해. 하하! 근데 그놈들 어째 뛰는 폼이 꼭 오리가 뒤뚱거리는 폼이냐?"

한지훈 중위의 소대는 가장 위험한 해안선을 큰 병력손실 없이 돌파한 탓인지 여유가 넘쳤다. 인민군 해안방어부대는 압도적인 화력차로 지리멸렬했고, 이미 조직적인 저항을 포기하고 대부분 개별적으로 후퇴하고 있었다.

"전방 300미터. 적 특화점 발견!"

약간은 긴장이 풀어진 상태로 전진하던 소대원들이 첨병의 돌연한 외침에 일제히 자세를 낮췄다. 전방의 나지막한 언덕 위에 콘크리트로 견고하게 축성된 토치카가 보였다. 한지훈 중위가 낮게 깔리는 음성으로 분대장들에게 지시했다.

"1분대는 왼쪽으로, 2분대는 중앙, 3분대는 오른쪽이다!"

"옛!"

"화기분대는 여기 남아서 엄호한다. 야! 너, 2분대 201유탄 김 상병, 넌 3분대 따라가. 3분대는 오른쪽 저 독립가옥으로 우회해서 뒤를 쳐. 유탄발사기 두 개니까 그걸로 때려!"

"예!"
분대장들과 해당 소대원들이 절도있게 대답했다.
"야, 3분대 니들이 먼저 가! 야, 1분대와 2분대는 2개조 약진이다. 알겠지?"
"옛!"
3분대 병력이 자세를 낮추고 오른쪽 방향으로 하나 둘 뛰어갔다.
― 타탕! 탕!
그제야 인민군들도 국군을 발견하고 토치카 좌우에서 산발적으로 사격을 시작했다. 토치카 좌우에도 교통호가 있는 듯 언뜻 사람 머리가 왔다갔다하는 꼴이 보였다.
"야, 기관총반! 좌우로 너무 돌리지마. 토치카 정면으로 집중해! 애들 엄호 잘해!"
한지훈 중위가 기관총을 거치하고 있는 화기분대에게 뻔한 잔소리를 했다. 화기분대원들은 개의치 않는다는 듯 씩씩하게 대답했다.
"예! 소대장님."
― 트르륵! 트르륵!
― 뚜루루룩~ 뚜루룩!
해병대가 K-3 기관총을 쏘아대자 인민군들도 토치카 총안으로 기관총을 쏘아대며 응수해왔다.
나란히 엎드려서 전방을 주시하던 소대 선임하사 김보현 중사가 한지훈 중위에게 물었다.
"저쪽 애들 어쩨 좀 어설퍼 보이는군요. 설마 노농적위대나 붉은청년근위대는 아니겠죠?"
김 중사의 말에 한지훈 중위가 인상을 찌푸리며 정색을 했다.
"난 할아버지들이나 애들하고 싸우긴 싫어! 아무리 전쟁이라도 말이야."

"그러게요. 싸워도 애들하고 싸우면 왠지 기분이 그렇겠죠."
김보현 중사도 동감한다는 듯 입맛을 다셨다.
"야, 야! 헛소리말고 우리도 빨리 가자. 3분대 애들이 기다리겠다."
화기분대의 엄호를 받으며 1분대와 2분대가 포복과 약진을 반복하며 천천히 앞으로 전진해 갔다. 적 토치카의 기관총만 간간이 사격을 해올 뿐 토치카 좌우에선 이제 아무도 머리를 내밀지 않았다.
– 콰아앙!
돌연 토치카 좌우에서 폭음과 함께 검은 연기가 솟아올랐다. 3분대가 뒤쪽으로 돌아가 K-201 유탄발사기를 날린 모양이었다.
– 트르륵! 트르륵!
폭음을 신호로 1분대와 2분대원들이 일제히 약진으로 달리다가 다시 땅바닥으로 몸을 던졌다. 토치카 정면에는 화기분대의 K-3 기관총 탄이 아직도 집중되고 있었다.
– 콰앙! 쾅! 쾅!
이번에는 토치카 총안에서 검은 연기가 확 몰려나왔다. 토치카 좌우 교통호로 짐작되는 지점에서도 수류탄 폭발 섬광이 보였다.
"상화앙~ 끄읏!"
3분대장 목소리가 언덕 위에서 들려왔다. 한지훈 중위가 상체를 조금 세우고 화기분대에게 사격중지 수신호를 보냈다. 화기분대의 K-3 사격도 멈췄다. 완벽한 승리였다. 2분대원 한 명이 가벼운 총상을 입은 것 빼고는 피해가 없었다. 소대장 한 중위는 별 피해 없이 적 토치카를 점령한 것에 기분이 좋았다.
"사격 중지! 이거 뭐 너무 간단하잖아. 강 해병, 그렇지?"
한지훈 중위가 옆에 서 있던 사병에게 괜히 소리를 질렀다. 그 해병대원이 씩 웃었다.
해병대원들이 조심스럽게 토치카로 접근해 갔다. 화약 냄새와 피비

린내와 먼지 냄새가 뒤섞여 말로 표현하기 힘들 정도로 고약한 냄새가 풍겨왔다.

한지훈 중위는 3분대 소속 해병 한 명과 함께 재빠르게 토치카 속으로 뛰어들었다. 인민군 스타일로 보아 최후의 발악을 할지도 모르기 때문에 두 명 모두 총을 지향사격 자세로 쥐고 있었다.

아직도 남아 있는 먼지와 연기 사이로 인민군들의 신음소리가 들려왔다. 혹시나 저항할지도 모를 인민군을 찾기 위해 눈을 부라리며 좌우를 돌아보던 한지훈 중위가 갑자기 고함을 지르기 시작했다.

"에이, 씨발! 이게 뭐야? 이거, 이거, 으아악! 아아악!"

소대장의 고함을 듣고 놀란 선임하사 김보현 중사가 토치카 속으로 뛰어들어왔다. 소대장과 해병 한 명이 토치카 안에 멀쩡하게 살아 서 있었는데, 소대장은 계속 고함을 질러대고 있었다.

"소대장님! 무슨 일입니까?"

그러나 김보현 중사가 보기엔 아무 일도 없는 것 같았다. 김보현 중사는 설마 소대장이 전장공포증 때문에 미쳐버린 건 아닌가 하고 걱정스럽게 소대장의 얼굴을 살펴보았다.

"으아아~ 씨발!"

"소대장님! 괜찮습니까?"

김보현 중사가 좌우 손바닥을 소대장의 얼굴에 대고는 계속 걱정스러운 표정을 지었다.

"야, 손 치워! 난 괜찮아. 이것들 봐. 이거 다 여자잖아?"

소대장 한지훈 중위가 부상을 입고 신음하고 있는 한 인민군 여군에게 다가가더니 갑자기 고래고래 고함을 질렀다. 그 인민군 여군은 스물이나 갓 넘겼을 나이로 보였다.

"야! 니들 뭐야? 여군이 왜 이런 데 있어. 니들 대공포나 해안포대에 있어야지, 여기서 뭐 하는 거야? 야, 말해봐! 니들 뭐 하는 것들이야?"

"우린, 으윽! 조선인민, 경비대…… 으~ 제556여성해안포중대원입,
네다."

인민경비대 여군이 두려움이 가득한 표정으로 대답했다. 그 여군은 말을 하기도 힘겨운 눈치였다. 여군은 군복이 온통 피로 젖어 있었다.

"조선인민경비대? 여성해안포중대? 그런데 내륙인 여기서 뭐 하는 거얏?"

"으윽! 포대가 공격을 받은 후…… 철수했습네다. 상부에서 우리 중대에 여기서 결사항전하라는……. 으윽! 명령을, 내렸, 습네다."

"에이. 씨발! 이 미친놈들!"

소대장 한 중위가 천장을 향해 욕설을 퍼부었다. 소대장은 부하 소대원들이 보기에도 무척 흥분한 듯 계속 욕설 섞인 고함을 질러대고 있었다.

인민경비대 여군의 눈가로 눈물이 조용히 흘러내렸다. 인민군 여군은 부상 탓인지 거친 숨을 몰아쉬고 있었다. 김보현 중사가 의무병을 부르러 토치카를 잠시 나갔다.

"허억! 국방군 동무들, 절 죽일 건가요?"

동생뻘 정도 되는 나이의 인민경비대 여군이 두려움이 가득한 표정으로 물었다. 한 중위는 갑자기 무서운 표정을 짓더니 그 인민군 여군의 어깨를 잡고 잡아먹을 듯한 표정으로 고함을 질렀다.

"야! 이 바보야! 내가 왜 널 죽여, 씨발. 으흐흑! 여긴 뭐 하러 남아 있었냐? 이 바보야!"

소대 선임하사 김보현 중사는 소대장 한 중위의 뺨으로 눈물이 흐르는 것을 보았다. 김 중사는 그 눈물을 이해할 수 있을 것 같았다. 전쟁이 아니었다면, 남북으로 분단된 이 비극이 없었다면, 어쩌면 이 두 남녀는 경기도 가평 쯤의 어느 수목원에서 사랑을 속삭이는 연인으로 만났을지도 모를 일이었다.

한지훈 중위가 인민경비대 여군에게 다시 물었다.
"야! 너, 이름이 뭐야?"
"김순희, 입네다. 으윽."
"야, 김순희! 넌 꼭 살 거야! 왜냐고? 내가 있으니까!"
한 중위가 토치카 밖을 향해 외쳤다.
"야, 의무병! 박 해병! 이 새꺄, 뭐 해? 빨리 와. 여기! 야, 너 이 여자 살려. 명령이야. 이 여자 죽으면 너 각오해. 중대로도 연락해! 앰브란스 당장 오라구 그래. 당장 살리라구그래!"
허둥지둥 달려온 의무병은 부상당한 인민경비대 여군의 몸을 보고는 말없이 고개를 가로저었다. 한쪽 다리가 날아가 없어졌고 복부도 파편으로 엉망이 된 상태였다. 한 중위가 다시 의무병에게 고함을 질렀다.
"야, 이 새꺄! 지혈이라도 해봐!"
미친 사람처럼 고함을 질러대던 소대장 한 중위가 갑자기 토치카 밖으로 달려나갔다. 그러더니 헛발길을 하며 서쪽 하늘을 향해 다시 고함을 지르기 시작했다.
"야! 빨갱이 인민군 대가리놈들아, 잘 들어! 우리 해병대는 여자나 할배, 애들하고 싸우긴 싫어, 씨발! 난 여자하고 싸우긴 싫단 말이야!"

평양 포위전

6월 22일 12:20 강원도 회양군(강원도 금강군)

뙤약볕이 화끈하게 내리쬐는 가파른 산길을 인민군 한 무리가 바삐 달려가고 있었다. 탄약저장고를 습격한 국군 특전단 요원들을 추적하는 인민군 항공육전여단 대원들이었다.
인민군들은 지금까지 30킬로미터 이상 거리를 끈질긴 사냥개처럼 추적했다. 그 사이 인민군은 국군 특전단원 6명을 사살했다. 아직까지 살아남은 특전단 요원은 4~5명 정도로 파악되었다. 인민군들은 국군 침투부대를 마지막 한 명까지 완전히 섬멸하기 위해 추적을 계속했다.
"동무들! 우리가 힘들면, 적은 더 힘드오. 힘냅시다!"
"동무들! 힘을 내시오. 얼마 남지 않았어!"
추격행렬 선두에 선 소대장과 부소대장이 교대로 인민군들을 격려했다. 말하는 그들이 숨을 워낙 헐떡거려 듣는 사람들은 더 숨이 가빠지는 느낌이었다. 수십 킬로미터를 쉬지도 않고 계속 달렸다. 그래서 얼굴과 군복은 땀과 먼지로 범벅이 되어 있었다.

손호창 중사는 소대장 바로 뒤를 바짝 따르고 있었다. 지금까지 손호창의 손에 죽어간 국군 특전단원은 총 2명이었다. 한 명은 도주 중 사살되었다. 다른 한 명은 비트 속에 매복하고 있다가 손호창의 수류탄에 폭사당했다.

특전단 대원들은 추적시간을 줄이기 위해 한 명씩 대열에서 홀로 떨어져나와 매복 기습하는 방법을 사용했다. 단독으로 길목 부근에 비트를 파고 기다리다가 추격대열 선두에 선 인민군을 저격했던 것이다.

앞에 선 자는 항상 죽었기 때문에 인민군 항공육전여단 대원들은 앞장 서기를 꺼렸다. 그것은 총으로 위협한다고 해결될 문제가 아니었다. 그래서 부소대장과 소대장이 직접 나서서 부하들을 인솔했다.

이끼가 가득 낀 바위를 막 돌아서는 순간 총성이 울렸다. 앞서 달려가던 부소대장이 피를 뿌리며 바닥으로 굴렀다. 땅바닥에 쓰러진 부소대장은 몇 번 발작적으로 버둥대다가 곧 동작을 멈췄다.

인민군 항공육전여단 대원들이 일제히 엄폐물을 찾아 엎드렸다. 손호창은 총소리가 난 방향을 찾을 수가 없었다. 주변이 암석지대라 소리가 여러 군데에서 반사되어 울렸기 때문이다.

손호창은 살짝 고개를 들어 주변에 숨을 만한 장소를 찾아봤다. 고개를 내미는 순간 총탄이 바위 앞쪽을 두들겼다. 절로 '억' 하는 소리가 터져나왔다.

그런데 국군 특전단원은 한 명이 아닌 모양이었다. 소대장이 있는 바위 쪽으로 달려가던 통신수가 비명을 지르고 있었다. 통신수의 다리에서 피가 뚝뚝 떨어졌다. 통신수는 손호창과 거의 동시에 저격을 받았다. 게다가 총알이 날아온 각도도 달랐다.

그래서 손호창은 인근에 매복한 특전단 요원이 적어도 2명 이상이라는 확신이 섰다. 더 이상 달아나는 것은 불가능하다고 생각한 모양이었다.

손호창이 옆에 엎드려 있는 투척수를 불렀다. 그리고 수신호로 약 60미터 정도 떨어진 회색 바위 뒤쪽을 가리켰다. 총알이 날아온 곳으로 추정되는 바위였다.

투척수가 바위를 정조준하고 있을 때 갑자기 직승기 소리가 들렸다. 손호창은 인근에서 인민군 직승기가 작전한다는 소리를 들은 적이 없었다. 대원들이 주변을 두리번거렸다. 사방의 바위벽에 울리는 소음 때문에 정확한 방향을 감지하지 못했다.

― 콰쾅!

굉음과 함께 바위가 깨졌다. 주먹만한 돌 조각이 마구 날아왔다. 총알을 피하기 위해 바위 뒤에 엎드려 있던 인민군 2명이 흔적도 없이 날아갔다.

"뒤쪽이다!"

누군가 고함치자 손호창이 고개를 돌렸다. 강렬한 태양 빛에 눈이 부셨다. 햇빛에 반짝이는 뭔가가 보였다. 그것이 손호창이 본 마지막 광경이었다.

70밀리 하이드라 로켓탄이 지표면 주변을 휩쓸었다. 바닥에서 반쯤 몸을 일으키던 손호창의 몸이 가랑잎처럼 날아갔다. 로켓탄이 떨어지기가 무섭게 2대의 코브라 헬기가 20밀리 기관포로 퍼붓는 십자포화가 암석지대를 쓸었다.

인민군이 7호 발사관으로 코브라를 조준했다. 코브라 파일럿은 기관포로 인민군을 공격하느라 4시 방향에서 자기를 조준하고 있는 사실을 몰랐다. Bo-105 헬리콥터가 그 광경을 보고 7.62밀리 미니건으로 제압사격을 가했다.

총탄세례가 지면을 쫙 가르며 나아가 인민군을 후려치자 몸통이 산산조각 났다. 발사된 로켓탄이 하늘로 치솟았다.

코브라 4대와 Bo-105 정찰헬기 1대로 구성된 공격헬기편대는 계속 주변을 맴돌며 인민군 항공육전여단 병사들을 살상했다. 그 사이 뒤따라온 UH-60P 헬기 한 대가 좁은 공터에 내리꽂히듯이 급강하했다. 특전단원들이 바위 뒤에서 달려나오기 시작했다.

승무원들은 인민군들이 고개를 들지 못하게 헬리콥터 양쪽에서 정신없이 기관총을 쏴댔다.

특전단 대원들을 태운 UH-60P는 급상승하면서 열추적 미사일을 따돌리기 위한 플레어를 연속으로 발사했다. 나무 꼭대기를 스칠 듯이 낮게 비행하던 UH-60P는 곧 시야에서 사라졌다. 무시무시한 화력을 뿜내던 공격 헬리콥터 편대도 순식간에 현장에서 사라졌다. 남은 건 인민군들 시체뿐이었다.

6월 22일 15:40 강원도 회양군(강원도 창도군)

국군 K-1 전차 중대급 부대가 통과한 지 20분이 넘었다. 도로가 내려다보이는 야산 중턱에 자리잡은 비트 내부는 후끈한 열기로 가득 찼다. 오전에는 등뒤에 있던 태양이 오후가 되자 정면으로 비쳤기 때문이다. 리남규의 몸에서 땀이 비오듯이 흘렀다.

"소대장 동지, 지금 몇 시나 되었습니까?"

리남규는 말없이 쌍안경으로 도로만 바라보고 있는 박형진 상위를 불렀다. 박형진은 개전 초기 레이더 기지공격작전에서 소대장이 전사하자 진급과 동시에 소대장을 맡고 있었다.

"알아서 뭐 할려구 그러오?"

"그냥 알고 싶어 그럽니다."

퉁명스런 물음에 리남규가 말끝을 흐렸다. 불안감을 덜기 위한 뜻 없는 질문이었다. 작전투입 이전까지는 추호도 변하지 않을 것 같던 리남규의 마음이 불과 몇 시간 만에 흔들리기 시작했다. 리남규도 인간이었다. 조그만 2인용 비트 안에서 몇 시간째 죽음을 기다리다 보니 슬슬 다른 생각이 든 것이다.

리남규는 공군저격여단까지 저격조로 투입될 정도면 이미 전쟁은 진 것이나 다름없다는 생각이 들었다. 한 줌밖에 안 되는 고급 전투력을 자살특공대나 다름없는 임무에 투입할 상황이라면 전방은 이미 완전히 녹아내렸다는 뜻이다.

인민군 지휘부가 훗날의 반격까지 생각하며 조직적으로 후퇴하는 것이라면 이런 자살명령을 내릴 이유가 없었다. 공군저격여단 같은 정예 특수전 병력은 후방 교란작전을 위한 전력으로 남겨뒀어야 했다. 그러나 상황은 그렇지 못했다. 리남규는 여기서 죽는 것은 개죽음일 뿐이란 생각이 자꾸 들었다. 그 마음을 읽었는지 박형진은 일부러 퉁명스럽게 대꾸했다.

"15시 45분이오. 쓸데없는 생각말고 총기나 손질해두시오."

"고맙습니다, 소대장 동지."

리남규는 박형진이 불러주는 시간에 시계를 맞췄다. 한동안 유지되던 침묵이 깨진 건 20분 후였다. 이번에는 박형진이 먼저 말을 꺼냈다.

"리남규 동무, 만약에…… 만약에 우리가 살아남는다면 말이야, 동무 여동생을 나한테 주겠소?"

느닷없는 소리에 리남규가 고개를 홱 돌렸다. 그리고 쑥스러워하는 기색이 역력한 박형진의 얼굴을 바라봤다. 리남규가 키득키득 웃었다. 아무런 관심이 없는 척했지만 박형진 역시 리남규의 여동생에 대해서 대단한 관심을 가지고 있었던 모양이다. 리남규의 여동생은 평양 출신답게 현대적인 미가 물씬 풍기는 늘씬한 미인이었다. 리남규는 씩 웃으며 말했다.

"내 여동생 배필로는 아마 소대장 동지 같은 대장부가 없는 것 같습니다."

"대장부라, 듣기 싫진 않구만!"

박형진이 리남규를 바라보며 싱긋 웃었다. 죽음을 앞둔 자들 같지 않게 한가한 대화를 하고 있었다. 웃는 사이 리남규는 공포심을 어느새 잊어버렸다.

"저기 온다."

박형진의 표정이 일변했다. 멀리서 디젤엔진 소리가 들려왔다. 리남규가 시모노프 저격총의 조준기에 눈을 갖다댔다. 햇빛이 정면에서 비치자 눈이 절로 감겼다. 위치가 별로 좋지 않았다. 그러나 주변에 다른 마땅한 장소를 찾기 어려웠다. 언덕 주변에만 풀이 우거져 있었고 다른 곳은 확 트인 계단식 논이었다. 이쪽을 감추고 상대를 노출시키기에는 최적의 지형이었던 것이다.

장갑차들이 길 모퉁이에 나타났다. 내리쬐는 뙤약볕에 비포장도로는 바짝 말라 있었다. 장갑차 몇 대가 달리자 먼지가 뭉게뭉게 피어났다. 피어오르는 먼지 사이로 장갑차를 따라오는 트럭들이 보였다. 리남규는 박형진이 지시한 대로 선두 장갑차 기관총탑에 앉아 있는 병사의 머리를 조준했다. 거리는 150미터 정도였다.

— 탕!

탄피가 튀었다. 옆에 있던 박형진이 재빨리 탄피를 챙겼다. 전방을 주시하던 국군 장갑차 기관총 사수가 뒤로 벌렁 누웠다. 총구가 방향을 바꿔 뒤에 따라오는 장갑차의 기관총 사수를 노렸다. 그러나 이번에는 기관총탑 방패에 흠집만 내고 말았다. 총소리를 듣고 뒤따라오던 기관총 사수가 고개를 숙였기 때문이다.

― 가아아앙!

제일 앞에 서 있던 장갑차가 속도를 높이며 언덕길로 올라왔다. 태우고 있는 기계화보병을 풀어 언덕을 샅샅이 수색할 모양이었다.

폭음이 들리더니 언덕 쪽으로 접근하던 장갑차가 갑자기 불길에 휩싸였다. 길가에 비트를 파고 숨어 있던 대전차매복조가 장갑차를 파괴한 것이다.

장갑차는 금방 연기를 뿜으며 멈춰 섰다. 다른 장갑차들의 기관총이 노출된 대전차매복조를 향해 불을 뿜었다. 흙먼지가 자욱하게 일어났다. 먼지가 가라앉자 고깃덩이로 변한 인민군 둘이 처참한 모습을 드러냈다.

대전차화기에 피격당한 장갑차 뒷문이 열렸다. 부상자들이 천천히 기어나왔다. 비척비척 간신히 걸어나오는 병사도 있었지만, 그 병사도 얼마 걷지 못하고 땅바닥에 쓰러졌다. 장갑차와 트럭에서 보병들이 서둘러 내리기 시작했다.

리남규는 차분하게 박형진이 지적하는 국군 병사들을 차례대로 한 발씩 저격했다. 트럭에서 막 내려 엄폐물을 향해 달리던 국군 기계화보병들이 총소리가 날 때마다 쓰러졌다. 앞으로 달려나오던 국군 보병들이 기겁하며 차량 뒤로 몸을 감췄다. 장갑차 앞에는 시체 여섯 구만 덩그러니 남았다.

국군 장갑차들은 대전차매복조 때문에 함부로 언덕으로 접근하지 못하고 있었다. 그러나 곧 각 장갑차들이 서로 엄호하는 삼각대형을 만들었다. 장갑차들이 언덕을 향해 움직이기 시작했다. 보병들은 장갑차와 50미터 정도 거리를 두고 엄폐물들 사이를 약진하면서 따라왔다.

박형진과 리남규는 위치 노출을 피하기 위해 잠시 사격을 멈췄다. 엄폐물 뒤에 있던 국군 보병들이 다시 움직이기 시작했다. 표적이 너무 많았다. 그러나 리남규는 주저하지 않고 지휘관으로 보이는 국군만 골라 쏴대기 시작했다.
 총성 3번이 울리자 3명이 쓰러졌다. 국군 보병들의 진격이 다시 멈췄다. 화가 잔뜩 난 기관총사수들이 애꿎은 장소에다 총탄을 낭비했다. 장갑차 기관총 사수가 언덕을 향해 무작정 기관총을 쏴대다가 리남규의 총에 머리를 맞고 장갑차 안으로 떨어졌다. 국군의 사격이 그쳤다. 리남규도 더 이상 총을 쏘지 않았다. 조준기에 들어오는 국군이 없었기 때문이다.

"땅크다!"
 박형진은 묵직한 디젤엔진 소리, 그리고 무한궤도 굴러가는 소리를 들었다. 그 소리는 리남규도 같이 들었다. 흙먼지를 일으키며 맞은편 커브길에 전차들이 나타났다. 납작한, 갈색계열 위장무늬가 선명한 K-1 전차였다.
 전차는 산개한 보병들 뒤에 멈춰 섰다. 그리고 포탑을 이리저리 돌리기 시작했다. 어느 순간 전차 포구가 정면으로 리남규를 조준했다. 깜짝 놀란 리남규가 시모노프 저격총의 조준경에서 눈을 뗐다.
"설마……"
 K-1 전차의 포구에서 무언가 번쩍했다. 그것이 박형진과 리남규가 본 세상의 마지막 모습이었다.
 ─ 쾅!
 105밀리 고폭탄이 비트 바로 앞에서 폭발했다. 엄청난 폭풍이 일어나면서 밖으로 노출된 리남규와 박형진의 상체를 산산이 분해시켰다. 다시 한 발이 더 떨어져 주변을 초토화시켰다.
 잠시 후 국군 병사들은 언덕 주변을 세밀하게 수색하다가 형편없이 구부러진 시모노프 저격총을 발견했다. 총에는 저격수가 흘린 것으로 보이는 핏방울들이 말라붙어 있었다. 언덕 주변에 더 이상 매복병력이 없음을 확인한 국군은 다시 길을 따라 출발했다. 예정보다 30분 가까이 늦어졌다.

6월 22일 18:15 경기도 개성시(개성직할시) 자남동

"쳇! 빨갱이놈들이 전통한옥들을 보존할 줄 알다니!"
동원예비군 김승욱이 기와집 대문 앞에서 몸을 피한 채 탄창을 교환하며 투덜거렸다. 대문은 벽보다 조금 안으로 들어가 있어 두세 사람이 몸을 숨길 정도의 엄폐공간을 제공했다.
처마가 이어진 기다란 골목길에는 온통 기와집들만 있었다. 이곳은 개성의 중심가인데도 선전용 고층건물 대신 전통한옥 보존구역이 있다니, 믿어지지 않았다. 원종석이 몸을 골목으로 슬쩍 내밀며 말했다.
"개성이 고려 수도이고, 여기가 판문점에서 가까우니까 우리나 외국인들한테서 야만인 소리 듣기 싫어서 그랬을 거야."
원종석이 자동으로 신나게 소총을 쏘다가 철커덕거리는 소리와 함께 대문 앞으로 들어왔다. 원종석과 교대한 김승욱이 눈과 손만 내밀어 자동소총을 갈겼다. 마침 총을 쏘려고 몸을 내밀던 인민군 한 명이 쓰러졌다. 그때 건너편 대문 앞에 있던 같은 소대 예비군이 수류탄을 힘껏 던졌다.
그 예비군이 다시 숨는 것을 확인한 김승욱이 사격을 멈추고 슬쩍 몸을 숨겼다. 수류탄이 제대로 굴러갔는지 폭음과 함께 비명이 섞여 들렸다. 김승욱과 원종석의 눈이 마주쳤다.
두 사람은 동시에 뛰기 시작했다. 약간 휘어진 골목의 끝이 보이기 시작했다. 골목에 쓰러진 시체들을 지나 두 사람은 각자 대문 하나씩을 맡아 몸을 숨겼다. 총알이 '찌잉' 하는 소리를 내며 벽돌에 맞아 튀

었다. 김승욱이 이번에는 국군 지휘부에 대한 불만을 털어놓았다.
"그런데 왜 우리한테는 이따위 임무만 맡기지?"
"몰라서 물어? 그럼, 전차나 기계화보병한테 시가전을 맡기겠어?"
원종석은 무슨 말인지 알 텐데도 현역과 예비군으로 나누지 않고 일반 알보병과 기계화보병으로 구분했다. 현역 사단이 기계화가 많이 되긴 했지만 모두 기계화된 것은 아니었다.
그러나 김승욱도 구태여 상부에 시비를 걸고 싶지는 않았다. 이 골목에는 믿을 만한 사람인 원종석말고도 다른 예비군들도 몇 명 있었다. 게다가 꼴 보기 싫은 소대장까지 이곳에 있었다. 소대장 오관식 중위가 예비군들에게 사격하라고 계속 외쳤다.
원종석을 따라다니면 전공을 세우거나 최소한 목숨은 잃지 않는다는 이상한 소문이 중대 내에 퍼져 있었다. 그래서 소대장도 원종석을 따라다니는 형편이었다. 소대장의 그 당당함은 포성과 함께 날아가버린 지 오래였다. 김승욱은 소대장이 한심하게 보였지만 인간인 이상 어쩔 수 없다고 생각했다.
원종석이 총을 내밀어 골목 끝을 향해 자동으로 사격을 가했다. 그곳에는 인민군 셋 정도가 총탄을 피하고 있었다. 원종석이 엄호사격을 하는 동안 소대장과 예비군 둘이 따라와 골목 양쪽으로 갈려 피했다.
이번에는 김승욱이 쏠 차례였다. 원종석이 쏘는 총에서 실탄이 떨어지길 기다리는데 갑자기 머리 위로 뭔가 핑핑 지나가며 대문에 박혔다. 소대장이 질겁을 하며 주저앉았다.
— 뚜두두두두!
"아아악!"
건너편 대문 앞에 서 있던 원종석과 다른 예비군 둘이 거의 동시에 쓰러졌다. 놀란 김승욱이 대문을 향해 탄창 하나를 모두 퍼부었다. 나무 대문에 구멍이 뻥뻥 뚫렸다. 대문 안에서 비명이 들려왔다.

김승욱이 골목을 건너 반대편 대문을 발로 박차고 들어갔다. 마당에는 인민군 전사 복장을 한 열댓 살쯤 되어 보이는 아이가 쓰러진 채 죽어 있었다. 그 옆에는 1950년대에나 썼음직한 따발총이 놓여 있었다. 김승욱은 기가 막혔다.

김승욱이 서둘러 원종석에게 다가갔다. 원종석은 마지막 숨을 몰아쉬고 있었다. 다른 예비군 두 명은 이미 절명한 것 같았다.

"종석이!"

김승욱이 원종석의 머리를 들고 껴안았다. 원종석은 가슴에 뚫린 커다란 구멍에서 피를 울컥울컥 쏟아내고 있었다. 원종석의 등뒤를 뚫고 지나간 총알이 몸에 맞고 회전하며 반대편 가슴 쪽에서는 훨씬 더 큰 구멍을 만들어버렸다.

원종석이 뭔가 말하고 싶은 것이 많은 듯했지만 입술이 제대로 움직여주지 않았다. 원종석이 안타깝게 간신히 입을 열었다. 김승욱의 옆에 있던 소대장이 불안한 눈길로 자꾸 이쪽을 바라보며 골목 끝을 향해 소총을 자동으로 갈겨대고 있었다.

"승욱이, 자네 말야."

"그래…… 말해봐."

"애인한테 돌아가게."

"……"

김승욱은 그럴 수 있을까 생각해보았지만 자신이 없었다. 최지은이 받아줄 것 같지도 않았다. 원종석은 신음과 기침 사이로 계속 말을 이어나갔다. 그 사이로 총소리가 골목길을 가득 메우고 있었다.

"남자나 여자나 똑같은 사람인 거야. 자네가 스스로를 용서하는 것처럼 다른 사람도 용서해보게. 난 세상을 힘들게 살아왔어. 하지만 뭐든지 새로 배우는 것이 즐거웠어. 책을 읽으면서, 사람을 만나면서 깨달은 것이 있어. 사람은 누구든 다른 점보다 같은 점이 많다는 거야.

남자끼리든, 아니면 남자와 여자 사이든 말야."
"그래, 고맙네."
김승욱은 원종석의 죽음을 전할 가족 따위는 물어보지 않았다. 원종석은 그동안 혼자 외롭게 살아왔다. 그러나 결코 어둡지 않았다. 항상 세상을 밝게 보려고 노력했다. 그런데 그런 원종석도 싫어하는 사람이 있었다. 부들부들 떨고 있는 소대장 오관식 중위를 보며 원종석이 피식 웃었다.
"소대장은…… 겉멋만 든 비겁한 놈이야. 무책임하지. 자네한테 결국 바지 안 줬지?"
원종석의 말에 김승욱이 픽 웃었다. 원종석이 하늘을 바라보며 미소지었다. 희뿌연 하늘색을 배경으로 흰 구름 한 줄기가 남북으로 가느다랗게 이어져 있었다.
원종석은 더 이상 숨을 쉬지 않았다. 어떤 상황에서도 털끝 하나 다치지 않고 살아난다는 원종석도 이제 운이 다한 것이다. 김승욱은 원종석이 살아남기 위해 최선을 다했음을 인정했다.
그가 한 행동은 충성심도, 증오 때문도 아니었다. 다만 살아남기 위한 발버둥일 뿐이었다.
"이봐! 이봐! 원종석이 정말 죽었어? 자네, 빨리 쏘라구!"
건너편에서 소대장이 몸을 숨긴 채 덜덜 떨고 있었다. 김승욱이 새 탄창을 갈아끼우고 벌떡 일어났다. 눈물은 나지 않았다. 지금까지 너무 많은 죽음들을 보아왔다. 원종석이라고 해서 특별히 다를 건 없었다.
김승욱이 수류탄을 꺼내들고 안전핀을 뽑았다. 발앞에 슬쩍 놓은 다음 발 안쪽으로 툭 밀었다. 수류탄이 격발되며 데굴데굴 굴렀다. 김승욱이 자동으로 사격을 퍼부었다. 인민군들이 대문 앞으로 잽싸게 피했다. 실탄이 떨어지며 철컥거리는 소리가 골목을 울렸다. 인민군들이 몸을 드러냈다.

―콰웅!

"아악!"

김승욱이 쓰러진 인민군들에게 뛰어갔다. 또 아이들이었다. 둘은 죽고 하나는 중상을 입었다. 중상을 입은 소년병이 씩씩거리며 김승욱을 노려보았다. 그런데 아까 한옥 안에서 죽은 소년병과 똑같이 생겼다. 하늘을 향해 드러누운 다른 소년병 한 명도 빼박듯이 닮았다. 김승욱이 총구를 천천히 돌리며 아이의 생김새를 하나하나 뜯어보았다.

"포야, 탄아!"

소년병은 김승욱이 죽이려 한다고 생각했는지 옆에 쓰러진 소년병을 애타게 불렀다. 김승욱은 소년병이 부르는 이름을 듣고 놀랐다. 인민군 소년병의 상처를 살피며 김승욱이 물었다.

"너, 이름이 총이야? 혹시 고아 삼형제 총, 포, 탄이야?"

"남반부 국방군 동무가 어드렇게 아오?"

헉헉거리던 소년병이 흘러나오는 피를 손으로 막으며 퉁명스럽게 대답했다. 소년병의 얼굴에는 죽음의 그림자가 천천히 드리워지고 있었다. 살릴 수도 없고, 더 이상 놔두면 고통만 줄 뿐이었다. 김승욱이 눈을 감고 한 방을 쏘았다.

6월 23일 11:43 평안남도 남포직할시 서쪽 24km

"도대체 뭘 하자는 꿍꿍이야. 이놈들이······."

윤재환 중령이 쌍안경을 내리고 부장에게 말을 건넸다. 부장도 이해가 안 되는지 어리둥절할 표정이었다. 한두 척도 아니고 수백 척에 가까운 작은 어선들이 미국과 한국 해군의 전투함들 앞에서 진로를 막아서고 있었다. 특히 함대 선두에서 기뢰를 수색하던 소해함들이 어선들 때문에 애를 먹고 있었다.

비상발진한 한국 공군의 KF-16 편대가 어선들 바로 위에서 초저공 비행을 하며 위협했으나 북한 어선들은 전혀 동요하지 않았다. 인민군이라면 확실하게 도륙을 내겠지만 저들은 민간인이었다.

섣불리 어선들을 공격했다가는 엄청난 선전공세에 휘말릴 수도 있었다. 어선들은 군함 앞에서 시위하는 것도 아니고, 어민으로 위장한 인민군이 기습공격을 가해오는 것도 아니었다. 다만 진로만 확실히 가로막고 있었다. 윤재환 중령이 난감한 듯 머리만 벅벅 긁어댔다. 그때 다른 쪽을 보던 부장이 보고했다.

"함장님! 밴더그리프트가 어선 쪽으로 접근하고 있습니다."

"뭐야? 밀어붙이겠다는 건가?"

윤재환 중령은 뜻밖이라는 생각에 쌍안경을 다시 집어들었다. 밴더그리프트말고도 또 다른 미 해군 프리깃 한 척이 급가속하고 있었다. 두 척 모두 미 항공모함 컨스텔레이션의 외곽방어를 담당하는 프리깃이었다.

나란히 속도를 높인 프리깃 두 척은 선두에 있던 한국 소해함들을 지나쳐서 어선 쪽으로 바짝 다가갔다. 윤재환 중령이 혹시나 기뢰가 있을까 봐 긴장했지만 두 척이 북한 어선에 근접할 때까지 아무 일도 일어나지 않았다. 설마 북한 어선들이 기뢰지대 위에서 백여 척이나 떼를 지어 어슬렁거릴 리 없다는 예상이 들어맞은 것이다.

전남함을 비롯한 한국 해군 함정들이 이러지도 저러지도 못하는 동안 전혀 뜻밖의 일이 일어났다. 밴더그리프트에서 위협사격을 시작한 것이다. 76밀리 자동 속사포가 어선들 주위에 마구 작렬하면서 물기둥이 치솟았다.

"뭐야? 저놈들! 젠장, 부장! 사령부를 연결해!"

밴더그리프트는 맨 앞쪽의 어선들에 조준했던 위협사격을 점점 더 가깝게 조준했다. 그러나 어선들은 동요하지 않는 것인지 그 자리에서 꼼짝도 하지 않았다.

사령부가 호출되자 윤재환 중령이 허겁지겁 무전기를 낚아챘다. 윤재환으로부터 상황을 설명받은 함대사령관 노현철 준장도 바로 대답을 하지 못했다. 전시에 군 작전을 방해한다고 하더라도 민간인에 대한 공격을 쉽게 결정할 수는 없었다. 게다가 일반 상선도 아니고 수백 척이나 되는 어선들이었다.

"함장님! 밴더그리프트가……."

쌍안경을 들여다보던 부장이 말을 잇지 못했다. 밴더그리프트의 진로를 막으려고 움직이던 어선들 20여 척 주위로 포탄이 떨어지고 있었다. 그것은 위협사격이 아니었다.

집중사격으로 북한 어선 네 척이 순식간에 물 속으로 가라앉았다. 윤재환 중령은 속으로 비명을 질러댔다. 이게 아니라는 생각에 무엇인가 북받쳐오르는 것을 느꼈다. 자신도 모르게 함대사령관에게 목소리를 높였다.

"사령관님! 방치할 수 없습니다. 이건 정치적 부담 때문이 아닙니다. 저들은 우리 동족입니다."

— 현장지휘관의 판단을 존중한다. 조치 후 보고하라!

"알겠습니다! 사령관님."

윤재환 중령이 결연한 표정으로 통화를 끊었다. 노현철 준장이 구체적으로 승인한 것은 아니었지만 그의 손을 들어준 것이나 마찬가지였다.

"당장 공격 중지 신호를 보내!"

"함장님! 지휘체계상 저희는……."

부장이 뜻밖이라는 듯 머뭇거렸지만 함장의 눈빛을 읽고서 곧 신호수에게 지시했다. 전남함을 비롯한 한국 해군의 일부 함정들은 이번 남포 양동작전에서 미 해군의 항모전단에 일시적으로 배속이 된 상태였다.

부장이 발광신호를 읽고 다시 침울하게 보고했다.

"함장님! 미군 작전을 방해하지 말랍니다. 전적으로 협조하랍니다."

"1번포, 2번포! 밴더그리프트 앞쪽으로 백 미터 정도. 그래! 당장 때려버려!"

"예? 함장님……."

"안 들려? 위협사격을 하란 말이다! 당장 때려!"

당혹스러워하던 부장도 이제는 윤재환 중령의 의지를 깨달았다. 북한 어선 쪽을 겨누던 전남함의 함포가 밴더그리프트 쪽으로 회전했다. 그리고 즉시 불을 뿜었다. 포탄들은 정확하게 밴더그리프트가 진행 중인 침로 앞쪽에서 작렬하기 시작했다. 뜻밖의 포격에 놀란 밴더그리프트가 급선회했다.

몇 초가 지난 다음 함교의 통신기가 요란하게 울려댔다. 이번에는 윤재환 중령이 직접 통신기를 집었다. 얼굴을 찡그리며 잠시 항의의 목소리에 귀를 기울이던 함장이 또박또박 영어로 말하기 시작했다.

"한국 해군으로서 한국 국적의 민간선박을 공격하는 귀함은 적함으로 간주하겠다. 당장 포격을 중지하라. 계속 공격할 시에는 귀함을 공격하겠다!"

그것은 경고였다. 윤재환의 영어는 유창하지는 않았지만 단호했다. 뜻밖의 사태에 밴더그리프트에서는 잠시 아무런 응답도 하지 못했다. 윤재환은 이번 일로 어떤 책임을 지게 될지 잠시 고민했지만 답은 간단했다.

이제 하나도 무섭지 않았다. 반세기를 적대시했지만 지금 수면 위에 둥둥 떠다니는 시체들은 분명히 동족들이었다. 속이 쓰렸다.

6월 23일 13:38 경상북도 문경시

국군들이 총을 들고 쫓아왔다. 리철민은 총도 없이 허겁지겁 도망가기에 바빴다. 이번에 쫓아오는 국군 병사들은 지치지도 않는 것 같았다. 그리고 국군 얼굴들은 하나같이 무섭게 생겼다. 수풀 사이를 정신없이 달리던 리철민이 공터로 나오다가 갑자기 멈춰 섰다. 국군에게 완전히 포위당한 것이다.

국군 병사들이 리철민을 가운데 두고 빙 둘러쌌다. 리철민은 이리저리 몸을 돌리며 달아날 구멍을 찾았다. 그러나 국군 병사들이 몇 겹으로 리철민을 포위하고 있었다. 이제는 도저히 달아날 수 없었다.

그때 리철민을 추격하던 국군 병사들의 모습이 이상하게 변했다. 사람 머리가 갑자기 개머리로 변한 것이다. 그의 팔을 물어뜯은 군견처럼 온몸이 시커먼 털색깔이었다.

개머리를 한 군인들이 날카로운 송곳니를 빛내며 달려들었다. 리철민은 팔다리를 휘두르며 저항했다. 날카로운 송곳니가 허벅지를 물었다. 목구멍에서 절로 묵직한 신음소리가 터졌다. 다른 개머리 군인이 펄쩍 뛰며 얼굴로 달려들었다. 침이 뚝뚝 떨어지는 입이 쩍 벌어졌다. 빛나는 송곳니가 보이고 뻘건 혓바닥 뒤로 시커먼 목구멍이 보였다.

"헉!"

비트 안에서 몸을 일으키던 리철민이 벌떡 일어나다가 천장에 몸이 부딪쳤다. 흙이 얼굴로 우수수 떨어졌다. 리철민이 고개를 흔들어 흙먼지를 털어냈다. 또 악몽을 꾸었다. 식은땀을 흘렸는지 등허리가 축축했다.

비트에 들어온 지 벌써 이틀이 지났다. 리철민은 비트 뚜껑을 살짝 열었다. 차갑고 축축한 습기가 몰려왔다. 비가 오는 모양이었다. 비트 안이 조금 밝아지자 리철민이 오른팔을 살폈다. 말라붙은 쑥잎이 덕지 덕지 붙어 있었다.

개에 물린 오른팔에서 썩는 냄새가 났다. 누런 고름이 진득하게 묻어나왔다. 오른팔 전체가 불 속에 팔을 들이민 것 같은 느낌이 들었다. 팔이 썩어 들어가고 있는 느낌이 바로 이런 것 같았다. 뜨거운 열기에 힘이 빠지고 목이 바짝 타들었다.

배는 이제 등가죽과 완전히 붙어버린 것 같았다. 비트 안에는 더 이상 먹을 식량이 남지 않았다. 아무 거라도 먹고 정신을 차려야 했다. 비트 밖을 세심하게 살핀 뒤 상체를 빼내는 순간 비트 뚜껑 바로 위에 종이조각이 떨어져 있는 것을 발견했다.

리철민은 가슴이 철렁했다. 재빨리 종이를 챙긴 리철민은 다시 비트 안으로 들어갔다. 그리고 종이를 펼쳤다. 물에 잔뜩 젖었지만 글씨는 충분히 읽을 수 있었다. 북조선에서는 구경하기 어려운 고급 종이였다.

— 청춘이 아깝지 않은가?
— 목숨은 당이나 국가의 것이 아니라 바로 당신의 것이다.
— 동무들이 죽으면 고향에 있는 가족들은 누가 보살필 것인가?
— 개죽음 당하지 말고 인간다운 삶을 찾아라!

전단에는 붉은 글씨로 이런 뜻을 가진 문구들이 쓰여 있었다. 그리고 '이 전단을 가지고 국군에 항복하면 제네바협정에 준하는 포로대우를 해드릴 것을 약속합니다'라는 문구도 추가되어 있었다.

비가 오는 날인데도 헬리콥터 소리가 들렸다. 흠칫 놀란 리철민이 재빨리 비트 뚜껑을 다시 닫았다. 사람 목소리가 들렸다. 스피커에서 나오는 소리였다. 여자 목소리였다.

선무방송을 하는 국군 헬리콥터인 모양이다. 고출력 스피커에서 나오는 여자 목소리는 땅 속 비트 안에 있는 리철민의 귀에 생생하게 들렸다.

— 친애하는 조선 인민군 제70경보병여단 군관 및 하전사 여러분, 더 이상 숨어 다니지 마십시오. 전쟁이 끝나갑니다. 왜 개죽음을 당하려 하십니까? 당신들이 죽으면 북조선에 있는 가족들은 누구를 믿고 살아가야 합니까? 아버지, 어머니, 형제, 자매, 그리고 당신의 자식들과 아내는 당신이 무사히 돌아오기만을 기다리고 있습니다…….

— 오늘 인민군 제70경보병여단 소속 하전사와 군관 17명이 국군에게 항복했습니다. 그들은 지금 국군 야전병원에서 정성 어린 치료를 받고 있습니다. 왜 동족간의 전쟁에서, 그것도 다 끝난 전쟁에서 목숨을 헛되이 버리려 하십니까? 지금 근처에 떨어진 전단을 쥐고 가까운 국군 부대로 가서 항복하십시오. 북조선에서는 지금도 당신의 자식들이, 아내가, 당신이 무사히 돌아오기만을 기다리고 있습니다. 그들을 버리지 마십시오. 당신은 살아야 합니다!

선무방송을 하는 여자의 목소리는 애절했다. 근처를 맴돌던 스피커 소리가 점점 멀어져갔다. 리철민은 천장을 보고 누운 채 생각에 잠겼다. 헬리콥터 소리가 사라지자 빗소리가 크게 들렸다.

리철민 머릿속에 굶어죽은 막내, 뼈만 앙상하게 남은 여동생과 어머니의 얼굴이 떠올랐다. 죽어간 전우들의 얼굴도 하나씩 떠올랐다. 표독스러운 정치 부중대장, 큰형처럼 느껴지던 소대장, 그리고 훈련 때 서로 끌어주고 격려해주던 전우들의 얼굴이 차례로 떠올랐다. 리철민 눈에서 눈물이 주르륵 흘러내렸다.

10분 후 리철민이 비트 뚜껑을 열고 밖으로 나왔다. 비는 여전히 주룩주룩 내리고 있었다.

리철민은 국군이 살포한 선전전단을 왼손에 꽉 쥐고 도로를 향해 비틀거리며 걸어갔다.

6월 24일 16:35   평안남도 중화군(평양특별시 중화군)

차간 간격을 20미터로 맞춘 2소대 전차들은 시속 15킬로미터 정도의 속도로 당곡리를 통과했다. 국군은 당곡리까지 오는 동안 저항을 거의 받지 않았다. 당곡리는 전체 돌파거리 상으로 보면 약 30퍼센트 정도 진출한 위치였다.
"인민군도 비가 오면 쉬나 보죠?"
긴장이 풀어지는지 탄약수 염상훈 상병이 웃으며 말했다. 포수 장명주 하사가 조준경을 통해서 다시 바깥을 살폈다. 군데군데 포격이나 폭격에 부서진 인민군 차량이 도로 바깥으로 밀쳐져 흉물스런 잔해를 앙상하게 드러낸 채 비를 맞고 있었다.
- 도라지, 여기는 채송화!
통신에서 소대장의 목소리가 들려왔다. 정말 오랜만에 듣는 다급한 목소리였다. 소대장의 호출에 전차장 이재명 하사가 재빨리 대답했다.
"여기는 도라지, 채송화는 말하라!"
- 도라지는 우측 마을 입구에 있는 포 진지를 제압 후 보고하라!
"도라지, 확인했다."
대답을 한 전차장이 탄약수에게 들으라는 듯 큰소리로 말했다.
"글쎄, 저 앞에 있는 놈들은 쉬는 놈들이 아닌가 보다. 포수! 사격임무, 1시 방향 마을 입구에 적 포 진지!"
포수 장명주 하사 입에서 고함이 터져나왔다.
"대탄 일발 장전!"
"대탄 일발 장전!"
탄약수가 복창하면서 안고 있던 대전차고폭탄을 포미로 밀어넣었다. 포신은 이미 적에게 돌려져 있었다. 장명주 하사가 재빨리 거리 측정기로 거리를 쟀다. 거리는 1,050미터였다. 인민군의 대전차포가 먼저 불을 뿜었다. 그러나 포탄은 전차에서 약 50미터 떨어진 논바닥에 박혔다.

— 쾅!

전차포를 발사하자 달리던 전차가 한순간 움찔거렸다. 도로 위에 고인 빗방울들이 발사 순간 발생한 고압의 폭풍에 밀려 뿌연 물안개를 만들었다.

"다시 한 방 더 먹여!"

전차장 이재명 하사가 단호하게 명령을 내렸다. 다음 포탄이 몇 초 시간차를 두고 대전차포 진지를 다시 두들겼다. 그러자 인민군 포 진지에서 연쇄폭발이 일어났다. 포 옆에 쌓아둔 포탄들이 연쇄폭발을 일으키는 모양이었다.

"채송화, 여기는 도라지, 포 진지 제압 완료!"

— 도라지, 수고했다.

사격을 끝내고 마을 주변 진입로를 살피던 포수 장명주 하사는 번쩍거리는 폭발섬광에 비춰지는 뭔가를 발견했다. 줌 기능으로 최대한 조준경 배율을 높여 진입로 주변을 살폈다. 장명주는 가로수 주변에 동그란 거북등 같은 물체 세 개를 발견했다. 포탑만 살짝 내놓은 인민군 전차였다.

"잠깐! 1시 방향 진입로 주변에 뭔가 있습니다!"

"뭐야?"

놀란 전차장이 되묻는 사이 가로수 주변에서 섬광이 번쩍였다. 전차 주포의 발사화염이었다. 포탄이 전차가 달리던 고속도로 아래쪽 사면에 박혔다. 전차장이 고함쳤다.

"적 전차다! 2시 방향 마을 진입로 가로수 뒤에 숨어 있다!"

전차장이 소대 전체에 알리는 사이에 2탄, 3탄이 날아왔다. 그러나 이쪽이 계속 움직이고 있어 맞히진 못했다.

"날탄 일발 장전!"

장명주의 고함에 탄약수가 복명복창하면서 날개안정식 철갑탄을 장전했다. 발견에서 사격하는 데까지 걸린 시간은 불과 6초에서 7초 사이였다.

굉음과 함께 날개안정식 철갑탄이 꼬리 부분을 밝게 빛내며 날아갔다. 포탄은 포신만 살짝 내놓은 인민군 전차의 좁은 노출부위에 빨려 들듯 사라졌다. 다음 순간 불꽃놀이를 하듯 엄청난 불똥이 사방으로 튀었다. 전차 주변에 있던 인민군 보병들이 전차가 폭발하자 놀라 이리저리 도망가기 시작했다.

탄약수가 장전을 하는 사이 장명주가 공축기관총으로 움직이는 인민군 보병대열을 휩쓸었다. 도망가는 인민군이 총에 맞아 퉁퉁 튀어올랐다. 그 사이 소대장차와 3번차가 인민군 전차 2대를 격파시켰다.

- 잘했다! 또 온다. 주포 2시 방향 마을 입구에 적 전차 3대!

포신이 오른쪽으로 천천히 움직였다. 장명주의 조준경에 마을 뒤쪽에서 나오는 인민군 전차 3대가 보였다. 그 중 한 대가 진입로 언덕길을 막 타넘어오고 있었다. 앞서가던 소대장차가 먼저 불을 뿜었다.

아랫배를 드러낸 전차 한 대가 그 자리에서 폭발했다. 달려오던 인민군 전차 2대가 그것을 봤는지 급히 정지했다. 그 때문에 3호 차가 발사한 포탄은 논바닥에 박혀버렸다.

탄약수가 장전을 마치자 장명주는 뒤로 슬금슬금 빠져나가려는 맨 뒤쪽 전차를 조준하고 발사했다.

포탑 측면에 철갑탄을 맞은 인민군 전차는 약간 뒤로 더 이동하더니 멈춰 섰다. 몇 초 뒤 폭발이 일어나며 포탑 전체가 공중으로 붕 떠올랐다. 뒤로 급후진하던 나머지 한 대는 장명주가 파괴한 전차와 충돌했다.

그 전차가 다시 앞으로 움직이려 할 때 3번차가 다시 철갑탄을 쏴

숨통을 끊어놓았다. 마을 입구 주변에는 순식간에 인민군 전차 6대가 파괴되어 연기와 불길을 내뿜었다.

6월 24일 16:43 평안남도 중화군(평양특별시 중화군)

사단 포병대가 찰리 라인으로 불리는 전방 언덕 주변을 청소할 때까지 3중대 전차들은 잠시 진격을 멈췄다. 날아온 포탄이 공중에서 검은 연기를 뿜으며 터지더니 다시 지면에서 소나기처럼 폭발했다. DPICM탄이었다. 언덕 뒤에 있을지도 모를 인민군 전차나 대전차매복조를 제압하기 위한 사격이었다.

찰리 라인 근처에 위치한 동산리 마을에도 포탄이 떨어지기 시작했다. 사단에서는 동산리를 점령하기보다는 완전히 파괴시키기로 마음 먹은 모양이었다. 약 30호 정도의 마을이 있는 동산리를 점령할 만한 기계화보병은 이번 작전에는 따라붙지 않았다. 알파 라인으로 불리는 고속도로 교차지점까지 돌파하는 것이 최우선 목적이었기 때문이다.

백린탄과 고폭탄이 동산리에 집중적으로 떨어졌다. 곳곳에서 연기가 치솟고 건물 파편이 하늘로 날아올랐다.

마을이 집중포격을 받자 매복하고 있던 인민군들이 밖으로 도망쳐 나왔다. 오른쪽에서 전진하던 3중대 1소대와 2중대 2소대 전차들이 기관총으로 이들을 쓸어버렸다.

5분 후 포격이 멈췄다. 1소대가 엄호하는 사이 포수 장명주 하사가 속한 2소대가 전진을 시작했다. 고속도로가 중간에 완전히 파괴되어 더 이상 도로를 따라 북상하는 것은 불가능했다.

그래서 K-1 전차들은 논바닥으로 내려갔다. 다행스럽게 논바닥은 빗물이 약간 고여 있을 뿐 비교적 단단했다. 장명주가 살펴보니 논 물꼬가 트여 있었다. 인민군 역시 전차를 움직여야 했기 때문에 논에 물을 채워놓지 않은 모양이었다.

소대는 재빨리 전진해 찰리 라인으로 불리는 언덕을 넘었다. 대전차매복조가 군데군데 숨어 있었지만 소대 차량 간에 긴밀한 협조를 통해서 기관총으로 이들을 제때 제압했다.

2소대가 찰리 라인을 넘어 약 200미터를 전진하는 사이 1소대가 언덕 위로 올라왔다. 그때 언덕 위에 있던 중대장 입에서 청천벽력 같은 소리가 터져나왔다.

— 인민군 전차가 개떼같이 밀려온다!

깜짝 놀란 장명주는 포수 조준경을 다시 한 번 들여다봤다. 400미터 전방에 있는 작은 언덕에 가려 그 뒤쪽은 장명주의 차량에서는 보이지 않았다. 중대장은 중대 무전망에 대고 빨리 후퇴하라고 계속 고함쳤다. 도대체 얼마나 많이 몰려오기에 적이라면 결코 용서하지 않던 중대장이 무조건 후퇴하라고 재촉하는지 알 수 없었다.

"후진해!"

장명주의 전차도 포신을 앞으로 향한 채 물러나기 시작했다. 약 150미터 정도 물러났을 때 전방 언덕 위에 인민군 전차가 하나 나타났다. 거리는 550미터였다. 장명주가 즉시 발사 버튼을 눌렀다.

순간적으로 강한 포구 화염 때문에 열상 조준경이 흐려졌다. 조준경이 다시 맑아지자 언덕위로 모습을 드러낸 인민군 T-62 전차는 불길에 휩싸여 있었다. 주변에 다른 전차들이 모습을 드러냈다.

"잘했어!"

전차장이 장명주를 칭찬했다. 다음 순간 장명주와 전차장의 입이 떡 벌어졌다. 언덕 위로 나타난 인민군 전차는 순식간에 20대로 불어나더니 얼마 지나지 않아 다시 그 두 배로 불어났다.

이제는 연막탄을 터뜨리고 도주하는 방법밖에 없었다. 주변에 포탄이 떨어지기 시작했다.

- 쾅!

연막 사이로 보이는 전차를 향해 철갑탄을 한방 먹인 뒤 장명주의 전차는 재빨리 언덕 위를 기어오르기 시작했다. 이미 1소대는 찰리 라인 뒤로 사라졌다. 장명주는 둥글납작한 포탑을 가진 전차는 무조건 쏘고 보았다. 정신없이 쏴대는 사이 포탄이 점점 줄어들었다. 탄약수도 힘에 부치는지 관자놀이에서 핏줄이 불끈 솟았다. 이미 등줄기는 흥건하게 젖었다.

아까 넘어온 찰리 라인 위로 다시 올라서자 전장의 모습이 확연히 눈에 들어왔다. 11시 방향에 있는 도로 커브지점과 1시 방향에 있는 작은 구릉지 수풀 사이에서 인민군 전차 백여 대가 꿈틀거리며 굴러나왔다. 장명주 입에서 절로 비명이 터져나왔다.

"우와! 진짜 개떼다!"

그 모습을 본 장명주는 학교 다닐 때 본 '스타쉽 트루퍼스'라는 영화를 떠올렸다. 여기저기서 인민군 전차들이 쏟아져나오는 광경은 온 들판을 가득 채우며 돌진해오는 외계 괴물과 흡사했다.

"후진! 후진!"

전차장이 흥분해서 외쳤다. 연막탄을 터뜨려 앞을 가린 장명주의 K-1 전차가 좌우 지그재그로 방향을 틀며 후진했다. 인민군 전차 포탄이 근처에 날아와 박혔다. 그러나 아직 명중된 포탄은 없었다.

인민군도 어지간히 마음이 급한 모양이었다. 인민군 탱크는 광증폭식 야시장비를 쓴다. 인민군 전차대는 비가 오고 자욱한 연막 때문에 제대로 조준을 하지 못할 텐데, 대충 마구 쏴대는 것 같았다.

2소대는 찰리 라인에서 후진으로 내려왔다. 그 좁은 언덕 위에서 계속 버티는 것은 아무런 의미가 없었다. 영웅은 될지 몰라도 죽는 것은 확실했다. 언덕 뒤쪽 경사지에서 후진하자 젖은 흙 때문에 차량이 뒤로 줄줄 밀렸다.

그런데 재수없게 소대장 차량이 주르르 미끄러져 진창에 박혀버렸다. 몇 번이나 움직이려고 했지만 전차 뒷부분이 도랑 진창 속에 깊숙이 빠져 꼼짝할 수 없었다. 거의 200미터 가까이 후퇴한 이후에야 소대장 차량이 진창에 빠졌다는 사실을 다른 소대원들이 알았다.

그러나 그때는 이미 늦었다. 조금 전 지나온 찰리 라인 위로 인민군 전차부대 선두가 모습을 드러냈다. 이미 그 방향으로 조준을 하고 있던 장명주는 지체없이 발사 버튼을 눌렀다. 포탄을 맞은 인민군 전차의 포탑이 차체에서 떨어져 나갔다. 3호차가 다시 옆에 새로 나타난 전차 한 대를 날려버렸다.

그러나 언덕을 넘어오는 인민군 전차는 계속 늘어났다. 결국 소대장 전차는 인민군 T-62가 가한 115밀리 전차포의 근거리 사격을 받고 불타올랐다.

분노할 정신적인 여유도 없었다. 장명주는 혼자 살길 찾기도 벅찼다. T-62 탱크 6대가 언덕에서 굴러 내려왔다. 한 대가 3호차의 사격으로 파괴되었다. 그러나 아직 5대가 남았고, 4대가 더 넘어왔다. 그중 3대가 장명주가 탄 전차를 겨누고 있었다.

거리는 불과 600미터 정도였다. K-1의 장갑방호력이 아무리 우수하다고 해도 이 정도면 위험거리였다. 게다가 장명주의 전차포는 아직 장전이 되지 않았다. 장명주 얼굴이 하얗게 굳어졌다.

그때 언덕 주변에서 폭죽이 터지듯 불꽃이 화려하게 피어올랐다. 그와 동시에 언덕을 내려오던 인민군 전차 9대가 한꺼번에 불길을 내뿜으며 주저앉았다.

"꺄호!"

그 광경을 바라보던 장명주가 환호성을 질렀다. 지옥에서 천국으로 오르는 기분이었다. 지원부대가 드디어 등장한 것이다. 왼쪽으로 약 1킬로미터 정도 떨어진 언덕으로 눈에 익은 K-1 전차 수십 대가 넘어왔다. 논바닥에 내려선 전차들은 시커먼 매연을 뿜으며 인민군 전차대를 향해 돌진했다.

30여 대에 이르는 전차들이 지축을 흔들며 돌진하는 광경은 압권이었다. 오른쪽 언덕에서도 비슷한 숫자의 K-1 전차들이 넘어와 북쪽 건너편 언덕을 향해 일제사격을 퍼부었다. 이제는 인민군 전차들이 밀리기 시작했다.

6월 24일 17:45 평안남도 중화군(평양특별시 중화군)

— 쾅!

어둠 속에서 섬광이 번쩍였다. 조금 전 장명주가 탄 전차를 향해 포탄을 발사했던 T-62 전차의 포탑이 날아갔다. 시속 15킬로미터로 달리는 전차의 포탑이 오른쪽으로 약간 더 돌아갔다. 탄약수가 대전차 고폭탄을 장전하는 동안 장명주는 공축기관총으로 대전차 미사일 진지를 향해 총탄을 퍼부었다. 잠시 후 포탄이 인민군 대전차 미사일 진지를 뭉개버렸다.

"채송화, 여기는 도라지. 사격임무 둘, 완수!"

— 도라지, 수고했다!

2대로 줄어든 소대는 이제 오른쪽에 평양-원산간 고속도로를 두고 달렸다. 약 1,000미터 정도만 더 달리면 도로교차점이 나온다. 알파 라인 바로 앞까지 온 것이다. 대대 채널에서는 연신 '돌격 앞으로!' 구호가 터져나왔다.

열영상 조준경으로 도로 교차지점을 보니 인민군이 도로 위를 오가며 뭔가를 설치하고 있었다. 전차장이 소리쳤다.

"저놈들이 도로를 못 쓰게 하려는 모양이군. 벌집탄으로 쓸어버려!"

벌집탄은 보병을 제압하기 위해 만든 특수한 포탄이었다. 포탄 내부에 수천 개의 산탄이 가득 들어 있어 보병에게는 치명적인 무기였다. 발사된 벌집탄이 목표 중간에서 터지며 산탄이 분산되기 시작했다.

파편이 원추형으로 퍼지면서 폭파장치를 설치 중이던 인민군 공병대의 절반을 쓸어버렸다. 인민군 수십 명이 순식간에 도로 위에 쓰러지듯 누웠다.

벌집탄 공격에서 가까스로 살아남은 병력이 트럭을 향해 달려갔다. 국군 전차들이 맹렬한 속도로 이들을 추격했다. 선두 전차와 트럭과의 간격은 불과 200미터까지 줄어들었다. K-1의 공축기관총에게 집중사격을 받은 트럭들이 차례차례 폭발을 일으키며 불타올랐다.

급히 시동을 걸고 도주하는 트럭 뒤에 살아남은 인민군들이 주렁주렁 매달렸다. 국군 전차대의 추격에서 벗어나기 위해 몸부림치는 모습이 안타까웠다. 국군 전차들은 길 옆에서 무기를 버리고 두 손을 번쩍 들어 항복의사를 표시한 인민군들은 그냥 스쳐지나갔다. 그러나 도주를 시도하는 인민군들에게는 조금도 주저하지 않고 총탄을 퍼부었다.

트럭 뒤에 매달린 인민군들은 대부분 기관총탄에 맞아 도로에 떨어졌다. 뒤따라가던 다른 트럭이 그대로 그들을 짓밟고 지나갔다. 후미에 처진 트럭은 전차포 사격을 받고 산산조각 났다. 타이어가 하얀 연기를 흘리며 수십 미터나 날아갔다.

"평양이다!"

전차장이 어둠 속에 우뚝 서 있는 커다란 철제 안내판을 보며 소리쳤다. 안내판에는 '혁명의 수도 평양특별시 력포구역에 오신 것을 환영합니다'라고 쓰여 있었다. 북한의 행정구역상 중화군부터 이미 평양특별시였다. 그러나 아직 평양 시가지에 도착한 것은 아니었다.

"평양! 평양이다!"

력포구역을 서울이나 광역시의 구 정도로 알고 흥분한 조종수가 헤드라이트를 깜빡거렸다. 3중대 2소대 전차들이 물보라를 일으키며 간판 옆을 지나갔다. 항복한 인민군들은 도로 안내판 아래서 국군 전차들이 일으킨 물보라를 뒤집어쓰며 두 팔을 들고 처량하게 계속 서 있었다.

6월 25일 10:40   황해도 곡산군(황해북도 곡산군)

헬리콥터는 몇 번이나 방향을 바꿨다. 이경민 하사는 몸이 쏠리는 것으로 그것을 느낄 수 있었다. 바닥만 내려보고 있던 이경민이 고개를 들어 주변을 둘러봤다. 치누크 헬리콥터의 화물칸은 역시 컸다.

헬리콥터 화물칸 양쪽 벽에는 나일론제 그물로 만들어진 간이의자가 있었다. 20명은 될 듯한 국군 무장병력이 간이의자에 앉아 있었다. 이경민 맞은편에 앉은 이등병이 눈을 감은 채 계속 뭔가를 중얼거렸다. 어느 종교 신자인 모양이었다. 간절히 기도하는 모습이 오히려 측은해 보였다.

이경민은 치누크 동체 아래에 매달린 토우 탑재 지프가 괜찮은지 궁금했다. 이 헬리콥터는 이 병력말고 토우 탑재 지프까지 아래에 매달고 있었다. 이경민은 공중강습훈련을 두 번 받아봤지만 그때마다 이 괴물 같은 헬리콥터가 가진 힘에 감탄하곤 했다.

이번 공중강습작전의 목적은 평양 - 원산간 고속도로를 차단하는 것이었다. 평소 같으면 결코 쉽지 않은 일이었다. 곡산은 지도상에서 볼 때 V자형으로 만들어진 평양 - 원산간 고속도로의 가장 남쪽에 있었다.

그래서 원산이나 평양, 또는 전방으로 언제든지 병력을 이동시킬 수 있는 곳이었다. 그래서 평양-원산간 고속도로, 특히 곡산 주변은 인민군의 정예 기계화부대가 득실대는 장소였다. 그러나 지금 상황은 달랐다.

국군은 압도적인 항공우세를 등에 업고 있었다. 또 남아 있던 인민군 기계화부대 주력은 평양과 원산으로 양분되어버린 상태였다. 곡산 지역 부근은 평소와는 비교할 수 없을 정도로 기계화 전력이 취약해진 것이다. 이번 강습작전은 그 틈을 노리고 감행되었다.

원래는 하루 전에 실시될 예정이었지만 쏟아지는 비 때문에 작전이 중지되었다. 오늘 역시 좋은 날씨는 아니었다. 그러나 국군 입장에서는 더 이상 기다리기 어려웠다. 북태평양 기단이 강하게 세력을 확장해 앞으로 당분간 날씨가 쾌청할 것이라는 일기예보도 결심을 재촉하는데 한몫했다.

평양-원산간 고속도로를 막아버릴 경우 인민군의 대규모 기계화부대가 기동할 만한 교통로는 사실상 사라지는 것이나 마찬가지였다. 좁은 교통로로 느리게 움직이는 기계화부대는 포병이나 근접지원 항공기들의 표적이 되기 알맞았다.

천장에 붙은 붉은 램프가 번쩍이기 시작했다. 착륙지점에 가까워졌다는 신호였다. 이경민은 침을 한 차례 삼키고 심호흡을 했다. 잠시 후 이경민이 탄 헬리콥터가 속도를 줄였다.

이경민이 몸을 돌려 창 밖을 내다보았다. 옆에서 따라오던 헬리콥터들이 편대에서 이탈하는 모습이 보였다. 아마 착륙지 주변 고지들을 점령하는 병력 같았다.

출발할 때 헬리콥터 숫자는 엄청났다. 이경민이 보기엔 100대는 넘을 것 같은 대규모 편대였다. 그러나 지금은 숫자가 절반 정도로 줄어들었다. 이경민이 다른 데 신경 쓰는 사이 어디론가 가버린 모양이었다.

속도를 줄인 치누크가 공중에서 잠시 정지한 뒤 다시 조금 앞으로 이동해 착륙했다. 동체 아래에 매달고 있는 토우 탑재 차량을 분리시키기 위해 잠시 멈춘 것이다.

바퀴가 닿자마자 후방의 트랩도어가 내려지며 병사들이 뛰쳐나갔다. 헬리콥터 승무원이 '빨리! 빨리!'를 외치며 병사들을 밖으로 내몰았다. 치누크 헬리콥터의 후측방은 위험지역이었다. 장비에 불이 붙을 정도로 뜨거운 배기가스가 뿜어져 나오기 때문이다. 헬리콥터에서 내린 국군은 다급한 가운데서도 질서정연하게 안전한 지역으로 이동해 집결했다.

이경민은 K-1 자동소총을 등에 메고 토우 지프를 향해 달려갔다. 토우 지프는 헬리콥터에 매달기 위해 나일론제 밧줄로 튼튼하게 묶여 있었다. 운전병 임 병장과 함께 차량에 칭칭 감긴 줄을 풀고 있는데 갑자기 헬리콥터들이 날아오르기 시작했다.

이경민은 영문을 몰라 하늘을 이리저리 둘러봤다. 옆을 지나 날아가던 블랙호크는 이미 시커먼 연기를 내뿜으며 비틀거리고 있었다. 그때 총탄이 날아왔다. 차 반대편에서 밧줄을 풀던 임 병장이 '억' 하는 소리를 지르며 차 위로 엎어졌다. 보닛 위로 피가 질펀하게 쏟아졌.

이경민은 반사적으로 차량 뒤쪽에 엎드렸다. 고개를 푹 숙인 채 임 병장을 여러 번 소리쳐 불렀지만 대답이 없었다. 이미 숨이 끊어진 모양이었다. 전쟁이 터진 뒤 이경민은 시체를 많이 봤다. 그러나 자기 부대원이 죽는 것은 이번이 처음이었다.

"빌어먹을! 수색대는 도대체 일을 어떻게 하는 거야?"

수색대는 먼저 들어와 위협요인을 발견하고 후속부대에 상황을 미리 통보해야 한다. 이경민은 수색대가 빤히 보이는 곳에 있는 인민군

기관총 진지를 발견하지 못한 데 대해 분통을 터뜨렸다. 그러나 분노도 잠시뿐이었다. 총탄이 날아와 주변에 '퍽퍽' 소리를 내며 박히자 이경민이 급히 고개를 땅바닥에 박았다. 다른 병사들도 땅바닥에 엎드려 어쩔 줄 몰라했다.

이경민은 불안했다. 인민군이 국군의 강습지점을 미리 예상하고 병력을 대기시켜둔 것이 아닌지 걱정이 되었다. 저 기관총 진지가 그냥 기관총 진지가 아니라 포병 관측반이 포함되어 있다면 큰일이었다. 인민군 다연장 1개 포대의 일제사격으로도 강습지점은 초토화될 수 있다.

착륙지 주변을 돌던 코브라 한 대가 급히 방향을 틀더니 이경민이 엎드린 바로 위를 지나갔다. 헬리콥터 로터에서 발생하는 강한 바람에 군복이 펄럭거릴 지경이었다. 이경민은 고개를 살짝 들어 돌진하는 코브라의 뒷모습을 봤다. 코브라는 밝은 빛을 내는 불덩이를 계속 떨어뜨리며 언덕을 향해 날아갔다.

인민군 기관총 진지가 있는 언덕 위에서 하얀 연기가 치솟더니 긴 꼬리를 끌며 코브라를 향해 날아왔다. 휴대용 열추적 대공 미사일이었다. 이경민은 자주 본 할리우드 영화의 한 장면처럼 미사일에 맞아 산산조각 나는 코브라를 상상했다. 그러나 실제 상황은 달랐다.

하얀 꼬리를 끌며 날아가던 미사일이 갑자기 오른쪽으로 방향을 급격히 틀었다. 그 방향에서는 적외선 기만용 플레어가 밝은 빛을 내면서 천천히 떨어지고 있었다. 플레어 바로 옆에서 미사일이 검은 연기를 뿜으며 폭발했다.

미사일을 피하는 데 성공한 코브라는 임 병장의 복수를 하듯 인민군이 있던 언덕 위에 70밀리 로켓탄을 퍼부었다. 큰 연쇄폭발이 일어나며 몇 그루 남지 않은 나무들이 부러지고 돌 조각과 흙먼지가 어지럽게 날렸다. 그것으로도 모자라는지 코브라는 다시 20밀리 기관포탄을 쏟아부었다.

코브라는 고기 조각으로 변해버린 인민군의 시체 주변을 시위하듯 맴돌며 기관포를 이리저리 돌려댔다. 더 이상 반격은 없었다. 안전이 다시 확보되자 멀찍이 떨어져 주변을 선회하던 수송 헬리콥터들이 다시 내려왔다. 아까 내리지 못한 나머지 병력과 탄약이 내려졌다. 착륙지점 주변 고지들도 금방 확보되었다.

이경민이 임 병장의 시체를 차 옆으로 치웠다. 도착하자마자 전우가 죽자 너무 허망했다. 이경민이 새로운 운전병과 함께 간단한 차량 수리를 끝냈다. 다행히도 토우 발사장치나 차량 엔진 같은 중요부분은 부서지지 않았다. 운전석 계기판 일부가 부서졌을 뿐이었다.

인민군에게 위치가 노출된 이상 강습부대는 빨리 다른 장소로 이동해야 했다. 옆으로 치워진 임 병장의 시체는 근처에 있던 헬리콥터 승무원들이 판초우의에 싸서 헬리콥터로 들고 갔다. 판초우의 아래로 뚝뚝 떨어지는 핏물을 보자 이경민은 등줄기에 소름이 쫙 돋았다. 구역질이 날 것만 같았다.

임 병장의 시체를 실은 헬리콥터는 이륙해 상공을 선회하는 편대 속으로 들어갔다. 모두들 비슷비슷해서 구분이 되지 않았다. 주변을 몇 바퀴 돌던 헬리콥터들을 뒤로 하고 강하 병력들이 이동하기 시작했다. 근처 다른 장소에 강하한 병력과 합류해야 했다.

— 쿠웅!

소대 최후미에 위치한 이경민의 토우 차량이 고갯마루를 넘자 착륙지 일대에 인민군 포탄이 떨어지기 시작했다. 그제야 인민군 포병의 제압사격이 시작된 것이다. 그러나 국군은 이미 그 장소에 없었다. 그리고 앞으로 더 추가될 후속부대는 다른 장소에 강하할 것이다. 토우 차량이 먼지를 일으키며 작은 비포장도로를 따라 전진했다.

도로를 따라가던 중간에 50대는 족히 될 것 같은 대규모 국군 헬리콥터 편대가 맞은편에서 날아왔다. 근처에 병력을 강하시킨 국군 수송

헬리콥터들이었다.
 헬리콥터들은 토우 차량 위에 서 있는 이경민의 눈높이와 조종사의 발 높이가 거의 비슷할 정도로 낮게 비행했다. 헬리콥터들은 텅 비어 있었다. 가까운 전방지역에 병력을 강하시키고 오는 모양이었다. 지상의 병사들과 헬리콥터 파일럿이 서로 손을 흔들었다. 굉음을 울리며 날아가는 거대한 헬리콥터 편대를 보자 이경민의 가슴속에서 자신감이 솟구쳤다.

6월 25일 14:21 평안남도 대동군(평양특별시 대동구역) 금록산

 박춘배는 바짝 긴장한 채로 포대원들과 함께 M-1939 37mm 단장 대공포 옆에서 하늘을 보고 있었다. 아직도 하늘에는 구름이 잔뜩 끼어 흘러가고 있었다. 한동안 정신없이 퍼붓던 비가 제풀에 지쳤는지 지금은 오다말다 하고 있었다.
 지난 이틀 동안 억수같이 퍼부은 비가 오히려 이들의 목숨을 연장시켜주고 있었다. 아무래도 비가 오면 한국 공군의 지상공격도 뜸해질 수밖에 없었다.
 박춘배와 그의 동료들 모두 상황이 불리하게 돌아가고 있음을 알고 있었다. 하늘에서는 계속 한국 공군기들이 폭탄을 퍼부어대고 중화에 있던 박춘배의 포대는 대동강 북쪽으로 다시 후퇴했다. 한때 세계 최고를 자랑했던 평양의 막강한 대공방어망도 여기저기 구멍이 나기 시작했다.
 사흘 전에는 낮부터 남조선 항공기들이 날아와서 지지고 볶더니, 한밤중에는 레이더에도 안 잡히는 이상한 미제 비행기가 와서 지상 반항공포대들이 한바탕 난리를 떨었다. 온갖 대공포가 동원되고 법석을

떨다가 끝내는 조선인민공화국 공군 조종사들이 영웅적으로 격추했다고 들었다. 그러나 그것으로 끝이었다. 하늘에는 이제 더 이상 공화국 전투기들이 날아다니지 않았다.

땅에서도 다르지 않았다. 어제부터는 평소에는 들리지 않던 포성이 멀리서 울려오기 시작했다. 그것은 남조선 지상군이 그만큼 가까이 접근했다는 증거였다.

포장 리길남 상사가 대공포 뒤로 걸어가더니 심란한 표정으로 탄피 더미 위에 쭈그리고 앉았다. 지난 사흘 동안 쏘고 쌓아놓은 탄피가 남아 있는 탄약상자보다 훨씬 많았다. 멀리서 은은하게 포성이 울려오기 시작했다. 어느 누구도 말은 안 했지만 다른 포대원도 모두 심란하고 초조한 표정이었다.

갑자기 반항공 경보가 울렸다. 리길남 상사가 뛰어오고 박춘배와 다른 인민군들이 장전 상태를 점검했다. 지령 전달용 무전기에서는 치직거리는 소리만 나올 뿐, 발사신호는 떨어지지 않고 있었다.

6월 25일 14:22 평안남도 대동군(평양특별시 대동구역) 상공

— 까치 5호기, 고스트 라이더 편대장이다. 최종 참조점 좌표 통과했다. 1분 후에 목표지점 상공 통과할 예정이다.

— 고스트 라이더 1호기, 까치 5호기다. 목표 좌표는 아까와 동일하다. 35초 후에 연막 로켓 발사하겠다!

— 알았다. 잘 부탁한다.

1천 미터 상공에서 진입하는 F-4D 팬텀 편대와 저공에서 선회하는 KO-1 저속통제기 조종사 장명숙 대위와의 무선통화가 끝났다. 회색빛 작은 프로펠러 비행기가 산기슭을 따라 선회하며 속도를 높였다.

후방석에 앉은 전현호 중위는 엉덩이를 짓누르는 포지티브 G를 참으며 지상을 살폈다. 중력가속도를 많이 받아서인지 원래 큰 머리가 오늘은 더 무거워진 느낌이었다.

ㅡ선회 끝나면 바로 목표지점이다. 조심해!

앞에 앉은 장명숙 대위가 조종간을 꺾으며 외쳤다. 후방석에 탄 전현호 앞에 있는 조종간도 전방석에서 장 대위가 조종하는 것과 똑같이 움직였다. 모체인 KT-1이 훈련기였기 때문에 KO-1은 전방석과 후방석이 연결된 이중 조종방식이었다.

눈앞에서 혼자 움직이는 조종간을 보며 나도 조종사가 될 수 있었을 텐데 하는 미련이 전현호 중위의 큰 머리를 스쳤다. 지금 전현호는 후방석에 탑승한 관측장교일 뿐이지, 조종간을 잡을 자격이 있는 조종사는 아니었다. 이런 부러움 섞인 미련은 조종사가 아닌, 특히 전현호처럼 훈련 중간에 '도태된' 공군 장교들에게서 흔히 찾아볼 수 있는 감정이었다.

전통적으로 조종사가 대접받을 수밖에 없는 공군 내부에서 조종 특기가 아닌 장교들이 느끼는 소외감은 엄청났다. 수적으로 절대 소수인 조종사들을 위해서 나머지 다수의 장교들이 희생하는 분위기이기 때문에 공군 내부에서는 조종사와 비조종사들 간의 감정적인 골이 무척 깊었다.

특히 반드시 두 명이 탑승해야 하는 팬텀의 경우 후방석 승무원이 없으면 운용 자체가 불가능하다. 그렇지만 매년 탑건 선발대회에서 팬텀 조종사가 선발된 경우에도 언제나 전방석 조종사만 주목받고 후방석 조종사는 항상 뒷전이었다. 정밀한 사격을 위해서는 후방석의 지원이 필수인데도 그렇다.

이런 이질감은 전술기와 지원기 사이에도 존재했고 심지어는 전투조종사끼리도 기종에 따라 서로에 대해서 우월감이나 반발감을 느끼고 있었다. 공군에서도 이런 문제를 해결하기 위해 팬텀 후방석 요원도 조종사 자격으로 탑승하게 하는 등 변화를 시도했지만 수십 년 동안 내려온 문화가 몇 년 만에 뜯어 고쳐질 수는 없었다.

 선회를 끝내고 계곡 사이를 빠져나온 KO-1이 급상승하더니 순간적으로 기체를 뒤집어 거꾸로 하강했다. 능선에 배치된 대공포들이 일제히 불을 뿜기 시작했다. 예광탄 사이로 하강하면서 다시 똑바로 기체를 뒤집은 KO-1의 날개에서 흰 연기가 일직선으로 뿜어져 나갔다.
 ─ 연막 로켓 발사! 고스트 라이더 1, 까치 5호기다. 목표 지정 완료! 동쪽에서 서쪽으로 2 패스, 세팅은 순발신관. 투하 후 서남쪽으로 이탈하라!
 발사를 마친 KO-1이 맞은편 능선을 끼고 선회했다. 예광탄 줄기들이 악착같이 따라붙었지만 저속통제기를 맞히지는 못했다.
 ─ 까치 5호기, 고스트 라이더 1이다. 구름에 가려서 연막을 못 봤다! 이번엔 드라이 패스하겠다.
 KO-1 머리 위로 지나간 팬텀 전폭기들이 폭탄을 투하하지 않고 목표 상공을 이탈한 뒤 재공격을 위한 선회를 실시했다. 장명숙 대위가 한심하다는 듯이 장갑 낀 주먹으로 헬멧 이마 부분을 한 대 쳤다.
 ─ 까치 5호기, 고스트 라이더 1이다. 다시 한 번 연막탄 발사를 요청한다.
 ─ 뭐야! 저 짓을 또 하라고? 고스트 라이더 1호기, 누군 목숨이 몇 개씩 되는 줄 알아? 왜 한 번에 제대로 못해?
 흥분한 장명숙 대위의 소프라노가 무선망을 흔들었다. 팬텀이 상공을 지나는 하필 그때 낮게 깔린 조각구름 하나가 구름층 아래로 흘러가고 있었다.
 ─ 까치 5호기, 어쩔 수 없었다. 우리는 지금 천 미터 상공에 있단

말이다!

― 알았다. 고스트 라이더 1호기, 이번이 마지막이다! 이번에 핫 패스 못하면 유도 없이 직접 목표를 보면서 폭탄을 투하하기 바란다! 야, 전 중위! 다시 가자!

장명숙 대위가 신경질적으로 소리치며 거칠게 조종간을 당겼다. 장 대위의 매서움을 익히 아는 전현호가 후방석에서 짜부라들었다.

6월 25일 14:23 평안남도 대동군(평양특별시 대동구역) 금록산

수많은 예광탄 줄기가 하늘로 치솟았다. 하지만 구름이 낮게 깔린 하늘 위에 뭐가 있는지는 전혀 보이지 않았다. 각종 대공화기에 섞여서 M-1939 단장포도 열심히 포탄을 쏘아올렸다. 박춘배도 정신없이 포탄 클립을 집어넣는 작업을 계속했다.

잠시 전에 회색 프로펠러기가 갑자기 나타나서 연막 로켓을 쏘더니만 시끄러운 제트기 소리가 들렸다. 보통 그놈의 프로펠러기가 지나가면 그 다음에는 지상이 불바다가 되는 법인데, 어쩐 일인지 폭탄이 떨어지지 않았다. 포장 리길남 상사가 무전기를 잡고 뭐라고 악을 쓰더니 포를 돌리라고 지시했다.

"포 돌리라우! 저쪽 능선 뒤에서 다시 나올 거야. 이번엔 미리 대놓고 있다가 보이기만 하면 있는 대로 쏟아부으란 말이야! 알갔네?"

박춘배와 포원들이 열심히 핸들을 돌려서 사격 방향을 바꾸고 대기했다. 잠시 후에 정말 낮은 엔진 소리와 함께 아까 그 프로펠러기가 능선 뒤에서 모습을 드러냈다. 순간 주변 모든 포대에서 예광탄들이 쏟아져 나갔다.

작은 프로펠러기는 주위를 둘러싼 예광탄 줄기 사이로 이리저리 피

하면서 급상승하더니 다시 하강하면서 로켓을 발사했다. 흰 꼬리를 길게 뿜어내는 로켓이 박춘배의 포대를 향해 돌진했다. 포 진지 바로 옆으로 떨어져 땅에 박힌 로켓탄은 폭발하지 않고 매캐한 흰 연기를 격렬하게 뿜어냈다.

리길남 상사가 로켓탄 쪽으로 뛰어가더니 어떻게든 연기를 꺼보려고 모래를 뿌리다가 옷을 벗어 덮었다. 로켓탄의 정체를 알아차린 포대원들도 포를 팽개치고 로켓탄 쪽으로 달려갔다.

로켓 발사를 마치고 이탈하던 프로펠러기에 대공포대의 예광탄들이 집요하게 따라붙었다. 시한신관을 사용한 대공포탄이 공중에서 터지면서 만들어내는 검은 구름들이 기체를 에워싸고 점점 범위를 좁혀 왔다. 작고 불쌍한 회색 기체의 조종석 근처에서 검은 구름 하나가 작렬하는 순간 기체가 기우뚱거렸다.

박춘배가 그것을 보고 환성을 질렀다. 하지만 바로 그때 비행기가 다시 균형을 잡더니 박춘배의 시야에서 사라져갔다. 다음 순간 머리 위에서 귀를 찢는 것 같은 제트엔진 소리가 들렸다. 포를 돌리던 박춘배의 눈에 포대 동쪽에서부터 작은 폭발이 물결처럼 밀려오는 것이 보였다. 박춘배는 도망가지도 못하고 눈만 크게 뜨고 있었다.

잠시 후 폭발의 파도는 박춘배의 포대를 지나 능선 서쪽으로 몰아쳐갔다.

6월 25일 14:24 평안남도 대동군(평양특별시 대동구역) 상공

대공포의 추격에서 간신히 벗어난 KO-1 저속통제기가 비틀거리며 날고 있었다.

— 으으……

장명숙 대위의 입에서 고통스러운 신음소리가 흘러나왔다. 전방석 캐노피에 튄 핏자국에 놀란 전현호가 장 대위에게 물었다.
"장 대위님, 어디 맞았어요? 괜찮으십니까?"
— 우으…… 오른팔에 맞았는데 움직이기가 힘들다. 조종간은 왼손으로 잡을 수 있어. 전 중위! 왼손으로 스로틀 좀 올려라. 85퍼센트에 맞추고 기체 이상 없는지 계기점검 좀 해봐.
"알겠습니다. 엔진 상태 정상이고 유압, 전기 모두 정상입니다."
전현호 중위가 계기를 다시 점검했다. 큰 이상은 없는 것 같았다. 장명숙 대위가 힘겹게 비행단 기지와 교신했다.
— 서산 관제탑, 까치 5호기다. 고스트 라이더 편대의 폭격 유도를 마쳤다. 부상을 입어서 더 이상 임무 수행이 어렵다. 기지로 긴급 귀환하겠다.
— 까치 5호기, 관제탑이다. 조종이 어려운가? 기체 상태는 어떤가?
— 오른팔에 부상을 입었다. 대공포 파편이 조종석을 뚫고 들어왔다. 전방석 오른쪽 패널이 나간 것 같고 기체 내부 각 계통은 정상 작동 중이다.
— 알았다. 소화팀과 의료팀을 긴급 대기시켜 놓겠다. 즉시 귀환하라.
— 라저.
오른팔을 늘어뜨린 장명숙 대위가 왼팔로 조종간을 잡고 기체를 기울였다. 상처입은 까치가 기우뚱거리면서 둥지로 향했다.

6월 25일 14:49 경기도 개성(개성직할시) 상공

— 으윽! 으으으~.
장명숙 대위의 신음소리가 커지고 있었다. 신음소리가 날 때마다

기체기 심하게 흔들렸다.

"장 대위님, 힘내십시오! 조금밖에 안 남았습니다!"

전현호가 다급하게 장 대위를 격려했다. 전방석과 완전히 격리된 후방석에서는 도무지 장 대위를 도울 길이 없었다.

― 야, 전 중위. 우리 탈출할까? 개성은 아군 지역이니까 탈출하면 살 수 있겠지?

"장 대위님! 포기하지 말고 힘내십시오. 하실 수 있습니다!"

― 그래, 가야지. 으윽!

기체가 다시 한 번 심하게 흔들렸다.

― 전 중위! 너 훈련 중에 T-38에서 떨어졌다고 했지?

조종사 훈련과정은 길고 고달프다. 비행절차 등 많은 것을 외워야 하고 18개월에 걸친 초등, 중등, 고등 비행사 교육과정을 이수하는 동안 많은 피교육생들이 탈락한다. 전현호 중위는 제트훈련기인 T-38 과정에서 탈락했다. 전현호 중위는 실력에 비해 운이 없는 편이었다.

"예, 그렇습니다."

― 그럼 KT-1과정은 수료했겠네. 그렇지?

"예! 그런데 갑자기 그건 왜 그러십니까?"

― 그럼 네가 조종간 잡아라. 난 힘이 빠져서 조종간 못 잡고 있겠다. 스로틀 조작도 못하고 말야. 내가 계속 비행조언 해줄게.

"예?"

전현호는 당황했다. 언제나 조종간 잡기를 꿈꿔 왔었지만 이렇게 비상시에 그런 경우가 생기리라고는 생각도 못했다.

― 너라면 잘할 수 있을 거야. 나도 비행기 버리고 걸어가고 싶지는 않거든. 끝까지 해보자구. 알았지?

"하지만…… 예, 알겠습니다. 하겠습니다!"

― 좋았어, 유 갓!

"라저, 아이 갓!"

전현호의 목소리가 떨리고 있었다. 전현호는 꿈에도 그리던 조종간과 스로틀 레버를 두 손에 쥐고 러더 페달에 두 발을 얹었다. 비행훈련에서 탈락하고 난 후 처음으로 잡아보는 조종간이었다.

— 좋아, 이대로 트림 유지하고 가면 돼. 태캔(TACAN) 주파수 맞추고 항법 잘해!

— 알겠습니다.

테이캔, 또는 태캔은 전술항법시스템이다. 전현호 중위가 조종간을 쥔 KO-1이 조심스럽게 남쪽으로 발길을 재촉했다.

6월 25일 15:04 경기도 성남비행장

회색빛 KO-1이 기우뚱거리며 활주로 위를 날고 있었다. 피격되어 귀환하는 기체의 안착을 바라는 많은 조종사와 정비병들이 격납고 옆에 나와 있었다. 이미 두 번이나 착륙에 실패한 KO-1이 다시 장주비행을 위한 선회에 들어갔다.

— 다운윈드부터 시작하는 거야, 왼쪽 아래에 활주로 보이지? 참조점 맞추고, 기어 다운! 고도 300미터, 속도 줄이고, 파워는 너무 줄이지 말고. 잘하고 있어!

장명숙 대위의 코치대로 조종간과 스로틀을 조작하는 전현호 중위의 입 안이 바짝바짝 마르고 있었다. KT-1이 훈련기라 후방석 시야가 좋다고는 하지만 어디까지나 경험 많은 교관 조종사가 후방석에 탔을 때 얘기였다. 전현호에게는 전방석 사출좌석 뒤꼭지와 계기밖에 보이는 게 없었다. 그리고 시야를 확보할 수 있는 전방석에 탔더라도 전현호는 조종간을 잡은 지 너무 오래되었다.

─ 자, 이제 베이스 렉 들어간다. 뱅크 30도 주고, 조종간 중립! 조금씩 당겨. 그래, 그래! 러더 약간만 밀고. 아니! 스틱 조금 풀고!

KO-1이 조심스럽게 선회했다. 속도가 낮은 착륙단계에서는 조금만 실수해도 추락해버리기 때문에 아주 정교한 조작이 필요하다. 전현호는 대대 내에서 최고 기량이라고 인정받는 장명숙 대위의 코치로 착륙을 위한 선회를 시도하고 있었다.

─ 자, 이제 롤아웃. 뱅크 풀고 윙 레벨. 플랩 20도 내리고, 트림 맞춰. 기수 떨어지잖아! 스틱 밀지 말고 트림 쓰란 말이야!

"아, 알겠습니다."

전현호는 지금 활주로 연장선에 수직인 상태로 접근하고 있었다. 활주로에 진입하기 위해서는 아직 한 번의 선회가 더 필요했다.

─ 자, 이제 최종 진입이다! 이번 마지막으로 한 번만 선회하면 착륙할 수 있어. 파워 조금 올리고, 뱅크 30도로 롤 인! 고도 유지해! 스틱 조금씩 당겨. 선회 끝나기 10도 전에서 뱅크 풀고 윙 레벨! 선회 중에 활주로 보면서 기축선 맞춰!

KO-1이 전현호의 조작대로 비틀거리며 활주로 정면으로 진입했다. 등변사다리꼴 모양 활주로가 전현호의 눈에도 들어왔다.

─ 하강각이 너무 크다. 속도 유지해! 기수 들고 침하율 잘 봐! 속도랑 고도 보면서 트림 맞추고 침하율 맞춰서 조종간 슬슬 땡겨줘.

─ 어? 축선 틀어지잖아. 활주로랑 축선 맞춰. 러더 오른쪽 밀고. 적당히. 그래, 됐어!

쉴새없이 쏟아지는 장명숙 대위의 지시에 전현호는 대답도 못하고 쩔쩔매면서 조종간을 붙들고 있었다. 장 대위의 목소리는 방금 전까지 다 죽어가던 사람의 목소리가 아니었다. 비행에 있어서는 철저한 장명숙 대위다웠다.

─ 고도 잘 보고, 이제 플레어 해야지. 스틱 당겨! 급하게 하지 말고

부드럽게!

하강하던 KO-1이 조금씩 기수를 들었다. 활주로 표면 4미터 정도 위에서 수평을 찾은 기체가 조금씩 하강하면서 바퀴가 땅에 닿았다. 한 번 튀어서 다시 바퀴가 땅에 닿자 약간의 진동과 함께 KO-1이 활주로를 굴러갔다.

- 스로틀 아이들! 러더 받쳐. 양쪽 모두 힘주고! 브레이크 페달은 아직 밟지 마!

"알겠습니다."

KO-1이 활주하면서 속도가 충분히 줄자 전현호는 그때서야 앞발꿈치를 밀어 브레이크 페달을 밟았다. 기체가 완전히 정지했다. 전현호 중위가 마스크를 벗고 코끝에 모인 땀방울을 닦았다.

- 전 중위, 수고했어!

"장 대위님도 수고하셨습니다! 의무대 가셔야죠?"

- 저기 오네.

활주로 끝에서 대기 중이던 구조대와 소방대 차량이 유도로를 통해서 달려오고 있었다. 전현호가 캐노피를 열고 좌석 위에 올라서서 두 손을 흔들었다.

씻을 수 없는 상처

6월 26일 09:35 평안남도 대동군(평양특별시 순안구역)

고급승용차 행렬이 평양 북쪽 외곽도로를 달렸다. 선두를 달리는 장갑차들이 하늘을 향해 경계태세를 갖추고 있었다. 검게 선팅된 승용차 뒷좌석에 앉은 땅딸막한 중년 남자가 불안에 떠는 모습이었다. 그 남자는 언론에 보도된 북한 국방위원장과 똑같은 얼굴이었다.
"인민군 항공대는 죄 전멸했단 말이야? 이거이 말이나 되나?"
"곧 순안비행장에 도착합니다, 특수안전비서 동지."
옆자리에 앉은 보위사령부 대좌가 냉랭하게 쏘아붙였다. 말도 하지 말라는 식이었다. 금테안경을 낀 중년 남자의 표정이 험악하게 변했다가 숨을 몰아쉬며 간신히 화를 참았다.
지금은 그가 위세를 부릴 때가 아니었다. 언제 버림받을지 모르는 순간이었다. 인민군은 패배하고 평양이 남반부 국방군에 함락될 판이었다. 그런데도 최고사령관은 양강도나 자강도 같은 산악지역으로 당, 군, 정의 지휘부를 옮기지 않고 평양을 사수하겠다고 선언했다. 사회주의 형제국이라는 중국은 병력 동원이 워낙 느려서 국경인 압록강 주변에 전진 배치된 병력은 아직도 소수에 불과했다.

암살 위협이 있는 공개된 자리에는 항상 국방위원장을 대신해 나갔던 특수안전비서는 이번 일만 마치면 이제 할 일이 없었다. 일이란, 국방위원장 일행이 평양 북쪽 순안비행장에서 비행기를 타고 중국으로 망명하는 척하는 것이었다.

그러나 국군은 속아주지 않았다. 며칠 전에 발생한 암살기도 사건과는 달랐다. 어디선가 분명히 고급 정보가 새고 있는 것 같았다. 미제의 사촉을 받은 간첩은 북한 최고지도부의 일거수 일투족을 살필 수 있는 책임있는 자리가 분명했다. 그러나 의심만 할 뿐 간첩이 누구인지 알아낼 수는 없었다. 패색이 짙어가는 지금, 충성스런 보위사령부 장령도 믿을 수 없었다.

도로에는 아무도 없었다. 보통 그가 지방 시찰에 나설 때마다 수많은 경호요원이 동원되고 경비병력이 도로 주변 야산마다 진을 치고 눈을 부라렸지만, 이제는 아무 것도 없었다. 가끔 평안북도에서 내려오는 지원병력이 1950년대에나 썼음직한 장갑차와 트럭을 몰고 평양으로 향했다. 그러나 평양 근처는 인민군들의 거대한 무덤이 되어가고 있었다.

"차를 돌려! 주변 숲에 들어가! 항공이다!"

보위부 대좌가 이어폰에서 긴급보고를 듣더니 운전병에게 명령을 내렸다. 앞을 달리던 승용차 대열이 엉망으로 흩어지고 있었다. 그러나 운전병은 적당한 장소를 찾지 못하고 헤맸다. 작물을 심을 만한 야산은 모두 개간돼 숲이 남아 있을 리가 없었다.

"숲이 없습네다!"

"바보야! 기럼 아무 데나 길가에 세워!"

승용차 문이 덜컥 열리고 사람들이 쏟아져 나왔다. 장갑차도 대응 못하고 그저 한국 공군 전투기들이 그들을 발견하지 못하기만 빌 수밖에 없었다. 그러나 아무 것도 없는 평지에서 이들이 발견되지 않을 수는 없었다.

전투기들이 도로 위에 폭탄을 퍼부었다. 장갑차와 트럭과 승용차가 하늘로 날아올랐다. 그리고 파편과 폭풍이 차에서 내린 사람들을 휩쓸었다. 북한 최고사령관과 얼굴이 닮은 남자는 정신을 차릴 수 없었다. 정신없이 길 바깥으로 뛰어갔다.

"아악! 저럴 수가! 남반부 항공육전대가……."

사복을 입은 특수안전 1과장이 옆을 달리다가 발바닥이 땅에 달라붙었다. 특수안전비서가 북쪽 하늘을 바라보았다. 그곳에는 수많은 수송기가 하늘을 뒤덮고, 낙하산이 나머지 하늘을 가득 메우고 있었다. 공수특전여단 하나가 평양 북쪽 지역에 통째로 강하하고 있었다.

전투기가 특수안전비서 일행을 발견하고 기수를 낮췄다. 제트엔진 굉음이 땅바닥에 못박힌 두 사람에게 접근했다.

6월 26일 14:35 서울 용산구

"6여단 병력이 평성에 있는 228호 갱도 자모산 특각 출구를 봉쇄했습니다."

특전사 연락장교가 보고했다. 그것은 제6공수특전단이 평양에서 연결되는 북한 고위층의 지하 탈출로를 완전히 장악했다는 뜻이었다. 승용차로 달릴 만큼 넓은 국방위원장 전용 땅굴은 평양 외곽 여러 곳에 출구가 있었다. 그런데 이번 작전으로 출구가 모두 막힌 것이다. 특전단은 출구를 봉쇄했을 뿐만 아니라 땅굴 안으로 진입해 인민군 호위사령부 병력과 치열하게 교전 중이었다.

정현섭 소령이 모니터에 평양지도를 띄우고 전투상황을 다시 살폈다. 5분 전과 크게 달라진 것은 없었다. 대동강을 도하한 한국군이 포위망을 차츰차츰 좁혀가고 있었다. 원산에 상륙한 한국 해병대는 예비로 돌려졌던 육군 1개 사단과 함께 평양 동북쪽에 도착했고 특전사 1개 여단이 평양 북쪽을 차단했다. 포위망이 완성된 것이다.

그러나 미군은 평양 포위전에 참가하지 못했다. 미 육군 25사단은 함흥에서 내려온 7군단과 원산 주변을 방어하던 9군단 잔여 병력을 상대로 원산에서 치열하게 교전 중이었다. 10개에 달하는 인민군 사단과 교도사단들은 병력 면에서 압도적이었다. 항모에서 발진한 해군 항공대와 해병대 전투기들이 쉴새없이 출격해 인민군의 원산 진입을 막고 있었다. 미국 해병원정여단도 상륙지점의 안전이 보장되지 못하는 상황이라는 핑계를 대며 더 이상 전진하지 않았다.

한국군이 단독으로 형성한 포위망의 중심부는 평양 시가지 북서쪽, 형제산구역 석전동의 최고사령부였다. 이것은 북한 행정구역상 서성구역에 위치한 인민무력성 건물 바로 뒤에 있는 전시지휘소로서, 100호 갱도라는 위장명칭이 붙어 있었다.

평양 외곽 전투에서 가장 강력한 힘을 발휘했던 평방사 휘하의 금성친위 105땅크사단은 진지에서 나와 움직일 때마다 보통강 강변에서 F-4 팬텀에게 일방적으로 두들겨맞고 있었다. 하늘로부터의 공격을 막아줄 금성친위 505고사포여단은 이미 전멸한 지 오래였다.

"평방사, 호위사 예하 부대들 다 어떻게 됐나?"

합참의장이 정현섭에게 다가왔다. 김학규 대장은 지도에 각종 전술기호가 표시된 스크린을 보는 것보다는 직접 보고 받기를 좋아했다. 그리고 지금은 이기고 있는 때였다. 합참의장은 똑같은 보고를 들어도, 들어도 물리지 않는 것 같았다. 정현섭이 3분 전에 했던 말을 순서만 조금 바꿔 다시 반복했다.

"예! 공군이 북괴 금성친위 105전차사단을 포착해서 공격하고 있습니다. 금성친위 101독립기계화보병여단은 시내 중심지에서 쫓겨났고 모란봉구역에 가해진 45교도사단의 반격은 아군 제59동원사단이 격퇴시켰습니다. 제21기갑여단이 북괴군 83교도포병여단 전개지에서 야포 20문을 노획했다는 보고입니다. 현재까지 평양 포위전에 투입된 부대는 육군 10개 사단과 제1해병상륙사단입니다."

정현섭이 지금까지 전투에 참가한 평양방어사령부와 호위사령부 예하 부대 리스트를 뽑았다. 지금은 전멸하거나 대대, 또는 중대 단위로 줄어든 사단, 여단이 나열되었다. 30개가 넘는 사단, 여단이 최고사령부를 중심으로 좁은 구역 안에서 우글댔다. 그러나 실제 전투병력은 10분의 1 이하로 줄어든 부대들이었다. 이곳에 국군의 포병 사격과 공습이 계속되고 있었다.

"인민군은 모든 가용 부대를 평양에 쏟아부었습니다. 평양만 점령하면 전쟁은 끝납니다! 저놈들은 얼마 못 버팁니다. 이제 곧 끝날 것 같습니다."

남성현 소장이 자신감 넘치는 목소리로 보고했다. 북한의 다른 지역에는 사단 이상 편제를 제대로 갖춘 부대가 거의 없었다. 북한은 평양 방어에만 치중한 나머지 다른 지역에 있던 부대들을 인민경비대 수준의 병력까지 긁어모았다.

그러나 한국과 미국의 전투기들 공습 때문에 평양에 도착한 것은 4분의 1도 채 되지 않았다. 그런 부대들도 그나마 중화기는 거의 없는 패잔병 수준이었다. 평양이 완전 포위됐으니 더 이상 보급이 불가능해 가만 놔둬도 인민군이 자체 붕괴할 것 같은 상태였다. 저항을 포기하고 단위부대별로 투항해오는 인민군이 점점 불어나고 있었다.

"평양 점령이 아니라 수복이오!"

김학규 대장이 남성현 소장의 말을 정정했다. 두 사람이 만면에 웃음을 지었다.

6월 26일 15:20 평안남도 대동군(평양특별시 만경대구역)

대공포탄을 맞은 기체가 중심을 잃고 흔들리기 시작했다. 속도도 줄고 있었다. 전쟁 개시 후 열흘이 넘는 기간 동안 계속 폭격을 당했지만 평양방어사령부의 대공화망은 아직도 그 위력을 잃지 않고 있는 것 같았다. 오전에도 저속통제기를 비롯해 한국 공군 항공기 여러 대가 대공포화에 희생됐다. 폭격하는 쪽이나 이를 막는 쪽 모두 필사적이었다.

송호연 대위는 평양 북쪽 도로 상공에서 평양으로 향하는 지원병력을 차단하기 위한 폭격 중에 대공포에 피격되었다. 차량 행렬에서 치솟는 대공포화는 피했지만 주변에 깔린 평방사 휘하 대공화망이 그를 격추시킨 것이다.

송호연이 기체를 안정시키려고 안간힘을 썼다. 그런데 조종석 속에서 언제나 듣고 있었던 소리가 갑자기 사라졌다. 순간 적막감이 송호연의 귀를 감쌌다. 엔진 계기를 보니 회전수가 '제로'였다. 엔진이 꺼진 것이다.

"엔진 플레임 아웃(flame out)!"

— 기수를 낮추고 속도를 확보해!

뒤쪽에서 따라오던 김영환 중령이 송호연에게 가까이 접근했다. 송호연은 기수를 숙여 속도를 늘리면서 공중 재시동 절차대로 엔진시동을 시도했다. 하지만 다급한 상황이라 조작절차마저 제대로 떠오르지 않았다. 송호연이 심호흡을 한 뒤 차분하게 JFS를 조작했지만 엔진은 반응이 없었다.

─편대장이다! 네 날개와 동체에서 기름이 새고 있다!

"엔진 재시동이 안 됩니다! 다시 시도하겠습니다!"

송호연은 비상수단으로 하이드라진을 이용해 엔진을 재시동하려 했다. 단발기인 KF-16은 엔진이 꺼진 경우에는 생존성이 아주 많이 떨어졌다. 따라서 비상시에는 맹독성 물질인 하이드라진을 이용해서 잠시 동안 엔진을 강제로 작동시킬 수 있도록 되어 있었다.

"엔진 재시동이 안 됩니다!"

─중지, 엔진 시동 중지해! 기체 뒤에서 불꽃이 튀고 있다!

"라저!"

─현재 속도 얼마야?

"현재 속도 시속 400km, 고도는 천백 미터입니다!"

다행히 다중으로 구성된 전기계통은 살아 있는지 HUD와 각종 계기는 정상적으로 작동하고 있었다.

─폭발할지 모르니까 엔진 재시동은 포기해라! 조금 더 남쪽으로 비행하다가 실속하기 전에 탈출해라!

"편대장님, 한 번 더 시도해보겠습니다!"

─이건 명령이다! 도박할 필요없어! 내가 상공에서 엄호하고 있겠다. 여긴 아군 지역이니까 바로 구조될 거야!

송호연은 잠시 망설였다. 사출좌석 메이커에서는 언제나 완벽한 생존을 보장하고 있지만 조종사한테 비상탈출은 생명을 건 모험이었다. 하지만 송호연은 언제나 자신을 이끌었던 김영환 중령의 판단력을 믿기로 했다.

"알겠습니다! 탈출하겠습니다!"

─조심해라! 내가 위에서 지켜주고 있겠다!

"라저! 알파 투, 이젝트!"

송호연이 다리 사이의 사출좌석 손잡이를 잡았다. 캐노피가 솟구쳐 나가자 엄청난 바람이 얼굴을 때렸다. 마스크와 바이저 사이로도 바람이 스며들어 눈을 뜰 수가 없었다. 다음 순간 허리를 짓누르는 충격과 함께 송호연은 정신을 잃었다.

6월 26일 15:21 평안남도 대동군(평양특별시 만경대구역)

시원한 바람이 얼굴을 계속 때렸다. 송호연이 눈을 뜨니 낙하산에 매달려 천천히 하강 중이었다. 널따란 평야가 펼쳐져 있었다. 장난감 같은 작은 집들이 점점이 흩어져 있고, 동쪽 멀리 시커먼 연기가 솟아오르고 있었다.

마스크는 어느새 벗겨져 있었다. 송호연이 바이저를 올리고 지상을 내려다봤다. 땅이 발 밑에 다가오고 있었다.

잡초 위에 발이 닿는다고 느낀 순간 송호연이 옆으로 넘어지며 한 바퀴 굴렀다. 생환교육에서 배운 방법대로였다. 낙하산이 바람에 끌려 펄럭이기 시작했다. 송호연은 재빨리 하네스의 연결고리를 끌렀다. 낙하산에 매달린 채로 바람에 끌려가기 시작하면 몹시 위험했다. 천신만고 끝에 무사히 내려온 다음 땅에서 다치긴 싫었다.

낙하산을 대충 정리해서 나뭇가지와 흙으로 덮어놓은 다음 주변을 둘러볼 여유가 생겼다. 주변은 나지막한 야산이었는데, 나무가 별로 많지 않았다. 송호연이 떨어진 장소도 야산 사이에 있는 작은 평지였다. 송호연이 서둘러 야산으로 뛰었다.

일단 가장 울창한 나무 아래 바위 뒤에 몸을 숨긴 송호연이 비상장구를 점검하기 시작했다. 권총, 손전등, GPS수신기, 비상용 무전기, 볼펜 모양 신호탄, 비상식량과 식수 등이 있었다. 파란색 비상식량통에 쓰여진 '희망을 가져라. 당신은 반드시 구조될 것이다'라는 글을 보고 송호연이 허탈하게 웃었다.

갑자기 무전기가 삑삑거리기 시작했다. 송호연이 주파수를 조절하자 김영환 중령의 목소리가 들렸다. 그동안 송호연이 낙하한 곳 주변을 샅샅이 훑으며 위협이 될 만한 모든 것에 공격을 퍼부었을 것이다.

― 편대장이다! 다친 데는 없나?

"예, 편대장님! 무사합니다!"

― 부대로 구조요청 해놨다. 우리가 제공권을 확보하고 있으니까 헬기가 바로 날아올 거야. 조금만 참아!

"알겠습니다! 감사합니다!"

― 송 대위! 지금 연료가 빙고 수준이다. 일단 기지로 귀환할 테니까 조금 있다가 기지로 귀환해서 보자!

"예, 몸조심하십시오!"

김영환 중령의 KF-16이 송호연의 머리 위를 한 바퀴 선회하더니 날개를 한 번 흔들고는 남쪽으로 사라졌다. 혼자 남은 송호연은 갑자기 인기척을 느끼고 바위 뒤로 몸을 숨겼다.

노인들 열댓 명이 2차대전 때나 썼음직한 낡은 소총과 낫, 쇠스랑을 들고 송호연이 낙하한 곳 주변을 살피며 다가오고 있었다. 송호연은 머리카락이 쭈뼛 서는 느낌이었다. 저들에게 발견되면 송호연은 살기 위해서라도 싸워야 했다. 그것은 노인들을 죽여야 한다는 의미였다.

6월 26일 16:51　평안남도 대동군(평양특별시 만경대구역)

하늘에서 제트엔진의 굉음이 들렸다. 송호연이 고개를 들었다. 묵직하게 울리는 소리로 봐서는 팬텀이었다. 남쪽 하늘에서 나타난 팬텀

두 대가 송호연이 숨어 있는 야산 상공을 한 바퀴 선회하더니 고도를 높였다. 드디어 구조대가 접근하는 모양이었다.

송호연이 숨어 있는 동안 다행히 인민군 수색대의 정찰활동은 없었다. 평양이 함락되는 판에 외곽에 떨어진 조종사 하나에 신경 쓸 여유가 없는 것일지도 몰랐다. 낫과 쇠스랑을 손에 든 노인들은 조금 전에 다른 곳으로 가버렸다.

제트엔진 소음에 묻혀 있던 또 다른 소리가 하늘을 울리기 시작했다. 동시에 송호연이 들고 있던 무전기가 울렸다.

- 알파 2, 알파 2, 들리면 대답하라. 희망 27호기다.

"희망 27, 알파 2다! 오느라고 고생이 많았다!"

갑자기 무전기의 목소리가 톤이 높아졌다.

- 야! 송 대위지! 나다. 심준섭이야!

항공대 ROTC로 임관한 심준섭 대위는 송호연과 비행훈련 동기였다. 비행훈련을 거치면서 사관학교 동기 이상 정이 많이 들었는데, 심준섭이 회전익 특기로 빠지면서 부대가 달라 거의 연락을 못하고 지냈다.

"야! 씸이구나. 반갑다! 빨리 올려줘!"

- 잠시만 기다려라! 주변에 착륙가능한 지형이 있냐?

"현 위치에서 100미터쯤 아래에 개활지가 있다. 내가 내려가겠다."

- 아니다. 개활지는 너무 위험하다. 공중에서 끌어올리겠다. 신호탄으로 위치를 알려주기 바란다!

송호연이 가느다란 신호탄을 꺼내 가운데에 있는 스위치를 밀었다. 100미터쯤 날아올라간 신호탄이 공중에서 빛과 함께 붉은 연기를 피워냈다. 그와 동시에 능선 너머에서 거대한 HH-47 치누크 헬리콥터가 나타나더니 저공비행을 하며 다가왔다.

엄청난 로터 후류가 송호연에게 휘몰아쳤다. 기관총을 등에 멘 건장한 구조사 한 명이 견인줄에 매달려 내려왔다. 땅에 발을 디딘 구조사가 송호연에게 재빨리 거수경례를 붙이더니 견인줄에 연결된 하네스를 송호연에게 착용시켰다.

송호연의 몸이 고정되자 하네스가 견인줄에 매달려 올라가기 시작했다. 로터 후류 때문에 송호연의 몸이 빙글빙글 돌았다. 땅 위에 남은 구조사가 기관총을 들고 사주경계를 하는 모습이 보였다.

송호연의 몸이 헬기 출입구에 가까워졌다. 헬기 안에서 구조사들이 송호연의 팔을 잡아당겨 헬기 안으로 끌어올렸다. 송호연이 하네스를 벗자마자 견인줄이 다시 아래로 내려갔다. 잠시 뒤에는 지상에 남아 있던 구조사도 무사히 헬기로 돌아왔다.

"송 대위님, 수고하셨습니다!"

구조사들과 힘차게 악수를 나눈 송호연에게 열린 조종석 문을 통해서 심준섭 대위가 엄지손가락을 치켜세우는 것이 보였다. 송호연이 씩 웃어 보였다.

6월 26일 18:30 황해도 곡산군(황해북도 연산군) 대각산

인민군 패잔병 아홉 명이 힘겹게 대각산을 오르고 있었다. 대각산은 1,200여 미터 높이의 인진산맥 최고봉이다. 황해도의 산은 나무가 별로 없는 민둥산이 대부분이었다. 그러나 황해북도 연산군 동남 일대의 험준한 산악지대는 울창한 수림으로 덮여 있었다.

"군단장 동지! 이것 좀 드시라우요."

우용길 상위가 어디서 구해왔는지 김용무 상장에게 감자를 권했다. 우용길 상위가 들고 온 반합에는 삶은 감자 여덟 개가 놓여 있었다. 그런데 일행은 아홉 명이었다.

"동무들이나 들라우. 난 괜찮소."

잠시 군단장 눈치를 보던 우용길 상위와 다른 패잔병들이 허겁지겁 입 속으로 감자를 쑤셔넣었다. 그렇게 멀지 않은 곳에서 은은하게 포격 소리가 들려왔다. 부하들을 쳐다보는 김융무 상장의 표정은 착잡했다.

허기진 배를 감자 하나로 채운 일행은 다시 능선으로 발걸음을 옮겼다. 장마비가 그친 유월 날씨는 한여름이나 다름없었다. 잔뜩 흐린 날씨마저 후덥지근하게 더워 한 걸음 한 걸음 옮길 때마다 군복 속으로 땀이 비오듯 흘러내렸다.

이들 일행은 인민군 2군단장 김융무 상장과 수행군관 우용길 상위, 그리고 군단 사령부 소속 하전사들이었다. 서부전선 선봉으로 파주 방면에서 서울 코앞까지 진출했던 2군단은 국군의 강력한 저항을 받아 이틀이나 전진이 멈췄다. 결국 날씨가 좋아지자 대규모 공습과 포격을 받아 인민군은 무참하게 전멸했다.

지휘체계가 무너진 패잔병들은 지리멸렬하게 후퇴하는 중이었다. 정신없이 후퇴하는 와중에 공수특전단이라 불리는 남조선 항공육전여단의 습격을 받고 다른 군단 지휘부 요원들은 뿔뿔이 흩어져버렸다.

능선 정상에 오른 우용길 상위는 땅바닥에 몸을 붙인 채 쌍안경으로 서북쪽을 관찰하고 있었다. 평양으로 향하는 평양 - 원산간 고속도로에는 전차와 장갑차, 그리고 각종 군용차량들이 길게 꼬리를 물고 있었다.

"젠장! 국방군놈들. 빠르기도 하구만, 기래. 잉? 기런데 저건……."

쌍안경을 내려놓으며 우용길 상위가 놀란 표정을 지었다. 동쪽에서 몰려오는 한국군은 분명 해병대였다. 어쩐지 후방지원이 약하다 했더니 원산에 해병대가 상륙해서 평양으로 진군한 때문인 것 같았다.

이들은 정신없이 북으로만 도망쳐 왔는데도 국방군의 포위를 벗어나지 못하고 있었다. 그 포위망에 해병대가 추가되고 있었다. 그리고 이들은 며칠째 다른 인민군 부대를 본 적도 없었다.

도로는 위험했다. 아래에 있는 작은 산길에는 부서진 전차와 트럭 잔해, 그리고 시체로 가득했다. 남쪽으로 향하다가 한국 전투기로부터 공습을 받아 제대로 싸워보지도 못하고 전멸한 부대였다.

황해북도 연산군은 평양특별시와 바로 접한 곳이었다. 이제 이들이 도망갈 곳이 없을 뿐만 아니라, 평양도 위험한 상황이었다. 2군단장 김융무 상장은 입을 굳게 다문 채 아무 말도 없었다.

"군단장 동지, 주간에는 돌파하기가 어렵겠습니다. 상황을 보아 밤에 움직여야 될 것 같습네다."

"알갔소, 우 상위 동무. 일단 계곡 쪽으로 내려가 보자우."

6월 26일 18:42 황해도 곡산군(황해북도 연산군) 대각산

- 두두다다다~.

계곡을 향해 내려가는 인민군 패잔병 일행은 갑자기 들려오는 직승비행기 소리를 듣고 발이 얼어붙었다. 일행은 어느 방향에서 나는 소리인지 몰라 정신없이 하늘을 쳐다보고 있었다. 하늘을 보던 우용길 상위가 찢어지는 목소리로 외쳤다.

"국방군 직승기다! 엎드리라우요!"

엄청난 숫자의 헬기들이 대형을 갖추고 북서쪽으로 날아가고 있었다.

"젠장! 아예 혁명의 수도 평양을 포위할려고 하누만?"

우용길 상위가 안타깝다는 듯 외치는 소리였다.

* * *

잠시 후에 이들 인민군 패잔병들은 울창한 숲 속에 말없이 앉아 있었다. 하전사들은 아무래도 계급 차이가 많이 나는 김웅무 상장이 부담스러운 듯 멀찍이 떨어져 앉아 있었다. 김웅무 상장이 품속에서 '룡성' 담배 한 개피를 꺼내 물었다. 우용길 상위가 재빨리 라이터를 꺼내 불을 붙여주었다.

'룡성' 담배는 북한에서 군관용으로 지급되는 담배였다. 하지만 장령급만 되면 아무도 그 담배를 피우지 않았다. 되레 그들이 증오해 마지않는 제국주의 악마, 미국에서 만든 '말보로' 담배를 '마 동무'라 부르며 피우는 게 보통이었다. 김웅무 상장은 미제 담배만 골라 피우는 다른 속물 장령들과 달랐다. 우용길 상위는 그런 김웅무 상장을 진심으로 존경했다.

맑은 숲 속 공기 속으로 김웅무 상장이 뿜어대는 푸르스름한 담배 연기가 퍼져나갔다. 아무런 말이 없던 김웅무 상장이 우용길 상위에게 조용히 물었다.

"우 상위 동무, 동무는 우리 군단에 역사를 알고 있소?"

"물론입네다, 군단장 동지! 우리 조선인민군 제2군단은 조국해방전쟁 이래의 역전에 정예 군단입네다!"

"그렇게 딱딱하게 말하지 말라우. 그냥 큰형 대하듯 그렇게 말하라우요."

"어드렇게 제가 군단장 동지에게……."

우용길 상위가 곤란하다는 듯 대답했다.

"미국에 맥아더가 말이지. 그 동무가 인천으로 상륙했을 때. 그 낙동강에서 싸우고 있던 우리 인민군이 완전히 포위당했단 말이오."

군단장은 까마득한 옛날 이야기를 꺼내고 있었다.

"경남에서 싸우던 1군단 지휘부 성원들은 정신없이 후퇴했더랬소. 그 남조선 충청도까지 말이디. 결국 거기에서. 거 충청도에서 1군단 김웅 중장 동지가 군단 지휘부를 해산해버렸지. 1군단 군기는 거기서 불태워버렸어. 어케 할 수가 없었단 말이오."

우용길 상위는 군단장의 말을 묵묵히 듣고 있었다. 한국전쟁 때 1군단은 평지로 후퇴하다가 유엔군의 공습과 추격에 버티지 못하고 지휘부가 완전히 와해되었다.

"대구. 기러티, 동무! 대구 알아? 거 남조선 박정희, 전두환, 로태우 그 동무들이 다 그 동네 사람이라누만. 평양이 혁명의 수도라면 대구는 반동의 고향이디. 허허! 거 대구 코앞에서 싸우고 있던 우리 2군단은 말이디. 2군단이라고 별수 있갔어? 정신없이 후퇴했지. 기러나 2군단은 군기를 지켰지. 강원도 평강까지 도망치면서도 2군단은 군기를 지켰단 말이오."

"무슨 말씀인지 알갔습네다, 군단장 동지. 제 품속에 있는 인민군 제2군단 군기는 목숨을 걸고 지키겠습네다."

"아! 기게 아니야. 그 이야기를 하려는 게 아니야, 용길아."

김융무 상장이 답답하다는 듯 고개를 가로저었다. 어느새 김융무 상장은 우용길 상위에게 막내동생 부르듯 이름을 부르고 있었다.

"용길아! 용길이, 너는 남조선을 어케 생각하네?"

"미 제국주의자의 앞잡이 남조선, 아니 그저 남반부 동포들 말씀입네까? 그거야 하루빨리 해방시켜줘야 하는데 말입네다."

우용길 상위는 군단장이 무슨 말을 하려는 건지 알 수가 없었다.

"그게 아니야, 용길이. 공화국은 이제 끝이야. 희망이 없어."

우용길 상위는 군단장이 내뱉은 말을 믿을 수가 없었다. 만약 다른 사람이 이런 소리를 했다면 당장 총으로 쏘아 죽였겠지만 상대는 그가 존경해 마지않는 군단장이었다. 우용길 상위는 군단장이 러시아 푸룬제 군사학교 유학 등을 통해 외국물을 먹어서 그런지 가끔 색다른 구석이 있다는 느낌을 받긴 했다.

하지만 김웅무 상장은 백두산줄기 2세 출신이었다. 백두산줄기란 북한에서 빨치산 출신 가문을 지칭하는 용어였다. 북한에서 백두산줄기의 사상을 의심할 사람은 아무도 없었다.

"용길아! 너같이 젊은 동무가 이런 전쟁판에 죽으면 개죽음이야. 너는 내려가서 국방군에게 투항해라."

"무슨 말씀을 하시는 겁네까? 군단장 동지! 절 못 믿으시는 겁네까? 전 끝까지 싸울 겁네다! 혁명의 수도 평양이 함락되면 자강도, 양강도까지 가서 빨치산이 돼서라도 싸울 겁네다. 더구나 남조선 괴뢰군들이 제 목숨을 살려주기나 하겠습네까?"

"이봐! 남조선 동무들이 그리 잔인한 건 아니네. 보위부 동무들은 몰라도 우리 같은 정규군은 일없어. 우리가 국방군말고 남조선 일반 동포들을 죽였네? 아니면 저항 못하는 국방군 포로를 죽였네? 우리 군단은 기런 거 없었어. 우리 정규군은 전범으로 회부될 일도 없어. 무사할 기야."

"군단장 동지께서 기렇게 말씀하시니 섭섭합네다. 전 기럴 수 없습네다. 더구나 우리가 졌다고 포기하긴 이르디 않갔시요? 사회주의 중국의 동지들이 도와줄 수도 있는 거이고……."

제2군단장 김웅무 상장은 고개를 힘없이 흔들며 부정했다.

"괜히 중국이 참전하면 핵전쟁이 나거나 공화국이 중국의 꼭두각시가 될 뿐이야."

김웅무 상장이 한숨을 깊게 내쉬었다.

"공화국은 졌어. 공화국은 이제 가망이 없어. 거기 주석궁의 그 보리똥자루 같은 동무가 공화국을 망쳤어. 대성산 혁명렬사릉에 잠들어 있는 수많은 혁명동지들이 이딴 세상을 만들자고 그렇게 피를 흘린 거이 아니야. 대성산에 묻힌 혁명렬사들이 지금쯤 통곡하고 있을 거야."

김웅무 상장의 독백 같은 목소리는 신들린 듯 빨라지며 점점 떨리고 있었다. 우용길 상위가 놀라며 습관적으로 주변을 살펴보았다. 그러나 김융무 상장은 신경 쓰지 않았다.

"용길아! 내래 세상에서 딱 두 가지 소원이 있어. 그거이 첫 번째는 조선에 인민들을 배불리 먹이는 거야. 이거이 우리의 이 공화국에서 굶어죽는 사람이 나온다는 거이 말이나 되는 소리가?"

"그거야 남조선의 북침을 막기 위해선 군사비가 많이 들고, 기렇기 때문에 인민들 일부에 희생은 어쩔 수 없는 거이 아니겠습네까?"

순진한 우용길 상위는 정치학습 때 배운 내용을 그대로 옮기고 있었다.

"아니야, 아니야. 용길아! 이번 전쟁도 미 제국주의자들이 폭격하긴 했지만 전쟁을 일으킨 건 우리였어. 남조선 당국자들은 북침전쟁을 일으킬 만한 동무들이 못 돼. 기건 동무가 남조선을 잘 몰라서 하는 소리야."

"기건……."

우용길 상위는 마땅히 반박할 만한 답을 찾지 못했다. 정치학습 토론이라면 몰라도 상대는 그가 몇 년간 모셔온 군단장 김융무 상장이었다. 김융무가 한숨처럼 말을 토해냈다.

"두 번째 소원은 조선이 강대국이 되는 걸 보는 거디. 나는 말이야. 조선력사를 배우면서 말이디. 그거이 한이 맺힌 사람이야. 어째 조선은 이 모양 이 꼴로 당하고만 살았네? 어째 못난 조상들은 맨날 침략만 당했나."

"기래서 우리 위대한 공화국이 제국주의자들에 대한 투쟁을 계속해오디 않았습네까? 조선은 장군님의 지도 아래 진정한 강성대국이……."

"아니야, 기거이 아니야. 지금 국제사회에서 조선이 하는 건 아무것도 아니디. 이거이 3류 깡패국가도 아니고 말이디. 그런 거이 아니야. 내래 미친 개처럼 소리만 질러대는 그런 나라가 아니고 말이디, 진정한 강대국이 된 조선을 보고 싶었디."

"미 제국주의자에 앞잡이인 남조선보단 기래도 우리네 공화국이……."

"그거이 남조선이 좀 그런 점은 있지. 하디만 말이야. 우리 조선이 로스케나 되놈에 괴뢰가 아니듯이 남조선도 미국에 괴뢰는 아니야. 남조선도 문제는 있다. 거기 지도층이란 작자들도 우리 공화국만큼 썩었디. 거럼!"

우용길 상위는 그의 신념체계를 뒤흔드는 군단장의 말에 혼란스러워하고 있었다.

"하디만 말이야. 공화국은 이제 희망이 없어. 차라리 남조선이 문제가 좀 있어도 우리 조선에 미래를 이끌고 나갈 희망이 있어. 우리 공화국 인민들에 기백과 남조선의 장점이 합쳐지면 우리 조선도 희망이 있어."

허공을 바라보는 군단장이 미친 사람처럼 눈빛을 번들거리고 있었다. 김융무 상장이 갑자기 우용길 상위의 손을 덥석 잡았다.

"야! 용길아! 넌 저 하전사 동무들하고 같이 가서 투항하라. 더 이상 저항은 의미가 없어. 기리고 어디 가든 말이야. 동무는 내 두 가지 소원을 명심하라우. 내래 오십 년이 넘는 인생을 살아왔는데 남은 거이 아무 것도 없구만. 이 두 가지 소원밖에 없어!"

"군단장 동지는 어케 하실 겁네까?"

"내? 난 말이디, 조선인민군 제2군단하고 같이 가는 거이야. 내래 대성산 혁명렬사릉에 모셔져 있는 렬사동지들을 뵐 낯이 없어. 이번 전쟁에 죽은 우리 2군단 동무들도 볼 낯이 없어. 공화국하고 같이 가는 거디."

우용길 상위는 군단장이 자기를 떠보려는 건지, 아니면 진심인지 종잡을 수가 없었다. 그리고 같이 간다는 군단장의 말도 무슨 소리인지 이해할 수가 없었다.

"용길아! 너 가지고 있는 우리 군단 군기 좀 줘보라."

"여기 있습네다. 군기를 어케 하실려는 겁네까?"

군단장은 군기를 건네받으면서 우용길 상위의 앞가슴에 매달려 있는 수류탄도 가져갔다. 우용길 상위는 이상한 느낌이 들었지만 군단장의 행동을 지켜보고만 있었다.

"야, 용길아! 내 말 명심하라. 알간?"

"그거이, 저…… 군단장 동지! 전 끝까지 군단장 동지 옆에 있겠습네다."

우용길 상위는 세상에서 만난 사람 중에 유일하게 존경했던 김융무 상장의 곁을 떠나고 싶지 않았다. 군단장의 명령이라면 남조선에 투항할 수도 있지만 어떤 경우에도 군단장의 곁을 떠나긴 싫었다. 멀찍이 떨어져 있던 하전사들 일곱 명이 두 사람의 실랑이가 심상치 않은 것을 보고 주변으로 모여들고 있었다.

인민군 제2군단장 김융무 상장은 2군단 군기를 말없이 펴보고 있었다. 군단 군기를 지그시 쳐다보던 김융무 상장이 군기를 곱게 접더니 품속에 갈무리했다. 그러고는 아무 말 없이 산 위로 걸어 올라갔다.

아무래도 군단장이 군기를 태워버리려는 것 같았다. 우용길 상위는 착잡했다. 50미터 정도 올라가던 군단장이 드디어 멈춰 섰다. 그런데 나무가 많아 그 사이로는 군단장 모습이 잘 보이지 않았다.

우용길 상위와 하전사들은 이러지도 저러지도 못한 채 당황한 표정으로 서 있었다.

돌연 군단장이 서 있는 숲 속에서 요란한 수류탄 폭음이 들려왔다.

— 콰앙!

"군단장 동지! 군단장 동지! 자살하려는 건데 기런 것도 모르고. 내는 바보야!"

우용길 상위가 미친 듯이 산을 올라갔다. 무성한 나뭇가지가 얼굴에 생채기를 만들었지만 지금 그런 건 문제가 아니었다. 나무덩굴 사이로 군단장의 처참한 시신이 보였다. 인민군 제2군단의 군기가 피로 범벅이 된 채 군단장 군복 밖으로 삐져나와 있었다.

"으흐흑! 군단장 동지!"

우용길 상위는 김융무 상장의 시신에서 파편으로 누더기가 된 2군단의 군기를 꺼내들었다. 그리고 피로 범벅이 된 인민군 제2군단의 군기를 손에 쥐고 대성통곡을 터뜨렸다.

"군단장 동지! 아까 그 말씀들은 유언이셨습네까? 으흐흑! 군단장 동지! 전 동지의 유언을 지킬 수 없습네다. 용서해 주시라요! 으흑!"

인민군 하전사들이 주변에서 망연자실한 표정으로 지켜보고 있었다. 그렇지 않아도 붉은 바탕의 군기는 김융무 상장의 피로 더욱 붉게 빛나고 있었다. 우용길 상위는 무릎을 꿇은 채 마치 실성한 사람처럼 혼잣말을 했다.

"반세기를 넘는 역사를 가진 조선인민군 2군단이 이래 끝나는구나."

우용길 상위가 허리춤에서 68식 권총을 꺼내들었다.

− 타앙!

대각산 깊은 산 속의 정적을 깨뜨리는 총성이 울렸다. 하전사들이 말리려 했지만 너무나도 순식간의 일이었다. 수십 년간 군문에 있었던 군단장과 그를 모시던 수행군관의 시체를 가운데 두고 패잔병들이 눈물을 훔쳤다.

6월 27일 11:15 평안남도 평양시(평양특별시 모란봉구역) 장현동

비파거리와 보통강을 양쪽에 낀 언덕에 서 있는 2·8문화회관 주변은 치열한 전투가 한창이었다. 이곳을 방어하는 인민군은 주력이 어젯

밤에 보통강을 건너 인민무력성 건물 주변으로 후퇴했는데도 마지막까지 남아 국군 제59동원사단을 상대하고 있었다.

언덕 아래에 형성된 외곽 방어선을 국군이 조금 전에 돌파했다. 지금은 건물 안에서 피아가 뒤섞여 치열하게 교전 중이었다. 2·8문화회관은 인민군 창건일인 2월 8일에서 따온 이름이다. 인민군의 문화활동을 위한 장소라지만 전방에 있는 진짜 인민군들은 화려한 이 회관을 이용할 기회가 거의 드물었다. 대부분 평양방어사령부나 호위사령부 소속 부대원들만 회관을 이용할 수 있었다.

동원예비군 김승욱과 예비군들은 배운 대로 무리하지 않게 차근차근 방 하나씩을 점령해나갔다. 다른 예비군들과도 손발이 척척 잘 맞았다. 비겁할수록 빨리 죽는다는 사실을 많은 전투를 통해 이미 뼈저리게 깨달은 예비군들이었다.

열린 방문 안에서 인민군이 자동소총을 밖으로 난사했다. 반쯤 깨진 유리창이 와장창거리는 소리를 내며 복도에 유리조각을 쏟아냈다. 김승욱은 예비군 한 명이 방 안으로 수류탄을 집어넣는 것을 보면서 복도를 경계했다. 언제 다른 방 안에 있던 인민군들이 쏟아져 나올지 몰랐다.

— 콰웅!

소리가 나는 것과 동시에 예비군 둘이 방 안으로 돌진해 들어갔다. 총소리가 몇 번 나더니 예비군 둘이 다시 나왔다. 총을 쏠 필요도 없었다는 표정들이었다. 예비군 분대가 다음 방문 앞으로 천천히 전진했다.

— 빠바방!

김승욱이 겨눈 곳에는 벽에 붙은 채 천천히 흘러내리는 인민군 한 명이 있었다. 몸에서는 시뻘건 피가 줄줄 흘러내렸다. 그 인민군 발 밑에는 피가 흥건히 고여 있었다. 1초도 지나지 않아 그 인민군은 자기가 흘린 핏물에 빠졌다.

― 빠바바! 뚜루루룩!

방문 옆에서 예비군 두 명이 M-16 자동소총을 쏜 것과 방 안에서 인민군이 72식 경기관총을 쏜 것은 거의 동시였다. 기관총 소리가 멈추자 예비군들이 문을 열고 수류탄을 집어넣었다. 예비군들이 몸을 피하는 순간 폭음과 함께 방문이 터져나갔다. 분대장과 다른 예비군이 방 안에 들어갔다.

방에서 나온 분대장이 시큰둥한 표정으로 손짓했다. 다음 방에도 똑같은 일이 되풀이되었다. 방 세 개째 계속 아무 것도 없었다. 그곳에는 시체가 있는 방 하나, 그리고 텅 빈 방 두 개가 있었다. 전방경계를 맡은 김승욱이 한 걸음 앞으로 나갔다. 뭔가 가느다란 것이 무릎에 걸렸다고 느낀 순간이었다.

― 꽈우우우웅!

벽에 장치된 폭탄이 터지며 벽이 무너졌다. 김승욱은 뒤에서 쏟아지는 파편에 맞고 폭풍에 휩쓸렸다. 전에 포격에 당한 것보다 훨씬 더 큰 고통이 느껴졌다. 살이 지글지글 타는 것 같았다. 너무나 아파서 김승욱은 기절할 수도 없었다.

바닥에 뒹굴던 김승욱이 간신히 고개를 돌렸다. 김승욱의 뒤에 있던 예비군들은 형체를 알 수 없을 정도로 변해 있었다. 시체에서 쏟아진 피가 복도에 흥건하게 흐르고 있었다. 눈앞이 점점 흐려졌다. '이렇게 죽는구나' 하는 생각이 의식의 마지막 단락이었다.

6월 27일 14:50 평안남도 평양시(평양특별시 형제산구역)

평양·서성구역과 형제산구역의 경계에는 100만 무력을 지휘하는 인민무력성의 청사가 있었다. 그리고 그 지하에는 비밀 지하지휘소인

100호 지휘소가 있었다. 국방위원장은 평양 시내 여러 곳을 떠돌다가 어제부터 100호 지휘소의 국방위원장실에 머물렀다.

"최 중장! 총참모부 동무들은 그따위로밖에 못하오? 425군단이라도 출동시켜보기요!"

강상춘 신변안전비서가 깡마른 인민군 장성에게 고함을 질렀다. 북한의 신변안전비서는 경호실장 정도의 위치이며, 대단한 실세였다.

"강 비서! 우리도 최선을 다하고 있어. 그런 식으로 말하지 말라우!"

강상춘 비서의 짜증을 억지로 참아내고 있는 인물은 인민무력성 총참모부 작전국 제2처장 최봉원 중장이었다. 작전국 제2처는 일명 최고사령부처로 불리는 곳이었다. 국방위원장 겸 최고사령관 겸 당총비서의 명령을 직접 받아 총참모부에 전달하는 사람이 바로 작전국 제2처장이기 때문이다.

"최 중장! 다른 곳도 아니고 228호 갱도출구가 국방군에게 점령당했다는 게 말이나 되는 소리오?"

"강 비서! 아니 되는 걸 어케 하란 소리오! 호위 쪽 동무들은 뭐 하오? 평방사 105땅크사단이라도 움직여보시오!"

"지금 전투 중인 105땅크사단이 이판에 어케 평성까지 가겠소?"

"이봐, 강 비서! 천하의 금성친위 105땅크사단도 못 가는데 425땅크군단 같은 떨거지가 어케 가겠소? 다리란 다리는 폭격으로 죄 끊겼고 후방부대는 도하장비도 없어야!"

금성친위 105전차사단은 평양방어사령부에 소속된 외곽 호위부대의 핵심 전투력이었다. 이 사단은 총참모부가 아닌 호위계통의 지휘를 받고 있었다.

"쌍! 이미 만경대구역 경계에까지 국방군이 나타났는데, 기럼 지도자 동지는 어케 하시란 소리요?"

계속 대들듯이 변명하던 최봉원 중장은 강상춘 비서가 최고사령관을 거명하자 입을 다물었다. 위기였다. 228호 갱도는 유사시를 대비하여 평양의 주요시설을 연결한 이동 및 탈출용 비밀 터널이었다. 그런데 국방군 특수부대에 의해 그 터널의 비밀탈출구가 봉쇄되어 버렸다.

"야, 야! 싸우지 말라. 이 판에 동무들은 책임다툼을 하는 거요?"
"죄송합네다! 지도자 동지!"

국방위원장이 두 사람을 질책하자, 제2처장과 신변안전비서가 합창하듯 대답했다.

"키킥! 히히히! 푸하하하~."

국방위원장이 갑자기 실성한 사람처럼 이상한 웃음소리를 터뜨리기 시작했다.

"지도자 동지?"

강상춘 비서가 걱정스런 표정으로 국방위원장을 쳐다보았다. 그는 이 세상 누구보다도 가까운 거리에서 국방위원장을 지켜본 사람이었다. 그는 국방위원장이 저런 웃음소리를 낸 후에는 반드시 엄청난 '역사적 결단'을 내린다는 것을 경험으로 잘 알고 있었다.

"어차피 확신하고 시작한 전쟁은 아니다. 4군단 동무들이 잘해주고 정찰국과 경보 동무들이 잘해주면 이길 수도 있겠다 정도로 생각했더랬서. 지금이 아니면 공화국이 남조선을 통일할 기회가 영영 아니 올 거라 생각한 거 뿐이야. 도박이었다. 마침 미 제국주의자 놈들이 명분까지 줬어."

국방위원장이 특유의 비논리적인 장광설을 시작했다.

"저 바보 같은 인민들은 리념보단 제국주의자의 겉멋에 더 관심이 많단 말이야. 인민들 정신머리가 썩어 들어가는데 내가 뭘 어카겠어. 핵무기 외엔 그 어떤 것도 공화국을 지켜줄 수 없서! 기런데, 미 제국주의자 놈들 때문에 핵무기를 개발할 수 없게 된 기야. 이판에 전쟁 외엔 돌파구가 없었어! 그래서, 내가 역사적인! 결단! 그래. 결단을 내린 거 아니갔어?"

자기 말에 스스로 흥분해버린 국방위원장이 자리에서 벌떡 일어났다. 원래 비논리적인 그의 말투를 잘 알고 있는 강상춘 비서가 맞장구쳤다.

"맞습니다. 지도자 동지! 지도자 동지의 영명한 결단이셨습네다!"

국방위원장이 갑자기 다시 고함을 질렀다.

"공화국은 무적불패닷! 공화국이 망할 판이면, 차라리 지구를 깨어 버리갔어! 난 할 수 있어! 야, 2처장! 최봉원이! 33호 작전을 시작한다. 당장 인민무력성 핵화학방위국장을 부르라우! 후방총국의 군의국장과 작전국 5처장도 호출하랏!"

강상춘 비서는 국방위원장이 생화학전을 시도하려는 것이라고 알아챘다. 그러나 그가 알기에는 화학무기저장소는 작전 초기에 국군의 항공폭격으로 모두 파괴되어버린 상태였다. 남아 있는 건 생물학전 무기밖에 없었다. 5분도 되지 않아 국방위원장이, 앉아 있는 100호 지휘소 국방위원장실에 호명자들이 도착했다.

"이봐, 핵화학방위국장 동무. 아카노공장에서 생산한 생물학무기를 실전배치하시오! 작전국 5처장과 협의하여 33호 작전을 시작하라."

33호 작전은 총참모부의 생물학전 작전계획이었다. 핵화학방위국 장은 곤란하다는 표정으로 대답이 없었다. 군의국장이 어쩔 수 없다는 듯 앞으로 나서서 대답을 했다.

"지도자 동지! 이미 생산된 생물학무기는 룡성구역의 마람상사에 있었습니다."

"기래서?"

"그게, 그곳은 이미 작전 초기에 폭격을 맞지 않았습네까? 마람상사에는 화학무기뿐만 아니라 생물학무기도 같이 보관되어 있었습네다."

"자하리상사 것은 어케 됐어?"

"안변에 있는 자하리상사는 이미 남조선과 미국의 육전대가……."
안변에는 원산 바로 남쪽에 있는 화학무기와 생물학무기의 저장소가 있었다.
"이거이, 한심한 동무들! 제일 먼저 자하리 물품부터 철수해야디. 뭐 하고 있었네?"
"항공차단 때문에 어케 할 수가……."
"아카노공장 자체 저장고는 어케 되었어?"
"그게…… 그곳도 이미 연락이 안 되는 걸루……."
전쟁 기간 중 거의 매일 독한 코냑에 취해 있던 국방위원장은 기본적인 사항마저 챙기지 못하고 있었다. 국방위원장은 아무래도 지도자보다는 예술가에 어울리는 자질을 가지고 있다고 강상춘 비서는 속으로 생각했다.
"알았서. 다들 나가기요."

다시 방에는 국방위원장, 강상춘 비서, 최봉원 중장 세 명만 남았다. 제100호 지휘소 중앙지휘대에서는 마지막 안간힘을 쓰는 총참모부 소속 참모군관들의 고함으로 요란했지만 국방위원장실은 조용하기만 했다. 누가 뭐라고 말을 꺼낼 수 없는 분위기였다.
잠시 멍한 눈빛을 보이던 국방위원장이 뜬금없는 소리를 했다.
"강 비서 동무, 최 중장 동무. 동무들은 이런 말을 들어본 적이 있소? 현명한 자에게는 전쟁이 과학이고, 어리석은 자에게는 전쟁이 도박이다! 이거이 누가 한 말인디 기억나지 안티만, 그 말을 한 동무는 정말 전쟁을 아는 동무가 분명하오. 이번 전쟁은 과학이 아니었어."
두 사람은 뭐라고 대답할 말을 찾지 못해 침묵을 지키고 있었다. 국방위원장이 다시 조용한 목소리로 두 사람에게 말했다.
"아~ 잠시 쉬고 싶소. 동무들도 잠시 나가 있으라우."

*　　　*　　　*

 강상춘 신변안전 담당비서는 국방위원장실 옆의 부속실로 나와 앉아 있었다. 부속실에는 가끔 작전국 제2처 소속 서기들이 긴급보고사항을 문서로 전하러 들어올 뿐이었다.
 강상춘은 붉은색으로 비밀표시까지 된 긴급보고 문서를 보고 쓴웃음을 지었다. 평양이 함락될 긴급한 이 마당에 보고서는 '금수산 의사당 앞 수령님 동상 유고', '국제친선전람회 별관 내 지도자 조각 유고' 따위의 쓸데없는 보고사항을 담고 있었다.
 어차피 작전에 큰 도움이 안 될 국방위원장에게 자세한 군사상황은 아예 보고가 안 되고 있었다. 총참모부는 이미 소리 없는 항명을 하고 있었다. 세계에서 유례가 없다는 4선 경계, 8중 방어망을 갖춘 경호조직의 최종책임을 맡은 강상춘 비서로서는 지도자 동지의 안전이 가장 큰 관심사였다.
 그런데 지도자 동지를 안전하게 탈출시킬 묘책이 떠오르지 않았다. 평양 시가지에서 결사항전을 하여 평양을 방어하는 것 외엔 달리 방법이 없었다. 강상춘은 어떻게든 해결책을 찾아보려 했으나 전쟁 기간 중 격무에 시달린 탓인지 뒷머리만 무거울 뿐이었다.
 ― 탕!
 강상춘은 총소리를 듣자 반사적으로 국방위원장실 문을 박차고 들어갔다. 긴급사태였다. 국방위원장이 있는 방에서 총소리가 난 것이다. 부속실을 거치지 않고는 누구도 국방위원장실로 들어갈 수 없었다. 그 방에서 총소리가 날 이유가 없었다. 몇 초도 안 되는 짧은 시간이었지만 경호책임자로서 강상춘의 머릿속은 상황분석이 바쁘게 이뤄지고 있었다.
 '옷장이나 다른 곳에 암살자가 숨는다는 건 불가능하디. 기렇디! 하루종일 난 이곳을 떠난 적이 없어. 지도자 동지는 권총사격을 좋아하

시니 홧김에 방에서 그냥 총을 쏜 것이 분명해.'

스스로를 안심시키며 위원장실에 뛰어들어간 강상춘은 눈앞에 펼쳐진 광경을 믿을 수 없었다. 국방위원장 손에는 시그 사우어 P-210 권총이 들려 있었다. 특별주문 제작으로 은도금까지 된 그 총은 총기수집가이자 애호가인 국방위원장이 가장 좋아하던 권총이었다. 탁자에 엎드려 있는 국방위원장 머리에서 붉은 피가 쏟아져 내리고 있었다.

'국방위원장이 자살했다! 국방위원장은 곧 당이고, 공화국이다. 그런 국방위원장이 자살하다니…….'

전쟁 기간 중 제대로 자지도 못하고 긴장 속에 격무에 시달리던 강상춘 신변안전비서는 국방위원장의 죽음을 확인하자 엄청난 충격을 받았다. 강상춘은 서서히 의식이 희미해지는 것을 느꼈다. 팽팽하게 당겨진 고무줄이 풀리듯이 격무 속에 억지로 지탱해오던 그의 육체도 한계에 다다른 것 같았다. 몽롱한 의식 속에 쓰러지고 있는 강상춘의 귓가에 비상사태를 외치는 주변 사람들의 고함이 꿈결처럼 들려오고 있었다.

6월 28일 14:22 함경남도 신흥군(함경남도 부전군)

작은 창 밖으로 침엽수림이 군데군데 우거진 광활한 개마고원이 보였다. 짙은 녹색의 침엽수림은 지평선 부근에서 회색 하늘과 맞닿아 있었다. 국군 UH-60P 블랙호크 헬리콥터 8대가 빽빽하게 자란 나무 꼭대기를 스칠 듯이 낮게 날아갔다.

블랙호크 헬리콥터의 문은 활짝 열려 있었다. 헬기에 탄 특전단 대원들은 발 아래로 스쳐 지나가는 침엽수들을 내려다볼 수 있었다. 블랙호크 헬리콥터 양옆에는 무장을 가득 실은 코브라 공격헬리콥터 4대가 따라붙고 있었다.

약 30분간 개마고원 위를 저공으로 날던 헬리콥터들이 신호용 연막을 발견하고 속도를 줄였다. 연막은 숲 사이에 만들어진 작은 공터 가운데서 피어오르고 있었다.

공격헬리콥터들이 주변을 선회하는 사이 블랙호크 헬리콥터가 급히 내려앉았다. 랜딩기어가 땅바닥에 닿자마자 특전사 소속 대원들이 뛰어내렸다. 특전여단 대원들이 헬리콥터 주변에서 엄호대형을 취했다. 그때 숲 쪽에서 다른 특전단원들이 나타났다.

이 특전단 대원들은 전쟁 초기에 먼저 북한 후방에 투입된 작전팀들이었다. 대원들이 부상병들을 부축해 헬리콥터 쪽으로 달려왔다. 중상을 입었는지 들것에 실려오는 대원들도 있었다. 헬리콥터 승무원들이 보급품을 내던진 다음 부상자들을 실었다.

엔진 소리가 높아지며 선두에 섰던 헬리콥터가 이륙했다. 강한 바람에 주변에 있던 풀이 휘날렸다. 2번기, 3번기가 차례대로 이륙해 동남쪽으로 사라졌다. 주변을 무서운 기세로 맴돌던 공격헬리콥터들도 이들을 따라 사라졌다. 착륙에서 이륙까지 걸린 시간은 3분을 넘지 않았다.

특전단원들은 보급품을 숲으로 이동시켜 각 팀들에 분배했다. 침엽수가 우거진 숲 속에는 일시적으로 100명이나 되는 특전단 대원들이 들끓었다. 그러나 그것도 잠시뿐이었다. 특전단원들은 곧 팀 단위로 작전지역으로 출발했기 때문이다.

이들이 맡은 임무는 개마고원 곳곳에 흩어져서 북쪽으로 향하고 있는 인민군 패잔병들을 소탕하는 것이었다. 패잔병들 중에는 병력 수가 상당해 결코 패잔병이라고 할 수 없는 부대도 있었다. 이들은 북한 임시정부가 세워진 양강도로 향하고 있었다.

특전사가 맡은 임무는 이들과 정면으로 전투를 벌이는 것이 아니었다. 그들의 임무는 인민군 패잔병들의 이동경로와 위치를 파악해 국군 헬리콥터 기동부대에 알려주는 것이었다.

비록 패잔병이라고 하지만 상당한 병력과 화력을 가지고 있기 때문에 정면에서 달려들기에는 무리였다. 특전단 대원들은 불사신이 아니기 때문이다. 대원들은 헬기가 남긴 흔적을 조심스럽게 지우고 숲 속으로 자취를 감췄다.

6월 29일 09:31 서울 용산구

- 사회주의 형제국 중화인민공화국이 우릴 돕기로 했소! 조국해방전쟁 때처럼 용명한 항미원조의용군이 곧 압록강과 두만강을 넘을 것이오. 침략자 미제와 그 하수인 남조선은 괴멸적 타격을 입고 공화국 영토에서 쫓겨날 거요!

합참 지휘부는 탁자에 몰려앉아 대형 TV를 보고 있었다. TV에서는 조선민주주의인민공화국 임시정부 수반이라는 노인이 마이크 10여 개를 앞에 두고 연설문을 읽고 있었다. 그 노인은 북한 최고인민회의 상임위원회 위원장이었던 당 서열 5위 조태복이었다. 북한 당, 정, 군의 잔당을 중심으로 임시정부가 세워진 다음 성명서를 발표하는 것이다.

북한 임시정부는 세계 각지의 특파원들을 불러모아 기자회견을 실시했다. 발표문 발표는 실황중계였는데, TV 채널은 일본 위성방송에 고정되어 있었다. 일본어 자막이 화면 아래를 빠르게 지나갔다.

정현섭 소령은 장군들이 심각한 표정을 짓는 모습을 살피며 이제 어떻게 될지 걱정했다. 중국이 참전하면 자칫 6·25 때처럼 전쟁의 상처만 가득 남긴 채 분단이 고착될 수도 있었다. 그보다 더 걱정인 것은 핵전쟁의 위험이었다. 미국과 중국이 서로에게 핵미사일을 날리지 않고 핵전장을 엉뚱하게 한반도에만 국한시키는 수도 있기 때문이다.

— 비비빅! 비비빅!

합참의장 책상에 있는 직통전화가 울렸다. 김학규 대장이 전화를 받고 고개를 끄덕거렸다. 정현섭은 합참의장 표정이 많이 풀려 있는 것이 뜻밖이라고 생각했다.

"그러니까 걱정 말라 이거지요? 알겠소. 예. 오케이~."

수화기를 놓은 김학규 대장이 아무 일도 없었다는 듯이 탁자에 다시 앉았다. 장군들이 김학규 대장의 얼굴만 살폈다. 그러나 합참의장은 빙긋 웃기만 할 뿐, 계속 TV만 시청하고 있었다.

6월 29일 14:25   서울 송파구 신천동

"도대체 이게 무슨 일이야?"

아버지가 영문을 알 수 없다는 표정을 지으며 문을 잠갔다. 그건 최지은이 하고 싶은 말이었다. 가족들이 검은 양복을 입은 사람들을 따라 계단을 내려오니 고급 승용차 네 대가 아파트 앞길에 늘어서 있었다.

검은 양복을 입은 자들 가운데 책임자인 듯한 사람이 가족을 가운데 차에 안내했다. 최지은이 마지막으로 뒷좌석에 올랐다. 차 바깥에 나와 있는 사람들은 선글라스를 끼고 무전기 리시버를 귀에 꽂고 있었다. 선글라스 너머로 언뜻 비치는 날카로운 시선이, 영화에서나 보던 경호원들인 것 같았다.

아버지 최길수와 어머니, 그리고 최지은이 타자 승용차 행렬은 곧 출발했다. 차는 널찍해서 좋았다. 지은의 아버지 최길수는 평생 이런 고급차를 탈 수 있으리라곤 생각지 못했는지 연신 차 내부장식을 살피고 있었다. 지은은 운전사와 앞좌석에 탄 사람의 눈치를 보며 부끄러워했다.

지금은 막바지라고는 하지만 아직 전쟁통이었다. 이런 때에 극히 평범한 이들 가족이 대단한 경호를 받으며 모처로 초대되어 간다는 사실이 믿어지지 않았다. 차량 행렬은 앞뒤로 경찰 사이드카 4대의 호위를 받으며 올림픽대로를 달리고 있었다.

"누가 우릴 불렀소?"

지은의 아버지 최길수가 결국 참지 못하고 앞자리에 앉은 책임자에게 물었다. 선글라스를 벗은 그 중년 남자는 의외로 온화한 눈빛을 갖고 있었다. 경호 책임자가 뒤를 돌아보며 공손하게 질문했다.

"최 선생님 아버님께서 옛날에 켈로부대에 계셨죠?"

"예? 예. 그렇소만, 결국 못 내려오셨는데요?"

최길수가 의아하다는 듯이 대답했다. 최지은은 할아버지가 켈로부대에서 근무했다는 말을 믿지 않았는데, 다른 사람의 입에서 할아버지 얘기가 나오자 정말 뜻밖이라는 표정을 지었다. 할아버지는 단순한 실종자나 월북자가 아닌 모양이었다.

"아버님 함자가 어떻게 되시죠?"

"철자, 희자 쓰십니다만, 연세가 많아 벌써 돌아가셨을 텐데요."

"아닙니다! 그분 덕택에 통일이 이루어졌습니다. 이제 전쟁은 끝입니다. 중국군도 물러나고 있습니다!"

"예에? 정말입니까?"

뒷좌석에 탄 세 사람이 동시에 외쳤다. TV 뉴스에서는 아직도 개마고원 근처에서 전투가 한창이라고 했다. 전선으로 향하는 차량 행렬이 끝없이 이어지는 화면을 조금 전에도 보았다. 그러나 경호책임자는 전혀 다른 말을 하고 있었다.

"모두 그분, 최 선생님 아버님 덕택입니다. 그 분이 북한 임시정부 수반과 지도부를 설득하셨습니다. 윗분들께서 아주 감사하게 생각하고 계십니다. 그래서 지금 여러분들을 모시는 겁니다."

경호책임자는 알고 있는 이야기를 약간 각색했다. 양강도당 비서인 최철희는 평양이나 다른 지역에서 양강도로 도망쳐온 다른 고위 당 비서들에 비해 지역적 기반이 있어 실권을 강하게 휘둘렀다. 그리고 보위사령부 고위 장령들과도 접촉해 신변안전 보장을 담보로 담판을 지었다. 반대자들은 보위사 군관이나 한국 정보기관원들에 의해 비밀리에 가혹하게 제거되었다. 임시정부 수반인 최고인민회의 상임위원장 조태복은 허수아비나 다름없었다.

"아버님이 살아 계시다니…… 아버님을 지금 뵐 수 있습니까?"

아버지가 말하자 최지은은 가슴이 벅차오름을 느꼈다. 할아버지가 서울에 있건 없건 그건 관심 밖이었다. 이제 조만간 전선에서 돌아올 그 누군가를 만날 수 있을 것 같았다. 경호책임자가 신나게 떠들어댔다.

"그건 아닙니다. 완전한 통일이 되기까지 그분이 처리할 일이 조금 남았습니다. 아! 여러분들께서 그분을 만나러 가시는 방법도 있겠습니다. 저희들이 주선해보겠습니다."

경호책임자가 목을 만지며 잠시 고개를 갸웃거렸다. 계속 뒤돌아보며 말을 했으니 목이 아플 만도 했다. 책임자가 말을 계속했다. 격정에 떨린 목소리였고, 감탄사가 계속 흘러나왔다.

"대한민국은 그분을 버렸어도 그분은 평생 조국을 배반하지 않으셨습니다. 정말 애국자의 표상이라 할 수 있는 분입니다. 그리고 아드님인 최 선생님을 그리워하셨습니다. 최 선생님이 어떻게 살아오셨는지 그분은 다 알고 계십니다. 따님 이름도 알고 계시더군요."

최지은이 깜짝 놀랐다. 아버지는 할아버지 얼굴도 못 봤다고 했다.

그런데 할아버지는 지은의 이름도 알고 있다는 소리였다. 그렇다면 답은 한 가지뿐이었다. 최지은이 당장 간첩이라는 단어를 떠올렸지만, 사실은 그렇지 않았다. 북한에 잔류한 켈로부대 출신들 사이에는 일종의 커넥션이 구성되어 있었다. 차량 행렬이 어느덧 세종로를 지나고 있었다.

8월 31일 10:42 함경북도 무산군(양강도 삼지연군) 백두산

"쳇! 오늘도 결국 천지를 못 보겠군."
 젊은 남자가 백두산에서 구름이 가득한 아래를 내려다보며 모자를 고쳐 썼다. 정상에서는 안개가 피어올라 휘날리고 있었다. 이곳은 중국과 달리 비스듬한 산길을 따라 차량이 산꼭대기까지 바로 올라와 난간 밑으로 천지를 볼 수 있었다.
 그러나 이곳은 지금 장마철이었다. 하얀 운무가 천지가 있는 곳을 뒤덮고 있었다. 옆에서는 서울이나 부산에서 왔음직한 관광객들이 사진을 찍으며 천진난만하게 웃음을 터뜨렸다. 관광버스가 클랙슨을 울려댔다. 이곳은 시장바닥이나 마찬가지로 혼잡했다.
 젊은 남자가 모자를 살짝 들어 머리를 쓰다듬었다. 마침 옆을 지나가던 여자가 그를 보고 흠칫 놀라는 표정을 지었다. 남자 머리에는 머리카락이 하나도 없고 눈 밑까지 화상으로 일그러져 있었다. 여자와 눈이 마주친 남자가 재수없다는 듯이 모자를 눌러썼다.
 남자는 몇 달 전에 이곳에 왔던 기억을 떠올렸다. 그가 원하던 대로 전쟁이 났고, 그가 원했던 대로의 결과가 났다. 그러나 후회가 되었다. 수많은 사람이 죽어갔고, 더 많은 사람이 평생 씻을 수 없는 상처를 안았다. 그도 그런 상처를 가진 사람들 가운데 한 명이었다.

통일이 되면 반드시 북한땅을 통해 백두산에 오르리라 마음먹었었다. 그러나 이젠 백두산도 의미가 없었다. 그런데 민족의 영산인 백두산은 한민족의 소원은 꼭 들어주는 모양이었다. 그때 그와 함께 갔던 동행인들이 원하던 대로 결과가 났으니 그렇게 믿을 수밖에 없었다. 그럴 기회가 다시 온다면 결코 전쟁을 통해 통일이 되면 안 된다고 빌고 싶었다.

국군 통합병원에서 퇴원해 집으로 돌아가니 최지은에게서 온 편지가 산더미처럼 쌓여 있었다. 그러나 지은에게 연락하기가 싫었다. 아니, 자신이 없었다. 아무리 지은이가 사랑한다고, 돌아와달라고 고백해도 갈 수 없었다. 시도 때도 없이 걸려오는 전화도 받지 않았다. 만약 둘이 만나서 그의 얼굴을 보면 최지은이 십 리 밖으로 도망갈 것 같았다. 그것이 두려웠다.

구름에 뒤덮인 천지를 보며 한숨을 푹 내쉬었다. 김승욱이 자리를 털고 일어나 천천히 관광버스로 발걸음을 옮겼다.

〈끝〉